晓松奇谈

〔命运卷〕

XiaoSongQiTan

啸

高晓松 作品

湖南文艺出版社
HUNAN LITERATURE AND ART PUBLISHING HOUSE

博集天卷
CS-BOOKY

图书在版编目（CIP）数据

晓松奇谈.命运卷/高晓松著.— 长沙：湖南文艺出版社，2018.1
ISBN 978-7-5404-8262-6

Ⅰ.①晓… Ⅱ.①高… Ⅲ.①随笔—作品集—中国—当代 Ⅳ.① I267.1

中国版本图书馆 CIP 数据核字（2017）第 188059 号

上架建议：文化 | 随笔

XIAOSONG QITAN · MINGYUN JUAN

晓松奇谈·命运卷

作　　者：高晓松
出 版 人：曾赛丰
责任编辑：薛　健　刘诗哲
监　　制：蔡明菲
特约监制：龚　宇　闫　虹　王晓晖　王湘君
特约编审：阎京生　尹　约
特约顾问：陈　潇　王晓燕
特约策划：邢越超　刘　筝
特约编辑：尹　晶　周　岚　明　方　谷明月
制作团队：齐浩凯　万薇薇　陈　龙　金美呈　杨利威　许永光
营销支持：李　群　张锦涵　姚长杰
封面设计：SilenTide
版式设计：李　洁
版权支持：爱奇艺
出版发行：湖南文艺出版社
　　　　　（长沙市雨花区东二环一段 508 号　邮编：410014）
网　　址：www.hnwy.net
印　　刷：北京嘉业印刷厂
经　　销：新华书店
开　　本：787mm×1092mm 1/16
字　　数：300 千字
印　　张：21.5
版　　次：2018 年 1 月第 1 版
印　　次：2018 年 1 月第 1 次印刷
书　　号：ISBN 978-7-5404-8262-6
定　　价：45.00 元

质量监督电话：010-59096394
团购电话：010-59320018

目 录

目 录

一、太平天国与南北战争

1. 精英阶层的重要性

在《晓松奇谈》的前两本里，我跟各位读者分享了很多 19 世纪 60 年代的事情。但之前分享的那些，讲的其实都不是最大的事。

19 世纪 60 年代，全世界发生的最大的两件事，就是改变了世界上的两个大国的两件事。全世界的人民都在盯着看的，全世界的报纸报道得最多的，就是中国和美国这两个大国打的两场大内战，也就是中国的太平天国战争和美国的南北战争。

南北战争完全发生在 19 世纪 60 年代，从 1861 年开始打，到 1865 年结束。太平天国则是从 19 世纪 50 年代就开始了，到了 19 世纪 60 年代才进入决战时期。

关于这两场震惊了世界的大内战，其实我一直没想好该如何跟各位读者分享。因为这两场战争都是显学。南北战争在美国是大显学，有汗牛充栋的书籍和众多影视剧讲述这段历史，我从小就看过著名的电视剧《南与北》，还有家喻户晓的《飘》（又名《乱世佳人》），相关的作品不计其数。太平天国在中国也是大显学，中国人对于太平天国的认识：最开始大家认为这是中国有史以来最大的农民起义，具有革命性和先进性，后来又觉得好像不是那么回事，洪秀全据说有 88 个老婆，太平天国又有各种愚昧腐朽和落后性等。有关这两场内战，大家可以从各个方面获取充足的信息。所以我一直很苦恼，该找一个什么样的角度来探析这两场战争。最后想来想去，实在是没什么办法，只能硬来，用直接对比的方式入手。

不论是太平天国还是南北战争，这么大的内战，在中国历史上不曾有过，在美国历史上也不曾有过。根据比较久远的官方数据统计，南北战争一共有 62 万人战死疆场，占了当时美国全国人口的差不多 2%。按照这个比例算到今天，也就是有 600 万人死去。但是后来这个数字又被修正了，在 2013 年，葛底斯堡战役 150 周年的时候，美国的大部分地方都将 62 万人修正成了 75 万人，当然也有修正成 85 万人的，但是我个人买到的杂志和看到的各种官方数据统计，都显示为 75 万人。从南北战争结束后一直到今天，美国在所有战争里死亡的士兵数，加在一起可能也没有超过 75 万人。除了太平天国两边杀之外，再加上各种各样的战乱、疾病和饥饿等，导致中国人口减少了近 1 亿人，从那以后，中国所有的战争全加在一起，死亡人数可能也没达到 1 亿人。

把这么大的两场战争，拿来进行对比，我就只挑一些我觉得有意思的观点，来跟各位读者进行分享和思考，我认为思考是最重要的，史实大家可以通过读书去获知。

我的第一个思考就是，美国南方和太平天国在各个方面都有很大的差距。应该这么说，不论从哪个角度来看，美国南方都赢不了，因为它缺少了太多最根本性的东西。首先南方在人口上就比北方少太多了。北方当时有两千多万人口，南方只有几百万人，还有近一半是黑人。黑人不会帮助南方打仗，南方也不允许黑人上前线。所以南方真正的白人人口只有三百多万人。要发动全面战争，人口是最最重要的因素之一，所以南方首先就处于了劣势。

在经济上，南方跟北方也是没法比的。其他的经济都可以忽略不计，一旦打起仗来，工业是第一重要的，能生产枪，能生产炮，能生产军服，能有战马，这是最重要的经济能力。南方的经济基本上就是靠种棉花。打起仗来，棉花其实没什么大用，虽然可以把棉花卖了，换成钱来购置武器等，但卖钱和购买的时间消耗太大了，根本来不及供应战场。南方的工业只有北方的二十分之一。

除此之外，南方在整个宣传战上，也没能占据上风。南方主要打出的宣传口号就是捍卫自由，捍卫宪法给我们各个州的自由。南方认为，我们原本就是依据各个州的意愿组合起来的，今天我们不愿意了，那就应该为了自由而战。也就是说，南方仅仅是为了自由而战，而没有指出北方到底错在了哪里。在宣传战上，双方为何而战是极为重要的。

总而言之，在各个方面都不占优势的情况下，南方要想获得胜利，唯一的希望就是突然袭击，就是快刀斩乱麻，就是乱拳打死老师傅。南方和北方的首都也离得特别近，里士满离华盛顿非常近，所以必须速战速决。这就有点像诸葛亮在《出师表》里写的，长远下去，蜀国是肯定不行的，趁着这些精兵老将都还在，得马上动手。于是，南方仓促而悲壮地上了前线，最后结果也不出所料，南方战败了。

太平天国的处境就和美国南方截然不同了。太平天国在中国的南方，但中国的南北方和美国的是相反的。中国最繁荣发达的地区，基本都集中在南方。当然在工业上，中国跟美国是不能比的，但南方好歹也是有一些工业的，如上海和江浙。人口就更不用说了，中国许多的精英人口都在太平天国掌握的两广和两湖。太平天国还拥有能够煽动民族主义的强大的宣传武器，这个宣传武器叫作——驱除胡虏，恢复神州。这个宣传策略是非常棒的。

北方不但比南方弱，当时还有一个更有利于太平天国的局势，那就是北京也被英法联军占领了。1860年，南方正在决战的时候，英法联军占领北京，把皇帝吓得跑到热河去了，最后皇帝还死在了热河，圆明园也被洋人烧了，国库赤裸裸地摆在洋人面前，只不过英法联军没有动国库而已。总之，太平天国具备了几乎所有的胜利优势，国际环境、经济、人口、宣传战以及意识形态，然而太平天国居然还是失败了。

太平天国缺少先进的领导阶级和先进的思想，把最有利的国际环境，变成了最不利的国际环境；把最有利的宣传手段和意识形态武器，变成了对自己最不利的宣传武器；把最有利的经济条件和占有的最富庶的地区，变成了对自己最不利的经济条件和被打得满目疮痍的、乱七八糟的地区。

太平天国在整个过程中，都没能利用当时非常好的环境，把精英知识分子吸收进来。这是太平天国的最根本失误，也是因为它的局限性——太平天国是由两广的客家人创建的政权。其实它有过很大的机会，可以立即祭出意识形态武器，把汉人团结在周围。就像后来的孙中山和反清的那些人，他们之所以能够成功，就是吸取了太平天国的经验和教训，把精英知识分子吸收到周围。当时那些留日的学生、留欧的学生和知识分子，全都被团结在反清阵线周围，这样一来，清朝就大势已去，这是最根本性的东西。朱元璋如果没能团结当时的精英知识分子，如刘伯温等人，就光靠自己和他的几个大老粗兄弟，那他绝对当不上皇帝，顶多能当一个大草寇。刘邦如果没能团结张良和萧何等人，也是成不了事的。

大家不妨想一想，曾左李胡这四位，也就是曾文正公、左文襄公、李文忠公和胡林翼，这四个人里哪怕只有两个人被吸收进太平天国，去辅佐洪秀全，我猜太平天国应该就不会失败。当时，太平天国占据了一切优势，而且洋人也把皇帝打跑了，清朝存在的基本合法性都风雨飘摇了，正是团结本民族汉人的大好时机。就算你舍不得给汉人官爵，那至少可以给他们决策权和改革权。当时太平天国已经有了国号，是一个国家了，只要放权，给精英们以引领这个国家的权利，实现精英们的梦想，就一定能够团结到精英知识分子的领袖们。

最最重要的一点，是要承诺，我要帮助你们实现你们的梦想，驱除胡虏，恢复神州，因为我们都是汉人。而不是说，你们这些汉人，都来给我当奴才吧，来帮我实现我的梦想。结果最后，是处于最最危亡时刻的清朝，祭出了这个最重要的武器，委精英知识分子以大权，让他们当两江总督，让他们当江苏巡抚。到了最后，所有在前线的军民，全都归曾国藩管理，清朝通过这种方式，牢牢地团结和吸引了精英知识分子阶层。

而在清朝开始放权之前，这些知识分子都在干吗呢？这些人什么都不是，曾国藩不是什么大官，只不过是一个回乡守丧的落魄书生，其他人就更不值一提了。到了最后，曾国藩、李鸿章、左宗棠，以及湘军和淮军，最后扑灭了太平天国的这些汉族将领和武装部队，都是曾经有希望被太平天国拉拢过来的力量。

我们先来看看国际环境。当时的国际环境空前地有利于太平天国，英法联军就不用说了，赶跑了皇帝，烧了圆明园，清朝本打算用来打太平天国的军费，都当成赔款给了洋人。还有一个有利的国际环境，就是天主教。太平天国刚开始出现的时候，高举着上帝的大旗，高举着《圣经》，虽然那只是一本残缺不全、翻译得也不太好的《圣经》残卷，但那好歹也算得上是《圣经》的一部分吧，而且太平天国继续向前发展的时候，也遇见了真正的《圣经》，也就慢慢修正了。

所以太平天国刚兴起的时候，全中国的传教士，包括上海的洋人们都非常兴奋。他们都没想到，自己传教能实现这么好的效果。在一般情况下，传教士到乡间去传教，顶多只敢偷偷摸摸地盖一座教堂，哪儿敢砸当地的关公庙？哪儿敢砸孔庙？哪儿敢砸岳王庙？传教士不敢，但太平天国敢，太平天国的起义军如狼似虎，能征善战，高举《圣经》，高举天父和耶稣的大旗，沿途把所有的孔庙一扫而空，他们见到孔庙就砸，道教的庙宇也砸，佛教的寺庙也砸。这样一来，传教士和洋人觉得太幸福了，自动地为太平天国营造出了非常好的国际环境。当时去天京的传教士还挺多，洋人的外交官和将领也去了不少，英国驻上海的舰队司令也去了天京。所有洋人都在往本国写信，说太平天国太好了，我们要支持他们。在那个信息不发达的闭塞年代，传教士其实就充当了各国外交政策的重要建议者。

但是有一个地方，洪秀全始终不愿意改革和放弃，那就是他坚持声称自己是耶稣的亲弟弟，上帝的二儿子。而且太平天国里还有三个爷，这简直太逗了。因为洪秀全最开始看到的那本《圣经》，其实叫《劝世良言》，是一个名叫梁发的半吊子教徒，从《圣经》里半粤语半汉语地摘录下来的，梁发觉得大部分中国人都看不懂《圣经》，而且他翻译出来的名字也特别搞笑，上帝耶和华被他给翻译成"爷火华"，洪秀全一看这个名字，立即觉得这个"爷"字很重要，原来上帝是一位"爷"，上帝的儿子叫"爷苏"，也有一个"爷"字。洪秀全就琢磨，我也要当爷，我、"爷火华"和"爷苏"就是爷仁好了。于是，洪秀全最开始在广西最偏僻的紫荆山区的客家人地区去传教的时候，靠的就是"我们爷仁"这个说法。洪秀全自称，我有一个了不起的爸爸叫"爷火华"，我还有一个哥哥叫"爷苏"，我是"爷火华"的二儿子，我们爷仁都特别棒，只要你们跟着我走，我们爷仁会永远保佑你们。

靠着"我们爷仁"这个宣传武器，洪秀全在紫荆山区的传教大获成功。但是在革命的时候，意识形态是需要经常改变的，要根据革命的潮流去变化。中华人民共和国成立前的革命，从红军时代宣扬的苏维埃，到后来的民族主义抗日，团结所有的统一战线，这就是不停地在修正意识形态。如果我们从红军时代就一直抱着苏维埃不撒手，坚持武装保卫苏联，坚持认为我们就是苏联的一个分部，那革命是胜利不了的。

但洪秀全至死也不肯改变"我们爷仨"这个初步设定。因为他觉得，只要他改了，公开声称自己不是耶稣的弟弟，太平天国最初的合法性就会丧失。其实没有这么严重，他只要跟大家说，"我们爷仨"这个事完全是冯云山干的，跟我一点关系都没有，就可以了。冯云山其实就是王明，他犯了"左"倾机会主义错误，我们只要把它修正了，大家就都是上帝的信徒了。可是洪秀全就是想不通这个道理。

而且洪秀全忘记了一件事，他之所以能跟冯云山两个人一起在紫荆山区把教传成功——不仅让贫苦的底层客家人心甘情愿地跟着他走，比如烧炭的工人杨秀清和贫苦百姓萧朝贵等，甚至客家的富人也跟着他一起走了，比如韦昌辉就是一个客家大地主，石达开也是富人出身，这些富人都愿意把自己的家卖掉，跟着洪秀全闹革命——大家之所以愿意追随洪秀全，其实并不是因为他是上帝的二儿子，也不是因为他是耶稣的弟弟，而是因为他真正地团结了客家人。

客家人又叫"来人"，跟"土著人"，也就是本地的汉人，双方经常发生械斗，即"土客械斗"，官府当然都是支持本地人的，所以客家人一直被人欺负，被赶进深山里，只能靠烧炭度日。突然有一天，来了一个叫洪秀全的人，别管他是用宗教也好，用跳大神也罢，他真正地把客家人团结起来了，客家人不仅不再害怕跟本地人械斗，甚至有一天居然把官府的人都杀了。客家人终于扬眉吐气了，所以他们心甘情愿地追随洪秀全，最后打下永安，继续高歌猛进。

到了长江流域，洪秀全终于做了一点改弦更张，也就是祭出了民族主义的大旗——驱除胡虏，恢复神州。但是这个大旗祭出得有点晚了，因为到了这个时候，洪秀全已经杀了太多的人了，就算你打出恢复中华的口号，也会有很多中华民族的老百姓来质疑你，明明人家也是中华民族的子孙，只不过是留了条辫子而已，而您为什么就把人家的头砍了呢？所以政策一定要配合着意识形态，如果你一开始就对汉人说，凡是汉人，剪掉辫子就可以，凡是满人，一律格杀勿论，大家可能不会那么愤怒，但你什么都不说，上来就大开杀戒，甚至还屠城。最后您两手一擦，说我要驱除胡虏，恢复神州，大家肯定不会认可你。

洪秀全身边几乎就没有精英知识分子辅佐他，应该说本来是有一个还算精明的人，也就是冯云山。在最开始传教的时候，他就是靠着冯云山来团结大家的。但恰恰就是在北进的路上，冯云山第一个被打死了。所以我觉得，这可能就是洪秀全的命，冯云山如果不死得那么早，能一直留在洪秀全身边，也许情况会好很多。结果冯云山死了，只剩下两个装神弄鬼的家伙，一个是装成上帝爷火华的杨秀清，另一个是装成耶稣的萧朝贵。于是洪秀全只好跟杨秀清和萧朝贵称为"我们爷仨"，继续往前打。

杨秀清和萧朝贵的关系其实也特别复杂，他们并不是简单地以东王和西王自称。最开始入教的时候，是冯云山吸收的烧炭工人杨秀清，杨秀清的本名不叫杨秀清，"秀"字是洪秀全赐给他的，后来的李秀成也是一样，名字里有一个秀字，这就代表了一种荣誉。后来又遇到了很多的艰难和困苦，洪秀全回了老家，在紫荆山区坚持战斗的只剩下了冯云山。最后，把剩下的人团结起来去救出冯云山的，就是杨秀清。

杨秀清采取的方式也很有意思，他突然跳起了大神，声称自己是爷火华，现在要代表上帝来跟客家人说话，所有的客家人要团结起来。大家一看上帝都显灵了，就自觉地团结在了一起。这整个过程，萧朝贵都在一旁看得一清二楚。萧朝贵心想，看来装神弄鬼这一招挺管用啊，你这爷火华一上身，大家就全都听你的了，那我也来吧。于是萧朝贵也开始手舞足蹈起来，大家问萧朝贵，你为什么手舞足蹈啊？萧朝贵说，我是爷苏上身了。

等到洪秀全从老家回来了，得知自己的哥哥和爸爸都来了，估计他也挺郁闷的，但是他也不能否认这件事，因为他一旦否认，就等于否定了自己一直以来传扬的宗教，最后他也只能郁闷地默认了。

2. 国际环境的丧失

在太平天国的初期，每一次打了败仗的时候，或是军心不够团结的时候，都得靠着杨秀清和萧朝贵二位不停地靠爷火华和爷苏上身，才能把士气鼓舞起来，再继续南征北战。

不过还没等到革命胜利，萧朝贵也在路上战死了，这样一来，就只剩下杨秀清了。洪秀全心里肯定很后悔，一开始他怎么就把自己定位成爷苏的弟弟了呢？是爷仁里头最小的。

等到了天京，情况就越来越失控了。一到晚上，杨秀清喝醉了，就会来一出爷火华上身的闹剧，嚷嚷着要传召自己的二儿子来说几句话。洪秀全只能跪到杨秀清的榻前，管杨秀清叫爸爸。只要杨秀清一爷火华上身，就无所谓天王和东王，无所谓万岁和九千岁了。杨秀清越来越膨胀，动辄就以爸爸的身份痛斥洪秀全一顿，如果洪秀全不老实认错，杨秀清就要杖责他。这位贫苦的烧炭工人出身的东王，已经完全失去了分寸。洪秀全也只能认倒霉，一次又一次地跟杨秀清忏悔说，爸爸，我错了。等到天亮了，杨秀清的酒醒了，自己回想了一下，可能又有点担心昨天晚上是不是做得太过分了，于是经常又一大早跑到天王府去，跪着跟洪秀全道歉。洪秀全也不好责怪杨秀清，只能说没事，昨天晚上那个人不是你，那是爷火华，是我爸爸在跟我聊天，那都是我和我爸爸之间的事。

　　但是洪秀全嘴上虽然说没事，心里肯定是越来越不舒服的，最后就爆发了天京事变。杨秀清虽然比不上冯云山，但还是有一点治国才能的。后来李秀成被俘，写下了数万字的自白书，里面对杨秀清还是赞誉有加的，说杨秀清能把国家治理得井然有序。可就算杨秀清再有治国才能，他也就是一个 CEO，他总是想要凌驾于董事长之上，那就比较麻烦了。

　　洪秀全这位董事长肯定是第一个不堪忍受 CEO 的一次次逾矩的。原本太平天国刚到天京的时候，洪秀全过得还是挺幸福的，天王府里头养了成批的美女，他就天天骄奢淫逸地享乐，好几年都没发出过一封诏书，甚至也不爱出宫，只有被东王杨秀清以爷火华的身份传召的时候，才不得不出宫罚跪一会儿。而还没等洪秀全发难，其他的王就开始抗议了。韦昌辉就明确地跟洪秀全表示，杨秀清上身的事情是怎么回事，大家都心知肚明，但他上身可以，想要凌驾在万岁头上就绝对不行。洪秀全心里的愤懑也日渐滋长，最后发生了天京之变，大杀一通，太平天国前期的主力老将被屠杀殆尽。

　　按理说到了这个时候，洪秀全就应该改弦更张了。这里我们就要提到一个名叫洪仁玕的人。洪仁玕是太平天国后期的一位重要角色，我们的历史书里也写了他两笔，他写出了《资政新篇》。《资政新篇》如果推广成功了的话，真的是太平天国逆转局面的一个大好机会。

　　洪仁玕早先是跟着洪秀全一起传教的，也是跟着洪秀全一起读到了梁发的《劝世良言》，后来洪秀全去搞革命，洪仁玕没有跟着一起去，独自留在了清远教书。等到洪秀全的革命成功了，洪仁玕想去找洪秀全，但是找来找去没有找到，于是他就辗转去了香港，在香港生活了很多年。洪仁玕的英文很好，而且师从罗孝全这些正经的英美传教士。最后所有的传教士都劝说洪仁玕，你再去找找你那位大哥洪秀全吧，也许你找到了他，我们的传教事业就能成功了。

于是到了 1859 年，怀着传教士的使命感的洪仁玕，终于找到了洪秀全。那个时候，洪秀全正好处于内外无人的困窘局面，东王死了，石达开也走了，跟着洪秀全一起创下基业的几个王全都没有了，洪秀全自己的两个哥哥也不中用，满朝文武都不服。洪秀全自己也没什么治国的能力，就在焦头烂额之际，洪仁玕来了。洪仁玕不仅会说英文，还给洪秀全带来了真正的《圣经》。洪秀全大喜，高兴地接受了洪仁玕，后来封了洪仁玕为干王。

正是因为封了洪仁玕为干王，太平天国在外领军的大将全体震怒。无奈之下，洪秀全才被迫封了李秀成为忠王，陈玉成为英王，后来还封了越来越多的王，比如辅王（杨辅清）和侍王（李世贤）等。但是领兵的大将们还是不服，跟洪秀全要求，必须让洪仁玕出去领兵打一仗，否则他们就不肯听洪仁玕的。最后，洪仁玕被逼着率军出城，去打什么江南大营。这不是胡闹吗？洪仁玕哪里会带兵打仗？他这辈子除了念《圣经》之外，压根儿就没干过别的事情。

但是洪仁玕真的写出来了《资政新篇》，《资政新篇》里面的条条款款包括办学校、办铁路、办工厂、办银行，以及办所有洪仁玕在香港看到的现代经济。洪仁玕没有在香港看到三权分立，否则《资政新篇》基本上就是明治维新，就是戊戌变法。但是《资政新篇》要比明治维新早了近十年，比戊戌变法早了近四十年。

然而这个时候，内外的条件已经不具备了。洪仁玕 1859 年春天才到天京，这个时候太平天国的局势已经在走下坡路了。洪仁玕若是早来天京三年，结果会截然不同。现在，英法联军已经在大沽口了。洪仁玕虽然很想和外国人结交，但是国际形势已经发生了变化，清政府已经签订了《天津条约》，增加了通商口岸，允许英法势力进入中国内地。人都是如此，会本能地先护住已经装进自己口袋里的东西。太平天国虽然表态说，欢迎大家来中国经商，欢迎大家来中国传教，欢迎大家来中国办学校，但你没有给出任何具体的条款，而清政府给了，洋人肯定会维护已经装进兜里的利益。

当时英国重要的市场印度发生的大起义刚被镇压下去。美国是英国最重要的原料来源地——比如棉花——还是工业产品的重要出口市场。至于中国，英国费了这么大的劲，才打开了中国市场，要进来卖东西。现在美国和中国都打起了内战，对英国来说，当然要首先考虑美国南方了，因为南方是英国最重要的原料产地和消费市场，北方则是英国的最大竞争对手。

当时的美国北方也在进行工业化，而且北方的最重要目标，就是替代英国，由自己来生产那些工业品。北方还想跟英国抢棉花，北方对南方说，你们的棉花别卖给英国了，卖给我们吧。为了得到棉花，英国只能提价购买，最后英国从南方买的棉花价格是北方从南方买的三倍。所以英国绝对不会支持美国北方，而且英国是承认了南方的，还给南方造了铁甲舰。当时大沽炮台外都没有铁甲舰。

英国当时正准备全力支持美国南方消灭北方。在开篇的时候我提到，在南北战争中，美国南方没有别的赢面，突然袭击是其中之一，另一个就是英国的支持。然而在这个时候，经过了1848年的工人阶级革命，欧洲的工人阶级在马克思和恩格斯的引领下觉醒了。工人阶级当然是支持全世界的工人阶级的，并且坚决反对腐朽的奴隶制度。于是英国的工人阶级爆发了大抗议和大游行，坚决反对政府和议会支持美国南方。英国没办法，因为英国是民主国家，工人阶级的反应这么大，议会就不敢妄动了，只能收敛起来，不再支持美国南方了。这样一来，美国南方就注定要失败了，英国只能来经营中国了。

于是英国将目光转向了中国这边，额尔金伯爵刚刚签了协议，拿了赔款，那么就好好地保护条约的利益吧。所以一开始，英国其实是中立的，而且大量的舰队司令和外交官等，都对太平天国抱有很大的支持打算。可是到了这个时候，一个一直被忽视的真相暴露出来了，传教士到了天京一段时间之后，发现太平天国的人不是真的教徒，而是异教徒。洪秀全后来虽然得到了真正的《圣经》，但是他自己动手，在《圣经》上做了无数的修改和批注，还严禁真正的《圣经》在天京和天国发行。

洪秀全为什么要这么做呢？因为真正的《圣经》上写了耶稣没有弟弟。洪仁玕也拦不住洪秀全，因为洪秀全是天王。西方的传教士拿着太平天国发行的《圣经》一看，里面篡改的内容也太多了，这怎么能行？洪秀全，你得听我们的，传播我们真正的宗教。洪秀全断然拒绝，不行，我不传你们的教，我就传我自己的教。所以到了这个时候，传教士对太平天国的态度已经从支持变成了反对。其中转变最大的就是著名的传教士罗孝全，也就是洪仁玕的老师。罗孝全原本是最支持太平天国的，还在上海替太平天国到处游说，恨不得为太平天国募捐。罗孝全到了天京后，还担任了洪仁玕的翻译兼秘书，心甘情愿地屈尊为自己的学生做事。罗孝全帮洪仁玕做了很多很多的事，目的就是想把宗教好好地传播出去。

结果，在天京的所见所闻令罗孝全大吃一惊。深受香港式的西方教育，写出了《资政新篇》的以现代人自居的洪仁玕，仅仅到了天京两年，居然腐化堕落到令罗孝全发指的地步。洪仁玕腐化成什么样子呢？他住在奢华的大王府里，根据传教士们的描述，那座王府大而黝黑，大门外有一个街区，两个街角，其中一个街角还有一座乐池。乐池用今天的说法，就是一座大亭子，里面有两个乐班子轮流奏乐，一天 24 小时，估计只有乐班换班的 20 分钟是不奏乐的。洪仁玕就连睡觉的时候也得听着仙乐伴奏。

洪仁玕本人也变得越来越骄横跋扈，他居然在震怒之下，亲手斩了罗孝全的一个仆人。这件事彻底震惊了罗孝全，罗孝全是一位来自西方的传教士，某种程度上就相当于一位大德高僧，高僧一直用《圣经》里的仁慈和宽容等品质去传教和教授学生，如今他亲自教出来的学生，居然当着他的面，亲手砍死了他的仆人，血溅当场。而且，罗孝全刚一到天京，洪仁玕其实就骗了他。一开始，洪仁玕信誓旦旦地跟罗孝全保证，老师，我们是上帝的子民，我们只向上帝下跪，所以您见了我哥哥天王洪秀全的时候，可以不用下跪。于是罗孝全就高高兴兴地去见天王了，结果罗孝全刚一走进天王府，距离天王还挺远的时候，洪仁玕就突然在旁边大喝一声："罗孝全跪下！"在周围的刀斧手威严的怒视下，罗孝全倍感惊吓和压力，只好不情不愿地给洪秀全下跪了。

洪仁玕接受的所谓的西方思想，其实只有表面上的，他的本质思想依然是腐朽而落后的。渐渐地，西方人看出了太平天国的本质，他们觉得这个政权太不靠谱了，再加上当时英国的整体政策的变化，最后英国政府下令，驻中国的所有英国军队、军事力量和武器贸易等，全面倒向清朝。

华尔刚开始组织洋枪队的时候，还曾经被抓了起来，关在租界的监狱里。西方人指责华尔说，你胡闹什么？我们西方人都保持中立呢，谁允许你组织洋枪队去跟太平天国打仗的？你这么做是违反了我们的政策。但政策很快就改变了，华尔不但被放了出来，还被奖励了大量的武器，支持他去跟太平天国打仗。

其实这个时候，太平天国的武器水平也已经不差了。美国的南北战争是世界历史上第一场现代化的战争，动用了大量的现代化武器。于是就形成了一个全球武器走私贸易的大市场，全世界生产的枪炮，既可以卖到美国的南方去，也可以卖给中国的太平天国，或者卖给清军。

我找到了一份很有意思的史料，里面记录了 1862 年一家美国公司卖给太平天国的军火明细。美国的军火公司可能觉得美国的军火价格太低了，于是远涉重洋跑到中国来兜售了，大家很熟悉的《飘》里的白瑞德，就是一个大武器走私商。在这笔卖给太平天国的武器清单里，记录了如下细目：2783 杆滑膛枪，66 支卡宾枪，4 支来复枪，895 门大炮，484 桶小桶火药，10 947 磅炮药，18 000 发子弹，以及 3 113 500 个雷管。这才仅仅是一笔订单的数目，可见当时的武器走私已经达到了什么规模。

到了后来，清朝得到了西方的支持，不用再靠走私获得枪支。太平天国依然只能靠走私，而且走私的时候，还得经常看西方人的脸色，西方人还经常从中作梗，破坏太平天国的战斗计划。本来陈玉成和李秀成说好了收复武汉之后，再把整个长江流域打通。结果快打到武汉的时候，陈玉成大军先到，武汉当时城防空虚，正是进攻的大好时机。没想到一位叫巴夏礼的英国参赞来找到了陈玉成。这位巴夏礼也很有名，英法联军占领北京的时候，英国就派出了巴夏礼来跟僧格林沁谈判，结果僧格林沁把巴夏礼抓了起来，还关押了好几十天，其随从也被打杀了好几个。

巴夏礼其实就是一个在广东海关、十三行厮混多年的中国通，说起来也奇怪，最恨中国的洋人就是这种中国通。巴夏礼也去过天京，这一次他直接跑到陈玉成的大营里去了。巴夏礼在回忆录里，非常详细地记载了他在大营里的所见所闻，他见到了英俊潇洒的少年将军陈玉成。陈玉成问巴夏礼，你们英国人是什么态度？巴夏礼回答，汉口已经成了英国的租界，我们跟清政府签了条约，你们太平天国若是要进攻汉口，英国在长江上的所有军舰就跟你们拼了。陈玉成又问，既然不能进攻汉口，那进攻武昌怎么样？武昌不是你们英国的租界。巴夏礼又回答，武昌你们也不能打，因为武昌离汉口太近了，仅一江之隔，我建议你们去攻打安庆或者芜湖，如果你们这么做，我们英国就可以给你们提供种种帮助。

陈玉成毕竟是一位很年轻的将领，居然被巴夏礼说服了，决定放弃进攻武汉，冲着安庆和芜湖去了。这个决定简直是大错特错，当时太平军最占优势的江南和江北大军如果围攻武汉，肯定能一举拿下。自古以来，南京和武汉，失去了一个，就必然会失去另一个。比如刘备失荆州，实际上就是失去了武汉这一块，就再也无法收回了。东吴、东晋、南宋皆是如此，南宋时期，蒙古大军南下，凡是以长江为界，企图进占全中国的南方政权，最重要的目标，就是必须将南京和武汉全部掌握在手。太平军原本有十足的把握拿下武汉，结果陈玉成听信了帝国主义国家的巧舌如簧，居然生生放弃了武汉，也就等于生生放弃了整个长江中下游。至于安庆和芜湖，在战略上的重要性，实在是不值一提。

虽然对内放弃了长江中下游，但对外的港口还是要有的。李秀成的大军也曾一路打到了上海的外围，最后也是帝国主义各国前来谈判，威胁李秀成说，你不能动上海，否则所有的帝国主义国家都会跟你拼命。所以，根本不是什么洋枪洋炮打败了李秀成，李秀成的军队里也有洋枪洋炮，而且李秀成的军队里还有直接由洋人雇佣军组成的洋枪队，华尔曾经的副官白齐文，后来就投靠了太平军。因为帝国主义国家的阻挠，太平军只能不甘心地放弃了上海，转而去攻打宁波，等到太平军攻下了宁波，英国的舰队又陈兵在宁波海外，威胁太平军说，宁波是我们的通商口岸，你们赶紧退出去。于是太平军又被迫退出宁波，丧失了利用国际环境的最好时机。

3. 意识形态的较量

关于太平天国丧失了国际环境，我再跟各位读者分享一个特别小的小故事。太平天国不仅丧失了国际支持，连本国和外国沟通的桥梁也没能保住。当时有一个名叫容闳的人，号称是中国的第一个留学生，这个人今天在中国也十分有名。容闳跟孙中山是老乡，也是香山人，香山后来因为孙中山而改名叫中山。容闳年少的时候，就被带到澳门去读书，后来又去了美国念耶鲁大学。容闳的英文水平极强，耶鲁大学每年都会举办英文作文比赛，容闳曾经连续两年获得第一名，绝对是一位精英海归。后来的第一批留美幼童，也是容闳说服了政府带到美国去的，所以才有了詹天佑这些人。

容闳刚刚回国的时候，通过在西方看的报纸杂志和个人的判断，也觉得自己应该先去太平天国。所以，容闳回国后没过几年就去了天京，这说明当时在西方人眼中，太平天国在意识形态斗争中反而是更具优势的。容闳在天京直接见到了洪仁玕，按理说，容闳跟洪仁玕之间应该有很多的共同话题可聊。洪仁玕虽然说的是一口香港味的英文，但英文水平还是不错的，两个人完全可以用英文来纵论国际局势。结果，容闳在天京观察了一圈，最后离开了。

说到容闳离开天京的原因，我觉得他心里那份海归的小小意气应该也占了一定的比例。今天我们身边已经有越来越多的海归了，尤其是精英海归，大家其实都有一种比较的心态。两位精英海归坐在一起，双方首先要盘道，如果我是从耶鲁毕业的，那你起码得是从哈佛毕业的。洪仁玕比容闳大六岁，两个人面对面坐下后，容闳就开始盘道说，我是从耶鲁毕业的，您是从哪儿毕业的？结果洪仁玕说，我是在香港跟着传教士学的野路子，没念过什么名校。于是一开始，容闳心里就已经有点不舒服了，他肯定觉得，自己比洪仁玕更了解西方，也更有学问，怎能听洪仁玕的指挥？

紧接着，洪仁玕就给容闳刻了一个木头章，催促容闳道，你赶紧到我帐下来，做我的幕僚，帮我做事吧。容闳亲眼看到洪仁玕用的是金玉刻的章，当场就把那枚寒酸的木头章推到了一边，正色道，我得先跟你约法七章，你若是能接受，我才肯留下。我看了容闳的所谓"约法七章"，其实就跟《资政新篇》差不多，无非就是办学校、办邮局、办银行、造铁路、造轮船等。洪仁玕也没说不接受，因为这么大的事，他总得去跟他哥哥洪秀全商量商量才行。结果等洪仁玕跟洪秀全商量完了，再来找容闳，容闳已经走了。

　　经过亲身的考察，容闳断定太平天国不是一个能成大器的政权。离开了天京之后，容闳接下来就去找曾国藩了。人和人之间的关系其实是非常玄妙的，得知洪仁玕的教育背景后，容闳当即就对整个太平天国的印象都大打了折扣，就算洪仁玕的英文也说得不错，最后还是没能打动容闳。结果容闳接下来见到了曾国藩，曾国藩可是一句英文都不会说的，更没有任何国外的生活和学习经历，按照之前的逻辑，容闳岂不是根本瞧不上曾国藩？但是大家别忘了，曾国藩恰恰有一个巨大的优势，那就是他压根儿就没听说过什么耶鲁、哈佛、MIT（麻省理工学院）。这样一来，容闳的最大优势就没有了。而且，曾国藩根本不用知道什么耶鲁、哈佛和MIT，因为他是曾国藩，他统率大军，长江沿线的南方许多省都归他管。

　　曾国藩比容闳大十几岁，而且曾国藩信奉王阳明，精于自我修炼，拥有强大的个人气场，这种气场是一个从香港野学回来的小小洪仁玕所不能比的。对于容闳，曾国藩就采取了一个特别简单的策略，他也不跟容闳说英文，他也不跟容闳盘道，他根本就不说话，就用眼睛静静地看着容闳。容闳一开始还挺得意，不断地吹嘘自己在美国如何如何，在耶鲁如何如何，十分钟后，容闳说不下去了，他已经被曾国藩彻底看慌了，完全被曾国藩的气场所震慑住了。最后也不用曾国藩开口，他自己就主动说，我什么都不说了，您让我干吗我就干吗去，我愿意为您鞍前马后，在所不辞。曾国藩这才开口说，既然你对美国很熟，那我给你一笔钱，你到美国去给我买一座工厂回来，帮我制造洋枪洋炮洋船，西洋的那些东西你不用跟我聊，我没有兴趣，我只要洋枪洋炮，你愿意干就干，不愿意干咱们就免谈。容闳再也不敢多嘴了，赶紧拿了钱，跑到美国去帮曾国藩买工厂去了。

由此可见，意识形态固然重要，执行意识形态的人更加重要。如果你是洪仁玕，你的意识形态再先进，也没人听你的。我的意识形态再落后，但只要我是曾国藩，曾文正公，我往这儿一坐，大家就觉得我堂堂正正，大家就觉得我是正统。

清政府和太平天国的宣传策略刚好是相反的。太平天国是先说宗教，到了长江流域发现传教不行，于是才祭出了民族主义大旗，驱除胡虏，恢复神州，但这个大旗打得太晚了，最后只能推出《资政新篇》。《资政新篇》里面倡导男女平等，虽然天王洪秀全自己就有 88 个老婆，而且太平天国内部对于男女之事的管理太可怕了，夫妻结了婚都不能行房，必须要等革命胜利才能同房。所以太平天国内划分为男营和女营，男女确实实现了平等，因为女人也得出去干苦力，修战壕，夫妻相互探望，只能隔着营地的大门聊两句，连拉手和亲嘴都不允许。萧朝贵就把自己的父母杀了，就因为他爸妈擅自行房。只要违背了太平天国的条例，就得杀头。

当然了，也不光是太平天国腐朽，清政府也很腐朽。如果硬要比较的话，太平天国其实比清政府还是要稍微先进一点点的。现在很多人疯狂地抨击太平天国，把太平天国否定得一无是处，简直快要跟黄巢画上等号，我不太同意这种偏激的观点。太平天国至少还有洪仁玕在，还有李秀成在，当洪仁玕主内，李秀成主外的时候，太平天国整体上还是呈现出了一番新气象的。李秀成肯定比清朝满族的那些将领要先进得多，思想也开放得多，他也愿意跟洋人坐下来谈判，洪仁玕虽然腐化了，但至少也比朝廷里那些腐朽的保守派要强很多。

总体上，太平天国确实要比腐朽落后的清政府要稍微先进一点，没有今天的一些人说的那么不堪，当然也没有过去的人歌颂得那么先进。在我们的历史教科书上，曾经把太平天国描写成一个"耕者有其田……男女平等……"的社会，虽然这确实是《资政新篇》里所提倡的，但洪仁玕来晚了三年，这些先进的政策实际上并没有真的得到执行，当然了，以洪秀全的保守程度，他也不会允许这样的政策得到推广。

洪仁玕来到太平天国的时候，正是1859年，天京被围困住了，所以当时太平天国的主要政策，就是把打仗放在第一位，再好的经济政策和社会政策也只是一个蓝图，最后《资政新篇》仅仅成了一种宣传策略。总体而言，太平天国一共经历了这两次宣传上的转变。

而曾国藩这边的宣传，或者说是清廷这边的宣传策略，刚好和太平天国是相反的。清廷首先就祭出了我们是一个和平的国家，我们是具有合法性的国家，现在来了一群号称太平天国的盗匪，我们要安定。这个是第一位的，人民要过正常的日子，有人来捣乱，我们就要不遗余力地歼灭之。

等到太平天国这边建国了，自己也祭出了意识形态的大旗，自己也成了一个国家的时候，曾国藩又想出了一个更为聪明的应对策略。太平天国祭出的是"驱除胡虏，恢复神州"的民族主义大旗，曾国藩本身也是汉人，对方说要驱除胡虏，他该怎么应对呢？曾国藩写了一篇《讨粤匪檄》，他首先把太平天国定义为粤匪，否定了他们的汉人身份，曾国藩这边代表的才是中原地区的正统汉人，太平天国那边根本不是我的族类，你们的语言跟我们不一样，你们的文化也跟我们不一样，你们那句"驱除胡虏"根本就没有意义。

最后，曾国藩祭出了宗教大旗。我们中国世世代代都是儒家传家，孔孟传家。我们世世代代修身齐家治国平天下，这就是我们中国华夏。你们太平天国那信仰的是什么？爷火华和爷苏？那是洋人的宗教。而且曾国藩的宗教大旗，刚好就选在洋人火烧圆明园之后，全中国的人都对洋人恨之入骨，洋人烧了我们的万园之园，洋人逼迫我们签订了不平等条约，曾国藩将意识形态和民怨民愤牢牢结合在一起，尖锐地指出，太平天国信奉洋人的宗教，这些人显然就是洋人的走狗。这一次曾国藩祭出的意识形态武器，无疑是相当强大的。

曾国藩的整个意识形态宣传战，一直和太平天国针锋相对。在这场宣传意识形态的战争中，太平天国完败，清廷完胜。当然，更准确的说法应该是，曾国藩完胜，而不是清廷完胜，清廷是已经无计可施了，才放任曾国藩说了算的。我估计清廷里那些满族的大老爷应该也很生气，因为曾国藩天天说中国和华夏如何如何，岂不是把他们这些关外来的满族也排除在外了？但此时正值国家危亡之际，清朝的大老爷们也没办法，只能放任曾国藩，只要能把太平天国扑灭了，别的都好说。曾国藩确实是非常聪明，是一位罕见的文武全才的统帅，蒋介石就把曾国藩视为偶像，但曾国藩也做过一些不太好的事，比如他也屠过城，也被称为曾剃头等，这里就不写这些题外话了。

1864 年和 1865 年，太平天国失败了，美国南方也失败了。大部分的太平天国将领在被俘后，都是被凌迟处死的。在受刑前，石达开表现出了非常令人钦佩的英雄主义气概。凌迟处死一般都是先在脑门儿上横着划一刀，让头皮耷拉下来遮住眼睛，免得受刑者看见行刑人的样貌。石达开最后是自己主动去清军大营投降的，因为他手底下最后还剩下几千士兵，他想保住这些人的性命，所以身为将领的石达开甘愿自己受刑，被凌迟。凌迟的时候，有一个人叫了一声，石达开还特别镇定地说，你不用叫，如果他们落在我们的手里，我们也会这么对付他们的，这都是应该的，随后，石达开坦然受刑。

忠王李秀成从被俘到被处死，一共只有 16 天。曾国藩跟李秀成进行了一番长谈之后，李秀成开始动笔写自白书，大概写了十天，平均每天写七千字。李秀成的文化水平不高，自白书里有很多错别字，但李秀成应该算是被俘的将领里最忠心的一位，虽然他在自白书里写了如何去招安太平天国的余部。当时太平天国还是有着强大的余部的，天京被占领以后，李秀成的堂弟，也就是太平天国后期的主将李世贤，还带领着大军退到福建。

在李秀成的自白书里，我觉得还是有很多令人感动的地方的，比如李秀成始终称呼洪秀全为天王，而且他依然坚信天王是上帝的儿子，坚信天王传教时说的种种言论，依然称呼清军为妖，从这些字句中，可以看出李秀成还是铁骨铮铮的。所以后来在"文化大革命"的时候，曾经大肆批判李秀成，对此我特别不理解。戚本禹在《历史研究》上发表了一篇文章，名叫《评李秀成自述》，文章中专门提出的问题，就是忠王到底忠不忠。

确实，忠王李秀成在自白书里，写出了很多太平天国的弱点和缺点，但我认为这些和他忠诚与否没有直接的关系。然而学术界因此就把忠王批得一塌糊涂。后来有人居然把忠王李秀成从太平天国的历史上抹掉了。我小时候看的太平天国的小人书里，只有英王陈玉成，没有忠王李秀成，这实在是太夸张了，我个人认为，忠王是忠诚的。

再说一个很有意思的事情。在历史学界，太平天国一直是显学，罗尔纲等历史学大师研究了很多年，当然他们的研究都是深受各种政治因素影响的。等到改革开放后，所有的历史学者都集中起来，专门开会研讨太平天国，会上，大家讨论得眉飞色舞、口沫横飞，讨论到最后，突然有一个人问了一句，在座的各位历史学家里，有没有人看过洪秀全和洪仁玕最初看的那本《劝世良言》？也就是梁发翻译的那个《圣经》的摘录本。结果，会场瞬间鸦雀无声，刚才所有滔滔不绝的历史学者全都面面相觑，居然没有一个人看过。

于是就在那场讨论会上，组织者临时去影印了那本书，分发给大家，说麻烦大家回去研读一下洪秀全最初是怎么传教的。那么多的历史大家，居然没有一个人看过《劝世良言》，这听起来实在是有点不可思议，其实历史学家们也很无奈。因为在当时，所有搞学问的人，大家都要首先研究阶级斗争，为什么要搞阶级斗争？阶级是怎么形成的？统治阶级是怎么压迫人民的？人民又是如何反抗的？没有一个人有时间和精力，去从人的内心深处，从人的动机入手来研究历史。所以也就没有人去关心洪秀全是怎么从一个普通的落第秀才，一个默默无闻的私塾教师，摇身一变成了上帝的儿子，以及他是怎么传教，怎么说服客家人跟他一起闹革命的。通过这件小事，可以看出我们当年的历史研究还是有偏颇之处的。

洪仁玕被俘之后也表现得比较坦然，凌迟之前在南昌写下了文天祥式的诗文，当然文笔没有文天祥好，但在洪仁玕的自白书里，他是称呼自己的大哥洪秀全为伪天王的。

还有天王洪秀全的儿子——幼天王洪天贵福，洪天贵福这个名字挺奇怪的，我就不详细解释这个名字的来历了，反正太平天国里有各种各样的复杂礼仪，内部关于名字的避讳，也比全中国有史以来的所有封建王朝还要多。通常情况下，百姓取名只要避掉皇帝的名字就可以了，而太平天国统治下的老百姓，取名不光要避洪秀全，所有王的名字都要避。洪秀全、杨秀清、萧朝贵、冯云山，这些人的名字老百姓都不能叫，已经叫了这些名字的都得改名。最后甚至连"王"都要避，所有姓王的人都得改姓为汪。

避讳越多，当然就说明统治越腐朽。以至于洪天贵福被俘的时候，交代出几件特别有意思的事。他说他有88位母后，他的妈妈排名第二。于是大家就听不懂了，因为大家都知道洪天贵福的母亲是洪秀全的原配赖氏。洪天贵福解释道，因为他的爸爸洪秀全，曾经被上帝许配了一位天使，所以洪秀全的正宫皇后是一位所有人都没见过的天使，而原配赖氏，则屈居天使之后，排名第二。

洪天贵福还说，他最大的理想其实不是当幼天王，而是考秀才，而且他非常自信，认为自己一定能考上秀才。但是我看了洪天贵福的自白书，里面的错别字和语法错误真不少，以他的文笔和才华，我估计他肯定是考不上秀才的。据说负责审理洪天贵福的主审官曾经跟上头申请过，要不要安排洪天贵福考一次秀才，圆一下幼天王的梦想。结果上头回复，别胡闹，太平天国还有大量的余部流落在外，别说让幼天王考秀才，只要余部知道幼天王还活着，就会继续跟朝廷对抗的。所以，幼天王洪天贵福也很快就被凌迟了。在洪天贵福的自白书里，他称呼自己的老爸洪秀全为老天王。

洪仁玕管自己的哥哥叫伪天王，幼天王管自己的爸爸叫老天王，只有李秀成到最后依然称呼洪秀全为天王，由此可见，忠王是忠诚的。

4. 失败的原因

有关天王洪秀全之死，也是一个可悲可叹的故事。

当时天京被围，完全无粮。李秀成上书要求让城别走，意思就是放弃天京去别的地方，我们在其他地方还有很多根据地，不要困死在天京。但是洪秀全回复，没关系，我是上帝的儿子，我是爷火华的儿子，上帝不会让我饿死的，上帝会赐给大家一种名叫吗哪的食物。

吗哪是什么东西？整个天京城里都没人知道。其实这是《圣经》的《出埃及记》里，摩西带领着以色列人到了西奈半岛，停了好几年，没吃没喝，就在人们快要饿死的时候，天降吗哪。有一些科学家分析，吗哪可能是一种植物。我去以色列旅行的时候也问过当地人，当地的导游告诉我，吗哪有可能是一种鸟。总而言之，谁也不知道《圣经》里说的吗哪到底是什么玩意。

当时的洪秀全已经完全疯了，他居然下令让全城的人民都吃吗哪，他就坚信上帝会降下吗哪来拯救自己，所以他必须要带头吃吗哪。最后洪秀全就在天王府里弄了点野草，揉成了一个草团吃下去了，吃多了，可能是食物中毒了，就这么死了，令人无限唏嘘。

没有掌握精英阶层的人才，我认为这是太平天国最大的失败，后面的一切失误决策的根源都是这个。南北战争南方失败的原因则截然不同，在南北战争中，南北双方的领导阶层都是美国的精英阶层，大家在各种电影和史料中都应该有所了解，南北战争实际上就是美国的精英阶层分裂了。北方的政治家林肯没有上过大学，但是领导阶层中的大部分人都是哈佛大学和耶鲁大学毕业的名校生。其实最开始的时候，在人才方面南方还稍占优势，但南方在整体的人口和经济上实在不行，加上后来的国际环境受到了马克思和恩格斯的影响，南方就完全处于劣势了。

虽然失败的主要原因不尽相同，但美国南方和太平天国的失败，还是有一些相似之处的，接下来我就跟各位读者分享一下导致其失败的几个共同原因。

首先一个原因就是，美国南方和太平天国都不是中央政府。这种情况在美国还要好一点，因为美国人本来就不习惯所谓的大一统，他们本来就习惯于各州的州权更大。但是，州权再怎么大，那面旗子你不能打。美国人从小就被教育说，星条旗高高飘扬，高举国旗，占领了西部，打败了墨西哥等。结果现在南方突然挂出了一面大家都没见过的旗子，叫血痕旗。

这样的政权首先在合法性上，就是大打折扣的。尽管南方拼命地祭出捍卫宪法自由的意识形态，但他们在合法性上还是吃了很大的亏，为了得到国际上的认可，南方也得大费周章地派大使去跟其他国家协调和谈判。

太平天国也是一样的，而且我们中国自古以来就是倡导大一统的。虽然太平天国祭出了"驱除胡虏，恢复神州"的意识形态，但是老百姓早就已经习惯了清朝和满族的统治了。南明就是一个鲜明的例子。过了没几十年，朝鲜使节穿着明朝的衣服来了，北京的老百姓已经完全不认识这些衣服了，还取笑这些朝鲜使节是唱戏的，人民早已经忘记了故国衣冠，也没人记得当年大家为此而流过的眼泪。人民已经把清政府当成了自己的合法政府，所以清廷就可以堂堂正正地进行宣传，而太平天国只能去找各种各样的偏锋去宣传。这是美国南方和太平天国的一个共同弱点，也是双方失败的一个重要原因。

第二个原因就是战争和发展经济之间的关系。对一个幅员辽阔的大国来说，即便发动大规模的战争，也不是所有的地方都在打仗，总有一些地方是要发展经济的。然而对美国的南方和太平天国来说，他们占领的土地都在打仗，所以你只能被迫一切都要以战争为先，发展经济只能居于其后。中国后来的革命，实际上都吸取了太平天国的教训，一定要先有根据地，在根据地里发展经济，搞土改，用豆子投票，让老百姓看到我们真的在实行政治改革，让人民能亲眼看到更美好的未来。任何以战争为先的策略都是注定要失败的，因为在这样的政治统治下，人民没有安全感，也享受不到政治改革和经济改革的好处，大家都不知道自己哪天会死，这样就失去了民心。

整个美国南方，在战争期间没有进行任何政治改革，而北方则是不停地改革。其实刚开始打仗的时候，林肯也不想解放黑奴，但是打了一阵子后，林肯觉得不能再这样下去了，必须得改革才行，于是才开始改革，先解放了黑奴，然后又到西部去分土地等。

第三个原因就是军事策略的失败。太平天国和美国南方的军事战略特别像。美国的北方和清廷都采取了大包抄的方式，太平天国和美国南方则都变成了多线作战。美国南方在主战场上一直都在打胜仗，罗伯特·李将军指挥的主力军，一直在距离华盛顿很近的地方不停地击败北军。然而北军在主战场上打败仗没有关系，因为北军祭出了一个大包抄战略，由格兰特和谢尔曼率领一支非主力的北军，绕过整个主战场，沿着密西西比河南下，直插南军的背后，而且这支北军一路烧杀抢掠，走到哪儿烧到哪儿，把南方所有的经济基础都摧毁了，南方的民心和士气也遭到了重创，最后北军一直打到入海口，再转向东，从南军的背后一路打到亚特兰大，再打到海边。最后整个南军东北方的主力被迫多线作战，腹背受敌，在军事战略上完败，南方被彻底打烂，花了很多年的时间进行恢复。

太平天国也是一样，太平天国始终没能建立起强大的根据地，在整个的军事战略上出现了严重的问题。这个问题其实从一开始就存在，早在永安的时候，洪秀全曾经遇到一位谋士，这位谋士特别像诸葛亮，挂起地图来给洪秀全做规划，告诉洪秀全，你应该先打破潼关，北上长安，占长安，东下统一，秦朝就是按照这个策略才实现大一统的，隋朝和唐朝也是如此。洪秀全一开始还是很听这位谋士的话，下定决心一路北上，打下武汉，打破潼关，占领长安。太平军也确实打下了武汉，但是后来又丧失了，于是才有咱们之前说的第二次攻打武汉。第一次打下武汉之后，洪秀全手下的几个王立刻就看中了江南富庶之地，而且此处敌人的防御也空虚，于是这几个王临时起意，放弃了既定的方案，也不去潼关了，直接顺流东下，去打芜湖、安庆和南京了。当时太平军军威壮胜，所有的老将都身经百战，这么强大的军队，去执行任何战略都能无往不胜。所以太平军就放弃了谋士的战略，顺流东下了。

洪秀全早年传教的时候，就曾偷偷摸摸地和洪仁玕一起砸过两尊孔子像，还被官府抓了起来，官府质问洪秀全，你不是考过秀才吗？你不是学过四书五经吗？你为什么要砸孔子像？洪秀全回答，我们不信孔孟，我们信仰爷火华。所以太平军东下的路上，一路见到庙就烧，儒释道的庙宇一律烧掉砸毁。太平军所到之处，和尚全都吓跑了。有几千名和尚逃到了南京，南京人民十分同情这些和尚的遭遇，收留他们在南京城里避难。后来太平军进攻南京，他们自己化装成逃难的和尚，混进城里的和尚收容所，在城内打开了城门，得以顺利打下南京。

打下南京后，应该立即指定下一步的军事战略，或者全力北伐，或者全力经营江浙。只要努力去做，这两件事其实都可以做到。在江浙深深扎根下来，推行经济改革和政治改革，哪怕是传教也好，都能取得很好的效果。或者像朱元璋一样，全力以赴地去北伐。关于接下来该怎么走，太平天国内部产生了分歧，有人想北伐，有人觉得应该东下去打浙江，也有人说应该继续经营两湖。最后他们只好分兵数路，分头去经营江浙和两湖。太平军数十万精兵强将，要进行北伐大业，即便不是东王御驾亲征，至少也要石达开或韦昌辉这样的王去领军吧？没有，所有的王都在忙着经营各自的地盘，结果就派了两个丞相——第三级别的将领去北伐，分别是林凤祥和李开芳。虽然林凤祥和李开芳这二位还真的能征善战，一路摧枯拉朽，但最终还是失败了。太平军的北伐，只要再坚持一小会儿，英法联军就在大沽口登陆了。

太平天国的军事战略失败，首先是对国际形势没有做出正确的判断。如果当时太平天国能判断出英法联军要攻打北京，那全力北伐绝对势在必行。只要太平军北上成功，英法联军就不会跟清政府签协议，而会跟太平军签订，因为当时皇帝都跑到热河去了。清朝也是一个很有自己风格的政权，每一次到了危亡关头，他们的第一个策略就是回家，他们绝不会跟任何人战斗到底。比如辛亥革命的时候，革命没多久，清帝就退位了，肃亲王走之前还题诗一首——幽燕非故国，长啸返辽东。肃亲王就是川岛芳子的父亲，已经算是清廷里很有中华民族概念的人了。

在这么好的国际国内形势下，太平军偏偏就不全力北伐，只派出了区区两支偏师北上。结果半路遇上天寒地冻，两广来的南方老兵受不了寒冷，绝城待援的时候，又遭遇了对方的冰水浇灌，闹出了各种令人啼笑皆非的闹剧，最终两支偏师失败了。失败了之后，其实太平天国还是可以集中精力，好好经营江南的，然而到了这个时候，形势已经越来越糟糕了，曾左李胡都崛起了。湘军从湖南起来，就在太平天国的左腋下，淮军从安徽起来，就在太平天国的右腋。左右腋下突然出现了两支完全不是官军，但是比八旗军骁勇一万倍的强悍军队，高举着意识形态的大旗，高举着反对洋教的口号，堂堂正正地来攻打你们这些胆敢烧砸孔庙的欺师灭祖的异族。

太平天国被大包抄，最后连自己的根据地两广也丢失了，南方的江西也丧失了，浙江也丧失了，最后只能突围抢粮，跟罗伯特·李太像了。

除了以上的这几个失败原因之外，还有一个重要的经济原因。美国南方和太平天国都始终没有想出一套经济方法，清朝的财政也捉襟见肘，美国北方也捉襟见肘。但是美国北方想出了一个解决办法，中央政府有税收和基本的收入，最后林肯发行了四亿五千万绿币。这四亿五千万是没有跟金银储备挂钩的，为了打仗，中央政府只能这么做，但至少中央政府开始发行美元了，这在经济上对南方就是致命的一击。在这种情况下，南方只能拿着原来各州发行的美元去经营，只能靠卖棉花来赚钱，只要北方用舰队将港口一封锁，棉花就无法出口了，南方马上就通货膨胀，经济一下子就会崩溃。最后南方只能靠意识形态和信仰，让南军坚持战斗。

但人可以坚持斗争，枪必须得有子弹啊，南方的经济已经无法供应战争了。太平天国也是一样，太平天国始终没有形成一套根据地式的经营方法，获取钱粮的主要策略就是学习李自成，靠抢和夺，只是太平天国号称不抢穷人，只抢富人，但那也是抢啊。李自成也号称只抢富人，不抢穷人，闯王来了不纳粮，不纳粮就没有税收，没有税收怎么养活军队？那只能抢夺富人的财产。这个失败的经济政策，就导致了清朝和太平军大家轮番抢夺，把最富庶的江南地区抢夺得一塌糊涂。

太平军曾经两次占领杭州，第一次占领是围魏救赵，先直驱杭州，占领杭州，然后逼迫江南大营出兵回援，在回援的路上立即放弃杭州，全军各路回师击破江南大营。这一仗打得非常漂亮，杭州毫无防备，当时的杭州是最富庶的地方，城内男女全都穿着绫罗绸缎，春夏秋冬还分别有不同的时装。太平军占领杭州的时候，杭州的总督和巡抚们自杀的自杀，逃跑的逃跑，八旗军也龟缩起来，等到太平军回师去击破江南大营的时候，八旗军一看太平军走了，富人也跑了不少，于是八旗军率先劫掠了杭州。等到太平军攻破了江南大营后，李秀成又率军占领了杭州，八旗军一看太平军回来了，便给每一个八旗士兵分了三两炸药，等到太平军把军垒一破，八旗军就准备全军自杀了，因为他们不自杀也没有别的路可走了，当时的杭州人民已经恨八旗军入骨，在街上遇到八旗军，老百姓自己就冲上去砍杀。

按理说，八旗军劫掠杭州，引来百姓的民怨，如果太平军能将八旗军抢掠的财产发还百姓，这对于接下来好好经营杭州，是多么好的机会啊。可太平军偏偏没有这么做，他们居然把杭州城内的富户都抓起来，把他们的辫子拴在脚上吊起来，让他们交出自己的所有私产。杭州城的老百姓原本以为太平军来了，大家就有好日子过了，没想到太平军劫掠财富的手段比八旗军还狠，所以从一开始，太平军就没能得到江浙百姓的支持。

太平天国自始至终也没有祭出一套经济政策，而清朝则祭出了一套相当有效的经济政策。清朝祭出的第一项经济政策就叫办团练。曾国藩这些人以保家卫国的方式办团练，对于富户秋毫无犯，只杀长毛和发贼。老百姓便主动来参军，为了保护乡里，保护我们家的孔家庙，保护我们的传统，保护我们的文明。这其实都不叫交税，而相当于众筹。还有一项举措也非常有效，而且跟美国那边有异曲同工之处。美国那边，林肯发行了美元，清朝这边则出现了票号。

在太平天国之前，山西票号并没有形成一个真正的全国性产业，基本上只在山西商人之间流行。山西商人要出门去做生意或是返乡过年的时候，随身背着大量的银子很不安全，再加上雇用镖局的费用也很昂贵，所以就出现了票号，出行前先把银子存在票号里，票号给你开一张银票，你拿着银票到其他城市的分号里，就可以直接兑换等额的银子，只需要支付很少的佣金。太平天国兴起以后，漕运被截断，南方的税收无法运送到清廷，中央政府被逼无奈，只好也求助于票号。反正票号的钱多，南方交税的人把几百万两银子存进票号里，只把银票送到北京来，然后中央政府就拿着银票在北京的票号里把银子取出来，一存一取，税收就安全地从南方到了北京。

美国的美元和中国的票号，都是在 19 世纪 60 年代这两次大内战中的经济革命性的东西。票号也因此成了中国最富有的行业，显而易见，国家的税收可不是十两八两的小生意，而是百万两、千万两的大买卖，票号按基数收取的手续费也是很惊人的。到了最后，即便太平天国没有了，中央政府依然愿意继续使用票号来收税，因为这比漕运效果好，消耗也少。而且漕运这件事本身也是十分腐败的，漕运是由一位漕运总督率领手下的兵，征发民力来进行运输的，这个过程中还有船械的火耗，还有人吃马喂的成本，等到最后把税收运送到北京，光耗损就是一笔相当大的开支，要比使用票号浪费得多。

票号的信誉也不用担心，那个年代的商人都很有信誉。山西票号最鼎盛的时期，负责中国税收的转运，过手至少有四亿到五亿两白银。我没有亲自研究过有关票号的史料，但研究票号历史的人告诉我，他们看了所有当时留下来的票号，一共有几十年的流水材料，共计过手六七亿两白银，没有出现过一两的丢损和差错，也没有出现任何投诉事件。最令人惊奇的是，这么大的生意，居然没有复杂的文件。今天我们去银行办点业务，哪怕就是办一张信用卡，都要签好几份文件，你想要在银行买点理财产品，都要签订好几页的文件，而当年的票号，程序和手续都非常简单，你只要把银子存进去，票号给你开出一张银票，就可以到另一家分号去取钱了，票号一定会把银子如数给你。过去和现在进行一下小小的对比，我也说不清楚，这究竟是时代的进步还是倒退。

总而言之，在经济方面，美国南方和太平天国都失败了，中央政府代表的北方则都取得了胜利。

5. 两场内战的影响

太平天国曾经占领了全中国最富庶的地区，从两广到两湖，从长江中下游到整个华东。然而，他们没能取得任何经济上的成就，有趣的是，他们却成就了另外两座城市的繁荣，那就是香港和上海。

说句心里话，如果让香港和上海自己一点一点地发展，也许它们不会发展成今天这样的规模。香港和上海最高速发展的时期，正是太平天国出现的时期。当年，太平天国在两广到处杀人越货，劫掠富户，把当地的富人全都吓跑了。因为当时英国正对香港实行殖民统治，比较安全，所以两广的富人全都带着家私细软逃到香港去了，一下子就把香港的经济带起来了。

紧接着，太平天国又打到华东地区，在江浙这些富庶之地打砸烧抢，于是江浙地区最富裕的地主全都跑到了上海去避难。大家不妨研究一下如今上海本地人的成分，有许多都是从宁波来的。总之，太平天国一路攻占的都是中国最富庶的地方，可惜这些地方的财富，太平天国自己一点都没捞着，反而振兴了香港和上海这两座城市，给西方人帮了大忙。

当然了，西方人也间接地帮了清朝很多忙。在《清史稿》里，虽然没有给洋人单独立传，但是却给一些洋人并了一个传，即《清史稿卷四百三十五·列传二百二十二》。这个数字序号好像还挺"吉利"的，全都是二。为了把这一段写得更翔实准确，我特意去翻看了这部分的《清史稿》，在这里跟各位读者分享一下。

在《清史稿卷四百三十五·列传二百二十二》里，一开篇就花了一千多字写了华尔，华尔也是这一部分里用字最多的洋人。所以，我就先跟大家来分享这位不在美国好好打内战，反而跑到中国来打内战的美国人华尔（Ward）。我不知道为什么现在都把他的名字翻译成"华尔"，其实翻译成"沃德"更为准确，可能那个年代还发不出"D"的音吧。

华尔其实就是一个落魄的美国军人，说得直白点，就是一个在美国混不下去的盲流，跑到了远东来讨生活。最近阿里集团特别强势，在好莱坞等地方进行谈判，大谈收购和合作等事宜。好莱坞的那些资深大腕儿和著名CEO非常不服气，因为他们觉得我们阿里的人都太年轻了，他们这些有威望的好莱坞大腕儿居然要跟一群年轻人卑躬屈膝地谈合作。我就跟美国人开玩笑说，你们不服气也没办法，现在是我们中国的阿里更强大，所以即便我们派出一群二三十岁的年轻人来，你们这些好莱坞老头儿也得乖乖坐下来跟我们谈判。但其实我们中国也曾弱势过，当年年轻的华尔和戈登被派来跟中国谈判的时候，我们也是派出了一群德高望重的总督和巡抚与之对谈，此一时彼一时也。

华尔到中国后，赶上太平军逼迫上海，上海的富人急得不行，他们都害怕太平军杀进上海来烧杀抢掠。于是以一个名叫杨坊的上海大买办为首，集资出钱给华尔，让华尔组织洋枪队，保卫上海。这位杨坊不仅出钱雇用华尔，还把自己的女儿都嫁给了华尔。那个年代的女人也真是没有什么权利和自由，反正她爸爸对她说，你去嫁给华尔吧，这样他就能真心诚意地帮我们保卫上海了，所以杨小姐就嫁给了华尔。不过，华尔和杨小姐的感情还是非常好的。后来华尔在战场上被太平军打死了，杨小姐还为他守贞节。我听说现在有人正在写华尔和杨小姐的爱情故事的剧本，不知道这故事写出来能不能好看，也不知道会不会有观众喜欢。总之，华尔真的组织了洋枪队，奋勇作战，抵抗太平军，最后自己也战死了。而且华尔不仅是中国女婿，还入了中国国籍，有关华尔的资料，都是有据可查的。但是我看过一些写太平天国的历史资料，说华尔曾被追认为总兵，对此我存有异议，因为《清史稿》里只提到华尔的最高军衔是副将，并没有说他被追认为总兵。

除华尔外比较有名的就是戈登。戈登是英国人，跟美国的牛仔不一样。华尔是一位美国牛仔，戈登则是一位英国的绅士军官。但是戈登作战也很勇敢，那个时候打仗跟南北战争一样，得由军官带领着士兵往前冲，军官也一样会负伤。

有一个很有意思的小故事，可以充分显示出戈登这个人的性格，这个故事也被记录在《清史稿卷四百三十五·列传二百二十二》里。事情发生在打苏州的时候。驻守苏州的太平军的王叫谭绍光，他手下有八位大将，预谋要出卖谭绍光。在正式出卖之前，这八位大将先偷偷地联络了李鸿章和戈登，商谈如果他们出卖谭绍光，清廷能给他们什么好处。李鸿章和戈登承诺，如果八位能献城，清廷就封他们官，招安他们为军官，还有各种赏赐等。这八位大将回去之后就刺杀了谭绍光，苏州随之陷了城。

拿下了苏州后，李鸿章摆了一场鸿门宴，邀请八位立了大功的叛将，表示要给他们论功行赏，然而饭还没吃一会儿，刀斧手就冲了上来，当场把八名叛将全杀了。李鸿章当然是认为，叛主之将不可用，但李鸿章的做法把戈登惹毛了。戈登跟李鸿章翻脸了，他认为，我们军人应该有荣誉感，更应该有契约精神，你明明跟这八位大将做出过承诺，现在怎么能撕毁契约呢？然后，戈登居然掏出枪，要杀李鸿章，说李鸿章突破了他英国绅士军人的底线。幸好李鸿章反应快，及时跑了，随后戈登居然又下了战书，要跟李鸿章决斗，差点把李鸿章笑死。

李鸿章还特意上书给中央，告知戈登要跟他决斗的事。李鸿章在上书中写道，戈登这个人太不了解我们中华民族了，但是我了解洋人，洋人就是贪婪，洋人就是假仗义，洋人就是特别能装相，只要我们配合洋人装相，就能成功地安抚他们。李鸿章当时还只是江苏巡抚，后来曾国藩去了之后，李鸿章一路平步青云，成了最懂洋人，也最常跟洋人打交道的人。

格兰特卸任以后，曾经来过一趟中国，他也是第一位访问中国的美国前总统。李鸿章当时是总理各国事务衙门大臣，由他来负责接待格兰特。李鸿章跟格兰特面对面坐下后，跟格兰特说了一句特别搞笑的话，他说，你我二人是平定了世界上最大的两场叛乱的两位统帅。说完，李鸿章哈哈大笑，格兰特也只能跟着哈哈大笑。两个人笑了一番之后，李鸿章又说了一句更搞笑的话，他说，而且我和你的大对手姓同一个姓，格兰特的对手是罗伯特·李，李鸿章还知道后面那个"李"是姓氏。

当然了，李鸿章并不是平定了太平天国的大统帅，真正的大统帅是曾国藩。我们通常说的"曾左李胡"，也常常会说"曾胡左李"，不管怎么排名，李鸿章都是排在后面的。在当时的人物画里，李鸿章也只能坐在偏座上。但李鸿章还是说自己和格兰特一样，是大统帅。

李鸿章后来也去访问过欧美，那也是第一次有来自中国的最高级别的官员到欧美，到了哪个国家都受到最高级别的招待，万人空巷。西方媒体用很细致的文笔记录了李鸿章抽烟的姿势，嘴不动，脸不动，由一群仆人来服侍他抽烟，特别有意思。李鸿章到纽约的时候，有几十万美国人前去迎接他。李鸿章还特意提出，他要去他的老朋友格兰特的墓地去看一看。

当李鸿章站在格兰特的墓前时，后面有无数人在围观。李鸿章离开墓地的时候，还跟格兰特说了一句，永别了，老朋友。反正李鸿章坚持认为自己跟格兰特一样，是非常了不起的统帅。其实格兰特和李鸿章非常不一样，格兰特当了美国总统，为美国的变革起到了巨大的正面和负面作用。正面上，格兰特真正地给了美国黑人选择权，负面上，他是一个贪污腐败的总统，正是从格兰特开始，美国开始立法反贪。而李鸿章从始至终都是清朝的一个奴才，没有真正掌握过一个国家的大权。

戈登离开中国以后，又去了埃及，在苏丹镇压苏丹起义的时候被打死了。《清史稿》里关于这段的记载有点奇怪，不知道是写错了，还是当时记录的人不知道苏丹不是埃及，反正里面记录的是，戈登回国后，提兵到埃及平叛，最后在埃及阵亡，这时戈登就已经是总兵的军衔了，后来还被追认为提督，提督就相当于今天的省军区司令。其实相较之下，我觉得华尔为中国人民做出的贡献更大一点，但是戈登的军衔更高，这说明中国对洋人越来越倚重了。

我本来想写写令人咬牙切齿的英国人李泰国的，但是《清史稿卷四百三十五·列传二百二十二》里没有专门记录李泰国，因为主编《清史稿》的赵尔巽看不上李泰国。但是《清史稿》里记录了赫德。我以前看过很多和赫德有关的资料，可惜一直没有看到过他的官衔，我原本以为他的官衔应该是海关总税务司之类的，但这次我一看《清史稿卷四百三十五·列传二百二十二》，不禁惊呆了，赫德的官衔居然是太子少保，尚书衔三代一品。所谓的三代一品，意思就是不仅他本人是一品的官衔，他后边的两代人都能世袭一品的官衔。这个荣誉在汉人的大臣里都是不多见的，清朝就差等赫德死后给他追认一个赫文忠公的名号了。

通过翻看《清史稿卷四百三十五·列传二百二十二》，我发现了一件特别有意思的事，就是中国人对洋人的态度，是跟需求成反比的。最初我们最需要洋人的时候，华尔为我们卖了命，结果他战死在中国，也只得到了一个副将的军衔。之后的戈登，战功比不上华尔，但是被封为了总兵、提督。到了最后，仅仅一个收税的赫德，居然被封了三代一品。通过这个变化，可以充分看出，当时中国的形势急转直下，越来越依靠洋人，而且也依靠汉人。

关于这两场震惊了世界的大内战，马克思一开始还写文章，公开盛赞太平天国，觉得太平天国具有先进性，打破了腐朽的清朝封建统治。后来等到传教士们在天京活不下去了，罗孝全也逃回了上海，大骂太平天国是邪教，大骂洪仁玕背叛上帝，在老师面前斩杀仆人等，这些消息传出来之后，马克思立马又写了一篇文章，痛骂太平天国，说太平天国是腐朽的，落后的，肮脏的。

这两场大内战，实际上是从根本上改变了中国和美国这两个大国。美国的改变是极为明显的，在南北战争之前，美国的三权分立是州权、议会和司法，美国总统的权力也很小，中央政府几乎没有什么权力，既不能印钞票，也没有军队，顶多就是在攻打墨西哥的时候，才能把军队集中起来。各州的权力则极大，当时的钞票也由各州自行发行，如果今天大家能收集到当时各州印的钱币，估计能发一笔小财。而南北战争彻底改变了美国，战争之后，总统的权力越来越大，联邦政府的权力也越来越大，之后才形成了美国今天的三权分立——总统内阁行政，参众两院立法，联邦法院司法。

而南北战争之后的南北大和解，极大程度地凝聚了美国的民族精神。美国南方在投降的时候，罗伯特·李将军提出的条件就是，不缴剑不缴枪。格兰特也说，李将军是我的校长，所以南军所有的将领都可以不缴剑不缴枪，不下马。大家可以去看看那幅著名的油画，罗伯特·李将军高高骑在战马上。他还提出，马匹也要由南军带回各自的家乡去，因为马匹不能算是战利品，南军的将领和士兵回到家乡后还得种地，还得生活，需要马匹。对于罗伯特·李提出的条件，格兰特都答应了，只是象征性地剥夺了南军的几位将领的公民权。即便被剥夺了公民权，李将军的雕塑至今依然立在美国的国会大厦里，因为弗吉尼亚州的人民说，罗伯特·李将军就是他们州的英雄，戴维斯也依然被美国南方的人民所热爱和崇拜着，血痕旗大概一直到2015年才降下来。

美国在南北战争之后，实现了南北大和解，不惩罚南方，不惩罚战犯。在这个过程中，整个美国的民族精神融合了起来。美国原本是一个分崩离析的国家，各个州的人都觉得自己只是这个州的公民，但战后，美国成了一个真正的国家，大家不再觉得自己是南卡人、弗吉尼亚人，而开始认识到自己是美国人。因为南北战争，美国发生了巨大的改变。紧接着就迎来了美国的黄金时代，经济蓬勃发展，华尔街牛气冲天。战后的四年，东西大铁路贯通了。整个美国以极快的速度追上并反超了英国，成为世界第一大国。

太平天国也彻底改变了中国，从此之后，曾左李胡上台了，中国彻底从满人统治政权，变成了由汉族精英大臣统治，后来又有了洋人的参与。紧接着就有了洋务运动，有了戊戌变法，有了清末新政，有了铁路，有了电话，有了轮船，有了现代化的工厂，有了报纸，有了杂志，整个国家以极快的速度向前发展。

不过中国和美国这两个国家的起点是很不一样的。美国一开始的起点就很高，所以战争中使用的也是洋枪洋炮，根据美国的统计，美国的工业在1900年前后就已经超过了英国。太平天国结束后的三十多年，中国虽然也发展得很快，但还是出现了各种各样的屈辱。然而顶着这些压力，中国依然在迅速地向前发展着。

如果没有太平天国，满人的政权依然还会长时间摇摇欲坠地存在，是太平天国彻底打烂了这一切。虽然太平天国没能取得成功，但也幸好它没能取得成功，否则中国接下来的路会更难走，说不定会被建设成一个奇怪的天主教国家。整体看来，中国的国运之路，走得还算可以。汉人的精英们上台，代替了满族，又不断栽培出更多的精英，推动着整个国家的前进。

当然最后决定胜败的关键因素还是经济实力，但是通过分析其他方面的原因，我觉得还是能看出很多当时世界上有意思的方面，包括地域观念和大一统观念。战争中，双方都祭出了地域观念，我说你是胡虏，你说我是粤匪，南方管北方叫 yankee（北方佬），北方管南方叫 rebel（叛徒）。而到了最后，双方的结局也非常有意思，在中国，大一统的观念完全战胜了所有的地域观念，不管是胡虏还是粤匪，最后都成为中国的大一统，中国一定要统一，这是我们中华民族自古以来所秉持的观念。而美国虽然实现了大一统，但最终还是没能形成大一统的观念。所以美国的报纸在报道太平天国的时候，会认为太平天国是一场种族战争，就像白人和黑人的战争一样，美国人认为太平天国是满族统治下的汉人的一场反抗战争。有关世界各国对太平天国的报道，各位读者有兴趣的话可以去找来看看，思考一下他们的观点和立场，非常有意思。

有关太平天国和南北战争的对比和分析，就跟大家分享到这里了。

二、口述历史之对谈张治中的女儿

正值国家民族危亡之秋，

治中身为军人，

当以热血头颅唤起全民抗战，

前赴后继坚持战斗，

抗击敌人，以卫国土。

——张治中

1. 保卫新疆，功不可没

各位《晓松奇谈》的读者朋友，大家好。这么长时间都是我一个人在这里跟各位讲述历史，讲述人文，分享个人感受和观点。今天我要换一种形式，以采访历史亲历者的方式，跟大家分享一段真实的口述历史。

下面我隆重地给大家介绍一下这次的采访对象，我母亲的朋友，也是我本人的忘年交——张素久女士。从辈分上论，我应该管张素久女士叫张阿姨，但我们俩曾经一块儿出生入死，到处跑，也有着朋友般的交情。张素久阿姨的另一重身份——张治中将军的女儿，张家三小姐。

张治中，人称和平将军，黄埔系骨干将领，蒋介石八大金刚之一，曾任蒋介石侍从室第一处主任，并长期置身于国民党最高决策层。抗日战争胜利后，张治中历任国民党政府西北行辕主任兼新疆省政府主席、国民党政府谈判团首席代表。同时，张治中又与毛泽东、周恩来和习仲勋等中国领导人交谊深厚，毛泽东称张治中是三到延安的好朋友。第二次国共和谈之后，张治中留在了大陆，促成了新疆的和平解放。中华人民共和国成立后，张治中历任西北军政委员会副主席、全国人民代表大会常务委员会副委员长、国防委员会副主席。

张素久女士是张治中将军的三女儿，现任中国侨联海外顾问，亦是著名的爱国侨胞领袖，同时担任多个华人华侨团体的领导人。2015年9月2日，张素久女士获颁中国人民抗日战争胜利70周年纪念章。

今天的口述历史，将以我和张阿姨对谈的方式，呈现给各位读者。

高晓松：张阿姨您好。张将军是国民党方面留在大陆的最高级别的官员，也是国民党方面留在大陆的、在新中国职务最高的党和国家领导人，也就是全国人大常委会副委员长，还没有其他国民党人能坐到这个位置。不过在历史书上，每当读到有关您父亲留在大陆这一段的时候，我总觉得这里面还有很多谜团。比如说跟您很熟的傅作义将军，他因为不是蒋介石的嫡系，和蒋介石有一些矛盾，所以为了生存而留了下来，还有曾经住在您家对门的邻居程潜，他也不是蒋介石的嫡系，又因其他一些自己的考虑，所以也留了下来。但是，您的父亲张治中将军，他可是蒋介石最最亲信、最最信任的嫡系，还做过蒋介石的侍从室第一处主任，而且在各种抗战的英雄将领里，您父亲是统治最精锐的中央军的，否则也不会担任国共谈判代表团的国方团长。结果国共谈判之后，您父亲就直接选择留在了大陆，这在历史上实在是一个谜团。我始终想不明白，您的父亲既不是杂牌军，在国民党内部也没有受到过排挤，更不是觉得去台湾没有前途，反而他在国民党内各方面的地位都很高，甚至事前好像也没有任何预谋，他怎么就突然决定留下来了呢？

张素久：其实早在抗日战争期间，就已经有国共和谈了，从那个时候开始，我父亲就觉得国共双方不应该再打内战了，而是应该联合起来对抗日本。我记得很清楚，当时国民党做了一些克扣八路军和新四军军饷的事，有些物资也供给得不是很及时，共产党还因此来找过我父亲，我父亲就在中间积极奔走，跟国民党方面说，共产党是要跟我们一起抗日的，我们不能克扣他们的军饷，物资也要及时供给。也就是说，早在抗日战争期间，我父亲就已经觉得应该国共联合、一致抗日了。

等到抗日战争结束之后，我父亲更是深深感觉到，经历了八年的艰苦抗战，老百姓都很辛苦，现在日本人被打跑了，国共就更应该联合起来，共同建设新中国了。我父亲的主要想法就是希望中国能强盛，既然国共双方可以一起抗日，虽然一开始在正面战场上是国民党的军队打得比较多，但后来在农村这些地方，共产党也起到了不容忽视的作用，那么现在抗日战争胜利了，大家有什么理由不继续合作，把中国建设得繁荣富强呢？于是我父亲就积极跟蒋先生建议，跟共产党和谈。但当时蒋先生其实是有两手准备的，一手和谈，一手军事。军事的这一手，就是以陈诚为主力，这些人觉得我们国民党这么强大，没有必要跟共产党和谈，我们三个月就可以把共产党消灭，后来说要六个月消灭，再后来又变成了九个月消灭，但其实根本消灭不了。直到这个时候，蒋先生才感觉国民党的军队需要调整和歇息一下，于是才把和平的这一手拿出来。虽然我父亲一直都在极力游说蒋先生和谈，但一开始蒋先生不太听，等到不得不拿出和平这一手时，蒋先生才对我父亲说，那就由你去跟共产党方面谈一下吧。

高晓松：三人停战小组吗？

张素久：三人小组那是重庆谈判时的事。抗日战争刚一胜利，就是由我父亲到延安去，把毛主席接到了重庆，签了重庆《双十协定》。

高晓松：毛主席到重庆之后就住在您家里对吗？

张素久：对的，毛主席就住在我家里，因为周总理是一个十分细心的人，他对于毛主席的重庆之行很不放心，还特意让我父亲去延安接的毛主席。

高晓松：周总理应该是担心飞机会出事，如果有您父亲在飞机上押机，飞机肯定不会半路掉下来。

张素久：对。飞机到了重庆之后，当然是由蒋先生来给毛主席安排住处，但是周总理又对我父亲说，不放心让毛主席住在蒋先生安排的地方，希望能让主席住到我们家里。我父亲也很理解周总理的担心，于是就赶紧让我们家人搬到别处去，把我们家的房子空出来，让给毛主席住。当时我的两个姐姐都在读书，我父亲就让她们临时住到学校里去了。

高晓松：那您呢？

张素久：我当时在读小学，学校就在我们家旁边，我实在没有地方可去，所以就没让我搬走，而是让我去跟我们家的奶妈和阿姨住在一起了，因为必须要把那栋主楼空出来，让毛主席休息、吃饭和会客，每天要来会见毛主席的人实在是太多了，宋庆龄也去看望过毛主席。通过这件事能看出来，周总理对我父亲是非常信任的。

高晓松：周总理确实很信任您的父亲，因为这就等于是把毛主席在重庆的安全事务都交给您父亲来负责了，您父亲责任重大。

张素久：周总理确实是太细心了，我们家本来就有两个排的保卫力量，每天在前后门都有卫兵定时换岗。于是周总理又对我父亲说，站岗的卫兵不能用你的人，这样万一出了什么事，你要承担很大的责任，不如换成宪兵来站岗吧，因为宪兵是国家的，万一出了事由国家来承担责任。所以，我们家门口站岗的卫兵就全都撤了，换成了国民党派来的宪兵。周总理这个人实在是太厉害了，他既充分考虑到了毛主席的安全，又替我父亲减轻了责任。那段时间，我每天不上学的时候就在我们家的院子里玩，经常能看见毛主席出来迎送客人。

高晓松：有没有人来找你，让你去窃听一下毛主席与客人们都聊了些什么？

张素久：没有没有，那怎么可能？我当时才上小学而已，就是一个在院子里蹦蹦跳跳玩耍的小孩儿。但是毛主席知道我是张治中的女儿，所以他对我很和蔼，他不忙的时候，还会来跟我握握手，我记得毛主席的手非常大。有一次，毛主席的头发长了，专门叫了一个人来给他理发，我就在一旁好奇地看着。因为我只是一个小孩子，所以没有人在意我。我父亲安排了我们家的大管家去贴身伺候毛主席的起居，我们家的大管家非常有经验，有一次毛主席在我家接见很多记者，大管家用茶碟给毛主席端了一杯茶，毛主席一不小心把茶具掉到地上摔碎了，大管家第一时间抽出一块毛巾，把所有碎片一把抓到手里收拾走了，速度非常快，以至于所有的记者都没来得及照相。如果不是大管家眼疾手快，这可能就会被写成一篇负面报道，说毛主席慌了，把茶杯都打碎了。

除了这件事，大管家在其他地方也十分尽心尽责，毛主席吃饭的碗筷，都由大管家亲自进行消毒，而且在毛主席搬到我们家之前，我父亲也事先派了副官去调查，了解了毛主席喜欢吃什么，喜欢坐什么样的椅子，喜欢睡什么样的床，喜欢抽什么样的烟，喜欢喝什么样的酒等，于是大管家的贴身照顾非常细致入微，毛主席非常满意。等到解放了以后，我们都回到北京，有一次毛主席特别来问我父亲，你们家在重庆时的那位大管家现在在哪里？我父亲回答，大管家现在人在南京，于是毛主席就让大管家当了南京市政协委员，后来好像还当上了江苏省的政协委员。

高晓松：这说明毛主席是一个很记恩的人。

张素久：是啊，毛主席的记性确实特别好，没想到隔了这么多年，他还记得我们家的大管家。毛主席问起大管家的时候，我们已经到北京了，而且去北京是一下子就飞过去的事，很突然，所以没来得及带上大管家。

高晓松：这个"一下子就飞过去"也是很重要的一个历史谜团。您父亲好像并没有事先预谋。而且当时只有您父亲留在北京，你们全家都还留在南京。

张素久：真的没有事先预谋。当时我父亲带团去北京跟共产党谈判，我们全家都在南京等着。那时候我已经读初中了，在明德女中。大家当然都知道，形势好像不太好了，国民党的官员们都纷纷开始逃难了，大部分都选择了去台湾，但是我母亲说我们先不走，因为我父亲还没回来。

高晓松：当时有人劝你母亲带着你们先去台湾吗？

张素久：当然有，而且当时我大哥已经先到台湾去了，就是先去给我父亲做准备的。

高晓松：你大哥已经去台湾了，这就说明您父亲真的是没有预谋留在北京的。

张素久：我父亲怎么会有预谋呢？他当时就是去谈判，如果谈不成就回来。当然了，我父亲是希望谈判能够成功的，他也花了很多的精力和努力去谈判。刚开始谈判的时候，是把蒋先生当作第一战犯的，我父亲为此做了极大的努力和抗争，最后就取消了这一条。后来就划分地盘，我父亲也积极地进行协商。还有建立联合政府,搞一个政协,当时叫旧政协。我父亲也曾访问过西方,有一些先进的思想,他知道美国实行的是两党制,他觉得中国也可以学习美国。

高晓松:他的想法是,谈判完成之后,他就回南京,带着你们一家人去台湾。但最后他到底是因为什么才决定留在大陆的呢?

张素久:不,虽然没打算留在大陆,但我父亲也没有去台湾的打算。我父亲很了解蒋先生,也很了解毛主席。蒋先生让我父亲去跟共产党和谈,我父亲就很积极地去谈,但我父亲其实很清楚,和谈成功的可能性很小。因为当时大军已经要渡江了,共产党都在那儿等着了。对于和谈的破裂,我父亲有着充分的思想准备,但他的准备不是破裂了之后举家去台湾,而是要去苏联。我父亲觉得,如果和谈失败了,国共打起来了,总归是一场中国人打中国人的战争,他双方都不想参加,他也没有兴趣去台湾当官,因为他觉得自己的历史任务都已经完成了。

高晓松:您父亲当时的职务除了国共谈判代表团的国方团长,还是西北军政长官公署的长官,整个西北地区都由他来管理,他都不想要了吗?

张素久:对。

高晓松:他为什么会想去苏联呢?

张素久:因为苏联跟中国是好朋友,我父亲跟苏联的那些官员关系都很好,比如苏联的驻华大使罗申。而且他在西北五省的时候,还兼任新疆省政府主席,我也跟着他去了新疆,那时候他跟苏联的关系就已经特别好了。

高晓松:哦,因为他在西北做新疆省政府主席,还是西北军政长官公署的长官,所以跟苏联的关系处得很好,这个很说得通。其实"二战"结束的时候,苏联已经占领了新疆的很多地方,后来新疆能保留在中国的版图上,您父亲功不可没。

张素久：那时候，新疆三军已经快要打到迪化了，也就是现在的乌鲁木齐。三军的领袖都来跟我父亲谈判，在我的记忆中，我父亲那时候每天的工作就是不停地谈判。当时开 200 多人的大派对，请苏联人来，跟苏联之间也在进行各种谈判，因为我父亲觉得三军的这些人背后都有苏联的支持。我父亲在其中自然也使用了一些方法，最后成功地保住了新疆。

高晓松：对，成功地保住了新疆，在这件事上，张治中将军功不可没。

2. 仓促飞往北平

高晓松：提到"三军"，我要稍微跟各位读者解释一下三区革命。从北洋之后一直到抗战结束，新疆一直处在盛世才的统治之下。有人说盛世才是一个独裁者，但是他一会儿投靠国民党，一会儿投靠共产党，一会儿又投靠苏联。西路军最后的几百人抵达新疆的时候，曾被盛世才营救过，因为当时盛世才跟共产党还处于蜜月期，所以共产党就相信了他，没想到最后驻新疆迪化的办事处被盛世才包围，毛泽东的兄弟毛泽民和陈潭秋等中共最早的老一代领导人，都遭到了盛世才的杀害。盛世才还曾屠杀过各族人民，他是一个极其反复无常、极其残暴的人，但最后他居然也跑到台湾去了。

有关盛世才的故事，这里就不多赘述。总而言之，一方面是因为盛世才的残暴统治，新疆民不聊生；另一方面，苏联也一直在一旁虎视眈眈。新疆的问题比较复杂，晚清割让土地的时候，把巴尔喀什湖东边、直到帕米尔高原的一大片土地割让给了沙俄，就等于是把原来居住在同一块土地上的一个民族活活切成了两半。所以苏联境内也有很多维吾尔族、哈萨克族和塔吉克族百姓，跟新疆这边的百姓既是亲戚，又是同族，双方往来十分密切，这就导致了每当新疆生活艰难的时候，老百姓就纷纷往苏联跑。而生活在苏联那一边的人，都认为伊犁是属于他们的，因为他们和伊犁的百姓都是同宗同族的。除此之外，还有少部分闹着要独立的极端分子。新疆的局势非常错综复杂，统治新疆也是非常不容易的一件事，之所以派张治中去管理新疆，也是因为他老成持重。

1944 年 8 月，盛世才还在的时候，新疆就爆发了三区革命，所谓的三区，指的就是伊犁地区、阿尔泰地区和塔城地区。因为有苏联在背后支持，三区革命壮大得很厉害，苏联的目的是将伊犁并入苏联。苏联的支持再加上三区内部错综复杂的关系，导致居然还出现了泛伊斯兰主义和泛突厥主义。原本只是一场起义，生生打出了"东突"的旗号，这对新疆的伤害是非常大的，不论最后新疆是被苏联抢走一半，还是被"东突"组织占据一块土地，都是中华民族的巨大损失。

张治中身为西北行辕主任兼新疆省政府主席，为了平息新疆的动乱，他多次亲自到新疆去，在其中做了很多的努力工作。最终，在张治中非常非常高明的、非常非常诚恳的谈判下，苏联知难而退了。同时，张治中也坚定地粉碎了"东突"的图谋，"东突"原本想以"东突"共和国的身份与"中华民国"进行谈判，张治中严厉拒绝，并调动苏联和各方面势力对"东突"进行施压。张治中立场坚定地表示，他是中央代表，他可以成立民族联合政府，但绝对不能代表"中华民国"与"东突"进行谈判。因为张治中的努力奔走和坚定坐镇，中国成功地从苏联和"东突"手中保住了新疆。而且，张治中在新疆期间，还把盛世才关押在乌鲁木齐监狱里的中共人员全部释放出来，并安全地护送他们返回了延安。

张素久：我父亲不仅成功地保住了新疆，还说服了三军的领袖阿合买提江去北京见毛主席，但那好像是我们留在北京之后的事了。

高晓松：好，话题再一次回到"留在北京"这件事上了。您父亲既然决定谈判失败后就举家去苏联，怎么最后就留在北京了呢？

张素久：我父亲率领着代表团在北京谈判，谈到最后双方总要签约嘛，当时拟定了一个八条二十四款的约（国内和平协定）。结果我父亲把这个约带到南京去，南京政府不同意，当时领导南京政府的已经是李宗仁了，李宗仁和何应钦他们应该也做不了这么大的主，而且他们觉得这是一个投降的协议，坚决不能签。为了防止以我父亲为首的代表团自作主张地签约，李宗仁他们就公开宣布，国民党方面不承认我父亲带领的这个和平代表团了。所以我父亲就觉得，和谈已经失败了，他应该回南京去，该去哪儿去哪儿了。这个时候，周总理拦住了我父亲，对我父亲说，现在和平谈判破裂了，我们的大军就要渡江了，但是渡江之后我们还可以再谈判。总之，周总理希望以我父亲为首的和谈代表团先不要离开北京，因为国民党手里还有大片的中国土地，双方还是有再次谈判的可能性的。

高晓松：是的，就算渡了江，国民党手里还是拥有半壁江山。

张素久：在周总理的极力游说下，我父亲也就觉得，确实还有再次和谈的可能性，于是我父亲就留在了北京，和谈代表团里也有很多人跟我父亲一起留下了，比如邵力子和黄少雄等。

高晓松：其实国民党的整个和谈代表团都留在了北京，因为您父亲是团长，他留下了，大家就都放心地留下了。如果您父亲当时立场坚定地要走，大家就都会跟着他走。

张素久：嗯，整个代表团都留下了，因为大家心里都还保留着希望，觉得国共双方还有机会再次和谈，毕竟中国还有半壁江山在国民党手里，包括我父亲管理的新疆省在内。所以，大家就留在北京，等着大军渡江之后，再次跟共产党和谈。其实在和谈破裂之后，国民党已经派了飞机来北平接和谈代表团了。当时我母亲还带着我们在南京等我父亲的消息，蒋纬国派人来告诉我们，代表团不会回南京了，而是会直接飞抵上海。这样，我母亲就坐上了蒋纬国的飞机。蒋纬国乘坐的那班飞机，已经是飞离南京的最后一班了，登机之前我们全家根本没有做任何准备，我还在学校里上课呢，很突然地就把我叫回家，说我们全家马上就要飞去上海了。那时我大哥还在台湾，我大哥是个生意人，做的是汽车生意，他看到很多人去了台湾，台湾势必会需要大量的汽车，所以就先去了台湾，也想着万一我们全家要是去了台湾，他也可以在那边先做些准备。但是我大哥的家在上海，我大嫂没有跟我大哥一起去台湾，而是留在了上海。而我母亲带着我们全家到上海的计划，实在是太仓促了，也没来得及通知我大嫂。也许那是最后一班飞机的原因吧，我就记得飞机非常重，飞行的全程我都感觉非常不舒服。

高晓松：那班飞机上除了你们一家，还有什么人？

张素久：还有很多人，可惜我都不太认识，但我知道那都是国民党内很重要的人。

高晓松：蒋纬国本人在那架飞机上吗？

张素久：他在的，因为他要负责把最后一班重要的人都送到上海。

高晓松：蒋纬国帅吗？

张素久：帅，蒋纬国确实蛮帅的，而且他也很有礼貌，管我母亲叫张伯母，对我们全家十分客气。但整个过程都非常仓促，以至于我们出发前完全来不及通知在上海的我大嫂，到了上海机场后没人接应我们。后来蒋纬国的太太开着一辆黑色的奔驰车来接蒋纬国，看到我们家没人接，蒋纬国就把他的车子让给了我们，他自己则跟着他的太太乘坐军用车走了。这说明包括我妈妈在内，所有人都没来得及事先准备。

高晓松：嗯，这件事能充分说明留在北京是没有预谋的。

张素久（笑）：你怎么老说我们有预谋？我们根本就没有预谋，我们事先什么都不知道，连电话都没来得及打。到了上海的我大哥家之后，我们就休息了，下了飞机之后，我的身体依然是很不舒服。到了第二天，有一架飞机要去兰州，就问我们要不要去兰州。他们觉得兰州也是国民党的大后方，我们家也是兰州的，说不定我父亲会从北京直接回兰州。可是那天我的身体实在是太不舒服了，真的是再也坐不了飞机了，于是我母亲就决定我们不坐那班飞机去兰州了。

高晓松：幸好你们没去兰州，当时兰州的西北五马正在闹，胡宗南也在那边，虽然胡宗南也是您父亲的部下，但在那样的时候，什么都说不准。

张素久：嗯，我母亲虽然没念过书，也不认识字，但是我觉得她是一个特别懂道理的女人。我认为当时我母亲心里就只有一个念头，天大的事也要先见到我父亲再说。而且我母亲跟邓颖超是好朋友，在重庆的时候，邓颖超经常去看望我母亲。我父亲刚去新疆的时候，周总理和邓颖超也都到我们家里来过，还给我母亲送了做衣服的丝绸，邓颖超每次见面都会给我母亲送一点小礼物。所以在我母亲的观念里，国共双方都是朋友，即便现在可能局势不太好，但也不用那么着急，万事都要等见到我父亲之后再做定夺，于是她就借口说我身体不舒服，推掉了去兰州的飞机。刚推掉了去兰州的飞机，大概是早晨六点多吧，又有电话打过来，说有一架飞机要飞往北平，让我母亲带我们赶紧上那架飞机。我母亲一听到北平，就什么都不再多问了，立马喊我们爬起来马上去机场，因为去北平就等于是去见我父亲。我记得那天早晨简直是混乱极了，每一个人都急得不行，我嫂子原本是一个非常讲究的女人，结果那天早晨她连玻璃丝袜都没来得及穿，就急火火地把我们送到了机场。

高晓松：你母亲难道没有怀疑一下，这会不会是一个骗局？万一你们全家到了北平，直接就被关起来了该怎么办？

张素久：我母亲绝对没有这种想法，我母亲不是搞政治的人，她也不懂政治，在她头脑中只有一个坚定的想法，那就是她一定要跟自己的丈夫在一起，她的丈夫在哪里，她就一定要去哪里。而且我母亲相信，毛主席和周总理都是很好的人，都是我们家的好朋友。毛主席和周总理在重庆的时候，我母亲对他们特别好，尤其是重庆谈判的时候，因为知道江青是文艺工作者，我父亲特意找了所有的文艺工作者为江青演出，并竭尽所能地满足江青的所有要求，我母亲相信这份交情。

张素久：我们当天早晨到上海机场的时候，大厅里人特别多，都是国民党的人在那里等飞机，完全能感受到那种逃难的气氛。当时大多数人都是准备要去台湾的，很多人都认识我母亲，我记得那时候的交通部长就特意走过来，问我母亲要去哪儿。我母亲回答，我们去兰州。

高晓松：你母亲好聪明啊。当时和平谈判破裂了，已经渡江开始打仗了，如果你们那个时候去北平，岂不是就等于去投敌吗？

张素久：对呀，我母亲真的是一位非常有智慧的女性，我一直很崇拜她。经常有人说农民的思想落后，意识不先进，我母亲一生就是一个农民，从小就种地，但她在关键时刻表现出的机智和智慧，是非常了不起的。

高晓松：你母亲非常识大体。

张素久：没错，就是识大体。我母亲就跟交通部长说，我们要去兰州。交通部长俞大维说，今天没有去兰州的飞机，你们先回去吧，你们别着急，我们已经派飞机去接张将军了。他以为飞机已经开了，实际上飞机为了等我们，还没有开。随后临时通知我们，让我们赶紧上飞机。通知我们的人是上海中央航空公司营业组主任，叫邓士章，是我父亲的好朋友。他当时突然接到消息，让他赶紧通知我母亲上一架民航飞机，并通知那架飞机无论如何要等我们全家登机了再起飞。邓士章知道自己这样做是很冒风险的，但他很讲朋友义气，还是这么做了。等到把我们送上飞机，邓士章还被抓起来关了几天。

高晓松：当然要抓他了，他居然把这么重要的人物的家属送到敌方北平去了。邓士章的身份是地下党吗？

张素久：不，他不是地下党，他就是我父亲的好朋友而已，那时候的人都很讲究朋友义气，而且也很识大体。好在只是关了他几天，没把他怎么样。他被放出去之后参加了"两航"起义。

高晓松：那可是一次大起义。有关"两航"起义，我要跟各位读者稍微介绍一下，那是一次震动两岸的大起义。那时候新中国刚刚成立，但是国民党之前掌握着中央政府，他们撤出大陆后，"中国航空公司"和"中央航空公司"的大批客机也撤到了香港，两航撤到香港之后，同英资航空运输企业之间的业务利益矛盾更加尖锐化，最后在他们的总经理的组织下，当然也有中共的地下党员在其中斡旋，最后在1949年11月9日的时候，12架飞机在香港启德机场起飞，在脱离了塔台的视线后，突然调头飞向了北京和天津。

这12架飞机最后有一架降落在北京，其余11架全部降落在天津，震惊中外。这对新中国不仅带来了士气上的帮助，还带来了宝贵的物资、技术和人才。如果没有两航起义，新中国一共也没有几架飞机。两航起义最重要的两位领导人，分别是刘敬宜和陈卓林两位总经理。1949年11月12日，毛泽东主席电贺刘敬宜、陈卓林和两航员工，赞扬其"毅然脱离国民党反动残余，投入人民祖国怀抱，这是一个有重大意义的爱国举动"。

两航起义对新中国来说意义重大，当飞机抵达北京西郊机场的时候，亲自前来欢迎的领导人有空军司令刘亚楼上将（当时他还不是上将）；外交部副部长李克农，李克农之前主要负责领导白区的大量地下工作；空军参谋长王秉璋；周总理的办公室副主任罗青长，罗青长长期担任周总理的秘书，后来做了中调部部长。除了如此高级别的接待团队，接下来更是由周总理在北京饭店亲自宴请刘敬宜和陈卓林。大家要知道，两航起义带回来的不光是飞机，还有大量的人才，光有飞机但没人会开是没用的，新中国太缺乏这些技术人才了。两航起义归来的大批技术业务人员，成了新中国民航事业建设中一支主要的技术业务骨干力量。

张素久：后来邓士章也到了北京，去了我们家看望我父亲，才讲起了当年他送我们家人上飞机去北平的事，直到那个时候，我们才知道他因此被关了好几天。

3.骨肉分离四十年

1948 年秋至 1949 年年初，辽沈、淮海、平津三大战役的胜利，奠定了解放战争的胜局。国民党内外交困，蒋介石被迫下野，退居老家溪口。代总统李宗仁上台，派出以张治中为首的和谈代表团北上，与中国共产党谈判。临去北平之前，张治中去溪口见到了已经下野的蒋介石，两人单独密谈一小时，内容无第三人知晓。究竟二人的密谈内容是否影响着和谈的结果，张治中最后留在大陆又是不是有着什么不为人知的秘密呢？

高晓松：关于你母亲带着你们乘飞机去北平的事，您父亲是不知情的吗？

张素久：是的，我父亲完全不知情。

高晓松：那么这件事我就觉得很蹊跷了，你们在上海的时候，有人通知上海中央航空的人，让张将军的家人坐上去北平的飞机，但是发出通知的人其实并不是您父亲。

张素久：当然不是我父亲，我父亲怎么会知道这些？

高晓松：您父亲也从来没有要求过任何人，把您母亲送到北平去吗？

张素久：那当然了。我觉得周总理可能是这样想的，如果我母亲带着孩子们都去了台湾，那我父亲肯定就不可能留在大陆了。

高晓松：所以等于是周总理用了这样的计策，强行把您的父亲留在了北平。如果不是这样的话，他完全可以跟您父亲说，你留下来吧，我会安排人把大嫂和家人都接到你身边来，那么打电话去上海的人就会是您父亲本人了。但显然，您父亲对整件事毫不知情。

张素久：是的，我父亲不知道。

高晓松：所以你们全家去北平这件事，是周总理自作主张安排的。

张素久：也不能这么说吧，毕竟周总理也不能保证我们家人愿不愿意去北平。

高晓松：但至少这不是您父亲的意愿。

张素久：嗯，我父亲对此毫不知情，周总理也不可能事先告知我父亲。因为把我们家人接到北平，这件事的操作难度还是很大的，需要进行层层秘密的安排。我们从上海起飞，中途在青岛还加了一次油，吃了一顿饭，整个过程中都没有人跟我们泄露什么内情。一直等我们到了北平，周总理才确定事情终于成功了，这才告诉了我父亲。

高晓松：这中间肯定有很多地下党员在暗中出力，才能层层摆平那么多环节。但不管怎么说，我觉得如果周总理和您父亲是朋友的话，这么大的事他应该事先跟您父亲商量商量。

张素久：不会。

高晓松：应该商量，如果双方是朋友，一方完全不经过另一方的许可，就擅自把他的家属从上海接到北平来了，这么做好像不太好吧。

张素久：可是事先也没法商量啊，周总理不能保证一定能把我们接过去啊。

高晓松：不管这件事能不能办成，周总理于情于理都应该先征得您父亲的同意。

张素久：周总理应该很清楚，我父亲是绝对不会同意的。

高晓松：是呀，这就是问题所在，您父亲绝对不会同意。

张素久：我父亲不同意的理由其实很简单，因为他最大的心愿就是国共能够合作，和谈破裂之后，我父亲就觉得他这一生的历史任务完成了，所以他不想留在国共任何一方。

高晓松：所以，留在北平实际上并不是您父亲的真实意愿，是因为周总理把你们全家都接到了北京，您父亲也就没有办法了。

张素久（笑）：倒也不能这样说。其实毛主席也跟我父亲讲过，如今国民党去了台湾的小岛上，大势已去，而整个庞大的中国大陆地区，更加需要我父亲参与建设。如果我父亲能留在大陆，那就能帮助共产党少打不少仗。我父亲是管理西北五省的，如果我父亲走了，共产党就只能靠武力拿下西北五省了，包括马家军和陶峙岳在内的这些势力，都要去打，那将有多少人要流血牺牲？毛主席说的这些，深深地触动了我父亲，如果说我父亲心里有一点点想要留下来的想法，那都是因为这个，他想要和平解放，不想让中国人再去流血牺牲了，因为打来打去，死的都还是中国人啊。

高晓松：您父亲的这种想法我非常理解，我相信大家也都能理解，因为在整个解放战争期间，您父亲都没有开过一枪。您父亲在抗日战争期间的表现极为英勇，担任了两次淞沪战役的指挥，1932年一次，1937年一次，但在整个内战中不开一枪。除此之外，您父亲做官也十分清廉，内心也深深地爱着这个国家，这些大家都明白。但是如果当时您的母亲没有带着孩子们去北平，您父亲接下来不管是去台湾也好，去苏联也好，都肯定是不会留在北平的对吧？

张素久：我认为是这样。无论如何，我父亲是不可能一个人留在北平的。我父亲和母亲是指腹为婚的，在我父亲 19 岁，母亲 17 岁的时候，两个人就成了婚，婚后非常恩爱，厮守了一辈子。

高晓松：您父亲没有娶姨太太吗？

张素久：没有，我们家就只有一个母亲，这件事非常重要，这说明我父亲是一个非常重视家庭的人。如果我们家里还有几房姨太太，我父亲就不会那么重视我母亲，反正老婆那么多，丢了一个，将来再找一个呗。所以我可以很肯定地回答你，假如我母亲带着孩子们都去了台湾，我父亲是绝对不会一个人留在大陆的。

高晓松：您大哥后来也回到北平了吗？

张素久：没有，我大哥后来就一直留在台湾了。自从 1949 年分开，一直到我 1981 年来到美国，我大哥在 1982 年从台湾也来到美国，40 多年来我们才第一次见面。

高晓松：为什么您大哥没有回到北平呢？

张素久：因为我父亲留在了北平，我大哥就上了国民党的黑名单，不让他回大陆，甚至不让他离开台湾。而且不仅禁止我大哥离开台湾，连他的孩子们也都不能离开台湾，更不能出去留学，所以我大哥的两个女儿也没有念什么书，很年轻就嫁了人。等到蒋先生去世之后，小蒋上台了，政策才有所松动，终于让我大哥离开了台湾，去美国和家人团聚。

高晓松：您母亲一定非常思念长子吧？

张素久：是的，但是我父母直到去世都没有再见到我大哥。一直到我父亲诞辰 100 周年的时候，我大哥才第一次回到大陆，那时候周总理也已经不在了，是邓颖超负责接待的我大哥。当时邓颖超跟我大哥说，希望他能够做海峡两岸的文化交流使者。我大哥很听邓颖超的话，回到台湾后就积极地奔走起来。我大哥琢磨，文化交流要做些什么呢？想来想去，觉得京剧最合适，因为生活在台湾的大陆人都非常想念京剧。京剧、话剧和舞蹈都可以交流，我大哥觉得还是京剧最适合，老人们最有感情，所以就有了中国大陆的京剧团第一次访问台湾，梅葆玖也去了，是由北京京剧团和中国京剧团一起组织的访问团，演出在台湾取得了非常轰动的效果。

高晓松：您跟您大哥 40 多年没见面，后来在美国团聚的时候，还能认出彼此吗？

张素久：这次能认出来，但我们曾经认不出来过。那是在抗日战争期间的事，当时我大哥在美国留学，我父亲希望他能回来，但我大哥没有回来，一直到抗日战争胜利之后我大哥才回国。我大哥离开的时候我才上小学一二年级，等到他回来的时候，我都已经挺大了，而且我大哥在美国也结婚了，把我嫂子也一起带回家来。结果大哥回到家之后完全不认识我了，指着我说，这个小孩儿是谁啊？我当时还挺生气的。但在 1949 年我再次和我大哥分别的时候，我已经不小了，长相和记忆力都成熟了，所以即便时隔 40 多年，我和我大哥依然能认出彼此。

高晓松：您大哥一直都在台湾，也就是说，这么多年来，您父亲和台湾之间一直是有管道能沟通的。那您父亲有没有想过跟蒋先生请求一下，把你大哥放回大陆来？或者说，您父亲觉得让你大哥待在台湾也可以。

张素久：我父亲不太爱管儿子的事，他也不喜欢搞这种裙带关系，所以他从来没有这么做过，更没有这么想过。

高晓松：嗯，台湾一直都是个很敏感的地方，低调一点对你大哥也有好处。

张素久：其实我大哥在台湾过得也不是很好。原本我大哥是做汽车生意的，而且生意做得特别好，金饭碗。等到国民党全部撤退到台湾之后，我大哥不光卖汽车，还卖救火车等，日子过得很红火。可是后来我父亲留在了大陆，我大哥上了国民党的黑名单，从此不能离开台湾了，这对我大哥的生意造成了毁灭性的打击。不管我大哥把汽车卖给谁，他都要去欧美国家订货和进货，突然间哪儿都不让他去了，我大哥手里的金饭碗很快就被别人抢走了。所以有一阵子，我大哥生活得很困难。但我妈妈对我大哥很放心，因为我嫂嫂的娘家很有钱，我嫂嫂是钱行之的女儿，我妈妈相信嫂嫂的娘家会接济我大哥的，不会让他过得太拮据。

高晓松：这期间你父母和你大哥之间是没有办法通信的吗？

张素久：还是有信从台湾过来的，但都没有讲这些生活上的事，一直到很久以后，我才知道大哥家曾经过得非常困难。我大哥的女儿跟我说过，她当年眼睁睁地看着别人来把他们家的东西搬走，拿去抵押。

高晓松：贵为您父亲这种级别的人，也不得不承受这样的骨肉分离。

张素久：这都没有办法，历史就是这样。虽然没有见面，但我们还是陆续能看到我大哥从台湾辗转寄来的照片，包括他的孩子的结婚照片，我们都看到了。

高晓松：然而对普通老百姓来说，他们跟台湾的亲人是完全隔离的，只有像您这样的家庭才能有这样的福利。

张素久：也许吧。其实我父亲倒是还好，因为他是一个军人，脑子里想的都是国家大事。但是我母亲一直特别思念我大哥一家，毕竟那是她的长子和长孙。我母亲常常把大哥寄来的那些照片边给别人看边介绍，我母亲活着的时候，还曾幻想着有朝一日她能到台湾去，或者我大哥一家能回到大陆来。可惜我母亲一直到去世都没有再见到我大哥，这是非常遗憾的事情。

高晓松：这也是我们中华民族的遗憾，山之上，国有殇。千千万万的家庭都因此被撕裂，很多老人直到去世，也没能见到分离的亲人。所以实际上，第一不是您父亲主动想留在北平，第二也不是蒋先生安排他留下的。

张素久：那当然了。

高晓松：您父亲去北平之前，虽然代总统李宗仁已经上台，但您父亲还是去了溪口。因为您父亲只忠于蒋先生，肯定不会去忠于李宗仁的政府。那么，您觉得蒋先生跟您父亲有没有谈到过这样的可能性，如果国共谈判破裂，国民党方面需要留一个亲信在大陆。因为如果最后没有您父亲留在北平，蒋先生在大陆就没有任何一个亲信了。

张素久：这个问题不同的人有不同的看法。当时我父亲跟蒋先生是在楼上密谈的，现场没有第三个人，所有人都在底下守卫着，没有人知道他们两个到底谈了什么。有一个当时在下边负责守卫的人，他现在还在美国，后来他到台湾见到了蒋先生，还觉得很奇怪，他觉得蒋先生的脾气不太好，很喜欢骂人，但是从来没有骂过我父亲一句，就算我父亲留在了北平，蒋先生也从来没有骂过我父亲。

高晓松：这个确实，我看过蒋先生在斯坦福的日记，他在日记里骂了所有留在大陆的人，骂他们卖主求荣、寡廉鲜耻等，台湾的历史教科书里公开骂傅作义卖主求荣，所有留在大陆的国民党将领都被骂了个遍，唯独没有骂您的父亲。所以大家自然而然地就会产生一种想法，这里面是不是有什么深层的默契？黄埔系的中央军里，除了像您父亲这样位高权重的大人物，起义的人其实很少，只有到最后湖南要不行了的时候，1949 年 8 月 4 日，程潜、陈明仁才领衔 37 名将领联名起义，宣布湖南脱离了国民党的广州政府，但这些人的地位都比您父亲低很多，东北和北平都没有人起义。

张素久：郑洞国他们最后还是算起义了吧。

高晓松：郑洞国应该算是"被起义"，因为他处在那个位置上很痛苦，他既不想起义，又不希望长春人民在围城之下被活活饿死，最后他其实是在部下的裹挟下，放下武器投了诚。那个时候还比较早，所以就算他是起义了，因为希望他的起义能影响到更多的人。但在中华人民共和国成立后，郑洞国并没有获得起义将领应有的待遇，只被安排做了水利部的参事，基本上就是一个闲职。如果郑洞国的行为真的算是起义的话，他应该被评为上将，至少也得是中将。所以郑洞国起义这件事，是比较特殊的案例。我们回到之前的话题，身为黄埔系的蒋先生嫡系，您父亲留在大陆的举动，肯定会引来大家的猜测，当然有人会说，这是共产党逼的，因为共产党把你们全家都接到北平来了，但肯定也有人会说，这是蒋先生的意思，蒋先生也希望能留下一个国共双方都信得过的人在大陆，以确保国共双方日后的谈判能顺利进行。所以，在国民党全面撤退到台湾之后，国共双方之间还有谈判吗？

张素久：有的，双方一直在不停地进行谈判，一直到"文化大革命"期间才停止。

高晓松：这期间是由您父亲来负责沟通两边的吗？

张素久：新中国是有一个台办的，周总理是最主要的领导人，我父亲是主任。台办一直在积极地联络着两岸，台湾方面还是蒋先生当政的时候，双方一直有陆陆续续的谈判，因为蒋先生也是希望一个中国的，两边还不断地相互送东西。

高晓松：所以说，当时大陆和台湾之间还是有联络管道的。

张素久：有的，当时基本上是通过香港进行联络。我父亲很了解蒋先生的喜好，所以蒋先生到了台湾之后，我父亲就把他留在大陆的一些东西陆续送到了台湾，当然这中间也要多亏了周总理帮忙操持。

高晓松：也就是说，您父亲替蒋先生跟周总理说，想把一些东西送到台湾去，然后周总理就去操办，通过香港的管道送到蒋先生手里，双方就这样一直保持着很好的关系。

张素久：对啊。

4. 国共沟通的桥梁

张素久：国共双方都是非常信任我父亲的。他最大的心愿就是老百姓能安居乐业，不要再打仗了，大家应该一起建设新中国。我父亲也希望国民党和蒋先生最后能有一个好的归宿，他内心还是很感激蒋先生的。

高晓松：那是自然，蒋先生对张治中将军可谓是恩重如山啊。

张素久：不仅仅是这些，我父亲对蒋先生个人也是很敬佩的。大概是在 1934—1949 年间，蒋先生在"中华民国"政府第二首都南昌推出了国民教育运动，其中"礼义廉耻"是运动的中心思想，还有提倡勤俭等口号，这些都深得我父亲的钦佩，因为我父亲本身也是非常律己的人，穿衣服都是军人的穿法，很朴素，在这一点上，他和蒋先生很像，蒋先生也是很朴素的。

张素久：还有白崇禧。

高晓松：白崇禧也很清廉，但他不是黄埔系的。

张素久：黄埔系的人都非常爱国，抗日战争期间，凡是从黄埔军校出来的人，真是都在出生入死地打日本人，有很多可歌可泣的故事，我有很多的朋友，他们的爷爷和外公是从黄埔军校毕业的，我听他们讲过很多老一代人奋勇抗日的感人故事。

高晓松：有无数将领死在抗日战场上。去当伪军的黄埔系毕业生是很少很少的，大概只有一两个旅级的军官而已，再往上的高级将领都是非常有节操的。解放战争中真正起义的黄埔军也很少。傅作义起义的时候，在北平的那些中央军黄埔系的人最后都飞回南京去了。您见过傅作义吧？

张素久：见过很多次。

高晓松：他是一个什么样的人？

张素久：在我的印象里，傅伯伯是一个很好的人，个性很温和，很实在，甚至我觉得他有点老实，不是一个夸夸其谈的人。

高晓松：您觉得他后来过得快乐吗？

张素久：那我就不晓得了。我记得傅伯母为人也挺好的，他们家的几个孩子里，也有跟我是同学的。我父亲去北平谈判的时候，受到了共产党方面很好的招待，我父亲也特别想回请一次，谢谢共产党人的宽待，但他身上没什么钱，最后是找傅伯伯借了 500 块大洋。后来我母亲带我们从南京到北平，整个过程也是非常仓促的，身上都没带多少钱。

高晓松：您家里的那些细软都没带出来吗？

张素久：没有。

高晓松：那您父亲还傅作义那 500 块大洋了吗？

张素久：那我就不知道了，也许我父亲借钱的时候就跟傅伯伯说好了，这个钱不一定能还得上。也说不定后来是周总理帮我父亲还的，反正我父亲身上是没有钱的。

高晓松：因为您父亲一直都是两袖清风。

张素久：也许是傅伯伯大方，不用我父亲还了，也许是周总理还的吧。

高晓松：中华人民共和国成立以后，您父亲担任了人大常委会副委员长，成了党和国家的领导人，而傅作义只当上了水利部长。

张素久：对，傅伯伯后来还当过政协副主席，他跟我父亲一直是很好的朋友，我觉得傅伯伯这个人还不错。

高晓松：中华人民共和国成立以后，您父亲身边的朋友圈子，还主要是国民党时期的那些高级将领吗？

张素久：不是了，他后来跟彭真和余心清这些人走得比较近。（彭真曾任中共中央政治局委员，第六届全国人大常委会委员长；余心清曾任中央人民政府办公厅副主任，政务院机关事务管理局局长，全国人大常委会副秘书长）。中华人民共和国成立十周年的时候，我父亲跟周总理提议，把关押的那些国民党的将领都放了，如今国民党大势已去了，他们即便被放出来也不会怎么样了。因为我父亲替这些人说话了，所以周总理也就同意了，于是中华人民共和国成立十周年的时候，就把在押的所有国民党军官都释放了。

高晓松：不是全部的人都放出来了，是分批特赦的。第一批放出来的将领有杜聿明和王耀武等。黄维没有放出来，黄维一直被关到了1975年，因为他是极其顽固的一个人，在监狱里始终一语不发，还去发明永动机等。第一次主要是释放了最高级别的大部分人。

张素久：我们家有一张照片，就是这些人被放出来之后，我父亲请他们到颐和园去吃饭，然后拍了一张合影，我母亲也在照片里。

高晓松：大家再次见面肯定都无限唏嘘，这些人当年都是您父亲在黄埔军校里的学生。

张素久：对，大家都管我父亲叫老师。

高晓松：您父亲当时的心情一定也很复杂吧？

张素久：和谈破裂之后，我们全家都到了北平，最后留在了北平，当时我父亲的心情确实是挺忧郁的，那期间他经常带着我们游山玩水，在北京的颐和园和北海这些地方游玩，当他心情特别压抑的时候，就喜欢去爬山登高，闻一闻新鲜的空气，散散心。从和谈破裂到中华人民共和国成立之间，我父亲确实过得比较艰难，因为凡事都不能确定怎么做。官方当然也在不断地开会，说要开一个政协。我父亲认为当初旧政协没开成，现在就积极筹备新政协。在开新政协的时候，最好的消息就是新疆和平解放了，这都是我父亲在这个过渡阶段做的工作。我父亲一直觉得，如今国民党大势已去，我们就不要再打仗了，所以他就积极地跟新疆那边的陶峙岳进行沟通，除了陶峙岳还有另外一个人。

高晓松：包尔汉。

张素久：包尔汉是新疆的主席吧。陶峙岳是我父亲一手提拔起来的。

高晓松：没错，陶峙岳那时候也是上将了。

张素久：当年我父亲去视察新疆的时候，发现陶峙岳跟别人都不太一样，所以就把他一路提拔起来了。

高晓松：您父亲真是慧眼识人，如果没有陶峙岳，新疆的和平解放没那么容易，而且当时还有苏联在蠢蠢欲动。

张素久：因为陶峙岳是我父亲一手培养和提拔起来的，所以他还是很尊重我父亲的意见的，我父亲说的话陶峙岳都会听，但陶峙岳当时也是很不容易的。

高晓松：其实那时候大家都不容易，傅作义到绥远去做和平解放也很不容易，您父亲也不容易，而且他当时还背负着各种各样的纠结。新疆解放之后，您父亲的心情好些了吗？

张素久：好多了，1949 年新政协会议也开完了，新疆和平解放，10 月 1 日中华人民共和国也成立了，大家终于看到了新中国的新鲜气象，毛主席也说中国人民从此站起来了。我父亲的心情就好了很多，因为他一直以来的心愿就是中国能富强。中华人民共和国成立后，毛主席还是让我父亲去管理西北五省，当时的西北五省主任是彭德怀，我父亲和习仲勋等担任副主任，由他们几个人一起管理西北，我父亲渐渐感觉到自己还能在中国发挥作用，心情就更好了，整个人也变得热心和积极起来了。而且我父亲跟彭德怀和习仲勋也合作得非常好，我父亲不是一个争权夺利的人，如果要争权夺利，他有很多的机会。国民党的时候内部有各种派别，如政学系、CC 派等，我父亲对这些都没有兴趣。

高晓松：您父亲是一个很超然的人。

张素久：在国民党的时候，有很多人提议让我父亲也成立一个派别，如成立一个黄埔校友会，所有黄埔系的人都是我父亲的学生。

高晓松：您父亲不光是黄埔系的老师，他后来到南京也是军官学校的校长，南京军官学校培养出来的军官也都是您父亲的学生。

张素久：对呀，所以很多人撺掇我父亲成立校友会，但我父亲坚决不搞这种事情。打仗的时候也是一样，比如"八一三"事变，打完仗之后其实军队就都是他的了，他可以把军队留着，但他不留，马上就把军队退回去了。

高晓松：这说明您父亲是有大智慧的。

张素久：正是因为这样，蒋先生才愿意相信我父亲，因为蒋先生知道我父亲绝对不会背叛他，我父亲是一个不想扩大自己的势力也不想搞小集团的人，他的心里只装着这个国家，他唯一的心愿就是中国人不要打中国人，希望中国能够繁荣富强。

5. 张家人的房产

高晓松：您父亲所享受的三级待遇是什么样的呢？我只知道六级的待遇，因为我们家是享受六级待遇的。您父亲之前不论是在重庆、西北，还是在南京，享受的都是国民党的上将级别待遇，而且他还是嫡系上将的待遇，新中国的三级待遇和从前相比，有什么差别吗？

张素久：有些地方其实没有太大的差别，在国民党时期，我们家里的工作人员拿不拿薪水，由谁来发薪水，我是不知道的。而且国民党时期我父亲每个月拿多少薪水，其实不是最重要的。当时蒋先生是采取了一种很特别的办法，就是馈赠。逢年过节，蒋先生都会给手下的部将送一大笔钱，这笔钱足够我们家生活开支，所以我父亲根本不需要去贪污。我母亲没念过书，不识字，也不像别的太太一样，尽管先生不贪污，但是太太在背后拼命搞钱。

蒋先生很了解我父亲的为人，所以逢年过节都会给我父亲一大笔馈赠的钱。

高晓松：对，蒋先生这个人是公私不分的，公私财产都归他个人所有，然后他再进行分配。

张素久：至于蒋先生给我父亲的钱是从哪儿来的，那我就不知道了。

高晓松：中华人民共和国成立以前你们家住的房子有多大？

张素久：在南京的时候，我们家住的房子是自己盖的。在重庆住的房子是租来的，桂园，等我们离开重庆的时候，就还给人家了。

高晓松：桂园现在成了毛主席在重庆谈判时期的一个展览馆。

张素久：这个我知道，不过现在那个展览馆没有以前的面积大了，以前要比现在大，而且以前还是竹篱笆，现在都变成砖瓦的了。后来，我们离开重庆到了南京，我母亲就在南京盖了一座很大的房子。

高晓松：有多大？

张素久：那座房子是我母亲按照自己的意愿设计的，一楼是客厅和饭厅，后面是秘书们的地方，二楼是我父亲的办公室，以及父亲和母亲居住的地方，三楼住着我们家里的六个孩子，每个孩子都有一个房间。我大哥当时人在上海，但还是经常来南京看看的。

高晓松：中华人民共和国成立以后你们在北平住的房子是什么样子的？

张素久：中华人民共和国成立以后，北平接收了很多军阀居住过的房子，而且都是很大很好的房子，当时就让我父亲随便选，但是对于这些房子，我母亲都不喜欢。所以我们一开始在北平的时候，是住在北总布胡同里。

高晓松：也就是原来梁思成和林徽因居住的那个北总布胡同。

张素久：对，我们住的是龙云的房子，那是平房，但是很大。

高晓松：龙云是抗日爱国将领，云南省政府主席，号称云南王，也是当时国民党起义将领中军阶最高的之一，是二级将军。1957年，由于龙云批评老大哥苏联，被划成了最大的右派，龙云本人在"文化大革命"前就去世了，但在"文化大革命"期间，他的夫人和家人都受到了残酷的迫害。龙云这些人都属于军阀，是非常有钱的。

张素久：但等到我父亲决定留在北平之后，我们就把龙云的房子还回去了，又去看了很多其他的房子，但是我母亲都不喜欢。我母亲在这方面还是挺有自己的坚持的，如果一个房子里死过人，她就特别不喜欢。所以最后我母亲还是决定重新盖一座房子。当时我大姐住在新开路 38 号，我们也就在 38 号住了一阵子，其实应该是住了很长一段时间，因为我记得有好几个暑假我都是在新开路 38 号里度过的。但一大家子人挤在一起还是挺拥挤的，上面就通知我父亲搬家，我母亲不想搬，就想在 38 号旁边再盖一座，就和我大姐家挨着。最后我们就住进了新开路 37 号，我也不知道 37 号原本是谁家的房子。

高晓松：反正都是国家拿下来的房子。

张素久：新开路 37 号是一座四合院，我们先在四合院里住了很长时间，后来觉得四合院冬天还是挺冷的，所以最后就在四合院的基础上盖了一栋小楼，这座小楼也是由我母亲设计的，目的是适合我父亲的工作和生活习惯。那时候我的哥哥姐姐们都已经不在家了，家里的孩子就只剩下我和我的小哥哥，其他人都长大结婚了，不住在家里了。总之，我们家一边是新开路，另一边是西总布胡同，后边也住着很多的工作人员。

高晓松：你们家到底有多大呢？我没去过您家，但是我去过彭真家，您肯定也去过很多次，您家有彭真家大吗？彭真家也是在四合院里面盖了一座小楼，然后警卫在另一边。

张素久：我们家是把四合院推倒了，重新盖的一座小楼，我感觉不是特别大。

高晓松：那应该没有彭真他们家大。

张素久：是的，因为我爸爸也不想要那么大的房子，我们家的人也没有那么多了，他觉得住着舒服就可以了。

高晓松：您父亲做了人大常委会副委员长，也是党和国家的领导人，在其他方面的待遇也是按照党和国家的领导人标准来的吗？

张素久：我父亲当然要比其他人的待遇好一点了，因为他除掉正常的薪水之外，周总理每个月好像还给他500块，那个年代的500块，应该是很多的。

高晓松：没错，很多很多很多。那时候三级的工资应该就有五六百了，因为我们家的六级工资是360块。

张素久：当时我一个月的薪水才36块，所以我父亲那时候是非常有钱的，周总理还又给他加了一倍。

高晓松：那根本花不完吧？

张素久：当然花不完，就存着呗。像彭真和余心清这些人，都是我父亲的朋友，他们没有我父亲有钱，但是很喜欢吃，他们经常跟我父亲在一起，一旦听说了哪里有好吃的馆子，就叫我父亲一起去吃，最后让我父亲来买单请客。我父亲是一个比较老实的男子，觉得自己手头比较宽裕，所以每次都慷慨付账。基本上他们每个礼拜都要在外面吃一次，也不是说我们家里的饭菜不好，我们家是有请厨师的，做饭也不错，但不能老在家里吃。

高晓松：这说明这些人都没把你父亲当外人。

张素久：对。

高晓松：如果大家让傅作义请客，傅作义心里肯定会不高兴，因为傅作义背负着降将的骂名，让一个降将天天买单请客，这样不太好，但您父亲不是降将。所以大家都把您父亲当自己人，不跟他客气。

张素久：是的，大家都没把我父亲当外人，周总理也没把我父亲当外人。比如在重庆的时候，周总理就跟我父亲说，把你们家的房子让出来给毛主席住吧，看到我们家的守卫有问题，周总理也马上换成了宪兵。不论大事还是小情，周总理都替我父亲考虑周全了。说起周总理对我父亲的帮助，更早的就要追溯到长沙大火了……

高晓松：对，文夕大火，又叫长沙大火，发生在 1938 年 11 月 13 日的凌晨，这是张治中将军一生中最大的污点之一。1938 年，张治中担任湖南省的主席，因为武汉沦陷了，所以日军很快就要打到长沙了。当时中央政府采取的是焦土抗战，坚决不能把物资留给日军，凡是要被日军占领的地方，全部实行烧光政策。长沙是重要的战略据点，蒋介石特意发了一封电报给张治中，说如果长沙失陷，务必要将全城焚毁，望事前妥密准备。

张治中接到电报之后，立即做了各种各样的准备。当时的长沙警备司令名叫酆悌，也是黄埔一期的学生，张治中在发给酆悌的命令中明确表示，第一，必须在我军由汨罗江撤退以后，才能开始实施烧城；第二，放火前必须要放空袭警报，提醒所有长沙群众及时撤离，确保所有的民众都安全撤离之后，才能开始执行烧城行动。这个命令无疑是正确而妥善的，但大家要知道，在战乱过程中，一切都是非常混乱的，再好的计划都有可能落空。最后，大火在毫无预警的情况下，就在长沙城内肆虐地烧了起来。

关于长沙大火，至今也有一些谜团没能解开，比如第一把火到底是谁放的？原本按照张治中跟酆悌的约定，只要见到市内起火，就是放火烧城的信号。然而大火突然间就熊熊燃烧起来了，完全没有时间发动预警。在众多的猜测说法中，有两种比较流行，第一种说法是，有几个伤兵要做饭，于是就烧起火来，其他人看到烧火，还以为是烧城的信号，就纷纷在城内点火了。另一种说法是译电员把电报翻译错了，当时日军打到了岳阳以南，正在距离长沙 250 里的新墙河一带，但因为当时的国军通信困难，译电员一不小心把新墙河的"墙"字漏掉了，译成了"新河"，新河也是一条河，但是距离长沙只有 12 里。接到日军距离长沙只有 12 里的电报，城内根本来不及发预警，手忙脚乱就开始点火烧城了。

总而言之，在没有任何预警的情况下，长沙市内突然就开始着火了，市内的火烧起来之后，周围已经准备好的军队也开始放火烧城，最可怕的是，他们事先把消防车里的水都放掉了，换成了汽油，于是等到消防队出动，从高压水龙头里喷出汽油后，长沙全城顿时火光冲天，人们没有任何准备，很多百姓丧生火海。长沙是中国千年来保存得最好的古城之一，就在那场大火中付之一炬。

当时在长沙有大批的大学和军队，城内也有大批的精英人士，所以这场大火的目击者特别多。周恩来和叶剑英当时都在长沙城内，费了很大的力气才艰难地逃出来。陈寅恪也居住在长沙，陈寅恪是江西修水人，中国现代最负盛名的集历史学家、古典文学研究家、语言学家、诗人于一身的百年难见的大师级人物，他的大批藏书都在那场大火里烧毁了。郭沫若也在长沙，他后来还写了诗来回忆长沙大火，那是一场中华民族的悲剧。以至于长沙和斯大林格勒、广岛、长崎一起，被列为"二战"中被毁坏得最严重的城市之一。

高晓松：长沙的那场大火，您父亲背了很长时间的黑锅。最后审判的时候，酆悌、文重孚和徐昆都被处决了。

张素久：当时还有一些别有用心的人落井下石，说长沙大火是我父亲放的，目的是把罪名嫁祸给共产党，要害死周总理。我父亲怎么会做这种事呢？后来周总理亲自帮忙，帮我父亲写检讨，帮他通过各种审查。

高晓松：您父亲是国民党方面留在大陆的将领中，各方面的处境都是最好的一位。第一，待遇是最好的；第二，共产党没有把您父亲当外人；第三，国民党也没有把您父亲当叛徒。而且你们家在整个"文化大革命"中受到的冲击也不是特别大。

在"文化大革命"开始的时候，张治中将军受到了一些冲击，张家也遭到了抄家，幸好很快张家就被周恩来总理保护了起来。周总理在"文化大革命"中保护了相当多的人，当然是在他力所能及的范围之内，所以张治中将军在"文化大革命"中还算得到了善终。但是其他的好多人就没有这么幸运了，比如当时跟着张治中到北平参加和谈代表团的团员黄绍竑，黄绍竑是桂系三杰之一（桂系三杰号称李白黄，也就是李宗仁、白崇禧和黄绍竑），和谈破裂后他也留在了北平。"文化大革命"开始的时候，黄绍竑被迫害得忍无可忍，最后到李宗仁家里看望了一下李宗仁，当天就自杀身亡了。

傅作义将军在"文化大革命"期间也十分抑郁，因为他一直都背负着降将的骂名，而且在部下和长官等各方面都有很多的纠结。到了"文化大革命"期间，傅作义受到了巨大的冲击，尤其是傅作义的女儿傅冬菊。傅冬菊当年是中共的地下党员，她在读书的时候加入了中共，然后被派回到父亲身边工作。正是因为傅冬菊在中间做了各种各样的努力，把大量的机密情报送给中共，导致傅作义战也不能战，和也十分痛苦。在平津战役期间，傅作义经常自己打自己的耳光，用头撞墙，咬火柴头想要自杀。最终，傅冬菊促成了傅作义的北平和平解放，为新中国做出了巨大的贡献，可惜傅冬菊也没有逃过"文化大革命"的迫害。"文化大革命"期间，傅冬菊被当作反党的阶级异己分子，受到残酷的批斗。被批斗期间，傅冬菊曾经带着儿子去看望过傅作义，傅作义看着女儿，沉默了良久，最后对她说，从今以后你不要再来了，可见当时政治的残酷。傅冬菊的晚景十分凄凉，贫病交加。

傅作义的弟弟傅作恭也很惨，傅作恭是毕业于美国哥伦比亚大学的水利系博士。中华人民共和国成立以后，傅作义当上了水利部部长，于是就写信给弟弟，让弟弟回来报效祖国。傅作恭毫不犹豫地从美国归来，到甘肃去负责水利方面的工作。1957 年反右，傅作恭被打成了极右分子，开除公职，最后凄惨地饿死于劳教的夹边沟农场。得知弟弟的死讯，傅作义老泪纵横，但是他也没有任何办法。还有傅作义手下最亲信的部将陈长捷，陈长捷是天津战役时的国民党军总指挥，被俘后被关押了十年之久，1959 年才受到特赦，获得自由。到了 1966 年，陈长捷也遭到了残酷的迫害，最后他实在承受不住，用菜刀杀妻后自刎而死，据说死的时候还是站着的，下场极为惨烈。

张素久：对，"文化大革命"期间周总理及时把我们家保护起来了。其实毛主席也没有把我父亲当外人，毛主席当年视察中国大江南北的时候，就只邀请了我父亲一人陪同。那次视察留下了很多的照片，去了武汉，横渡长江的时候，在船上陪伴毛主席的就只有我父亲和一位军区的司令。后来毛主席跳下水去横渡长江，我父亲不会横渡，就坐在船上看着，不远处还有另外一艘船，负责保护毛主席的安全。

高晓松：毛主席能把您父亲当成自己人，那真是太不容易了。

6. 北戴河秘闻

1949 年 10 月，中华人民共和国成立后，张治中曾历任西北军政委员会副主席、全国人大常务委员会副委员长、国防委员会副主席等职，积极参政议政，为祖国统一出谋划策，竭忠尽智。

与此同时，在海外流亡、曾任国民政府代总统的李宗仁，则在 1956—1965 年的十年间，先后五次派程思远到北京晋谒周恩来总理，为李宗仁返回大陆做准备。终于在 1965 年 7 月，李宗仁和夫人郭德洁冲破了重重险阻，从美国回到了北京。

周恩来总理亲自到机场欢迎李宗仁，李宗仁在机场宣读了声明，表示要为完成祖国统一做出贡献。在此之后，毛主席在中南海宴请了李宗仁夫妇，席间，毛主席调侃道，德邻先生，你这一次归国，是误上贼船了。李宗仁回答道，我们搭上的这一条船，已登彼岸。在台海关系紧张的关口，李宗仁的突然回国，不仅震惊了世界，也让曾经同属蒋介石部下的张治中陷入了两难的境地。

高晓松：您跟李宗仁的两位夫人都挺熟的吧？

张素久：对，一开始李宗仁的夫人是郭德洁，李宗仁从美国迁回归国之后，很快就来看望了我父亲，跟我父亲讲述了他们是怎么回来的，路上经历了哪些风波等。

高晓松：他在路上为了逃避国民党的特务，应该费了很大的精力。

张素久：对，总之他回来得很不容易。回来之后，李宗仁也有自己的想法，但在我父亲看来，李宗仁和蒋先生不是一路的，李宗仁是有点反蒋的。

高晓松：打内战的时候，您父亲跟桂系打仗，就是在跟李宗仁他们打。

张素久：我父亲内心还是比较忠于蒋先生的，我父亲当时认为，如果台湾跟大陆还有机会和谈的话，还是要以蒋先生领导的那一支国民党为主，我父亲希望多跟蒋先生那边联络。如果我父亲对李宗仁太好的话，势必就会影响与台湾那边的关系。于是我父亲对李宗仁就没有那么亲近了。

高晓松：是一种敬而远之的态度。

张素久：李宗仁到北京之后，我父亲一直待在北戴河，其实就是在思考应该什么时候见李宗仁。并不是李宗仁一回国，我父亲就热情地表示欢迎，我父亲的内心是很挣扎的。后来可能是毛主席和周总理觉得，我父亲老这么躲着不见也不是办法，于是就派了于右任的女婿屈武到北戴河来说服我父亲（屈武，民革中央主席，1945 年曾随张治中前往新疆）。屈武自然是一个很会说话的人，最主要的是这也是毛主席和周总理的意思，最后我父亲就同意了。

高晓松：然后您父亲就回北京见了李宗仁，也见到郭德洁了对吧？

张素久：对，我们回北京之后，李宗仁就带着郭德洁一起到我们家里来了。

高晓松：到你们家之后，李宗仁和郭德洁说了什么？

张素久：李宗仁没有说什么，主要是郭德洁在说，她觉得自己已经在北京住了一段时间了，我父亲却迟迟不肯见他们，她觉得不太痛快，另外也觉得在北京住得不太习惯。

高晓松：郭德洁不喜欢共产党吗？

张素久：我觉得她好像是不太喜欢，但李宗仁本人没有说什么。

高晓松：李宗仁当然不会说了，他和您父亲一样，都是经历过千锤百炼的军人，不会轻易流露自己的真实想法的。

张素久：是的，不过郭德洁这个人确实挺有意思的，她的性子很直，也很爱说话。但是后来很不幸，她得了癌症过世了，又有人给李宗仁介绍了一位年轻的夫人。

高晓松：就是那位号称胡蝶的女儿的胡友松吧？ 1966 年 7 月 26 日，时年 27 岁的胡友松与 76 岁的李宗仁在北京结婚。您跟胡友松熟悉吗？

张素久：蛮熟的，李宗仁过世之后，胡友松还拜托我帮她介绍男朋友，我帮她介绍了，后来他们还结婚了。

高晓松：在给胡友松介绍男朋友之前，她好像还和你表姐的儿子谈过恋爱？

张素久：不是不是，哎哟，反正她的感情世界比较乱，算了，我们不要讲人家的闲话了。

高晓松：反正她肯定不是胡蝶的女儿。

张素久：肯定不是，她跟李宗仁结婚之前是一名护士，人长得挺漂亮的，郭德洁去世之后，李宗仁身边需要有人照顾，就有人把她介绍给李宗仁了。后来，胡友松跟我说过，她和李宗仁是不同床的，因为李宗仁的岁数已经很大了，她每天晚上把李宗仁伺候上床，再陪他说说话就可以了，李宗仁还患有肺气肿。

高晓松：这些花边的事我们就不说了，那些已经载入史册的人，您觉得还有什么值得一聊的吗？比如宋美龄。

张素久：抗日战争时期，我经常能见到宋美龄，在我的印象里，好像是在中华人民共和国成立后才见到宋庆龄的。

高晓松：中华人民共和国成立前您没见过宋庆龄吗？

张素久：应该是没有，我也不知道是什么原因。宋霭龄我也见过，但我见得最多的是宋美龄。抗日战争之前，我们家每年都会去庐山避暑，跟蒋先生、宋美龄住得很近，经常能遇到，还在那里遇到过胡蝶，胡蝶很喜欢游泳。胡蝶特别漂亮，所以我记得她。那个时候宋美龄管我母亲叫大嫂，宋美龄比较尊重我母亲。我母亲是农民出身，个性比较实在，而宋美龄身边的那些人可能都比较花枝招展，不太朴实吧，所以宋美龄很喜欢跟我母亲聊天，她主要是跟我母亲请教一些女人的事，比如如何才能儿女成行。

高晓松：宋美龄向您母亲请教怎么生孩子？

张素久：是的，这种事情宋美龄是不会跟别人说的，她只跟我母亲请教。我猜测宋美龄心里是把我母亲当成自己人的，所以才会问她这么私密的事情。到了重庆以后，宋美龄经常去美国演讲或者办事，每次她从美国回来，都会来看我母亲，还给我们带一大堆的礼物，有项链，也有缎带，还有衣服，那时候重庆的物资也不太丰富，宋美龄送给我们姐妹的东西都是很好的。除了跟我母亲关系比较好之外，宋美龄也很喜欢我大姐。因为我母亲没有念过书，所以我父亲非常重视对儿女们的教育，我大姐是在英国留过学的，英文讲得非常好。

高晓松：宋美龄很喜欢讲英文。

张素久：我大姐本来还要在英国继续读书的，但是抗日战争爆发了，我爸爸特意把我大姐从英国叫回来，让她回来为祖国服务。我大姐回国之后，马上就进入宋美龄的妇女指导委员会工作了，我大姐是一个做事非常认真的人，英文又好，那时候英文好的人不太多，所以宋美龄非常喜欢我大姐。总而言之，宋美龄是把我们家当成自己人的。

高晓松：中华人民共和国成立以后，你们就都没有办法联系了。

张素久：是的，没法联系了。抗日战争胜利之后我们又回到了南京，那时候在教堂里见过几次宋美龄，她跟蒋先生会固定去一座教堂里做礼拜。有一位戴伯母经常来我们家里传教，这位戴伯母是位洋人，但是她完全穿着中国的衣服，说的也是中国话，那时候我父亲也开始信了基督教，就跟蒋先生和宋美龄去同一座教堂做礼拜。

高晓松：后来您移民到美国的时候，宋美龄也还在世，并且就在美国，你们有见过面吗？

张素久：没有，我没有找过她，主要是我也没有什么事情要找她。

高晓松：这件事很有意思，您在美国没有见过宋美龄，但是却见过张学良。

张素久：是的，我在夏威夷见到过张学良，还有赵四小姐。

高晓松：您父亲大概是唯一的一个，在蒋先生当政时期跟大家一起去了几十次庐山，在毛主席当政时期又跟大家去了无数次北戴河的人，这个经历太有意思了。留在大陆之后，您父亲每年都带着你们全家去北戴河吧？您觉得在庐山和在北戴河的感觉有什么不同吗？因为在这两个地方，您身边接触的都是国共双方的大员、夫人和孩子。

张素久：我觉得没有太大的区别，就算是度假吧，大人聚在一起也不谈政治。小孩子在北戴河就是玩耍，晚上大家都聚在西海滩，看着天空，讲故事，不过那时候我已经不算是小孩儿了，我也不想参加小孩子们的事情。

高晓松：对，共产党这边的大员基本上都是在延安结婚的，孩子也是在那个时候出生的，年龄都比您小。

张素久：嗯，小孩子有近平、远平和乔乔，那时候他们都还是小孩儿，我已经算是大人了。在北戴河的时候，每天晚上都有舞会，我都跟大人们一起跳舞，比如地质部部长等人。近平和远平他们都是小孩儿，不能参加舞会。我后来跟他们的联系不多，我觉得主要原因不是年龄，而是距离的问题，我在清华大学毕业之后，就去了天津大学工作，没有留在北京，如果我留在北京，会跟近平和远平他们走得更近一点，不过他们现在也还记得我。

高晓松：当然记得了，你可是当年北戴河舞会上的大美女啊，当时有人追求你吗？

张素久：没有没有，我那时候虽然已经不是小孩儿了，但年纪也不大的，而且我结婚很早，婚后我都生了两个孩子了，很多人都还以为我没结婚呢。

高晓松：现在我们两家都来了美国，您多年前就加入了美国国籍，但是您对祖国一直充满了关心和热爱，您还记得 2008 年的时候，咱俩一起去护奥运火炬的事吗？

张素久：当然记得，咱俩一起去旧金山。

高晓松：对，就我们两个人，我开车，结果路上没油了，特别倒霉。

张素久：真要命，谁让你不事先加满油，车子居然在半路抛锚了。

高晓松：当时我和张阿姨在路上拼命挥舞手臂，希望有好心的过路车能分一点油给我们。最后在护奥运火炬的过程中，我看到了张阿姨内心对祖国的那份热爱。虽然加入了美国国籍，但内心对祖国母亲的热爱丝毫没有减少。

张素久：我觉得这算是我个人肩负的一点历史任务吧，我们虽然身在美国，但心系中国，我希望中美关系能和谐，我也能够在中间起到桥梁的作用。大概在十年前，我就开始在做中美的青少年的文化交流活动了。

高晓松：是的，我看到您做了很多的努力，组织、参与各种各样的歌唱比赛和大型活动，包括美国最盛大的玫瑰花车游行（Rose Parade）。美国每一年过新年的时候，有两场最盛大的活动，第一场就是前一天夜里在纽约倒计时，第二场就是隔天早晨在洛杉矶帕萨迪纳市举行的玫瑰花车游行。

张素久：我们还承办了天使杯的比赛，还有由国务院筹办，跟北京市人民政府主办的水立方杯比赛等，这些都是针对中美青少年的文化交流活动。

高晓松：我记得您还帮北京奥运会做了花车。

张素久：对呀，这么多年了，我从来没在玫瑰花车游行队伍里看见过中国的花车，我总觉得非常遗憾。所以到了2008年北京奥运会的时候，我就觉得，这个时候如果再不做一辆中国的花车，这个遗憾就更大了。原本我是没打算亲自做的，我认为这件事应该由大陆的国有企业来做，因为台湾的花车就是由"华航"来负责做的，我们大陆有那么多家航空公司，难道不能比台湾做得更好吗？可惜这件事一直都没做起来。后来我看不行了，马上就要北京奥运会了，还是我来亲自做吧，于是我就花了很大的功夫做成了这件事，到了2010年上海世博会的时候，我又做了一辆。为什么我一定要做成这件事？因为玫瑰花车游行实在是太有名了，现场就会有100多万人观看，全世界更会有五亿人收看转播。

高晓松：对，玫瑰花车游行是全美国直播的。

张素久：这么盛大的直播活动，怎么能没有中国的青少年出来亮相呢？所以我一直在拼命地努力，希望中国的有关领导能够重视这件事。国内经常会有演出团体来美国表演，基本上只是演一场而已，观众也就三四千人，对中国的宣传力度哪里能跟玫瑰花车游行相比？

高晓松：没错，而且那些演出都是到唐人街去送票请人来观看，费钱费力宣传效果又不好，玫瑰花车游行可是全美国乃至全世界的实况直播。

张素久：是啊，这是多么好的一次向全世界宣传和展示中国形象的机会。所以我觉得这件事特别重要，但是困难也是很大的。

高晓松：我们一起为中国而努力。您自己花费了那么多的钱和精力，就是为了宣传中国。

张素久：我觉得中国的奥运和上海世博都太值得宣传了，虽然花了很多时间和精力，但是我觉得非常值得，也非常快乐，更为我们的祖国感到骄傲和自豪。

高晓松：而且您在做玫瑰花车游行的时候，还跟"法轮功"进行了一番较量。"法轮功"也去申报了花车，不仅如此，他们还参加了好莱坞大道的游行。

张素久：是的，为了这件事我们还开了好多次的会议。"法轮功"组织反对我们参加玫瑰花车游行，而美国是一个民主国家，它必须尊重每一方的意见和立场，于是进行了三次听证会来讨论这件事。我十分感谢帕萨迪纳市的市长，他最后同意了让我们参加游行。他说，奥运会是国际奥委会决定让北京办的，而且美国总统会去参加北京奥运会，美国的运动员也都会去北京参加奥运会，这是一次得到全世界认可的盛会，所以我们的游行上应该有一辆北京奥运的花车。

高晓松：所以最后就没让"法轮功"的花车在游行上亮相，对吗？

张素久：对，我们胜利了，"法轮功"就失败了。在最后一次投票上，13名评审里面有两个投了弃权票，另外11个都投票支持了我们。美国的民主制度就是这样，不管说的多没道理，都不直接否决，而是要由大家民主投票来决定。

高晓松：但在好莱坞大道那一次，您组织的大队伍和"法轮功"组织的大队伍狭路相逢了，双方还产生了一些冲突是吗？

张素久：也不算是冲突吧，就是我们在这边宣传我们，"法轮功"在对面乱喊，试图给我们捣乱。但这也是没有办法的事情，美国倡导民主自由，每一个团体都有表达自己意愿的权力。事情过去了之后，如今我回想起来，就觉得在两辆花车中间的那支行进乐队特别棒,那是由三四百人组成的行进乐队。

高晓松:如果您以后有这方面的需要,我可以给您提供帮助,因为这是和音乐有关的事情,我应该尽一份力。

张素久:那太好了。

高晓松:您放心,今后只要有我能出力的事情,我一定全力以赴。我很想让网络上一些激进的网民看看,我们这些拿了美国护照的人不是汉奸,我们都深深爱着中国。

张素久:我倒不是很在意网上怎么评价我们。

高晓松:您的父亲就是一位爱国的将领,您也一直深深地爱着中国,一直在美国为祖国默默地做着很多的事情,我觉得应该让大家看到你们的努力。

张素久:我应该继承我父亲的爱国意志,海峡两岸的事情我也非常关心,我现在虽然人在美国,但我依然可以做好中美两国沟通的桥梁,贡献出自己的一份力量。

高晓松:好的,张阿姨,今天我们聊得非常开心,相信读者朋友们一定会喜欢这次对谈,因为这不是教科书里的历史,而是活生生的历史,非常真实和震撼。

张素久:我也没说什么,只是尽量回答你的问题而已。

高晓松:非常非常感谢您。

7. 和张阿姨一起护奥运火炬

刚才提到了我和张阿姨一起去旧金山护奥运火炬的事情，我觉得特别有必要跟各位读者分享一下那次的经历。

时间虽然已经过去了九年，如今想起来依然历历在目，内心澎湃不已。2008 年的北京奥运会，是 100 多年的奥运历史中最大规模的一次火炬传递，当时除了南极洲之外，全世界各大洲都留下了奥运圣火传递的足迹。

大家可以看一看"北京奥运会火炬传递路线图"，为了传递奥运圣火，我们跑了那么多城市，可惜我们事先的准备工作做得并不充分，也因为当时的中国还不够开放，奥运火炬在传递路上屡屡遭受阻挠，甚至是羞辱，全世界的中华儿女为之群情激愤，爱国的情怀空前高涨。

可能有一些读者不明白，2008 年距今不过九年，为什么我会说那时候的中国还不够开放？事实上，中国的开放格局，是在 2008 年的奥运会后才又登上了一个新台阶。首先我个人认为，中国是非常应该举办一次奥运会的，虽然我们由于没有经验，过程中出现了一些小小的瑕疵，但举办北京奥运会让中国真正地融入了世界，也让世界真正地看到了中国。

北京奥运会之前的中国，远远没有之后开放。2008 年之前，我们还处在报喜不报忧的状态，大部分国人都觉得，全世界都喜欢中国，否则为什么会把如此重要的奥林匹克盛会交给中国举办呢？当时的中国正处在蓬勃向上、自信满满的时候，申奥的成功更是鼓舞了国人的斗志，大家都觉得，我们应该高举着奥运的圣火，到全世界去跑一跑，展示一下我泱泱大中华的国威。

结果，一踏出国门我们才惊讶地发现，全世界对我们并没有那么友好，尤其是在西方的每一个大城市里，奥运火炬的传递都遭到了各方势力的强烈干扰。火炬传递到伦敦的时候，火炬手被当街泼了一身粪便，火炬里燃烧的圣火也多次被熄灭，又多次点燃。记得火炬传递到巴黎的时候，我们派出的火炬手是一个名叫金晶的残疾小姑娘，她坐在轮椅上，用双手紧紧地护住火炬，在她身旁，是一大群面目狰狞、跃跃欲试要冲上来夺取火炬的"藏独"分子，现场的气氛非常紧张。

随着火炬在西方各大城市的一路传递，各种各样的矛盾越发激化，同时间，全世界华人儿女的爱国情怀也不断高涨。在传递奥运火炬之前，中国人内部经常因为各种各样的分歧而吵得不可开交，但在当时，所有的华人都自觉地团结了起来，大家放下了对彼此的成见，一致对外。不管我们国家内部有什么问题，那都是关起门来的我们自己的事，但现在中国在办奥运，这是我们全体中华儿女的大喜事，别人可以不支持，但是不能来砸我们的场子。

在伦敦，在巴黎，华人华侨和留学生们纷纷走上街头，自发地去保护奥运火炬的安全，更多的中国人无法亲自到现场去，就都守在电视机前看实况转播，每一个人都群情激昂，对那些捣乱分子充满了愤怒，对我们的国家充满了骄傲和自豪。奥运火炬在伦敦和巴黎艰难地传递完成后，下一站就要轮到美国的旧金山。

我不知道我们的外交部为什么选择旧金山，我个人认为这个选择缺乏经验。旧金山是美国白左的中心，也是美国的革命中心。也就是说，如果我们在这里传递奥运火炬，受到的阻力将不小于伦敦和巴黎。于是，全美国的华人团体都纷纷组织起来，要去旧金山保护奥运圣火的顺利传递。

张素久张阿姨是大洛杉矶地区的华侨领袖，以她为首，南加州的各大华人团体积极进行了筹备，准备大部队前往北加州，去支援北加州的华人，支援中国的奥运圣火传递。当时张阿姨他们集结了无数辆大巴车，声势浩大，简直是一眼望不到边。出发的当天早晨，还给每个人发了一长条三明治，当作路上的口粮，因为不能让大家饿着肚子上战场。到了时间，大巴车开始发动，一辆跟着一辆，浩浩荡荡地朝着北加州开去，每一辆大巴车上的华人都斗志昂扬，大家高唱着各种各样的革命歌曲，喊着口号上路了。

我看着这阵仗，心里挺感动的，但我还是理智地对张阿姨说，咱们俩就别乘坐大巴车了，要是这么一路高歌，没等到旧金山，咱们的革命激情和革命体力就都消耗完了，咱们俩还是开车去吧。张阿姨想了想，觉得我说的也有道理，于是我们俩就自己开着车去北加州，路上虽然发生了汽车抛锚事件，但我和张阿姨还是按时抵达了旧金山。

到了旧金山之后，我真是大开眼界，因为我终于在中国之外见到了如此大的阵势。在中国，我当然见过各种各样的大阵仗，比如："文化大革命"、1976 年的四五运动，但在中国之外，我确实很少见到这么多人参加的阵势。美国虽然倡导民主自由，老百姓经常上街搞游行和示威，但规模都比较小，绝对没有 2008 年传递奥运圣火这次的人多。当天根据我的粗略目测，大概有四五千名从南加州赶来支援的华人，还有三四万名北加州的华人，这已经算是超大的规模了。然而我再往马路对面一看，我的天哪，差点没把我吓死，马路对面至少站了十几万人！

而且这十几万人的着装十分整齐，分成了好几个大阵营，每一个阵营都举着各种各样的抗议和示威的小旗子，一个个群情激昂。我彻底惊呆了，因为我完全想象不出这些人都是来干吗的，这可跟伦敦和巴黎的情况不一样，在伦敦和巴黎，来捣乱和闹事的主要是"藏独"分子，而在旧金山，前来抗议的主要是白人的左翼分子，也就是"白左"，他们按照服装的颜色不同而分成不同的阵营。

穿着绿衣服的，就是抗议达尔富尔问题的，达尔富尔地区位于苏丹西部，是苏丹分裂势力最为活跃的地区。支持"藏独"的阵营里也有很多人，他们高举着"雪山狮子旗"，敲着锣打着鼓，高喊着"藏独"的口号，而且喊得特别有节奏。我们华人这边也高呼着支持奥运、支持中国的口号，可尽管我们的爱国热情高涨，节奏感却不太好，声音总是被对方盖过去。

最有意思的是，我还看见不少穿着红色衣服的人，我很好奇地凑过去问，你们是抗议中国的什么问题啊？他们回答，我们抗议中国不给朝鲜难民子女以平等上学的待遇。我听完目瞪口呆，真的很想问问他们，你们去过中国吗？我们中国的进城务工人员，他们的孩子都享受不到平等上学的待遇，你们倒在这儿替朝鲜难民的子女操起心来了。由此可见"白左"心中充满了乌托邦式的、不切实际的理想，他们要是真的为了人权而战，为了平等而呐喊，难道不应该先去支援一下中国的进城务工人员吗？中国进城务工人员的数量可比朝鲜难民多多了，他们的子女更需要平等上学的待遇，可惜"白左"孤陋寡闻，他们不知道中国进城务工人员这个群体，他们只听说过朝鲜难民。

后来奥运火炬传递到韩国首尔的时候，也发生了类似的令人啼笑皆非的抗议事件，有一个脱北的朝鲜人，居然在奥运火炬旁边试图自焚，幸好被人及时拦住了。人们问他为什么要自焚，他义愤填膺地回答，当年他和他的兄弟一起脱北，他侥幸逃到了韩国，但他的兄弟在中国没能逃出来，结果被中国遣返了，回到朝鲜后就被枪毙了，所以他感到非常悲愤，他觉得他的兄弟之所以被枪毙，都是因为中国没有保护朝鲜的难民，这就是他要在奥运火炬旁自焚的理由。

因为有了伦敦和巴黎的闹剧，奥运圣火传递到旧金山的时候，官方已经非常谨慎了，前期做了非常周详的准备工作。以至于我们早早赶到预定的传递路线，却迟迟不见火炬出现。火炬不出现，马路两边只能大眼瞪小眼，这边几万人，那边十几万人，隔着一条马路对峙，比赛唱歌和喊口号，闹得一塌糊涂。而原本应该在预定时间出现的火炬，就是死活不出来，我估计火炬是不敢出来，因为在这种情况下，火炬一旦出现，双方必然会爆发冲突，大家可以想象一下，如果十几万人混战在一起，那绝对会是一场可怕的灾难。

在 2008 年，互联网还没有现如今这么发达，人们无法站在街头看看手机就能及时了解到整个世界的最新资讯。于是，一位身在纽约的爱国同胞就充当了我的资讯转播员，这位爱国同胞就是刘欢同志。刘欢当时在纽约看CNN电视台的实况转播，新闻里说，奥运火炬可能要抛弃原定的路线，在摩托罗拉中心出来上船，从渡口走，刘欢通过电话把这条新闻第一时间通知了我。我当时虽然也不年轻了，怎奈受到现场气氛的影响，头脑也有点发热，不够理智了，立马跟大家说，咱们别在这儿傻等了，这是官方的调虎离山之计，奥运火炬要上船了，咱们去轮渡大厦等着吧！

于是，大队的华人撤离了摩托罗拉中心，浩浩荡荡地朝着轮渡大厦移动而去。其实是刘欢同志中了调虎离山之计，CNN故意播报了一条假消息，分散了华人的支援力量。所以我才会说，关于奥运火炬的传递，国人实在是太过自信了，以至于没有经过充分的准备就走出了国门，而且世界各地的使领馆也缺乏斗争经验。早在旧金山奥运火炬传递之前，旧金山当地政府就开过数次会议，讨论出数条备用路线，但驻扎当地的中国使领馆完全没有跟华人团体发出过任何通知和提醒。我不知道使领馆的工作人员是没有参加会议，还是参加了会议但出于某种考量而没有将消息告诉各大华人团体。以至于所有的华人团体都不知道还有备用路线，大家都一乌泱地拥在原定的路线上空等。

时间一分一秒地过去，大家渐渐有了猜测和判断，估计原定的路线肯定是被放弃了，但备用路线在哪里呢？谁也不知道，所以我一说CNN说奥运火炬要走水路，大家就像抓到了救命的稻草，纷纷朝着轮渡大厦赶去。然而，所有的华人都像没头苍蝇一样，抗议阵营的人却对一切备用路线都了如指掌，他们甚至知道最后会采用哪条备用路线。因为在最后被采纳的那条路线上，沿途早就架满了CNN的摄像器材，所有人都知道奥运火炬会出现在那条路上，只有我们华人不知道。

抗议阵营的人也非常有战术，他们仗着人数上的优势，派出了一小部分人，跟着华人来到了渡轮大厦门口，故意堵住华人的路。华人无法继续前进了，双方就开始了对峙，虽然没有造成流血和伤亡事件，现场的气氛依然非常激烈。"白左"青年们一个个确实十分冲动，有一些"白左"青年故意把自己的双手绑在身后，冲进华人的队伍，在地上静坐成一排，让华人完全无法通行，他们的意思就是，你们"中国不自由"，没有人权，把人的双手都束缚住了。

像我这样的成年人，大部分还是非常冷静的，只是在一旁冷眼旁观着，但年轻的中国留学生没有经历过那么多人世沧桑，他们也非常冲动。我记得战斗力最强的是从 UC Davis（加利福尼亚大学戴维斯分校）来的留学生，UC Davis 的校址虽然也在北加州，但是距离旧金山还有两个多小时的路。北岛曾经在 UC Davis 教过很长时间的书，他还曾经替当地修过地方志。UC Davis 的留学生特别勇猛，他们唱着歌，高举着红旗，毫不畏惧地直接冲进了"白左"的队伍，双方发生了一阵激烈的推搡和撕扯。

后来有人在人群中认出了我，立刻推举我出去跟"白左"青年辩论，因为大家觉得我比较能说会道。其实双方从前一天晚上就已经开始辩论了，甚至还有好莱坞的明星前来助阵，美国演员理查·基尔就是"白左"青年的重要支持者。北京奥运会火炬在旧金山传递前，理查·基尔专门举行了反对中国举办奥运会的演讲，引来了华人的激烈抗议。

在众人的一致推举下，我参加了这次两阵对圆的辩论。我问"白左"们，为什么今天前来参加抗议的都是白人？为什么我放眼看去，你们的队伍中没有任何一个有色人种？听到我的提问，"白左"们四下环顾一番，果然没在现场发现有色人种。但"白左"们不甘示弱地告诉我，有色人种也是支持他们的，但是有色人种今天没空来。我冷笑着说，太好了，我等的就是你们这句话，今天是 4 月 9 日，为什么你们白人都能放假，还能上街来游行示威，黑人和墨西哥人却没空呢？为什么有色人种星期六还要工作？显然你们美国也存在人权问题，你们美国也存在不平等的问题。

这种问题当然难不倒"身经百战"的"白左"青年，他们理直气壮地回答道，没错，我们美国也有人权问题和不平等的问题，所以我们不光反对中国政府，我们也反对美国政府。我再次笑道，太好了，我等的就是这句话，也就是说，只要是存在人权问题和不平等问题的群体，你们都要去支持对吗？"白左"们纷纷点头如捣蒜地说，对，哪里有不公平，哪里有违背人权的事，我们就去哪里！我们美国有问题，我们也要反对！我就对他们说，既然如此，我想告诉你们，我们中国有 13 亿人，我们确实存在着很多的问题，比如你们支持的这个少数民族，他们在中国就具有汉族没有的权利，比如他们可以比我们多生一个孩子，他们的子女上学也能享受到更多的优惠，那么，你们是不是也应该支持一下我们？难道你们只支持人少的群体吗？ 13 亿人太多了，问题太大了，你们就不支持了吗？

"白左"真的被我绕进去了，听完我的理论，他们纷纷表示，我们选择支持对象是不看人数的，既然你们也有不平等的问题，那我们也支持你们。听到这话我真是哭笑不得，"白左"的脑回路真的挺简单的，所以我就对他们说，既然你们也支持我们，那你们就该把抗议和示威的牌子上的字都改一改，你们现在写的是反对中国，这没有道理，因为在"二战"的时候，人们也只是反对纳粹，反对希特勒，却不会去反对德国，你们现在为什么要反对中国呢？你们难道不该在牌子上写清楚具体要反对什么吗？

辩论到最后，"白左"们被我噎得哑口无言，一个个气急败坏，索性放弃了辩论，直接跟我撕破脸，指着我说，这是美国的土地，你这个中国人应该滚回自己的国家去。我哭笑不得地对他们说，你们赶我回中国，就是种族歧视的行为，你们不是反对种族歧视吗？你们现在难道不是在自己否定自己吗？总之，年轻人这边就是辩论一会儿，推搡一会儿，闹得一塌糊涂。张阿姨那边又是另一种情景，他们那边都是些上了岁数的华人，他们不会辩论，更不会跟对方推搡，但是却更加激烈，他们就手挽手站在一起高唱革命歌曲，五星红旗迎风飘扬。反正不管是什么样的表现，从年轻的留学生到像张阿姨这样上了年纪的华人，所有人都空前一致地表现出了高涨的爱国主义情怀。

几万名华人折腾了一天，最后还是没能等来奥运火炬。奥运火炬最终还是选择了一条备用路线，而且在那条备用路线上，站满了反对中国的人，整个沿线全都是高举着抗议示威旗号的人，被早有预谋的 CNN 全部拍进了镜头里。所以当 2008 年的奥运火炬传递到旧金山的时候，电视机前的观众在镜头里完全看不见华侨高举的五星红旗。但火炬的传递还是取得了成功的，沿途没有被抢夺，圣火也没有熄灭，因为那条备用路线非常短。旧金山市政府还是非常聪明的，他们选择了金门大桥作为传递路线，火炬手一踏上金门大桥，政府就立刻将大桥封锁了，抗议和示威的人根本上不去。于是火炬手就顺利地跑过了大桥，一到桥头，立刻就上车走了。不管华人和抗议示威阵营之间闹得多激烈，总的来说，奥运火炬在旧金山还是传递成功了，比在巴黎和伦敦要安全和顺利得多。而在整个奥运火炬的传递过程中，最顺利的一站并不是旧金山，而是在朝鲜的首都平壤，没有发生任何骚乱，当地的百姓高举着鲜花，跳着舞蹈，夹道欢迎，很流畅地就跑完了全程。

奥运会本来是人类和平的最主要标志，在奥运期间，各国都要停止战争。奥运圣火的接力也是一件好事，真正能到现场去看奥运的人不多，但火炬手持着火炬到处跑一跑，就能让世界各地的人们都感受到奥林匹克精神。中国搞这次奥运圣火的传递，本来是怀着美好的愿望，结果在西方国家遭遇了这一系列的阻碍，我们也感觉非常无奈。圣火传递到后半程，我们在很多国家都不得不妥协了，为确保安全和顺利，我们不停地修改路线，很多城市放弃了露天路线，只在一座大的体育馆里跑一跑就算过去了。

包括在旧金山的传递，事后旧金山议会专门通过了一个决议，要求当时在任的亲华市长去找中国政府，让中国政府支付奥运火炬传递时产生的安保费、垃圾费和警察工资等。在首尔的圣火传递也引发了激烈的冲突，还有留学生被捕，韩国媒体也是抱怨说有很多暴力事件。

以上就是我和张阿姨一起经历的护奥运火炬事件，我们两个人之间有着革命战友般的情谊。我们俩经常到处去参加活动，但让我记忆最深刻的，就是 2008 年这一次。

虽然中国的奥运火炬传递在世界各地受到了各种阻碍，但我个人觉得，2008 年的北京奥运会是非常有意义的，中国就是从那个时候开始真正地融入世界。所谓的融入世界，并不是指融入西方，更不是被别人改造，而是保持着自我去融入浩浩荡荡的世界潮流，用自己的步伐去加入不断前进的世界浪潮里。

自从 2008 年之后，中国与世界的融合度明显提高了很多，现在，中国已经是世界大家庭的一分子了。我们没有盲目地加入西方的阵营，我们也没有被别人改造，更没有去改造别人，只是加入了一个我们也有发言权、别人也有发言权的一个国际大家庭里。这些年我在国外，在各种场合里，都深刻地感受到了这种变化，感觉非常欣慰。

最后，我想跟各位读者分享一些个人的感想。通过我做的一系列节目，尤其是在跟大家分享真实和口述的历史时，我意识到读者朋友不光对历史感兴趣，大家对于历史洪流中的每一个人，哪怕是很小细节的层面，都有很大的兴趣。我认识很多朋友，他们身上都带着很多很多的真实历史的细节，我很希望能把他们都找来，把他们生命中的那些真实分享给大家。但我不是一个有采访经验的人，在对方讲述的时候，我经常忍不住会插嘴和打岔，所以我想把这种形式的分享，称为对谈。

以后我还会陆陆续续邀请一些人来，通过对谈的方式，将他们的故事和真实的历史呈现给各位读者，希望能形成一系列的对谈。我想给这一系列的对谈起一个很大的名字，如叫作"一个国家的诞生"。一个国家的诞生绝对是不简单的，它不是教科书里简单的三大战役，更不是在危亡之时出现了几个大救星和伟大人物。一个国家的诞生，是从上到下千百万人的奋斗、千百万人的牺牲、千百万人的失落一起铸就的。一个国家的诞生，有付出，有得到，有幸福的，也有不幸的，是各种各样的事情集合在一起。

所以在这一系列的对谈中，我偶尔会邀请一些大人物或他们身边的人，比如像张阿姨这样的名门之后，也偶尔会邀请一些名不见经传的小人物，这些小人物身上的悲欢离合，其实更能体现一个国家的诞生和成长，以及一个国家的变迁。我希望能从各种各样不同的角度，为大家拼凑出一张有血有肉的真实地图。当然了，这一系列的对谈，始终还是要从我个人的角度出发。

而且我要提醒大家一句，口述历史跟回忆录一样，有它真实的一面，也有它不真实的一面。每一个人写回忆录的时候，都会尽量把自己写得好一点。所有人在口述历史的时候，也都会不自觉地把自己的家人描述得好一点，这是人之常情。所以大家若想知道历史上一件事情的真实情况，光看回忆录和日记是不够的，还要将很多人的回忆录对比和交叉着来看，这样才能更加公正、全面和客观地掌握历史。所以我们经常说，史学家要秉笔直书，真实的历史不是一部个人的回忆录，也不是一个党派的传记，更不是一个家族的家谱。

我希望通过这一系列的对谈，充分地跟各位读者分享我的想法，在做《晓说》和《晓松奇谈》的这些年里，我个人的思想也成长了很多，我十分希望能跟各位读者继续一同成长下去。

8. 虎将卫立煌

在与张素久阿姨的对谈中，我们聊到了李宗仁、傅作义和龙云等蒋系的非嫡系将领。而且我们一直说，张治中将军是留在大陆的最高级别的蒋系嫡系将领。但事后我突然想到了另一位蒋系嫡系大将。

所以我现在要特意强调一下，张治中将军是中华人民共和国成立前留在大陆的最高级别的蒋系嫡系将领，但在中华人民共和国成立后，在李宗仁之前，还有另一位蒋系嫡系将领回到了大陆，那就是卫立煌将军（卫立煌，1897—1960年，国民党陆军二级上将，中华人民共和国成立后曾任国防委员会副主席等职务）。有关卫立煌将军的事，我可以跟大家做一些分享，因为卫将军跟我们家还有一点渊源。

卫立煌和张治中在蒋系嫡系将领中的地位，可以说是平起平坐、不相上下的，两个人都是上将，而且两人的晋级时间也差不多，几乎是同时当上了师长，又几乎是同时当上了军长。福建平叛的时候，两个人一个是第五路军司令，一个是第四路军司令。抗日战争时期，张治中是湖南省政府主席，卫立煌是河南省政府主席。解放战争时期二人依然是平级，张治中是管西北五省的西北行辕主任，卫立煌是东北"剿总"司令，而且两个人还是老乡，都是安徽人。

因为蒋介石本身是浙江人，所以他最喜欢提拔的首先是浙江人，其次是军校生。人就是这样，一个人的出身会决定他未来的很多选择，蒋介石本身是军校出身的，毕业于日本的振武学堂，所以蒋介石的部下，首先以浙江人居多，其次就是黄埔军校毕业的黄埔系，然后是毕业于其他军校的学生。在这方面，张治中是非常占优势的，因为张治中是保定军校毕业的军校生，在抗战之前的中国军队里，一直分成保定系、士官系和陆大系等，其中最大的两派就是保定系和士官系。保定系就是从保定军校毕业的人，有白崇禧、张治中和傅作义等，士官系是从日本陆军士官学校毕业的人，比如张群、蒋百里等。

卫立煌和张治中最大的区别就是，他不是军校生，而是行伍出身，来自孙中山的卫队。孙中山的卫队出了无数著名的国共双方的大将，卫队分为四个营：一二三营以及海军陆战营，这四个营长声名赫赫。共方的叶挺、国方的张发奎（其实张发奎有点介于国共之间）和薛岳，这是一二三营的营长，还有海军陆战营的营长叶剑英，国共双方各占两位，这四位营长还有一个共同的特点，他们都是客家人，因为孙中山自己就是客家人。可见每个人都喜欢让自己的老乡来当亲信，至少彼此能听懂对方的口音。

卫立煌曾是卫队的士兵，是不折不扣的行伍出身，没有读过军校，更没有受过系统的军事教育，但他特别勇敢，能征善战，是靠着自己的天赋和实力，一点一点升上来的，算是蒋系里最能打的大将之一。抗日战争初期的一场大战役——忻口战役，就是由卫立煌领导指挥的，那是抗日战争初期，中国军队在晋北抗击日本侵略军的一次大规模的战役，也是华北唯一的一场打得不错的大规模战役，比平津战役的规模要大得多，也要激烈得多。

身为蒋系最能打的大将之一，卫立煌在抗战期间跟共产党建立了非常好非常好的关系，甚至可以说，在抗战期间，卫立煌跟共产党的关系比张治中跟共产党的还要好。张治中是在重庆谈判的时候，才跟共产党建立了比较好的感情，但卫立煌从最开始就在指挥八路军，后来的八路军不叫八路军了，在军事和政府内部的正式行文里，都改成了十八集团军。十八集团军长期隶属阎锡山的第二战区，卫立煌就是第二战区的副司令长兼前敌总指挥。阎锡山本人就是地头蛇，军事上实际都是由卫立煌在全权指挥八路军。后来，卫立煌升任了第一战区的司令长，跟八路军也有千丝万缕的联系。

在国共蜜月期，中央政府也给八路军发军饷，补充装备。等到后来国共开始有摩擦了，中央政府要给八路军停军饷和补给，卫立煌依然顶住上头的巨大压力，坚持给八路军发军饷，发枪械，发弹药。因为卫立煌和张治中一样，也是爱国的军人，他内心也坚定地支持国共合作，大家一起抗日。卫立煌曾经一次给八路军发了100万发子弹，25万枚手榴弹，把相关的负责人员都惊呆了，这么大量的补给，大家都不敢批，生怕中央政府怪罪下来，但卫立煌表示，现在我们的头等大事是抗日，必须得给八路军发补给，出了事由他全权承担，他亲自签了字，给八路军发了这些东西。

后来卫立煌到河南省政府当主席，也跟八路军和共产党保持着非常好的关系。当内战打响之后，卫立煌跟张治中一样，也不想打内战，其实有大量的军人都觉得打仗打够了，为了抗日，中国牺牲惨重，如今日本人走了，这个国家需要修复、需要建设，国共不应该再继续打了。于是，卫立煌就以出国考察为名，躲开了内战。卫立煌出国考察期间，就和我们家发生了一点关系，所以接下来我要稍微给大家介绍一下我们家。

我母亲叫张克群，国家一级建筑师，梁思成大师的亲传弟子。1942年年底，我母亲出生在德国柏林，当时我的外公和外婆都在德国留学，完成了学业，拿到了博士学位。1943年，战争爆发，英国开始轰炸柏林，我的外公外婆无法离开德国，便开始了逃难，两个成年人逃难还可以，但如果带着刚刚出生的我母亲，就太不方便了，于是两人就先把我母亲送到了巴黎，暂时寄养在跟他们关系特别好的世交汪德昭先生家里（汪德昭，1905—1998，中国著名物理学家，大气电学家，中国水声事业的奠基人，中国科学院资深院士），不过我母亲在汪先生家里住的时间不长，后来她主要生活在一位德国的上校家里。

有关汪德昭先生，我再跟大家多做几句介绍。汪先生出身自大世家，他们家一门都是科学家，他的哥哥是厦门大学校长，弟弟也是科学院的院士。汪先生是郎之万门下的博士，郎之万是世界级的大科学家，大家在网上肯定都看过一张非常牛的照片，这张照片堪称人类科学史上最伟大的照片之一，在座的群贤毕集。在照片中，坐在爱因斯坦左手边的这一位，就是郎之万，坐在爱因斯坦右手边的，是我们在中学物理课上都见过的大名人，洛伦兹、居里夫人和普朗克等，这张照片真的是人类智慧的精华。总之，郎之万是世界一流的大科学家，他原本是居里手下的博士，居里车祸去世之后，他又跟居里夫人产生了一些情感，这些花边新闻当时在欧洲也是闹得沸沸扬扬，有关这些人的故事，我以后再跟大家做分享。

汪德昭学的是声学，回国之后成了中国声学界的泰斗级人物，还担任了中国科学院声学所的所长。汪先生家跟我们家是世交，战争爆发的时候他住在巴黎，当时巴黎是沦陷区，英美没打算轰炸巴黎，德国也没打算炸掉巴黎，而且巴黎也是人类文明的明珠，所以巴黎算是一个比较安全的地方。我的外公外婆就把我妈妈送到了巴黎，养在汪先生家，我妈妈还认了汪先生为干爹，按这个辈分排，我得管汪先生叫汪爷爷。我小的时候，每年都要去汪爷爷家很多次，因为汪爷爷是科学院声学所的所长，他家就住在科学院家属大院里，跟清华的家属大院就一墙之隔，我妈妈经常带着我溜达出清华西南小门，进了科学院的北门就到汪爷爷家了。

我记得我小时候，汪爷爷老爱跟我开玩笑，说他自己是一个老革命，每当他这么说，我们就会大笑，在我们的观念里，汪爷爷就是一个留洋归国的科学家，怎么会是老革命呢？等我稍微长大了一些，因为我很喜欢历史，汪爷爷就亲口给我讲述了他当年策反了卫立煌的故事，因为这段过往，"文化大革命"期间汪爷爷也遭受了很多的迫害。

时间回到了 1947 年。因为不想打内战，卫立煌将军出国去考察，到了巴黎。卫立煌一到巴黎就肯定要见汪德昭汪爷爷，这就要牵扯出另外一段有意思的渊源。卫立煌的夫人名叫韩权华，韩权华的娘家是民国时代京津一带最大的几大家族之一，韩家是大资本家，家里的女儿们都送到了国外去留学，学成归来后都嫁给了海归精英。韩家女儿们长得都非常漂亮，嫁的男人也各个都很了不得，韩权华的姐姐嫁给了清华大学的老校长梅贻琦，梅校长是把清华大学从一所留美预备班发展成真正的世界级大学的最伟大的校长之一，其他姐姐嫁的也都是著名的科学家，我就不一一列举了。

韩权华女士在出国留学之前，是北京大学的校花，个子很高，人也长得亭亭玉立，但韩权华打破了韩家女儿的规律，她学成归来后没有嫁给精英海归，而是嫁给了在人们眼中有点土鳖的卫立煌。不过，卫立煌虽然没有受过高等教育，当时也已经是中央军最嫡系的上将。可能当时正处于抗战时期，韩权华内心也膨胀着爱国的情怀，所以她特意挑选了一位抗日英雄。嫁给卫立煌之后，韩权华就陪着卫立煌一同出国去考察。

而汪爷爷的夫人名叫李惠年，是韩权华的大姐的女儿，论辈分刚好是韩权华的外甥女。汪奶奶年轻的时候曾经留法学习音乐，后来嫁给了大科学家汪德昭。汪爷爷和汪奶奶的爱情故事和钱学森的很像，大科学家钱学森先生就娶了学音乐的大美女蒋英。韩权华陪着卫立煌到了法国之后，就去拜访了她的外甥女，也就是汪奶奶李惠年，正好由汪爷爷和汪奶奶来担任卫立煌在法国期间的翻译。

于是，汪爷爷和汪奶奶就陪着卫立煌夫妇，在欧洲各国旅游、观光和考察。当他们游览到瑞士的时候，在一座湖上，汪爷爷和卫立煌进行了一次长谈，谈到了国共双方现在的关系，汪爷爷忍不住感慨道，国共不能再这样打下去了，对此卫立煌也深有同感，并询问汪爷爷是不是共产党。汪爷爷诚实地回答，他是共产党，但他是法国共产党，不是中国共产党。

汪爷爷年轻的时候也是一个革命青年，曾经是法国的左翼学生领袖之一。汪爷爷年轻时做过的最著名的大事，发生在法国被纳粹占领期间，当时纳粹把汪爷爷的老师郎之万抓起来了。当时全世界的很多知识分子和科学家组成了一个反法西斯联盟，郎之万担任了联盟的主席。郎之万被纳粹抓捕之后，身为学生的汪德昭立即组织起左翼学生和法共，积极进行营救。

得知汪爷爷也是共产党，卫立煌心中不禁为之一动，诚恳地对汪爷爷说，你能不能帮我跟中共接上头？汪爷爷虽然很为难，但还是答应了，因为他心中也有着深深的爱国情怀，想为中国做一点事。答应了卫立煌之后，汪爷爷就开始想办法去跟中共取得联系，后来他顺利地通过法共联系上了苏联驻法国大使馆，辗转联系到了中共驻苏联的机构，传去了卫立煌将军表示愿意和中共合作的口信。卫立煌将军还亲笔写了一封密信，信中写道：我很愿意跟贵方接触，但此事事关机密，万请保密。

卫立煌将军原本就是共产党的老朋友，他曾经在太原跟周恩来长谈过，跟朱德的关系也很好。当年卫立煌是战区的司令长官，朱德只是一个集团军的司令。中共接到汪爷爷辗转送来的口信，自然是大喜过望，这可是蒋系嫡系的上将，随即中共马上通过苏联驻法国大使馆，又通过汪爷爷给卫立煌送出回信，表达热烈欢迎，中共愿意以各种方式跟卫立煌进行合作。而当中共的回信送到半途的时候，卫立煌已经先行回国了，因为当时蒋介石急缺大将，国民党的几个大规模的"剿总"，每个"剿总"下面有百十万的大军，徐州"剿总"是蒋系嫡系的刘峙；华北"剿总"就已经是非嫡系的傅作义了；华中"剿总"是非嫡系，且是内心深处一直反蒋的白崇禧。在这种情况下，蒋介石不得不把在欧洲考察的卫立煌叫了回来，让他出任东北"剿总"司令。

东北是当时最重要的前线，国民党正在跟林彪率领的东北野战军打。等到卫立煌到了东北，出任了东北"剿总"司令后，汪爷爷跟卫立煌通了一次电报，两人之间约定了一个联络密码。之后，汪爷爷就是利用这个联络密码，将中共通过法共和苏联辗转送来的消息送给卫立煌。联络了几次，卫立煌觉得太不方便了，干脆对汪爷爷说，你别在法国当科学家了，干脆到我身边来做我和中共之间沟通的管道吧。汪爷爷当时在法国的收入和生活都很不错，但他思考了一番，还是决定回国。于是，汪爷爷和汪奶奶变卖了法国的家私，带着他们唯一的儿子汪华一起回了国。

汪爷爷回国后，只身到了沈阳，担任了卫立煌手下的少将一职。让一个毫无战争经验的科学家来当少将，这件事也挺有意思的。而且汪爷爷的身份也不是地下党，他跟中共之间没有任何联系渠道，之前在巴黎的时候，他还可以通过法共和苏联联系上中共，到了沈阳之后，他就谁也联系不上了。中共最后一封从巴黎辗转送来的口信上只是说，让卫立煌将军静观其变，能做什么就做点什么。

如今大家回顾辽沈战役，其实卫立煌在国方确实起到了很负面的作用，他的整个战斗情绪非常消极。尤其是当南京的国防部已经看出被瓮中捉鳖的可能，坚决要求全军撤出沈阳、集中到锦州的时候，卫立煌居然拒绝撤出沈阳。如果卫立煌撤出沈阳，在锦州往后一退，后面就是傅作义在华北的 50 多万大军，往前一进也能继续打，这将改变国方的被动局面。但卫立煌坚决拒绝，他的理由是自己不能丢掉沈阳，如果他撤出沈阳，路上就会被共军全歼。这就导致国方丧失了战机，最后林彪大军从长春南下，包围了锦州，切断了入关的道路。

打锦州的时候，卫立煌的表现也是磨磨蹭蹭，迟迟不前来支援。侯镜如兵团调到葫芦岛东进兵团的时候，卫立煌还专门飞到葫芦岛，对侯镜如说，你慢慢来，稳扎稳打，别那么急，廖耀湘看来是不太行，最后卫立煌唯一为国方做的一件事，就是在从锦州回沈阳的河上搭了几座浮桥。辽沈战役到了最后，共方全歼了国民党在关外的所有军队，到了沈阳快解放的时候，卫立煌登上最后一架国方的飞机准备逃跑之前，特意派出身边最身强力壮的卫士，从逃难的人群中把汪爷爷揪了出来，等汪爷爷上了飞机，卫立煌才让飞机起飞。

卫立煌原本没想去南京，因为他知道自己有罪在身，所以他先是跑到了广州，最后是被迫回了南京。如果是其他人犯了这么大的错误，肯定早被枪毙了，但卫立煌毕竟是蒋系的嫡系大将，他虽然没有张治中那么受蒋介石的宠爱，但蒋介石还是对他网开一面，先把他软禁起来，准备送到军事法庭上审判，但还没等到审判，蒋介石就下野了。蒋介石下野回到了老家溪口后，代总统李宗仁上台，就把卫立煌放出来了。

被放出来之后，卫立煌就去了香港，也没有去台湾，汪爷爷和汪奶奶也去了香港。卫立煌在香港做了几年生意，不太顺利。而汪爷爷和汪奶奶又回到了巴黎，继续当科学家。到了一九五几年的时候，周恩来写信给中国在世界各地的科学家们，呼吁大家回到中国来参加建设。当时有很多科学家怀着对祖国的深爱而放弃了在国外的优渥生活，义无反顾地回到了中国。汪爷爷和汪奶奶也在那个时候回到了中国，包括大家耳熟能详的钱学森等人，都是同时期回国的。

这期间，卫立煌则一直生活在香港，因为不擅长做生意，日子过得比较拮据，直到后来，又有一位韩家的人机缘巧合地出现在了中南海。这个韩家的人是韩权华大哥的女儿，也就是韩权华的侄女。当时刚好周总理的秘书生病了，就让韩权华的侄女当了一阵子临时秘书。周总理很快就看出，这位女士谈吐不凡，得知对方是韩家人后，周总理说，一看你的气质就是韩家人，有韩家大小姐的那种气质。在和周总理的聊天中，韩权华的侄女提到，自己的姑姑还和卫立煌一起在香港呢。就这样，卫立煌再次和中共取得了联系，并于1955年回到了内地。

身为蒋系中央军的上将，卫立煌回国绝对是件大事，他回国之后还发表了《告台湾袍泽朋友书》。不过卫立煌回来得有点晚了，如果他在辽沈战役的时候就和中共取得联系，那他的地位应该比张治中还要高。但到了1955年，中共内部的格局已经定了，所以卫立煌只是接替龙云做了国防委员会副主席。国民党留在大陆的几位最高级的将领，都做了国防委员会副主席，1957年龙云被打成了右派，卫立煌就代替了龙云。

卫立煌于 1960 年就去世了，逃过了"文化大革命"的劫难，但他的夫人韩权华在"文化大革命"时不幸遭到了迫害，尽管邓颖超多次上门去保护，韩权华还是受了很多苦。毕竟邓颖超也是心有余而力不足，她连国家主席刘少奇和其夫人都没能保护下来。汪爷爷和汪奶奶在"文化大革命"的时候也受到了迫害，他们的主要罪名就是勾结战犯卫立煌。"文化大革命"的时候一共定了 43 名国民党战犯，蒋介石和卫立煌都位列其中。汪爷爷家至今都保留着一封珍贵的书信，那是周总理的秘书罗青长专门给汪爷爷和汪奶奶写的一封证明信，证明他们没有勾结战犯，他们虽然不是中共的地下党员，但他们是法国共产党，当年在法国为了让卫立煌和共产党取得联系而付出了巨大的努力。后来到了平反补发工资的时候，罗青长也给汪爷爷和汪奶奶提供了很大的帮助，将他们两个的工龄起始时间定在了 1947 年，因为那刚好是他们在巴黎帮卫立煌联系上中共的时间。

正因如此，汪爷爷才会经常说自己是个老革命，因为他的确很早就参加了革命。我们家跟汪家是世交，汪家的子女世代都留法，我们家的子女世代都留德，我妈妈出生在德国，我妹妹后来也去了德国留学。2000 年的时候，我在搜狐做娱乐事业发展总监，做了一年就跑去了新浪，当时很多人不理解，问我为何没事到处乱跳槽，其实我从搜狐跳到新浪就是因为新浪的总裁是我的干弟弟，也就是汪德昭汪爷爷的孙子——汪延。

汪延现在在法国生活，汪家一直保留着很深的法国情结，家里人都非常优雅，全家经常在一起弹琴和唱歌，是一户很优雅的大知识分子世家。

有关卫立煌将军回到大陆的事情，就跟大家分享到这里。其实还有很多国民党起义将领的故事可以跟大家分享，以后有机会我们可以继续。

三、一个国家的诞生：伪装者

1. 根正苗红的共产党人

高晓松：各位《晓松奇谈》的读者朋友大家好，继张素久大姐之后，我们又迎来了一位大哥，赵利国大哥。利国，大家一听这名字，就能感受到一股浓浓的时代气息，我们身边有很多类似的名字，利国呀、利民呀、国庆呀、劲松呀，这些名字都带着时代的印记。赵大哥，您家里有叫利民的，那有叫利党的吗？

赵利国：有利公，没利党。

高晓松：赵大哥刚刚从中海油的大律师的岗位上光荣退休了，所以就被我"绑架"来进行对谈了。赵大哥如今是闲云野鹤，刚好来跟我们分享一下这个国家的诞生故事。一个国家的诞生，不光是由某几个伟大的缔造者完成的，更不仅仅是由党和军队的缔造者完成的。一个国家的诞生，一个党的诞生，是由千千万万的先烈抛头颅、洒热血换来的。为什么我要邀请赵大哥来跟我们分享这个国家的诞生的故事呢？因为围绕着赵大哥，我们可以讲到一系列的人的故事，我觉得这些人刚好能够代表我们这个国家百年来的挣扎和奋斗。

我们首先要聊一聊赵大哥的父亲赵和民。赵和民同志曾是中共优秀的高级地下党员，也就是白区的地下党的高级干部，他的经历能够代表我们这个国家走过的曲折的道路。然后我们要聊的是另一位老革命，也就是赵大哥的岳父，赵大哥的岳父在革命战争时代就跟着贺龙元帅干革命，中华人民共和国成立以后做了中央体育学院（现北京体育大学）的院（校）长，也是最早的中国奥委会主席。有关赵大哥的岳父，我们可以多讲一讲，因为当中国要开始融入世界的时候，他们刚好是第一拨参与者，接下来的第二拨参与者就是赵大哥本人，赵大哥本人代表了更新的时代，中国已经开始融入世界了，中海油走向世界的一系列伟大动作，赵大哥都有参与其中。我们要聊的第四位是赵大哥的同学，不知年轻人还知不知道这个人，但我的同龄人可能更了解这个人，那就是新时代的伟大诗人海子，海子是赵大哥在北大法律系的同班同学。

今天，我们就通过赵大哥和他身边的这些位亲朋的故事，来拼凑出一条路径，那就是这个国家是如何诞生的，又是如何走到了今天。首先我们来聊一聊赵和民同志。

赵和民（1905—1991 年），1925 年入党，是渭华起义的主要领导人之一，中华人民共和国成立前任中共西安情报处副处长，中华人民共和国成立后曾任中国人民银行陕西省分行副行长，从三四十年代到解放，赵和民长期在国统区做地下工作，与很多国民党上层人物关系密切，国民党 CC 系陈立夫、陈果夫，复兴社头子贺衷寒，中统局副局长徐恩曾，军政要员杨虎城、邵力子等，都曾与赵和民有过交集。国民党第一战区司令长官胡宗南，国民政府陕西省政府主席董钊，都是赵和民的密友。而作为共产党人，赵和民和许多党内老同志的关系更深，负责西北地区隐蔽战线工作的南汉宸曾说"我救赵和民一命，赵和民救我三回"。西安刚解放时，赵和民一度遭到误解，时任西北野战军副政委的习仲勋曾公开讲话，为赵和民保驾。张宗逊副司令员更赴其家宴叙谈。

赵和民同志家境富裕，这个是首先引起我兴趣的。在历史书里，很多人都是因为贫穷，家里过不下去了，所以才像陈胜和吴广一样揭竿而起。但实际上，我看我们党的第一代领导人其实没有几个是贫农出身，大部分人都受过很好的教育，家境也很好。所以我就特别好奇，您父亲的家庭出身这么好，为什么会去闹革命呢？

赵利国：我父亲的老家在陕西的渭南地区，叫作华县（今渭南市华州区）高塘镇，我父亲家里是很富裕的，家里都有榨油的油坊。

高晓松：那就是当地的大地主和大资本家啊。

赵利国：我爷爷我奶奶都留下了很多的照片，那个年代能拍照片的家庭就是很富裕的了。

高晓松：那时候照一张照片要好几块大洋，最贵的时候照一张照片要三十几块大洋。

赵利国：我父亲很早就接受教育了，作为老一代，他们在读书的时候肯定看到了很多社会的不平，也接受了一些新思想，心中充满了解救劳苦大众、推翻旧政权的理想。所以在这样的背景下，1925年的时候，我父亲参加了革命，1925年就加入了中国共产党，在当地领着穷人闹革命了。他当时参加了渭华暴动，他算是领导者之一。

渭华地区，是陕西省建立中国共产党和青年团组织最早的地方之一，在冯玉祥反共"清党"时，中共陕西省委将一些在西安站不住或不便工作的党员干部先后派到渭华地区，加强工作，开展斗争。当时陕西省不少地方的党组织遭到了破坏，但党在渭华地区的组织基本保存了下来，正因为有了这些基础，1928 年的渭华起义，在全国大革命陷入低谷时，打响了西北武装革命的第一枪。

渭华暴动失败之后，我父亲被通缉、抄家，家里的油坊也被人烧了，因为在暴动之前和暴动的过程中，我父亲把当地土豪劣绅的家也都抄了，当然也杀了一些人。

高晓松：那个时候的阶级斗争是特别残酷的，大家恨不得都互相剖心挖肺。

赵利国：所以双方都是有血海深仇，以血还血，非常惨。我父亲后来也经常说起当年的事，很多人跟他一起闹革命，过程中死了很多人。1988 年的时候，我父亲回去参加渭华暴动 60 周年的纪念活动，想起当年的那些往事，他依然忍不住老泪纵横，可见当年的暴动有多惨。

高晓松：那个时候的暴动是什么样的？我在翻阅历史文献的时候，经常会看到一些有关暴动的记载，有一些暴动是有组织、有预谋和有规模的，比如南昌起义；还有一些暴动，是派了党代表前去组织农民，比如，秋收起义；还有一些暴动就完全是自发性的了，党和上级组织是根本不知情的，而且下面也联系不到上级。1928 年暴动之前，您父亲他们是抱着一种豁出去的心情去发起暴动的，还是说从上海中央到陕西省委都有所指示，大家层层布置之后再进行暴动的？

赵利国：根据现在的记载来看，渭华暴动是由党中央来领导的，还有共产党的高层来布置，有刘志丹，还有当时陕西省委书记潘自力，共产党的军队也过去参与的暴动。

高晓松：所以渭华暴动其实是一场官办的暴动。

赵利国：对，官办的暴动。

高晓松：所以早在 1928 年的时候，您父亲应该就算是党和军队里重要的领导人之一了。

赵利国：在华县高塘有一个武装民团，我父亲是民团的团长，在暴动之前，我父亲已经把民团的领导权从土豪劣绅手里转到党的手里了。但这个团属于地方武装，根本敌不过宋哲元手下的那些正规军。

高晓松：1928 年，正是冯玉祥统治西北五省的时候，宋哲元和刘汝明这些西北正规军都在西北，而且那正是他们最强壮、精锐的时候，地方武装肯定不是他们的对手，所以渭南暴动最后失败了。

赵利国：渭南暴动说到底还是一场暴动，暴动的发起者就是"匪"，正规军前来"剿匪"也是名正言顺的，地方武装在军事力量上完全拼不过。

高晓松：西北军在西北的"剿匪"简直残酷极了，抓到的"匪"都拉到一口井边，一个接一个地把头砍到井里去，这些被砍头的人里当然有一些是真正的"匪"，但参加共产党领导的起义的人，也被视作各种"匪"之一。反正只要被西北军抓住了，那肯定就活不成了，您父亲后来是怎么逃过这一劫的呢？

赵利国：正规军来了以后，把整个高塘镇都严严实实地包围起来了，主要就是抓我父亲。我父亲每每讲到这段故事，都依然觉得真是死里逃生。他最后被逼得无路可走，躲进了一座磨坊里，在面柜里滚了一身的面，最后拿着一根棍子，衣衫不整地跑出去，用当地话大喊着要找驴。西北军看到我父亲这样子，还以为他是个精神不太好的老农民，就没留意他，这样才捡回了一条命。

高晓松：幸亏您父亲是本地人，如果他是从外地派来的党干部就糟糕了，西北军要是听见他不会说本地话，肯定就把他抓起来了。

赵利国：西北军当时包围高塘镇其实就是想抓我父亲，结果让他跑了。

高晓松：那个时代国共有很多这样的交集，因为那个时候党很弱，而且共产党本来是跟国民党合在一起的，突然分开之后，很多人就加入了国民党，或者脱党回家了。南昌起义本来蔡廷锴还有一个师，结果南昌起义之后，蔡廷锴就又回国民党那边去了，还有很多人觉得，既然革命失败了，我们就回家种地吧，于是就纷纷回家了，当然也有一些人还想继续革命，但是他们也找不到党在哪里了，连叶挺和郭沫若都找不到党了。您父亲后来是怎么继续坚持革命下去的呢？

赵利国：我父亲逃出去之后，直接就跑到我岳父家里去了。

高晓松：那时候还没有你吧？

赵利国：还没有我，我父亲和我岳父是一个镇子里的人，我父亲逃过西北军的抓捕之后，跑到我岳父家，换了身衣服，吃了点饭，就赶紧远走他乡了。

高晓松：当时您岳父多大岁数？

赵利国：大概 15 岁吧，我岳父 15 岁的时候就已经入党了，还是村里的党的领导人，好像是党支部书记之类的职务。

高晓松：村党支部书记，那时候的村书记可比现在要出生入死多了。

赵利国：渭南暴动之前，我父亲他们已经开始反抗土豪劣绅了，我父亲和我岳父还曾经一起刺杀过国民党的地区专员，叫作李激石。这件事书上也有记载，当时我父亲领着一个杀手先埋伏好，我岳父负责在山上望风。如果我岳父看见地区专员的轿车来了，就招一下手给我父亲发暗号。虽然材料里写的是轿车，但实际上就是一辆用马拉的轿子。只要"轿车"一来，我岳父就招手发暗号，我父亲就带着埋伏的人开枪。很多年过去之后，我父亲和我岳父还经常聊起这段往事，因为这算是他们的当年勇吧。

高晓松：那是，那都是提着脑袋度过的日子。15 岁的时候您岳父就已经跟着您父亲搞革命了，两个人当时一定没想到，将来自己生的孩子还能结成夫妻吧？您和您爱人不是指腹为婚吧？

赵利国：不是不是，其实我父亲和我岳父之间还有另一层关系，他们两个人曾经是师生关系。我父亲比我岳父大八岁，当年我岳父在高塘小学读书的时候，我父亲刚好在那里教书。

高晓松：那个年代的革命火种，经常就是这样传播出去的，一个老师如果参加了革命，他就能教出一群有革命精神的学生。星星之火可以燎原，从您岳父家离开之后，您父亲去了哪儿？

赵利国：应该就去了上海。

高晓松：自己到上海去找党了，找到了吗？

赵利国：找到了，当时他有党的组织关系，到上海后不仅顺利找到了党，还进入了国民党的中央政治学校。

高晓松：国民党有两所学校，武的是黄埔军校，文的就是中央政治学校，专门培养国民党的干部，也就是国民党的党校。

赵利国：这件事确实挺奇怪的，很多人都问我父亲，你也没加入过国民党，怎么稀里糊涂地进了国民党的党校了？

高晓松：您父亲从来没加入过国民党吗？

赵利国：没有，他一辈子都没加入过国民党。

高晓松：您父亲是一位根正苗红的共产党人。

赵利国：是的，他进入中央政治学校后，还担任着中共的地下支部书记，后来还兼任着金陵兵工厂的支部书记。

高晓松：我的天，兵工厂他也打进去了。

赵利国：我父亲在中央政治学校上了四年学，到1932年毕业。我查了很多资料，发现从中央政治学校毕业出来的学生，最低都能当上县长，党史机关还把所有从中央政治学校毕业的学员的毕业论文汇集出版了，我特意通过关系弄到了这本文集。

高晓松：这个太珍贵了，这本书是真的历史，是有呼吸的历史。

赵利国：你看这篇，这就是我父亲的毕业论文，署名是政治系行政组赵和民，他写的报告题目是《嘉兴县政》。

高晓松：《嘉兴县政》，这说明中央政治学校真的是一所学术性的学校，不是专门学习党内事务的，这个很有意思。

赵利国：最有意思的是教授给这篇报告做的评语，这位教授名叫赵兰坪，是一位很有名的经济学学者，他给我父亲写的评语是"调查不详，文字草率，见解平淡，有敷衍塞责之感"。

高晓松：今天绝对没有教授会给学生写这么负面的评语。

赵利国：是的，赵兰坪教授写得非常狠，由此我们可以看出，我父亲当年的书念得不是很认真。

高晓松：应该是没有好好学习。

赵利国：这很正常，因为他在那四年里，担任着好几个支部书记的职务。

高晓松：他每天光忙着做地下工作了。

赵利国：对。

高晓松：教授也不知道您父亲身兼数职，否则他会再在评语里加一句"一看就是个地下党，否则为什么不好好写论文"。

赵利国：我父亲的论文真的把教授气坏了，以至于教授把我父亲的名字都写错了，把"赵和民"写成了"赵民和"，论文的评级分为甲乙丙丁四级，我父亲就得到了个丁。

高晓松：得到丁还能毕业，教授也算网开一面了。教授的字倒是写得挺漂亮。通过这件事我们知道了，地下党员不都是像电视剧里演的那么智勇双全，不全都是学霸。

赵利国：是的，每个人的精力都是有限的。

高晓松：其实您父亲在中央政治学校读书的这四年，正是上海的地下党和党中央被不断迫害的时候，连总书记向忠发都叛变了，顾顺章也叛变了，等到您父亲毕业的时候，党已经在上海待不下去，跑到苏区去了。

赵利国：那段时间共产党的处境确实很糟糕。

高晓松：处境非常恶劣，但您父亲居然安全留下来了，而且从头到尾都没有被出卖过。

赵利国：没被出卖过。我父亲从政校毕业后回到了陕西，因为他还是想继续开展工作的。但他回到陕西后不久就遇到了麻烦，被捕了，那会儿正值白色恐怖，我父亲参加过暴动，陕西认识他的人也很多，他回陕西几乎等于自投罗网。渭华暴动之后，国民党高等检察院的通缉令里，排名第一的通缉犯就是我父亲，是"共匪"魁首，排名第二的才是省委书记潘自力。

高晓松：您父亲更狠一点，是个狠角色。

赵利国：我父亲确实比较狠，当地的土豪劣绅最恨的人就是我父亲。我父亲下了狱后肯定难逃一死，当时我们家里已经商量该给我父亲准备什么棺材了，大家都觉得他必死无疑了。我父亲本人也陷入了绝望。但在绝望之余，我父亲还是给南汉宸写了一封信。在这之前，我父亲跟南汉宸是从来没有见过面的，南汉宸是陕西省政府的秘书长，曾经在冯玉祥、杨虎城部从事秘密工作，曾利用他在国民党政府中的合法地位，多次帮助、营救和掩护过党的一些同志，1936 年，在西安事变前后，南汉宸曾协助周恩来团结张学良、杨虎城，以求和平解决事变。中华人民共和国成立后，南汉宸任中国人民银行首任行长，是中国金融事业的创建人之一。

高晓松：南汉宸当时应该是陕西最大的地下党了吧？

赵利国：我父亲写信给南汉宸，完全是因为绝望到了极点，病急乱投医了。

高晓松：您父亲知道南汉宸是地下党吗？

赵利国：应该是知道的，至少我父亲知道南汉宸曾经是共产党员，现在是国民党的高官。反正在我父亲看来，南汉宸起码是跟共产党有渊源的人，那也是我父亲唯一的希望了。南汉宸接到我父亲的信后，当即就下令把我父亲放出来了。

高晓松：可见那个时候的地下工作也很松弛，万一这是中统在考验南汉宸呢？特意安排了一个人自称是共产党，写信给南汉宸。这个剧情如果放到现在的谍战剧里，估计编剧都得被拉出去枪毙，但真实的历史不是谍战剧，南汉宸毫不犹豫地就下令把您父亲给放了。

2. 伪装者

赵利国：南汉宸不但下令放了我父亲，还给了我父亲一些钱让他逃跑。

高晓松：而且南汉宸根本就不认识您父亲，您父亲接下来逃去了哪里？

赵利国：之后我父亲就亡命日本了，不久之后，南汉宸的身份也暴露了，在国民党内混不下去，也去了日本。中华人民共和国成立之后，南汉宸跟别人说，他救了赵和民一命，赵和民救了他三回。另外的两次我不太清楚，但有一次我知道，那时候我父亲通过秘密的渠道，得知了蒋介石要暗杀南汉宸和宣侠父的消息，我父亲立即冒着风险跑到八路军在西安的办事处，汇报了这个情报。接到消息之后，南汉宸赶紧逃跑了，宣侠父不知为何没有跑，没过几天就被暗杀了。到了日本，我父亲和南汉宸的关系越来越好，南汉宸大概比我父亲大十岁，我父亲管他叫南哥。南汉宸去延安之后，一直是由我父亲在暗中照顾他留在白区的老母亲。

高晓松：您父亲和南汉宸的关系亲如手足。

赵利国：的确是亲如手足，中华人民共和国成立后，南汉宸的老母亲去世了，南汉宸对他的办公室主任说，银行这边你就通知赵和民一个人就行了，可见我父亲和南汉宸的关系之深。我父亲中华人民共和国成立前做地下工作的时候，跟党联系的主要渠道就是南汉宸。

高晓松：地下工作通常都是单线联系，您父亲的上线就是南汉宸。

赵利国：南汉宸到日本之后，跟我父亲也有来往，后来我父亲要先一步回国，南汉宸还给了我父亲一笔钱。我父亲回国之后想到"二陈"（陈果夫和陈立夫）那里去搞情报工作，"二陈"就让徐恩曾给我父亲安排工作，徐恩曾当时是中统局的副局长。

高晓松：对，中共大特工钱壮飞就是徐恩曾手底下的秘书。

赵利国：当时贺衷寒和徐恩曾这些人，地位和资历都比戴笠高。

高晓松：对，当时还没有军统。

赵利国：贺衷寒好像是黄埔一期的。

高晓松：是的。

赵利国：徐恩曾接到"二陈"的指示，就给了我父亲一个密电码，派他到杨虎城那里去工作。我父亲赶紧就把那个密电码交给南汉宸了，那时候南汉宸也回国了，这是一件非常"要害"的事。

高晓松：绝对是非常"要害"的，那可是中统的密电码，是了不得的事。

赵利国：杨虎城跟中央政府的关系也很复杂，他是非嫡系里的非嫡系，他也不敢用我父亲。杨虎城知道我父亲以前参加过共产党的暴动，他就对我父亲说，如果邵先生敢用你，我就用你。

高晓松：邵先生就是陕西省主席邵力子，中华人民共和国成立以后他跟着张治中一起留在北京了。

赵利国：杨虎城是想让邵力子先扛下我父亲这颗雷，万一蒋介石那边怪罪下来，杨虎城就可以不用担责任了，因为是邵力子先任用我父亲的。邵力子是中央政校的一级负责人，跟我父亲算是师生关系，我父亲找到邵力子，邵力子就真的给我父亲谋了一个职务，省政府的秘书。这样一来，我父亲再回头找杨虎城，杨虎城就放心了，给我父亲安排了一个参议的职务，那边叫省政府，这边叫西安"绥靖"公署。于是我父亲就开始在杨虎城手下工作了，杨虎城非常信任我父亲，一九三几年的时候，抗日同盟军在华北这一带失败了，同盟军里有好多共产党。

高晓松：抗日同盟军就是吉鸿昌和方振武他们的那支队伍。

赵利国：对，我父亲还曾在吉鸿昌那里工作过。

高晓松：居然还跑到吉鸿昌那儿去了，您父亲真是太神通广大了。

赵利国：是的，我父亲在吉鸿昌的军部里当了一阵子秘书。

高晓松：因为西北军在西北的时候，您父亲曾经在那里参加过暴动。

赵利国：是的。抗日同盟军被打散了之后，被蒋介石抓起来好多人。

高晓松：吉鸿昌本人也被枪毙了。

赵利国：杨虎城派我父亲去解救这些人，这也是南汉宸他们商量好的事。我父亲就去了，解救出了很多共产党的军事干部，这些人被救出来之后都安插在了杨虎城手下，其中比较有名的有中将张希钦，还有一位是我父亲的发小，叫宋文梅。我父亲把宋文梅介绍给杨虎城当了特务营的营长，这件事特别有意思，没过多久，蒋介石发现了宋文梅是地下党，立即从南京发来了一封密电，让杨虎城速将宋文梅押解到南京。结果杨虎城拒绝执行这个命令，给蒋介石回电说，经查我处无此人，把宋文梅给护下了。

高晓松：杨虎城对蒋介石一直都是这种态度。

赵利国：是的，蒋介石让杨虎城抓人，杨虎城不肯抓，还说自己这里没有这个人。等到西安事变的时候，杨虎城最信任的人就是宋文梅。

高晓松：杨虎城就是让宋文梅负责看着蒋介石的。

赵利国：电影里也演过这一段，蒋介石被控制起来之后，别人送来的东西他都不吃，只吃宋文梅送的东西，因为宋文梅是黄埔军校毕业的，管蒋介石叫校长。总之，我父亲在杨虎城这里做了一段时间，又遇到麻烦了，杨虎城手下的地下党特别多，共产党人总对杨虎城施加影响。

高晓松：杨虎城身为蒋系非嫡系里的非嫡系，他肯定要给自己留一点后手才行。

赵利国：这些地下党人凑在一起，由我父亲执笔，写了一份劝杨虎城联共反蒋的计划书，结果这件事被特务发现了，我父亲的身份彻底暴露了，这回陈果夫直接下令抓捕我父亲。我父亲在西安待不下去了，杨虎城和邵力子商量了一下，就把我父亲秘密送到日本去了。

高晓松：您父亲又去日本了，但这次是杨虎城和邵力子把他送出去的。

赵利国：为什么杨虎城和邵力子会做出这个决定呢？因为这件事和他们两个人都有关系，邵力子用我父亲当了秘书，杨虎城用我父亲当了参议，现在发现我父亲是地下党，一旦我父亲被逮捕了，邵力子和杨虎城都要受牵连，所以两人就一起把我父亲送走了。

高晓松：从孙中山那时候开始，到后来的共产党人，大家都很喜欢逃亡去日本。

赵利国：我父亲第二次去日本，还上了名牌大学，早稻田大学。但他在早稻田其实也没学到什么学问，依然是继续参加日本的工会等。

高晓松：反正您父亲到哪里都要参加革命，一九三几年的时候，日本左派还是相当有影响力的，接下来您父亲又做了什么？掐指一算，好像很快就要到西安事变了。

赵利国：西安事变的时候，我父亲又从日本跑回来了，他回国是打着"返陕救蒋"的旗号的，走到潼关的时候，我父亲遇到贺衷寒了。

高晓松：贺衷寒也是中央嫡系。

赵利国：对，贺衷寒是大佬级的人物，他知道我父亲跟杨虎城的关系，所以也很想利用我父亲，就把我父亲派到西安城里，想办法去救蒋介石。

但我父亲还没进西安城，就听说张学良和杨虎城已经把蒋介石放了，而且两拨军队正在焦急对峙，我父亲连城都进不去。

高晓松：那时候中央军跟东北军、西北军已经对峙上了。

赵利国：我父亲赶紧给南汉宸打了个电话，南汉宸就把我父亲放进了城。进城之后，我父亲告诉南汉宸，贺衷寒让他分化十七路军，破坏十七路军和张学良、杨虎城的关系，这时西安事变已经结束了。

高晓松：不用您父亲搞破坏了，已经结束了。

赵利国：是的，所以在西安事变中，我父亲什么事都没办成，他赶了一个晚集。蒋介石被送回南京之后，我父亲又回到杨虎城部，这回他去了38军的17师，当政训处处长，后来叫政治部主任，其实就是监视部队。

高晓松：也就是政委。

赵利国：这期间我父亲参加了娘子关那一带的抗战，也受了伤，肚脐眼儿下面挨了一枪，所以至今我父亲都有两个肚脐眼儿。

高晓松：挨过一枪，您父亲是为了国家出生入死过的人。

赵利国：我有一个同学的姥爷是孙连仲（1893—1990年，著名抗日将领，冯玉祥的十三太保之一），一提到孙连仲，我父亲就说他认识这个人，他在娘子关抗战的时候，就是向孙连仲汇报工作。

高晓松：没错，孙连仲当时在那一线做总指挥。

赵利国：我父亲说孙连仲这个人没什么文化，汇报工作的时候，孙连仲连地图上的字都不认识。

高晓松：十三太保里除了韩复榘之外，其他的人都没念过什么书。是党派您父亲去参加抗战的吗？抗战期间您父亲和党还保持着联系吗？

赵利国：一直都保持着联系，是南汉宸派我父亲去的。

高晓松：所以您父亲是代表着党去参加抗战的。

赵利国：我父亲和党之间的关系都在南汉宸这里，但是后来做历史结论的时候，说我父亲从陕西到日本的时候没有带党的组织关系，所以他当时算是脱党了。这个结论我们一直都不认可，那个时候谁出门敢把组织关系带在身上啊？有人要杀你的时候可不看你有没有组织关系。不管怎么说，我父亲做的一系列的事情，主要都是跟南汉宸进行联络。南汉宸家住在按院胡同，我们家住在锦什坊街，我们两家走路就十分钟的距离，我父亲每次回家都必须到他南哥家里坐一坐，他们两个非常熟，是有生死之交的朋友。我父亲说过，南汉宸是一个泰山崩于前而色不变的人。在日本的时候，有一次我父亲跟南汉宸聊天，南汉宸的夫人王友兰和另一位友人在不远处聊天，聊着聊着，那位友人突然站起来打了王友兰一个耳光，对此南汉宸完全不动声色，继续跟我父亲聊天。每每提到南汉宸的涵养和气度，我父亲都要竖起大拇指，佩服得五体投地，视南哥为偶像。我父亲常年做情报工作，需要广交朋友，他为人比较豪爽，也很仗义，爱交结，在西安上上下下的人，我父亲都认识很多，所以他才能做那么多的事。我父亲的公开身份也很多，在国民党的军政部门和要害部门都工作过。现在，有严重历史问题的人绝对不可能做国民党的官员，但过去是可以的。

高晓松：您父亲是参加过暴动的人，确实是有着严重的历史问题的，但国民党依然让他继续工作。

赵利国：首先是我父亲确实有一些个人的素质，比如他的应变能力和活动能力，但我觉得最重要的原因，还是在于当时特殊的社会环境和背景，那时候国民党的政策的确还是比较宽松的，不计较一个人过去是不是当过共产党。

高晓松：蔡廷锴在八一南昌起义之后，就去国民党当总指挥了，还成了民族英雄。

赵利国：另一个原因就是那时候人情大于王法。

高晓松：其实不光是那时候，包括民国时代，中国一直以来都是一个人情社会，所以南汉宸才能仅凭一封信就刀下留人，救下了您父亲。

赵利国：尽管蒋介石常常说宁肯错杀一千，也不放过一个，但是他的政令其实很少能出得了南京城。还有一段故事，我母亲的舅舅，也就是我的舅爷，在陕西算是个人物，他叫李墀，字丹符，是由于右任一手提携起来的。我舅爷是陕西省党部常务委员，我父亲后来在西情处做地下工作的时候，如果没有我舅爷的这层关系，估计也会掉脑袋。

高晓松：西情处是什么地方？

赵利国：就是西安情报处，隶属社会部，是李克农的手下。

高晓松：李克农是最大的大特工，一九四几年的时候他到了西情处。

赵利国：我父亲当时担任西情处的副处长，电台就安在我们家，我母亲也跟着一起干。对于这些事，我舅爷心知肚明。大家也知道我父亲跟我舅爷之间的这层关系，所以既没人敢惹我父亲，也没人敢抓我父亲。我舅爷也帮了很多忙，快解放的时候，我父亲通过教堂的美国神父，给地下武装花了几十条买卡宾枪，那时候的钱都论条。

高晓松：条就是金条的意思。

赵利国：对，花了多少金条，买了多少支枪，我父亲把买回来的枪都藏到我舅爷家里去了，我舅爷也帮忙藏。

高晓松：那时候已经快解放了，大家也都可以表明态度了。

赵利国：最不安全的地方往往就是最安全的，谁敢到我舅爷家去搜？结果谁也没想到，我舅姥姥和我舅爷的勤务兵串通起来，两个人把这批枪全都卖了。

高晓松：舅姥姥把你父亲冒着危险买回来的枪给卖了，那时候的枪可是很值钱的。

赵利国：那是一段非同寻常的经历，几十年后我父亲再回想起这件事，还是痛心得连连摇头。

高晓松：对啊，而且那是党交给您父亲的金条，让他去买卡宾枪，结果让你们家里的亲戚给卖了，这件事很难说清楚吧？

赵利国：真的说不清楚，为此我父亲还得罪了好多人。

高晓松：真实的地下工作是千丝万缕的，一点都不像电视剧里演的那么简单干脆。

赵利国：除了我的这位舅爷，我父亲还有一个至交，叫陈固亭。陈固亭也是陕西省党部的常务监察委员，还是陕西省政府社会处处长，主管特务工作。陈固亭也是早期的共产党员，我父亲从事地下工作的时候，经常到陈固亭家做客，两个人来往密切，对彼此的身份也心照不宣，相安无事。特务经常跟踪我父亲，见我父亲没事就去陈长官家串门，再一打听，我父亲居然是陈长官的哥们儿，那就更不敢抓我父亲了，所以陈固亭给我父亲提供了很大的掩护帮助。后来陈固亭去了台湾，成了一名学者。

高晓松：您父亲一直在西安待到解放吗？

赵利国：对，一直待到解放。

高晓松：解放的时候您父亲在干吗？他是打开城门的第一人吗？

赵利国：对，他真的干了这事。他是西情处的，他到了西门把城门打开了，把彭德怀带领的野战军迎进来了，介绍自己是地下党的负责人。我父亲当时回不了家，还给我母亲写了一张字条。

高晓松：这张字条上提到的"连"就是您母亲吗？

赵利国：对，我母亲名叫计连枝。

高晓松：我念一下这张字条上的内容"我首先把解放军引进城了！忙得不能归家，请将命令交给××，为盼"。

赵利国：当时解放军把我们家包围了，政委特意也给写了一张字条。

高晓松：我再念一下政委给写的纸条"一中队同志：兹有赵和民同志，

是我们自己的人，告知部队，不打扰，照此执行"。

赵利国：我父亲开城门迎解放军这件事，历史上是给予了肯定的。

高晓松：当然，您父亲立了大功。

高晓松：您父亲当时在西北大学当教授？

赵利国：他是西北大学教授兼陕西省银行专员，那会儿我父亲很有钱，我们家阔极了。

高晓松：那时候您父亲一个月得赚好几百块大洋吧？

赵利国：一个月300块大洋。

高晓松：我的天，那时候一个上尉军官一个月才赚75块大洋。

赵利国：所以我们家那时候特别阔，我们家当时在西安住的房子，后来改成了陕西省军区幼儿园。

高晓松：可见你家的房子有多大。

赵利国：那时候我们家里住了很多党的同志，还有我父亲的故友。

高晓松：我们家当时在北京太平桥的一座四合院，才值2000块大洋，您父亲一个月就赚300块大洋，他不到一年的工资就能买一座四合院了。

赵利国：但我父亲那时候花钱也多，地下情报站的运营费用都由他来支付。

高晓松：在那个年代，你是党的人，你的一切就都是属于党的，你赚的钱也都是党的。

赵利国：他们那一代人真的是很有信念的，他冒着生命危险做的事业，自己完全是无利可图的，把自己的一切都献给了党。

3. 复杂的历史

赵利国：因为去不成台湾了，我父亲就从上海回来了，上头给了他一个陕西省中国人民银行的副行长的职位。我父亲 50 多岁的时候，自学了俄文，他的英文本来就不错，他也爱看书，对马列也通一点。20 世纪 80 年代的时候，东欧剧变，社会主义阵营四分五裂，不复存在了。我回家给我父亲讲了讲这些事，我父亲觉得痛心疾首。我父亲是在 1979 年改正了右派的，那时候他已经 70 多岁了。在当时来看，我父亲的历史是非常复杂的，他过去跟国民党的很多上层人士都有着很深的关系，从陈立夫和陈果夫，一直到复兴社的头子贺衷寒，以及中统局的徐恩曾等。

高晓松：这些都是大佬级的人物。

赵利国：是的，在军队这边，我父亲和陕西省主席邵力子的交往也比较密切，还有杨虎城，以及胡宗南手下的第一军军长董钊，董钊后来也当了陕西省的主席。胡宗南跟我父亲的往来也很多。

高晓松：中华人民共和国成立后，你父亲受迫害的理由之一，就是跟胡宗南来往密切。

赵利国：他们两个人的关系确实相当密切。

高晓松：他们都是做地下工作的，关系当然密切，不然情报从哪儿来呢？

赵利国：我父亲给董钊介绍过一个名叫吴宗武的人，这个人到了董钊那儿就直接当上了秘书，在以后的情报工作中起到了很大的作用，由此可见我父亲跟董钊他们的关系是非常好的。

高晓松：这些人在中华人民共和国成立之后，下场应该都是比较坎坷的吧？

赵利国：确实比较坎坷，中华人民共和国成立之后，吴宗武跑到了山西的一所中学，在那里教了一辈子英语，行政级别好像是 19 级还是 20 级，好在没有被查出什么问题。

高晓松：那就是比科级还低，而且没有被查出问题也不行。当时的革命工作主要分成苏区的和白区的。但若是没有地下工作者，革命从一开始就不会成功，更不会有后来的摧枯拉朽之势，北平之所以能一枪不放地和平解放，包括南京和上海的解放，地下工作者都起到了最最重要的作用。南汉宸在中华人民共和国成立后没能保住自己，"文化大革命"的时候自杀了。

赵利国：是的，很遗憾。"文化大革命"一共十年，我父亲十年没敢回家，一直躲在山东的一座小县城里，等到"文化大革命"结束了，我父亲回到家，才知道他的南哥也自杀了。

高晓松："文化大革命"期间自杀的人太多了，这些人在战争年代经历了那么多的风雨，最后却没能熬过"文化大革命"。

赵利国："文化大革命"期间，我父亲一直待在小地方，算是躲过了"文化大革命"的残酷迫害。

高晓松：您父亲被迫害的时间比较早，早在 1958 年反右的时候，就给他戴上帽子，弄到密山去接受劳动教养了，反而因祸得福地逃过了"文化大革命"。您父亲在 38 军 17 师的孙蔚如那儿的时候，八路军已经搞得很强大了，尤其是在华北这些地方。但您父亲一直被派做地下工作，没有到八路军那边去工作。

赵利国：是的，我父亲一直是做地下工作的。

高晓松：在 17 师之后呢？

赵利国：之后就到了中国人民银行，担任陕西省的第一任副行长，南汉宸很快就把我父亲从西安调到北京来了。我哥哥他们都是在西安出生的，我就是在北京出生的。

高晓松：但后来您父亲又跑到陕西省的银行去当专员，您父亲的历史真的是非常复杂。

赵利国：我还曾跟我母亲一起去中国人民银行上访，要求解决我父亲的历史问题。结果银行的人说，我父亲的问题是不可能彻底复查的，因为我父亲的档案足足有一人高，根本没人有时间去处理这件事，让我们老老实实回家等着去。这一等，就等到了1979年，胡耀邦平反冤假错案，一直到1979年，我父亲才摘掉帽子，当了20多年的右派，可见我父亲的历史有多复杂。

高晓松：地下工作者的历史肯定都复杂。就连江青这样没做过地下工作的人，也有很多黑材料，人人都有复杂的历史。其实您父亲一共也没杀过几个人。

赵利国：没杀过几个。我父亲虽然在军队和政府部门有过很多官职，还长期从事地下工作，但他很懂得人情大于王法的道理。我父亲当县长的时候，被蒋介石的堂侄蒋坚忍抓起来了，判了12年徒刑，理由是我父亲释放了共产党，虽然我父亲自己就是地下党。那个时候我父亲自己在陕西，陕西省的主席叫熊军，我父亲有一个名叫李继才的老朋友，是陕西的大绅士，跟熊军是拜把兄弟。我父亲一被抓起来，我妈妈就每天去找李继才，李继才就天天催熊军，三个月后，我父亲就被放出来了。

高晓松：可见您母亲也很厉害，是个大家闺秀。

赵利国：不不，我母亲不是大家闺秀，我母亲家里很穷的。

高晓松：中华人民共和国成立之后，您父亲是从什么时候开始被迫害的？

赵利国：就是因为他打开了城门，上了报纸，被国民党知道了，所以情报系统就赶紧通知他，你不能去台湾了，因为你的地下党身份已经暴露了。

高晓松：于是您父亲就回来了，当了陕西省银行副行长。

赵利国：所以不管怎么降级，我父亲都不算最倒霉的，他好歹还被划进了高干的行列，那个时候我父亲的级别是 12 级。因为这样，还发生了一件事，有人觉得我父亲的运气怎么这么好呢？中华人民共和国成立前吃得开，中华人民共和国成立后还吃得开，渐渐就有人"眼气"了，说赵和民这个人厉害啊，简直比希特勒还厉害。当时，在公开场合说这种话，就等于要我父亲的命啊，幸好习仲勋出面，在一个公开场合保护了我父亲，习仲勋说赵和民同志是我们党的同志，你不能老拿他跟希特勒比，不能再乱讲话了。

高晓松：有人想要陷害您父亲，最后被习仲勋压下来了。

赵利国：从那以后，有关我父亲是国民党特务的风言风语才被彻底压了下去。但除了习仲勋出面保驾护航之外，我父亲自己也使了一些小手段，他那时候被人攻击得非常严重，于是就在家里大宴宾客，到了开席的时候，我父亲当众说，先别开席，我还有一个朋友没有来，我叫他一下，这位朋友就是上将张宗逊。当时彭德怀是司令员，张宗逊是副司令员，几分钟后，张宗逊来了，我父亲才宣布开席。

高晓松：您父亲很聪明，邀请了大将军来给自己坐镇。

赵利国：是的，有张宗逊坐镇，有习仲勋帮忙说话，那些攻击我父亲的人这才收敛了些，我父亲安稳了一阵子，但他也觉得那个地方不能久留了。正好 1953 年的时候，南汉宸调到了北京，继续在央行当行长，于是就把我父亲也调到中央银行了。这个时候，就已经开始肃反了，把我父亲当成特务来审查，对此我父亲非常受不了。

高晓松：您父亲也是个暴脾气。

赵利国："文化大革命"期间，我父亲在山东平邑的一个小地方接受改造，他在那里遭了多大的罪，我们谁也不知道，但他回来之后给我们讲了一些有意思的小事。因为他是去接受劳改，所以每天都得干活，让他去给几个造反派的头头家里挑水和送水，那时候我父亲已经60多岁了，但他的身体比较好，能挑得动水。结果有一天，他给一个造反派家送水，那个造反派是个女的，嫌弃我父亲没有先给她送水，张嘴就骂我父亲，我父亲当即撂下水桶，上去就给了那个女造反派两个大耳光。由此可见我父亲的胆子有多大，他当时是右派分子，是黑五类，他居然敢打造反派，简直是不要命了。幸亏当时有几十个来自中央的大员，跟山东那边打了招呼，说我父亲这个人很复杂，知道很多上头的黑帮和走资派的机密，你们地方上一定要好好保护他，不能让他出事。总而言之，我父亲打了造反派这件事，没闹出什么大麻烦。但我们猜想我父亲在山东肯定遭了不少罪，也受了不少屈辱，只是他从来不肯说而已。

高晓松：屈辱肯定是有的，您父亲能活下来已经很厉害了，当年清华大学里有多少人自杀和被打死，连吴晗都自杀了。不过"文化大革命"期间，您父亲六年没回家，就是您母亲一个人拉扯你们六个孩子吗？

赵利国：我母亲真是太不容易了，别说是"文化大革命"期间，中华人民共和国成立前她也没过过什么安心的日子，我父亲做的是地下工作，我母亲每天都提心吊胆，因为谁也说不准哪天我父亲的身份就暴露了，就被抓起来了。我父亲调到中央银行后，我母亲也跟着一起调过来了。后来我父亲被送到山东小县城里劳改，按理说我母亲也得跟着去，我们家的六个孩子肯定也都得跟去，那样的话，我们全家就都成了山东小县城的人了。最后我母亲为了这个家，为了我们这些孩子的未来，选择了退职，这样她就不用跟着我父亲去山东了。但退职之后，我母亲也就没有收入了，只剩下我父亲的32块生活费，那已经不是工资了，因为我父亲已经被打倒了。

高晓松：你们家还有32块钱的生活费，那真是不错了，"文化大革命"期间，我们家连生活费都没有，所有的工资全部被冻结了，连粮票都没有，真不知道我们家是怎么熬过来的。

赵利国：我小时候，我们家的日子真的挺惨的，为了养活六个孩子，我母亲帮人看过孩子，织过毛衣，我母亲织毛衣的技术非常好，反正就靠着做些粗活，我母亲能勉强维持家计。我母亲当时是贫病交加，因为她退职了，没有公费医疗了，有病了也没钱去看病，连药都吃不起。最后好不容易熬到我父亲快要平反了，其实是还没等我父亲平反呢，我母亲就彻底病倒了，半身不遂。1977 年，我母亲瘫痪了，我和我小哥哥一起照顾了她31 年，直到 2008 年北京奥运会那年，我母亲去世了。我母亲去世的时候，我给她写了一副挽联——困境持家含辛茹苦，亦父亦母；乱世为人忍辱负重，不折不弯。

高晓松：这副挽联不光可以送给您的母亲，也可以送给所有生活在那个年代的伟大女性。

赵利国：是的，在那个年代，深受政治和经济的双重压力，辛苦操持着家计，带着孩子顽强过日子的伟大母亲有很多，这些女性都非常了不起。

高晓松：知识分子和高官们忍受不了屈辱，一气之下可以自杀，但这些母亲不能，她们必须活下去，因为她们要抚养孩子。那么多黑五类的孩子，他们都一样去农村插队，你也去插队了吧？

赵利国：我在北大荒待了九年。

高晓松：受了这么多的苦和屈辱，您母亲心里怨恨过党和国家吗？

赵利国：我母亲心里肯定是有委屈的，觉得很窝囊，但我母亲不恨党和国家，她是读过书的女性，我母亲是高中毕业，她只是痛恨发动"文化大革命"的"四人帮"，"四人帮"被打倒的时候，我母亲很高兴。在这些大是大非的问题上，我母亲是看得很明白的，但越是明白人，就活得越艰难，越是读过书的人，就越要忍受屈辱。

高晓松：那您的父亲呢？他为党和国家出生入死了大半生，到最后受了这么多的屈辱和迫害，他心里恨过吗？

赵利国：我父亲没有说过这些，但我们全家人一致认为，如果全国有一个被错划的右派，那肯定就是我父亲。我就不提我父亲当年是如何出生入死地革命了，单说中华人民共和国成立后，我父亲有多高兴，他是那么热爱共产党，积极地参加新中国的建设，我无论如何都无法想象，为什么会把这样一位忠心耿耿的共产党员划成极右分子，按理说，我父亲应该是一个思想非常左的共产党员。

高晓松：您父亲是一位根正苗红的共产党员，他一天都没有加入过国民党，结果反被迫害了这么多年，这跟清华的那些大教授不一样，黄万里那些人被划成右派，但他们并不是共产党员，而且也确实发表了一些不满的言论。

赵利国：我父亲有点五音不全，他这辈子会唱的歌就那么屈指可数的几首，其中有一首是《国际歌》，歌词原本应该是"起来，饥寒交迫的奴隶，起来，全世界的罪人"。

高晓松：后边的歌词后来改成了"起来，全世界受苦的人"。

赵利国：但我父亲永远唱成"罪人"，我总提醒他唱错了，但他也不改，我还跟他开玩笑说，那你就这么唱吧，反正你就是个罪人，我父亲就笑呵呵地继续唱"罪人"。除了《国际歌》，他还爱用秦腔的腔调哼毛主席的诗词，不可沽名学霸王，别梦依稀咒逝川。

高晓松：钟山风雨起苍黄，百万雄师过大江。

赵利国：对，他最爱唱的就是这句。我父亲是真心地热爱新中国，热爱这个新社会。为什么我父亲的右派帽子拖了那么多年都没有摘掉？因为他自己坚决不承认自己是右派，自己不承认，人家就没法给你摘帽子，我们的政策是坦白从宽，抗拒从严，你首先得承认错误，然后才给你改过自新的机会，但是我父亲就是不承认。

赵利国：我感觉后来这些事对我父亲的打击，比他自己被划成右派还要严重，比起自己，他内心更关心、更牵挂的还是这个国家的命运，中国的命运。

4. 十年浩劫

赵利国：我父亲心里肯定是有怨气的，而且是早在审干的时候就已经有怨气了，否则他也不会被划成右派。刚开始肃反审干的时候，对曾经做过地下工作的情报人员极为严格，我父亲非常不高兴，心里憋了一肚子的火。到了1957年，他的火就全都发出来了。他跑到总行的干校去，公开抗议说，这个干校简直是把同志当特务对待，共产党把中国变成了人间天堂，干校则把中国变成了人间地狱。

高晓松：您父亲的这番言论，是我党最受不了的。但是是毛主席让民主人士言论自由的，非让大家说说自己的想法。一开始大家都不敢说，清华里的人也是，一开始谁也不敢发表意见。后来不断逼迫你说，让你大鸣大放，最后就有人说了，结果一说完就立刻被抓走了，这真是太可怕了。

赵利国：我父亲那时候已经50多岁了，按照上面的精神，高级知识分子和年纪大的人都可以不用去接受劳改，人家问我父亲，您要不要去啊？我父亲索性说，我都被整到这个地步了，留在这里也没什么意思，我就去接受劳改吧，于是他就去了北大荒。

高晓松：还好是去了北大荒，不是被送到西边最惨的夹边沟，如果去了夹边沟，那就是九死一生了。我也认识很多右派，因为清华大院里的知识分子太多了，很多人20岁左右就被打成了右派，关了20多年，等到获得自由的时候，一生都已经被耽误了。咱们还是说点高兴的事吧，您父亲后来是在什么地方，再次碰到了您的岳父？

赵利国：后来他们都到了北京，从陕西来的人很自然地就都聚到了一起。

高晓松：那时候您父亲都被打成右派了，您岳父怎么还敢跟他来往呢？

赵利国：还是有很多人敢跟我父亲来往的，除了我岳父，还有王炳南，张宗逊也经常（跟我父亲）来往。我父亲每年能回来一次，都会拜访一下大家。但确实就像你说的那样，我父亲被划为右派之后，很多人都不敢跟他来往了，甚至还有落井下石的，造谣诬陷的。

高晓松：刘少奇当年是白区工作的总负责人，我小时候看过一本小人书，批判刘少奇是叛徒工贼，有一个人回忆说，人家去找刘少奇接头，把一件皮大衣忘在刘少奇家了，一直到中华人民共和国成立之后，刘少奇都没有把皮大衣还给人家。我小时候看这本小人书，就觉得很奇怪，这种事大家是怎么知道的呢？后来我长大一些就明白了，这一定就是刘少奇被打倒的时候，让大家一起来揭发他，有一个哥们儿实在想不出揭发理由，就硬编了这么一个段子。

赵利国：是的，刘少奇还有另外一个有名的段子。一个党的红卫兵曾经给刘少奇打了一个皮带圈和一个机械拔子，后来刘少奇被批斗的时候，刘涛就去找王光美，让她把刘少奇贪污的机械拔子和皮带圈交出来。

高晓松：当时清华的红卫兵是把王光美骗出来的，直接押到清华进行了批斗。那时候的批斗真的是太残酷了，我们家被打倒之后，我们家的房子里住进了六家人，里面居然有我的表姨，她也跟着造反派一起抢我们家的房子，抢我们家的东西。

赵利国：我家的房子当时住进来三家人。

高晓松：那时候大家都太惨了。不过您岳父这个人真不错，他完全不害怕受您父亲的牵连，您岳父在"文化大革命"的时候遭遇如何？

赵利国：我岳父那时候是跟着贺龙的，肯定是比较惨的。

高晓松：是的，贺龙最后都被活活饿死了，贺龙死了之后，大家发现他把自己身上穿的军大衣里的棉絮都吃了。

赵利国："文化大革命"期间，我岳父一直在体院里接受劳改，搬砖和泥。前一阵子，有人试图给"文化大革命"翻案，歌颂"文化大革命"。

高晓松：那些人的想法简直是荒谬，"文化大革命"是我党的浩劫，而且是一场空前惨烈的浩劫。

赵利国：但是我心里一直有一个思考，"文化大革命"虽然有百害，但它其实还是带来了一点利的，如果没有这场浩劫，我们的共产党会不会反思，反思"文化大革命"之前的种种错误，如果没有这场浩劫，"文化大革命"之前的那些右派的案子就永远无法翻案了。所以我就想，如果不是这场所有人的命运都被掌握的浩劫，人们应该是不会去反思，过去是不是整错了人。

高晓松：在1958年整您父亲的那些人，很多到了1966年也被打倒了。

赵利国：等到他们自己被打倒了，才会进行反思。我父亲之前有一个挺好的朋友，我父亲被划成右派之后，到他们家去做客，那位朋友严厉地批评我父亲，让我父亲好好反省自己的反党思想，让我父亲这个右派分子好好检讨自己的错误。等到"文化大革命"结束，我父亲从山东回来，想再去拜访那位朋友的时候，才发现对方已经自杀了。我父亲充满感慨地说，当年这个人让我检讨，我一直觉得我没有错误，他才应该去检讨呢，结果对方居然检讨到自杀了。

高晓松：也就是说，您父亲和您岳父再次见面的时候，两个人都已经被打倒了，同是天涯沦落人。您和您的爱人从小就认识吗？您有没有从小就觉得这个小姑娘挺好的。

赵利国：那倒也没有，我还没那么有先见之明。我父亲也挺奇怪的，他做了那么多年的地下工作，都没惹出过什么大麻烦。但他后来在山东改造的时候，县城里成立了"文化大革命"的造反派组织，他居然第一个报名去参加了。

高晓松：他身为一个极右的大右派，居然去报名参加造反派？

赵利国：对啊，他去报名了，这件事他清清楚楚地写在了日记里。我父亲在劳改期间天天都写日记，他在日记里后来反省了，觉得这件事自己做得有点冒失了，他头一天去报了名，第二天人家就来把他专政了。

高晓松：对啊，他本来就是专政的对象嘛。

赵利国：那时候的口号叫得非常响亮，只许左派造反，不许右派翻天。结果他这样一个戴着帽子的右派分子跑来参加造反派了，这不是开玩笑吗？

高晓松：当时不光不许右派翻天，连稍微没那么左的人都不行，我对"文化大革命"的第一个记忆，就是反右倾翻案风。那时候我应该是六岁，有一天我上街，看见在举行反对邓小平右倾翻案风的游行，今天听起来很可笑，但当时的社会就是那么紧张。总而言之，您父亲真是太有意思了，他居然去参加造反派，而且那时候都已经60多岁了。所以您父亲真的是一个天性乐观的人，他能活下来，性格是第一重要的原因。他这一生见过的生死太多了，天津解放时的城防司令陈长捷，"文化大革命"时就是站在院子里自刎而死的，一直到咽气了，他的身体都没有倒下，一个人若不是活到郁闷至极的地步，绝对不会选择那么惨烈的死法。陈长捷是傅作义的亲信，估计傅作义在"文化大革命"期间也很郁闷。但您父亲的性格真的是很乐观且坚毅的。

赵利国：他要是没有这两下子，也熬不过这20年。我父亲真的是天性乐观，我大姨夫很喜欢讲一个故事，他陪我岳父去我们家做客，吃完饭聊完天之后，我父亲马上开始安排大家，你睡这儿，他睡那儿，大家都赶紧睡觉，赶紧睡觉。在我父亲的世界里，睡觉是第一要务，他对吃穿反而没那么多讲究。

高晓松：中华人民共和国成立前，您父亲曾是一个月赚到300块大洋的人，后来沦落到那么困难的境地，他也没觉得不适应。

赵利国：他去北大荒的那几年，正赶上最困难的时期，很多正常人都没东西吃，像我父亲这样的极右派，每天的口粮就只有一斤黄豆，除此之外什么都没有了。

高晓松：每天吃一斤黄豆，那得放多少屁啊？

赵利国：能有的吃就不错了，但一天只吃一斤黄豆，吃了几天，就谁也吃不下去了，只有我父亲一个人能坚持吃，他不仅能把自己的黄豆吃光，别人吃不掉的他也能帮忙吃了，一直到今天，他还是很爱吃黄豆，他也不嫌腻。

高晓松：我的天，您父亲真是太厉害了。其实我母亲的性格也挺乐观的，但她后来被下放到农村后，让她吃糠，她就抵死不肯吃。人家就上纲上线，说我妈是资产阶级大小姐。但我妈就是不肯吃，人家逼她，她就说，她在回忆旧社会那些连糠都吃不起的穷苦人，现在我们有糠吃太奢侈了，所以她坚决不肯吃。

赵利国：那时候好多人都受不了那个罪，夹边沟那里死了那么多的人，最后我父亲可以从北大荒回来了，结果在火车上，还有一个同事死了。

高晓松：那时候的人真是命如草芥，说死就死了。

赵利国：那是一个适者生存的年代。

高晓松：后来得到平反之后，您父亲的工资补发了吗？职位恢复了吗？

赵利国：一分钱也没补发，但我父亲也没有觉得不公平，他还觉得自己20年后又是一条好汉呢，还积极地准备重新回到工作岗位呢。上头也真的给我父亲分配工作了。

高晓松：分配了什么工作呀？

赵利国：分配他到中国人民银行金融研究所去当顾问，其实就是一个闲职，但我父亲特别重视，非常认真地去上班了。后来我父亲还参加了游泳比赛，我们全家人都去了北京体育馆看他比赛，他的对手是铁道部的刘建章，对手早就游完全程了，我父亲还在水池子里漂着呢，大家让他不要游了，他不干，坚持游完了全程。

高晓松：您父亲真是太有意思了，真是想不到，他这样的性格居然能做地下工作，一般情况下，大家想象中的地下工作者都是性格比较内敛的，不苟言笑的，而您父亲十分开朗，特别喜欢跟人聊天。您父亲去世的时候，您也给他写了一副挽联，能给大家分享一下吗？

赵利国：可以，我写的这副挽联，我觉得是我父亲这一生的真实写照，也能充分表达出我们家里人的心情——旧社会跟共产党走，闹暴动两入牢狱，险些掉了脑袋；新中国听毛主席话，搞明白被划右派，永世不得翻身。但后来我父亲的葬礼是机关来给操持的，办了很正式的告别式，这副挽联很不合时宜，我们没敢挂出来。平反之后，我父亲的党籍也恢复了，又重新有了工作，有了工资，后来级别又升了点，升到了11级。但很快他的工资就没有我高了，又贫困了。

高晓松：我们家是六级，"文化大革命"前的一九五几年，每个月赚360元，而且是我父母各赚360元。等到"文化大革命"结束后，他们依然还是六级干部，但是每个月的工资并没有涨多少，一个月只有600多。当时我大哥每个月已经赚到一两万块了。

赵利国："文化大革命"的时候，我母亲被迫退职，丢了干部的身份，我们家的孩子都是黑五类。我记得当时是夏天，我母亲把我和我五哥叫到身边，给我们俩准备好了棉袄和棉裤，她说，红卫兵说不定哪天就来抄家，很可能就把她打死了，如果她死了，我们俩就带着棉袄棉裤逃跑，省着冬天挨冻。后来到我们家来抄家的是一群大学生，大学生相对还是比较文明的，他们在我家检查了一下"四旧"的东西，东西被拿走了，但是我们家的人没有挨打。

高晓松：大学生拿东西，中学生才打人呢。我们家是没等人家来抄家，自己先在家里练习，把两个椅子摞起来，自己上去撅着，就害怕到时候红卫兵来了，我们的体力不够人家折腾，现在的年轻人都无法想象我们当时的心情。

赵利国：你是北京四中毕业的，我哥哥赵石林也是在北京四中念的初中，高中他原本也可以上四中的，但因为家里离八中近，他就自己选择了八中。但不管是在四中还是在八中，他都是成绩拔尖的好学生。我四哥是1965年参加的高考，那一年的考生是最惨的，成绩最拔尖的我四哥，最后只被分到了北京化学纤维工学院，那是一所成立没几年的学校，全校就两座楼，我哥哥是当年的八中的高考状元，就是因为出身不好，就上不到好学校。后来我四哥去延安插队，当时在雪地上发现了反动标语，人家一口咬定就是我四哥写的，把他关进窑洞里拷问了几个月，最后放出来的时候，我四哥已经连路都不能自己走了。我在东北兵团待了九年，我在那里当装卸工，正好赶上1971年林彪逃跑，别人都没事，唯独不肯放过我，硬说我属于配合林彪变相劳改，差点给我安了一个反革命的头衔。

高晓松：那时候受连累的人太多了。

赵利国：我们家里的兄弟姐妹，没有一个没受牵连的。

高晓松：别说您了，大帅的孩子的处境也没好到哪儿去。习近平当时也被划为黑五类，也一样被发配下乡劳动。甚至还有些人的子女沦落到街边要饭。吴晗死的时候，头发和胡子都被揪光了，满头都是血。邓小平的儿子也是那个时候残废的，郭沫若的两个儿子都死了，还有彭德怀和陈毅这些老帅。跟这些人相比，我们这些活下来的人，已经算是幸运的了。所以无论如何，那段历史都是不能翻案的，那是中国历史上最黑暗、最残酷的浩劫，任何怀念那段历史的人，都是反人类的。您是回城之后跟您爱人谈恋爱的吗？

赵利国：没有，我回城之后一边照顾瘫痪在床的母亲，一边复习参加高考，考上了北大。然后在家里人的撮合之下和我爱人走到了一起。谈不上是包办婚姻，我和我爱人确实是彼此看对了眼。我老丈人不太爱说话，他在家里很少谈工作上的事情，所以我很少听他谈论大事。

高晓松：您父亲最后去世的时候，有没有跟你们讲过他对自己这一生的感慨？

赵利国：没有讲过。

高晓松：他将一切都憋在自己的心里，带走了。

赵利国：他临终前最后交代我们的一件事，是把他的遗体捐献给国家，他也是中国人民银行总行机关系统捐献遗体的第一人。

高晓松：捐了遗体，这是彻底地把自己的一生献给了党，献给了人民。以上就是赵大哥的父亲赵和民同志的一生，可歌可泣。

5. 性格决定命运

高晓松：我本人出生在"文化大革命"期间，比赵大哥要小十几岁，您是近距离观察过那个满是灾难、浩劫和黑暗的时代。有的人很坚强，即便在夹边沟那种残酷的地方，都熬了下来，而有的人其实只是被骂了几句，就无法承受屈辱，上吊自杀了，比如秦怡就熬过来了，上官云珠就跳楼自杀了。性格还是很重要的，赵大哥您认为什么样性格的人，能够熬过那残酷又黑暗的十年？

赵利国：很多人问过我这个问题，大家都很好奇，我父亲过去一直在做革命工作，为这个国家献出了自己的一切，中华人民共和国成立后却受到这么大的屈辱，他怎么能够想得开呢？其实我父亲心里也是有想不开的时候的，但他从来没有在别人面前表露出他内心的悲观，更从来没有愁眉苦脸和唉声叹气过。相反，我们看到的永远是我父亲乐观和开朗的那一面。

高晓松：可见性格决定命运。

赵利国：我父亲确实是一个天生性格开朗的人，他一直都很坚持自己，不管别人怎么看待他，他始终我行我素，用老北京话说，他身上有一股"横不吝"的劲头。我父亲一直都是想去哪儿就去哪儿，想找谁就找谁，他不顾忌自己的身份，更不在意别人的眼光。我父亲年轻的时候就会英语了，还在日本留过学，后来又自学了俄文，他只要上街遇到外国人，一定要上前去跟对方攀谈，非常喜欢聊天。

高晓松：这个行为真是太勇敢了，今天的年轻人没有经历过那个残酷的时代，可能不了解，在大街上跟外国人说两句话有什么关系，顶多就是语法和发音不对呗。在当时那个年代，你只要在街上跟外国人说两句话，马上就会被抓起来，因为别人会说你是特务。那时候我们整天接受的就是这样极端的教育，当时我在街上要是看见外国人，都会偷偷跟踪他们，因为我们觉得外国人都是间谍，都是坏人，但我每次跟踪到东直门附近都会跟丢。我很小的时候，就因为自己在沙发上跳着玩的时候喊了一句"架着马车给苏联送情报"，我们家里人差点没把我打死，因为如果被别有用心的人听到这句话，我们家立刻就会被扣上特务和通敌的帽子，我们家因为有海外留学的背景，本来就被人诟病成特务。所以在那个年代，别说是像赵和民同志这样被划成极右派的人，就连普通老百姓，也不敢在街上跟外国人说话。

赵利国：我父亲不仅敢在大街上跟外国人聊天，还经常把外国友人带回家里。当时我们家里的条件也是惨极了，只能用粗茶淡饭招待外国友人，不过外国人都还挺有兴趣的，我父亲也非常享受跟人神聊的快乐。

高晓松：您父亲真是天生一副"横不吝"的性格。

赵利国：真的是"横不吝"，我们都觉得，我父亲能熬过那些年，多亏了他的这个性格。除了精神方面的原因之外，我父亲这个人一辈子，对生活的要求都是低得不能再低了，衣可遮体即可，食能果腹足矣，他不讲究吃穿，唯一的要求就是，你得让他把觉睡好了，如果他睡不好觉，那整个情绪就垮了。

高晓松：这听起来就是小孩子的脾气嘛，小孩子才会有起床气。

赵利国：当年国民党把我父亲抓起来，要判他死刑的时候，我家里人来看他，问他死后想要什么样的棺材，我父亲回答，你们先别说这些，你们先走，让我睡一觉。睡醒了之后，我父亲才给南汉宸写信求救。

高晓松：真是天生的乐观性格。

赵利国：所以在那些艰难的岁月里，我父亲的精神不但没垮，身体还特别棒。

高晓松：您父亲一直活到了 1991 年。

赵利国：是的，他常年坚持锻炼，跑步、打拳、游泳，都是他最喜欢的。我父亲 80 多岁的时候还参加了国家机关组织的游泳比赛，得了第三名。所以我们常常说我父亲，您给我们家里闯了这么大的祸，全家人里头反而就是您最高兴，每天都乐呵呵的。

高晓松：您父亲的性格真是太令人羡慕了。接下来我们聊一聊您岳父钟师统老先生的事吧。您父亲以积极乐观的态度走完一生，和您父亲同乡的钟师统，早年二人同在家乡参加革命，一起经历了渭华起义，后来又结为亲家，钟师统成了您的岳父。钟师统 1927 年入党，1937 年参加红二方面军，在贺龙元帅直接领导下，从事军队干部教育工作。中华人民共和国成立后，被授命任中央体育学院院长，是新中国体育教育事业的开拓者，并担任中华全国体育总会主席和中国奥委会主席，1984 年率领中国代表团参加洛杉矶奥运会，获得过国际奥委会主席萨马兰奇颁发的奥林匹克银质勋章。钟师统还曾担任全国人大代表和全国政协常委。

赵利国：我岳父一直是在贺龙手下工作的。

高晓松：您岳父是在红区做革命工作的，所以后来的境遇要比您父亲好得多。

赵利国：对，我岳父是红二方面军的。

高晓松：红二方面军其实也不是待遇最好的，但是要比白区的工作者待遇好得多。

赵利国：总之我岳父一直在贺龙手底下工作，一直到 1953 年。

高晓松：那时候贺龙担任了体委主任。

赵利国：是的，过去我岳父是西北军大的，贺龙是校长，我岳父是副校长，算是搞教育出身的，也比较有文化。所以贺龙就直接点将，把我岳父调到北京，做体院的院长。

高晓松：最后大军解放四川的时候，北线是由贺龙指挥，南线是刘邓大军，所以您岳父就留在了西南局，之后直接被贺龙调回来做体育学院的院长。其实等于是您岳父创建了体育学院，您岳父是首任院长，也是创始院长。中央体育学院也就是现在的北京体育大学。您岳父还是第一任中国奥委会主席。

赵利国：1984 年他还出席了洛杉矶的奥运会，他还是中国举重协会的会长。

高晓松：那绝对是高干级别了。

赵利国：对，他是七级了。

高晓松：七级，那已经是很高很高的级别了。我外公和外婆当时在清华，都是六级，因为他们是清华的副校长，后来又创建了北航，是知识分子能做到的最高级别了。而七级干部就是很高级的高级干部了，等于是副部级。然后您岳父和您父亲的再次相聚，是在陕西吗？

赵利国：他们后来就是在北京重聚的，陕西人来往北京的还是很多的。

高晓松：后来您去插队了，您太太也去了？

赵利国：她是上干校去了。

高晓松：哦，您在乡下九年，在北大荒种地，怎么能一回到北京就考上北大了呢？那时候多少人参加高考？十届都集中到一次考去了，您也太厉害了，您考北大的时候多大年纪？

赵利国：我是 1979 年上大学的，当时是 26 岁。经常有人问我，为什么要上大学？我都回答是为生活所迫。确实是为生活所迫，1978 年我从乡下插队回来，这么一把年纪了，还要在家啃老，同时期回来的人太多了，很难分配到一个让你满意的工作，所以考大学就是势在必行的事了，只要考上大学，就能有满意的工作了。

高晓松：可以理解，因为当时大家都是这么想的，但您怎么能一考就考到北大去了呢？

赵利国：下点功夫吧，那时候我母亲已经半身不遂了，我每天在家照顾我母亲，推着她出去看病，顺便复习功课。

高晓松：78 级和 79 级的高考是最难考的。

赵利国：反正就抓紧一切时间看书呗。

高晓松：因为 78 级和 79 级有几个特点，一个是人才辈出，因为是被耽误了十年的考生同时参加考试。再一个有意思的现象就是，一个班的学生能相差十多岁。艺谋和凯歌他们分别是 28 岁、26 岁上的大学，但跟他们同届的顾长卫才 21 岁，同班同学的年龄相差了七岁。

赵利国：我比我们班最小的同学大 11 岁，但我还不是岁数最大的，有一位老大姐比我还大两岁。

高晓松：你们班最小的同学就是海子吧？

赵利国：对，就是海子，他当时才 15 岁。

高晓松：给我们讲讲海子吧，可能对你们来说，他就是一位睡在上铺的兄弟，但对我们这一代人来说，海子就是我们的灯塔。

赵利国：我对海子最深的印象就是他的年龄特别小，我们都问他，你为什么要考法律系啊？他跟我们说，那不是他自己报的，是老师给他报的。

高晓松：海子的老家是安徽农村的。

赵利国：安徽怀宁的，他们那座县城里出了三个名人，一个是陈独秀，再一个是邓稼先，第三个就是海子，那里现在还有海子文化园。

高晓松：海子和陈独秀有一个共同点，这两个人的骨头都特别硬，是硬骨头。

赵利国：海子家里也很贫困，那时候我在我们班上还算比较富裕的，因为我有助学金。

高晓松：在你们那个时候上大学，一个月有多少钱的生活费算是富裕？

赵利国：有 30 多块钱的生活费就算富裕了。

高晓松：你有 30 块吗？

赵利国：我有 30 多块呢，助学金一个月就有 30 多块。

高晓松：那海子一个月有多少钱的生活费啊？

赵利国：海子应该没有我这么多，而且我每个月都可以回家。

高晓松：对，您家就在北京。

赵利国：我每个月能回四次家，家里有吃有喝还能洗澡，我上大学的时候，吃饭是能吃得起猪蹄的——三毛多钱一个呢。

高晓松：那您真是太富裕了，海子那时候过的是什么样的日子呢？

赵利国：他过得应该是比较拮据的，我记得他经常跟我借钱，有一段时间，他每个月都向我借十块钱。

高晓松：那已经是你三分之一的生活费了。

赵利国：反正我也不缺钱，而且他到了下个月的同样的时间肯定会还我，即使还完了第二天又要向我借。但说句心里话，我对他并不是很了解，他的年纪实在是太小了，是我们班上最小的小老弟，我们跟他没有很深的交流，顶多见面的时候拍拍他的头，跟他开开玩笑。他那时候写的诗你们看过吗？

赵利国：等到快毕业的时候，他送给我们班上的同学每人一本诗集，那是他自己刻的书。油印的，在蜡纸上用铁笔写的。我们班上有几个书法比较好的同学，还帮他写了书名，叫《小站》，我至今还珍藏着这本海子赠送的《小站》。

高晓松：这真是太珍贵了，我请求您一定要把这本《小站》拿来，让我们放在杂书馆里摆一摆，让海子的诗迷们前来朝圣，因为那可是海子当年亲手油印的，只送给同班同学的毕业诗集。

赵利国：海子印出来这本诗集，他自己也挺高兴的。那个年代我们都很附庸风雅，班上的同学有玩刻章的，也有治印的，我也会治印。海子还到我们宿舍里来问，有没有人能帮他治个印，我赶紧举手毛遂自荐，当时有好几个人都愿意给海子治印，最后他选了一个书法最漂亮的。

高晓松：您也给海子刻了印？

赵利国：没有，海子的印不是我刻的，是我上铺的同学刻的，是一个"赠"字，海子在每一本《小站》的封面上都印了一个"赠"字。

高晓松：海子是什么时候开始叫海子的？

赵利国：我们上学的时候，他还不叫海子。他本名叫查海生，姓查，我们都管他叫小查。当时我们宿舍里除了复员大兵，就是我这个老知青，还有两个应届生，年纪也都比海子大，我们在一起聊天的范围可广了，有时候我们聊得正起劲，海子进来了，在一旁想要听，我们都轰他，让他滚滚滚，小屁孩儿别来掺和我们的聊天。

高晓松：哈哈，海子只好悻悻地离开，面朝大海，春暖花开，劈柴喂马，环游世界去了。

赵利国：海子还是有点故事的，1982 年海子被分配到石家庄，在河北省检察院实习，天天都去监狱里听犯人申诉，我不记得是新华区还是桥西区了，有一次我去找他玩，正遇上海子给一对闹离婚的年轻夫妻调解，结果没调解一会儿，小夫妻就把海子轰出来了，因为人家觉得海子年龄太小了，还是个乳臭未干的小孩儿，不信任他。海子 1979 年上大学的时候才 15 岁，1982 年实习时也才 18 岁。

高晓松：身为调解员，18 岁的年龄实在是太小了。海子上大学的时候谈过恋爱吗？

赵利国：在北大期间，我没听说他谈过恋爱。

高晓松：那时候谈恋爱的人也不多吧？

赵利国：不多。

高晓松：您在上大学的时候谈过恋爱吗？

赵利国：我上大学的时候就已经认识我太太了。

高晓松：也就是钟师统的女儿。

赵利国：对。

高晓松：您和您太太是怎么认识的呢？

赵利国：我们两家本来就都认识。

高晓松：对，您父亲当年第一次起义的时候，被国军围剿，最后躲到了您岳父家里。几十年后，两位老革命的儿女就结婚了。那您在插队的时候谈过恋爱吗？

赵利国：没有，那时候大家根本都不打算留在乡下，都觉得如果在那里谈恋爱和结婚了，以后就回不去城里了。

高晓松：不跟乡下的姑娘谈，但男女知青之间可以谈啊。

赵利国：知青之间也很危险，每个人都一门心思想回城，谁都没有谈情说爱心情。

高晓松：那是因为感情还不够炽烈吧？爱情这东西如果来了，人们是会奋不顾身的，只想着先爱了再说。

赵利国：那时候我们对这方面的事还是很朦胧的，不会轻易跟人谈情说爱。我在兵团待了九年，没有一个我认识的知青在当时结婚生孩子的，也没有人留在那里。

高晓松：可能是因为陈凯歌和阿城他们插队的地方是云南，那里山清水秀，适合谈情说爱，而您是在北大荒插队，天寒地冻的，没有适合爱情萌芽的土壤。

赵利国：嗯，北大荒那边这种风花雪月的事情确实比较少，兵团管得也比较严。

高晓松：所以你们比较倒霉，人家去云南插队的知青过得比较浪漫。阿城写的《棋王》和《孩子王》，我觉得都挺美好的。云南吃的东西也多，树上有很多果子，北大荒什么都没有，知青们除了干活和挣工分之外，就没其他地方可去了。

赵利国：是的，到了北大荒后没几年，所有人唯一的希望就是如何才能回城，这已经成了我们当时的中心任务了，根本没心情想其他的了。

高晓松：海子后来出名了，这件事你们是怎么感觉到的？

赵利国：慢慢地社会上就开始有了关于海子的消息，说这个人的诗歌写得很厉害。我们上大学的时候，都觉得中文系的那帮人写诗很厉害，海子就说要去跟中文系的人切磋切磋。

高晓松：碴诗吗？我们当年都流行碴琴，海子是碴诗。

赵利国：我们都鼓励海子，让他去找中文系的人切磋，我们对海子说，你写的诗大家都看不懂，这就说明你写的诗高深，赶紧去让中文系的人也见识见识。其实说句心里话，我们都不知道海子写的诗是什么意思，我们真的看不懂。

高晓松：海子去中文系找人碴诗，不会遇到刘震云了吧？

赵利国：没准儿。

高晓松：刘震云是78级的，比你们大一级，但是刘震云的夫人是你们班上的对吧？

赵利国：不是我们班上的，我们是二班，刘震云的夫人在三班。

高晓松：她是你们系的系花吗？

赵利国：不仅是系花，在我们这一级里，她都能排进前三名。

高晓松：那当时惦记她的人肯定挺多的，最后她怎么就看上刘震云了呢？

赵利国：她和刘震云是河南老乡。

高晓松：我听说刘震云用四个梨就把他夫人骗到手了？

赵利国：这个我没听说过。

高晓松：这个故事是这样的，说当年的刘震云特别简朴，他自己在北大读书的时候从来舍不得吃肉。终于有一天，他攒钱买了四个梨，但这四个梨的质量其实也不好，上面都有虫子眼儿了，最后刘震云的夫人郭建梅女士收到了这四个梨，吃起来觉得特别感动，觉得这么简朴的人居然能给自己买四个梨。

赵利国：哈哈哈，太夸张了，还带虫子眼儿。

高晓松：省吃俭用买了四个梨，这对刘震云来说已经非常不容易了，刘震云一直以来都是一个非常简朴的人。当年他接到自己获得茅盾文学奖的通知时，正在菜市场里买菜，本来他那天是想买茄子的，因为茄子比西红柿便宜，突然接到电话，说他获得了茅盾文学奖，还有一笔不错的奖金，刘震云立即放弃了买茄子，买了西红柿。他们家当天本来是要吃茄子面的，因为得知自己即将拿到一大笔奖金，才破天荒地吃了一顿西红柿鸡蛋面。各位读者朋友对刘震云应该都很熟悉，但是大家对刘震云的夫人郭女士一定不太熟悉，其实我觉得郭女士为这个国家做出的贡献，不比刘震云小。

赵利国：没错，她做的事情非常独特，也非常辛苦。

高晓松：郭建梅女士是公益律师，专门帮助穷人打官司，几乎没有什么收入。幸亏刘震云拿到了茅盾文学奖，平时还能有点书籍的版税。

赵利国：她这一路走来，遇到了不少挫折。

高晓松：那当然了，我感觉做公益律师有点像调查记者，他们看到的都是社会最黑暗的那一面，非常残酷。我经常在网上看到网友们围攻那些公益律师，说他们不爱国，说他们是汉奸，很多网友只是"键盘侠"而已，只会在网上批斗别人。殊不知很多像郭女士这样的人，他们都是放弃了高薪，无偿地去为穷人们打官司和维权，去帮助穷人争取到应得的权利。

赵利国：郭建梅如果去当一般律师的话，现在早就发达了。

高晓松：是啊，她为了这个国家的正义和自由而奋斗，在网上却被一群"键盘侠"辱骂，我感觉非常气愤，也非常非常敬佩像她这样的人。

赵利国：还是有很多像我们这样的人，是理解她、支持她的，相信未来也会有更多的人明白她的付出和不容易。

6.睡在我上铺的兄弟：海子

高晓松：海子去世的时候，你们班上的同学都是什么反应？

赵利国：海子去世的时候，我刚刚从日本留学回来，得到消息后，我立即就去政法大学帮忙处理相关的事宜了，因为在北大的时候，我算是班上的老大哥，还当过班长。海子去世前留下了两封遗书，一封是他临死前留下的，不知道交给谁了；另一封是从他遗体的兜里掏出来的。这两封遗书当时我都看到了。

高晓松：两封遗书您都看了？

赵利国：嗯，我看的都是原件。后来书上把这两封遗书也都披露出来了，我个人觉得，海子还是精神上出了一点问题。很快他的父母也都来了，我还张罗着让大家都给海子的父母捐点钱。

高晓松：因为海子家里太穷了。

赵利国：太穷了，真是太穷了。海子的父母来到学校后，学校只管饭，其他的一概不管，我感觉学校对他家人的态度不是很好。

高晓松：这件事要是放在现在，海子的父母绝对要起诉学校，自己辛辛苦苦养大的儿子送到学校里来了，在你们学校里当教师的时候自杀了，学校理所当然要负责任，可学校只管饭，别的都不管，后来学校有对海子的家人做赔偿吗？

赵利国：我没听说。

高晓松：学校居然没有善后，那么善后的钱都是由谁出的呢？

赵利国：海子的后事是怎么办的我不太清楚，我当时只是对我们班上的同学说，大家都尽自己所能地捐点钱吧。那时候我们的工资都低，普遍都是一个月一百多块钱，我觉得像我这样从国外回来的同学，每个人怎么也得捐一两百块钱吧，其他人随意，最后我们全班一共凑了三千多块钱。

高晓松：三千多块钱，那在当时是一笔巨款了。

赵利国：这些钱都给海子他们家了。我记得当时还有一些小小的争论，有些人说海子愤世嫉俗，对这个社会不满，还扯出了很多政治因素，我觉得这些都是无稽之谈。

高晓松：绝对是无稽之谈，海子哪里有什么政治因素？他的诗里从来都没有政治。

赵利国：在海子的两封遗书里，包括他的所有作品和跟人聊天的内容中，都从来没牵扯过政治。

高晓松：他的诗歌里只有远方，只有一无所有，他只是一个诗人，跟政治有什么关系？后来您去帮忙处理海子的后事的时候，听没听说过他有女朋友？

赵利国：没听说，他的性格也不适合交女朋友，我从毕业之后就再也没见过他了。

高晓松：你们再见面就已经是处理他的后事了。

赵利国：我们班有两个同学去了山海关，到现场去收殓了。

高晓松：是你们班上的同学去负责收殓的？

赵利国：嗯，去了两个。

高晓松：我知道那现场很惨，我不想问那些细节了。因为我们心中对这位伟大的诗人只有敬仰。

赵利国：海子是他们家的老大，他家里贫困极了，儿子出了这样的事情，他的父母悲痛欲绝。

高晓松：他的父母肯定会发疯的，在怀宁农村那么贫苦的地方，父母培养出一个北大的法律系学生，是多么不容易的事情啊。

赵利国：海子上大学的时候才 15 岁，我记得他高考分数相当高，数学好像考了 99 分。

高晓松：海子的高考数学成绩差一分就满分了！

赵利国：应该是 99 分。我还问过他，你这么爱写诗，怎么不报考北大中文系？海子告诉我，因为他的语文没达到中文系的标准。

高晓松：这件事太逗了，海子的数学考了 99 分，语文居然没达到北大中文系的标准。

赵利国：是的，海子特别羡慕我，因为我的语文分数挺好的。海子说，如果他能考到我这个语文成绩，肯定要去中文系。当时北大中文系有一个硬性指标，其他科目的分数无所谓，但语文成绩一定要在 80 分以上。我语文考了 80 多分，海子肯定没考到 80 分。

高晓松：由此可见，我们的考试制度存在太多的弊端。不过赵大哥的文笔也不错，为了今天和您对谈，我特意看了一些您写的东西，觉得写得挺有意思。

赵利国：海子如果能上北大的中文系，可能结局会不一样吧。我还问过他，老师为什么要帮他报法律系。他说是因为他们那里的招生名额有限，老师觉得报法律系的希望最大，反正在怀宁农村的学校，如果有一个学生考上了北大，那老师的身价也会倍增，至于考上的是北大的什么专业，那就无关紧要了。当年的高考只能报一个志愿，你报了法律系，就没有其他的选择机会了。

高晓松：但不管怎么说，海子能考上北大已经非常不容易了。

赵利国：海子这个小孩儿真是太可惜了，他留给我的印象，一直就是一个小孩儿，我手里还有一张和海子的合影，我还挺喜欢跟别人显摆这张照片的。那时候我们刚刚上大学，全班同学一起跑到长城玩，最后合影的时候，大家都起哄，说海子是我儿子。因为我当时是班上年龄最大的男生，长得又比较老，像个生产队队长似的，海子才 15 岁，就是一个小孩儿。所以我就往地上一坐，招呼海子说，儿子，咱爷俩一起坐，他就乖乖地跑过来坐在我怀里了。

高晓松：最后您就抱着海子照了这张照片。

赵利国：上学的时候，我和海子的交流不多，他也不是一个很善言辞的人。

高晓松：没有爱说话的诗人，所以我当不了诗人，因为我太爱说话了。

赵利国：海子不爱说话，当年他们那个宿舍里的男生，性格都比较内向。后来我总是感慨地说，海子如果被分到我们这个宿舍里，应该就不会走到绝路上去了，但说不定他也就当不了诗人了。

高晓松：海子如果在你们宿舍，现在可能也当维权律师去了。

赵利国：那时候他才15岁，世界观都还没有定型，受周围人的影响肯定是比较大的。

高晓松：那个年代就是诗歌的年代，大师辈出，在所有身处那个年代的诗人里，海子都能排到第三或第四。前两名通常都是北岛和舒婷，然后就是顾城和海子，总之第一梯队里就这四个人。第二梯队的地位就要比他们低很多了，后面还有杨炼和西川这些人，西川也是北大毕业的。在当年，没有人的书包里是没有诗集的，也没有哪所学校是没有诗刊的。我记得那时候我们班上的班长写了一首诗，发表在《北京青年报》上，居然收到了一麻袋的情书。有一次我要去天津，我们班长特意来找我，说让我帮他去天津的大港，见一个女笔友。当时没有微信，也没有电话，大家彼此只有一个通信地址，我按照这个地址敲开了那个女笔友的家门，出来开门的姑娘特别漂亮，结果我开口一询问，才知道我敲错门了，那位女笔友住在对门。然后我又敲开了对面的门，这回出来的姑娘就没有那么漂亮了。

赵利国：让你失望了。

高晓松：是的，回到北京之后，我就跟我们班长复命说，你不用去大港了。

赵利国：现在海子最流行的诗是"面朝大海，春暖花开"，但当年海子送给我们的诗集里没有这样的诗，那时候他写的诗，我们能看懂的很少。我现在还记得有一首他写的诗，说烟叶成熟了，主妇没有来，老大爷来了，于是被收割，挂上架，晾成干的叶子，最后老农吧嗒着旱烟杆子，到街上叫卖烟叶子，一包一块二。

高晓松：这就是非常具象的存在主义的诗啊。

赵利国：反正我们当年是看不懂的，后来他又出了大本大本的诗集，我们班上很多同学都买了，我也有。

高晓松：海子的诗不适合很年轻的人看，年轻一点的人应该更喜欢顾城，因为顾城的诗比较清秀，而海子的诗比较凶悍，要稍微上了点年纪的人才能读懂。

赵利国：不光我读不懂，班上其他的同学基本上也读不懂，但确实有很多人能看懂。我们有一个同学后来做律师，跟客户谈，生意还没成交，两个人先吃饭，吃饭的时候，对方得知我同学是北大79级的，立即就问，你认识海子吗？得知我同学是海子的同班同学，对方也不继续谈了，直接就跟我同学成交了。

高晓松：这说明那一代人还是深深爱着海子的，即便全民经商，还是有很多当年的文艺青年在内心深处坚守着自己的理想。

赵利国：后来有人编了一台关于海子的音乐剧，叫作《走进比爱情更深邃的地方》，演出的当天把海子的父母和弟弟都请来了。但我们都觉得，剧里的海子和我们认识的海子已经不一样了。

高晓松：剧里讲的可能是他后来跟骆一禾这些人在一起的年代。

赵利国：我觉得这种不一样，主要的原因是后人是按照自己想象中的诗人形象去演绎海子的。

高晓松：肯定如此，剧场演绎出来的历史就是这样，关公的脸越来越红，张飞的脸越来越黑，海子也越来越浪漫。

赵利国：我是在观众席里陪着海了的父母的，结果戏一开始我就知道坏了，他们一开始演的就是海子坐在铁轨上，火车从远处开过来，海子的父母当场就受不了了。我赶紧扶起老人家离开了，后来我对演出方说，你们这么安排太不妥当了，如果要演这么残忍的剧情，就不该把人家的父母请来，老人家怎么受得了这种刺激？

高晓松：这个确实是有失妥当。好，最后咱们再聊一聊中海油的事吧，我觉得大家还是比较关心油价的。如今外面有很多传言，说我们花了很高的价钱储备了大量的石油，没想到现在油价跌成了这样，亏得一塌糊涂，有这种事吗？

赵利国：其实我们也没储存什么石油，我们当年都是在海外寻求资源，收购了一些国外的石油公司，如果遇到我们认为合适的国际市场，就用比较合适的价格去收购，但如今油价跌成这样，谁也没预料到。

高晓松：油价暴跌的损失是很惨重的吧？

赵利国：那是肯定的，过去能赢利的油田如今都亏损了。

高晓松：油价下跌，对石油企业，比如您服务多年的中海油来说，肯定是重创，但是对中国这个国家来说，这算不算是一件好事呢？

赵利国：这个问题得由站在更高层面上的人来分析了，油便宜了，你当然可以多买，但是你储存油的能力是有限的。

高晓松：为什么？是因为储备的基础设施不够好吗？

赵利国：对，基础设施不好，起步也晚。

高晓松：当年我们虽然用高价储备了很多石油，但实际上国家整体储备能力并不是很强。

赵利国：是的。

高晓松：如果我们把储备能力放到一边，作为全球第一的原油消耗大国，中国每年都要消耗大量的石油，现在油价暴跌了，那对中国难道不是一个好消息吗？一下子能节省很多外汇。

赵利国：这件事是要从两方面看的，一个是从国外进口原油，另一个是我们自己生产，我们的成本本来就比较高，出卖时的价格又变低了，那肯定是要亏损的。

高晓松：但现在国际油价虽然便宜了，我们却不是一下子就能用低价买进来的，因为咱们当年买期货的时候，是用的很高的价钱。今天尽管国际市场油价变低了，但我们还尝不到这些甜头。

赵利国：没错，而且还有另外一个因素，我们现在得投入勘测，一旦减少探勘，投入开发生产的时间线就拉长了，谁都不知道油价哪天能上去，所以我们也不能停止探测。现在油价低，石油资产也便宜，我们该不该买？我们不敢不买，万一以后油价又高了呢？

高晓松：这是一个很难做的决断，再加上我们的国际经验也不是那么丰富。所以这件事不像老百姓想的那么简单：只要油价低了，对中国就一定有好处，对美国就一定没好处，俄罗斯也惨了；只要油价高了，俄罗斯就高兴，咱们就惨了，事情没有那么直接。

赵利国：你也不能用现在油价的跌涨来衡量当年的收购行为是不是正确。

高晓松：对，市场是千变万化的，衡量市场行为的对错也是很复杂的。好，咱们最后再总结两句吧。赵大哥您想一下，"文化大革命"前您经历过，"文化大革命"时代您也经历过，再往后的后"文化大革命"时代您也经历过，还有 20 世纪 80 年代的风起云涌，伟大的诗人海子也是您的同班同学，到了今天，您已经是一位功成名就的中海油高级领导，现在您退休了，在家颐养天年。您经历过的这一生可谓跌宕起伏，大概只有中国人才能在自己短暂的一生里——您才过了半辈子就——穿越过这么多的阶段，幽暗的、残酷的、黑暗的、潮湿的、慢慢解冻的、起起伏伏的国家命运。我今天邀请您来聊了您的父亲、您的岳父、海子和您自己，我觉得这就是一个国家诞生的微型的却是真实的家族小历史，这比那些写在书上的历史更为真实。您对于从那些阶段死里逃生过来的这个国家，这个民族，有什么个人的感想吗？

赵利国：我觉得还是一天更比一天好的，整个世界和人类都在进步，我们是不可能倒退的，开倒车也是不容易的。

高晓松：对，开倒车不容易，我们也不答应。

赵利国：人不能往后走，我觉得现在的中国还是一天更比一天好。过去我们有那么多的清规戒律，受到各种各样的限制，别说"地富反坏右"不能乱说乱动，普通老百姓也不敢乱说乱动。现在我们想什么，说什么，做什么，去哪里，在法律范围内都有了相当大的空间了。

高晓松：是的，我们现在不光经济上比从前更好了，我们这个国家和民族也比从前更为自由了，自由的意识也越来越多地深植在人心中了。

赵利国：对。

高晓松：我经常跟我周围的人说，我从那个时代过来，今天的生活是我从前想都没有想过的。我小的时候，最大的梦想有三件事：一是一辆新的自行车，二是一个猪肘子没人跟我抢，三是一个头发长长的姑娘。如果这三件我都有了，我就觉得人生足矣。我还是比较信仰科学的，我觉得科学会让世界联通，让世界浩浩荡荡地向前。因为科学后面就会带来民主，带来自由和平等，就是当年的德先生和赛先生，就是在100年前就开始呼唤的东西，所以我觉得今天中国的进步，科学还是起到了更大的作用的。

好，感谢各位读者朋友，感谢赵大哥，今天的对谈就谈到这里。

四、不一样的北欧小国

1. 天堂小国

结束了两篇有些沉重的口述历史之后，让我们把视角从咱们这个沉重的老国家上移开，去看一看地球另一边的两个非常有意思的小国家。

说这两个国家小，它们两个却特别有名，但说它们大，它们也不是 G8 级别的国家，更不是经常跳上世界舞台进行表演的活跃角色。应该这么说，这是世界舞台上的两个清新小配角——丹麦和瑞典。

提起丹麦和瑞典，可谓无人不知、无人不晓，但要解释一下这两个国家为什么如此有名，大多数人可能也回答不出来。丹麦的名气，可能是因为这里有童话，有安徒生，有小美人鱼，有乐高积木，大家经常能从各种奇怪的事情上听到这个国家的名字。另外，每当提到世界上的发达国家排行榜，不论是人均 GDP 最高的排行榜，还是国民幸福指数最高的排行榜，抑或是最清廉的国家排行榜上，我们都能看到丹麦和瑞典。

总而言之，在很多人眼中，这两个国家仿佛就是天堂一般的存在，人间的各种血腥、杀戮、阴谋、诡计和政治等，这两个国家都不太参与，每当提起丹麦和瑞典，我们脑中第一个跳出来的词好像就是"幸福"。以至于在最近一次的美国大选上，民主党候选人桑德斯在电视辩论上公开信誓旦旦地说，他如果当选总统，就要把美国建设成像丹麦一样的幸福国度。所有人都难以置信地看着桑德斯，CNN 的主持人安德森也不相信地问桑德斯，美国是这么大的一个国家，而丹麦只有 500 多万人口，您确定能把美国变成丹麦吗？

　　桑德斯的发言确实很令人震惊，因为美国一直是一个很居高自傲的国家，很少把其他国家看在眼里，美国人更不会想要把美国建设成一个别的国家的样子，我还是第一次在公开场合听美国人说要把美国建设成其他国家的样子。不管怎么说，这说明在很多人的心目中，丹麦和瑞典就是两个天堂一般的存在。

　　我本人到了丹麦和瑞典之后，确实也感觉很不一样。丹麦和瑞典的人均 GDP 都在四五万美金以上，位列西方最发达、最富裕的国家行列。一提到发达和富裕的国家，很多人脑中浮现出的第一画面一定是高楼大厦、名车如云、豪宅林立、纸醉金迷、商场里琳琅满目的奢侈品等，但我真正到了这两个国家后，发现它们跟想象中的完全不同。光用眼睛去看，几乎看不出这里是发达国家，甚至可以毫不夸张地说，这里的现代化气息还不如北京和上海。丹麦要比瑞典更明显一点，我在哥本哈根街头一站，第一个感觉就是仿佛回到了 20 世纪 80 年代的中国，大街上的人们都骑着自行车。这里很多东西都是免费的，如看病和上学，恨不得老百姓的一切都由国家包了，人们的收入也很平等，不会有很大的收入差距。

　　当然这都只是表面现象，实际上丹麦和瑞典是人类发展螺旋式上升的一个过程，而不是真的像 20 世纪 80 年代的中国一样。20 世纪 80 年代的中国，因为各种资源都匮乏，每个人只能分到一点，大家要凭粮票和工业券去换物资，出门也只能骑一辆破自行车。而丹麦和瑞典的资源肯定是不匮乏的，它们是世界上排名靠前的富裕国家，但这里的人民并不追求奢华的生活，这一点别说中国人不了解，美国人也很难理解。我感觉这是人类发达到一定程度，或是说觉悟到了一定程度后主动去追求的一种简单而淳朴的生活方式。

丹麦和瑞典的人难道开不起汽车吗？他们当然开得起，但是他们的思想已经达到了那种境界。如今在中国有很多人说，一个社会不能光靠境界，一个国家不能光靠觉悟，不能光靠人们的三观，得靠健全的体制去管理和维护。但我到了瑞典和丹麦，通过跟当地人深入地聊天和接触，发现人类是真的能进化到一种不需要体制去约束的境界的，那里的人就是自愿地骑自行车，因为他们觉得骑自行车环保，觉得骑自行车健康，能锻炼身体。但问题是骑自行车真冷，要知道丹麦和瑞典不但气候寒冷，一年中还有小半年的时间夜长日短，可不管怎么样，那里的人就是喜欢骑自行车，就算风再大，他们也骑自行车出行。

丹麦和瑞典也奉行人人平等，那里没有美国式的大名校，也几乎没有人与人之间的差距。在美国，贫富差距还是挺明显的，富人有私人医生，穷人只能去公立医院，所以美国人才会非常努力地工作。在美国，人们的生活是由一个个的梦想和目标组成的，比如一开始，我想有一台梦想中的汽车，然后我就努力打拼，等我买了梦想中的汽车后，我又想要一座梦想中的房子，这座房子要位于哪个区，附近要有什么样的风景，为了这座房子，我就再努力拼搏数年，等到某一天我终于买到了梦想中的房子，我的美国梦也就基本上实现了。我经常在各种场合提到美国梦，所谓的美国梦，说白了其实很简单，就是想方设法地把自己卖一个好价钱。

美国人到现在依然在追求着美国梦，其实中国人现在在追求的东西，也类似于美国梦，每个人的目标都是发家致富。人与人见面聊天，都习惯于先询问对方的工作是什么，如果对方回答自己在一家大公司工作，那接下来就要问，你在大公司里是做什么的。如果对方是在小公司上班，那就要问问这家小公司是做什么的，效益怎么样。把这些问清楚了，就基本上能了解对方的地位和收入了，然后再去决定用哪种态度对待对方。在美国，人们通常还要打听一下，你是什么学校毕业的？如果你是从哈佛、耶鲁和斯坦福毕业的，人们立即就对你肃然起敬，如果你是从某所社区大学毕业的，人们对你的印象就大打折扣了。

然而美国梦这种东西，在丹麦和瑞典这种地方，完全格格不入。我到了丹麦和瑞典之后，头几天还有在中国和美国的习惯，遇到当地人总会习惯性地打听人家的工作和学校，得到的都是对方冷冰冰的回答，渐渐地我自己就感觉到没趣了。在丹麦和瑞典，没人在乎你在什么样的公司里工作，也没人在乎你是做什么的，一个月赚多少钱，你是哪所大学毕业的，住在多大的房子里，因为这些不是那里的人追求的东西。当然了，我不能说所有的丹麦人和瑞典人都不追求这些东西，但整个社会的主流思想和价值观就是这样，很少有丹麦人和瑞典人觉得自己应该住在特别奢华的大房子里，大家都觉得自己跟别人一样就好了，普普通通的丹麦人和瑞典人，就住在两室一厅的公寓里。一些年纪比较大的、工作了很多年的丹麦人和瑞典人，顶多也就住一栋小别墅，大家都觉得这样很平等，也很幸福。

在丹麦，人们出行就是骑一辆自行车，在瑞典，人们出行就是开一条小船。在美国，一个人如果有一艘游艇，大家都觉得他特别厉害，但在瑞典，几乎人人都有一条小船，大家开着小船看看落日，钓钓鱼，船上也没有什么先进的设备，自己动手解缆绳，启动发动机，把船开出去，过着非常安逸、与世无争的日子。

在丹麦和瑞典待久了，我越来越觉得，这两个国家真的很有意思。这里的人不聊金钱，不聊地位，也不聊你读过什么名校。我曾经充满好奇地问当地人，为什么在你们这里没有美国那样的常春藤名校？他们告诉我，因为政府专门颁布了政策，不允许大学之间拉大差距，如果有大名校的存在，年轻人就要拼了命地争取进名校的名额，那就会导致他们从小没有时间去娱乐，没有时间去学画画和音乐，所以在丹麦和瑞典只有由国家或人民出资的公立大学，年轻人读大学是完全免费的。在美国，你拼尽全力考上了常春藤名校，接下来还要去操心高昂的学费问题，普通的美国年轻人，如果没有奖学金的话，根本上不起名校，因为好学校的学费极其昂贵。但在丹麦，年轻人只要想上大学，国家就补贴给你一个月6000克朗（丹麦克朗的汇率跟人民币差不多），瑞典的教育福利就更好了，国家不但每个月补贴给你几千克朗，还补贴你住宿的公寓。

　　不光是学费和住宿没有压力，在选择专业方面，丹麦和瑞典的年轻人也没有任何压力。在美国，除了上名校难，选择专业更难，你要充分考虑自己所学的专业将来是否能找到好工作，如果你想要学艺术，你的父母肯定会头疼得要死，你自己也头疼，因为学艺术不仅还不上贷款，毕业后也不好找工作，美国艺术专业毕业生的就业率只有5%。在这样严酷的就业环境下，年轻人不得不一窝蜂地去学热门专业，比如计算机，毕业之后好去硅谷赚大钱。

　　以至于像我这样长期生活在高强度社会环境下的人，每当听到年轻人说自己要学音乐，都会本能地先问一句，那你毕业之后怎么找工作？但在丹麦和瑞典，没有人在意就业的问题。我的大表哥和大表嫂在30年前就移民去了瑞典，住在斯德哥尔摩，他们的女儿就出生在瑞典，今年已经19岁了，刚好马上就要跟她男朋友一起上大学了，我问他们俩上大学之后要学什么专业，两个人特别兴奋地告诉我，他们要学音乐。我立刻习惯性地问他们，你们知道学音乐将来要成名有多难吗？大多数不仅成不了名，还要饿肚子呢，我还给他们讲述了一些我在音乐圈里亲眼看到的各种甘苦。结果我的外甥女和她男朋友听完了我的警告之后，居然一点都不觉得担心，仿佛觉得我说的是外星话，我的外甥女笑着对我说，您跟我们说什么呢？我们学音乐是因为我们喜欢音乐，我们并没有想要成名啊，更没有想要当什么大明星，学什么专业跟就业有什么关系呢？

我当场就被我外甥女问傻了。在丹麦和瑞典这种国家，老百姓不工作每个月也有钱拿，而且跟上班拿的钱差不多。在西班牙，一个普通上班族的月薪纳税之后能剩下 900 欧元，但失业的人一个月可以拿 800 欧元失业金，看一次病只要六欧元，西班牙的发达程度跟北欧国家不能比，都有这么好的社会福利，那在丹麦和瑞典这么发达的国家，老百姓的幸福指数就可想而知了，根本没有人会考虑就业问题。一直以来，我都是一个很骄傲的人，自认为天文、地理、人生无所不知，走到哪里都喜欢给人讲大道理，结果到了北欧没几天，我居然都不太敢跟人说话了，因为我觉得自己的内心很丑陋，很粗鄙，我每天琢磨的都是如何在一个竞争激烈的社会里跟人钩心斗角，跟北欧人的境界实在是差太远了。

到了北欧之后，我的内心变化总体上分成了三个阶段。第一个阶段叫作不适应，在中国和美国，我们遇到人通常都是先胡吹乱侃一通，抬高自己的身份和地位，而在北欧，人们完全没有这种习惯。瑞典曾经发起过一次活动，为了让瑞典人能跟全世界增进交流和理解，鼓励全民都去接听来自全世界的电话。之所以能够发起这样的活动，还要得益于北欧人都会说英语。有一个关于全世界非英语国家的人民说英语的熟练度排行榜，前五名分别是荷兰、丹麦、瑞典、挪威和芬兰，这几个国家，除了荷兰都是北欧国家。北欧国家的人民的英文不光是熟练，发音也特别好听，比很多以英语为母语的国家的人民说得还好听。因为能熟练使用英语，北欧人民可以跟来自全世界的人进行电话交流，没想到瑞典人和美国人在交流过程中存在很大的隔阂。美国人的价值观就是美国梦，他们通常是直接就问瑞典人，你是做什么工作的？你每个月赚多少钱？瑞典人不知道该如何回答这种问题，他们想要跟美国人聊的是文化、音乐和电影。因为在价值观上存在巨大的分歧，所以双方的沟通十分困难。

　　第二个阶段叫作心理阴暗。经历了不适应的阶段之后，我开始忍不住到处找碴，因为我不相信这个国家的人民真的有那么高的觉悟。有一次遇到了一位在机场开摆渡车的司机，我心想，做这种工作的人内心肯定是有发财梦的，因为这应该算是生活在社会底层的人民了。对于我们这种在竞争激烈的社会环境里成长起来的人，总是习惯把社会上的人按照种族、受教育程度和收入等因素分出阶层来，这当然是一个很不好的习惯。总之，我就怀着特别阴暗的心理问这位摆渡车司机，你们国家花了那么多钱援助别人，还接收了那么多难民，收税也这么高，老百姓对此有什么想法吗？问完问题，我就等着司机大哥发牢骚，因为这样就能满足我的阴暗心理了。结果司机大哥特别平静地对我说，这难道不是应该的吗？我们国家这么富足，难道不应该帮助别人吗？人家难民颠沛流离，难道不应该收留别人吗？难道不应该欢迎别人吗？我们有这么多的资源，难道不应该跟人分享吗？我听得目瞪口呆，万万没想到一位在机场开摆渡车的司机都能有这么高的觉悟。

　　第三个阶段是佩服。我很好奇，一个国家为何能进步成这样，人民的觉悟都如此之高，社会这么平等，政府也很廉洁，年轻人想学音乐就学音乐。在美国和中国，有多少年轻人梦想着能去学自己喜欢的专业？但是他们不能，因为他们不得不去考虑就业问题。但在北欧，人们从小就可以学习自己喜欢的东西，音乐和美术，一个学期大概100块人民币，只要注册了就能去学，随便学多少小时都可以。在瑞典，从学校借乐器就和在图书馆借书一样，都是免费的，你排练的时候，政府还会额外补贴一些钱，用来帮你购买耗材。所以北欧的年轻人不怕学音乐，学成之后能做自己喜欢的事当然皆大欢喜，就算做不成，还可以去教音乐，因为你去教书，国家也给补贴，教音乐也可以生活得非常富足。

因为有如此完善的福利和补贴政策，北欧才能诞生出那么多伟大的乐队，尤其是位列世界伟大乐队前列的 ABBA（阿巴合唱团）。在全世界演出次数最多的音乐剧之一《妈妈咪呀》，里面的金曲都是 ABBA 的歌。还有世界上做过最多大金曲的王牌制作人之一 Max Martin，以及挪威的 A-ha 等，整个北欧的艺术气氛是极其浓厚而自由的。

2. 极致自由的大麻之城

北欧国家的平等，不光体现在人民的觉悟和教育上，还体现在他们对于国家的观感上。

我在北欧国家跟人聊天，问他们是如何进行爱国主义教育的，人家立即纠正我，在他们这里不搞爱国主义教育，更不让提爱国主义。我很困惑，为什么不搞爱国主义教育？在美国和中国，爱国主义都是立国之本，是最最重要的东西。北欧人告诉我，在他们的观念里，爱国主义就等同于种族主义，爱国主义很容易走向极端，也很容易发展成民粹主义。我们赖以生存的民族和国家概念，在北欧国家已经过时了，他们不需要用爱国主义去当作国家的凝聚力和驱动力，他们靠的是更为朴素和平等的价值观。

在美国和中国，我们习惯于夸赞女人的美丽，结果我在北欧国家夸赞女人美丽，又被当地人纠正了。我被告知，在北欧不能随便夸赞一个女人好看。我更困惑了，夸一个女人好看难道也错了吗？对方告诉我，是的，夸女人好看就是物化女性，女性应该跟男性平等，是有精神的、独立的、有人格的，而不是一个物化的东西。因为不断地被纠正，我也有点郁闷了，我跟北欧人说，虽然我很欣赏你们的觉悟和平等，但如果我要生活在你们这里，这也不让说，那也不让说，我真的要累死了。

这种平等的价值观，仿佛已经成了一种宗教，融入了丹麦和瑞典人的血液里。北欧的宗教观念其实是很淡的，那里的人常常开玩笑说，他们一生就去三次教堂，生下来一次，结婚一次，死的时候再去一次，平时几乎没什么人去教堂，但那里的人像信奉宗教一样信奉平等。有一次，瑞典首相要去秘鲁访问，临行前突然要推迟行程，大家都十分不解，结果首相解释道，他之所以要推迟行程，是因为他在医院预约了手术，现在医院通知他该去做手术了。这样的事情放在其他国家几乎是难以想象的，美国总统需要去医院排队才能做手术吗？美国总统肯定是配有专业医疗团队的。在中国就更不可能了，在中国别说高层领导，连一个处长都不需要去排队做手术。但在瑞典，所有人都是平等的，每一个人都要去公立医院排队看病，排队做手术。

当然了，公立医院都存在着效率低的问题，北欧的公立医院也是如此。所有的高福利、公费医疗的国家都存在同样的问题，有一位丹麦的朋友告诉我，有一次他切菜的时候几乎把自己的手指头切掉了，慌慌张张跑到医院去挂急诊，可是护士看了看他，觉得他的伤势危及不到生命，就先给他打了一针麻药，让他去正常排队等医生了，那天排队看病的人特别多，等轮到我这位朋友看医生的时候，麻药的药效都过了。我听着都觉得着急，但我这位朋友却觉得这很正常，他认为医生本来就应该先去抢救更危急的病人，只要不是什么急病，都应该平等地排队等候，包括首相也是一样。可见平等的观念在北欧是多么深入人心，如果我不是亲身经历，真的很难想象这个世界上还有这样的社会。

平等是所有北欧国家的特点，北欧这些国家的国旗也都很相似，都是一个歪的十字。在世界上任何一个国家，一提起北欧，大家首先想到的就是他们的高福利和平等。北欧国家的语言也很相似，挪威和瑞典的语言就有很多互通，挪威和丹麦的语言更相似，双方的报纸都能互相看懂，总之，北欧各国之间有着千丝万缕的联系，但也存在着很多的不同之处。

没去过北欧的人可能会觉得，北欧各国看起来都差不多，但如果大家亲自去这些国家走一走，就会发现它们之间还是有很多不一样的地方的。首先北欧各国的人长得就不太一样，瑞典人长得比较漂亮，丹麦人长得就比较一般。北欧国家相互之间也不太喜欢，但这种不喜欢跟英国和法国之间的不喜欢又不太一样，英国和法国之间是相互太不喜欢了，北欧各国之间的不喜欢，有点像中国各省、美国各州之间的不喜欢，比如说美国纽约的人就不太喜欢西海岸那边的人，中国的北京人和上海人之间也存在着一些隔阂，但只要涉及对外的事情，大家立刻就能团结起来，一致对外，充满爱国情怀。单看北欧内部各国之间的关系，丹麦人其实不太喜欢瑞典人，瑞典人也不是很喜欢丹麦人，这两个国家之间还是存在不少差异的。

接下来，我分别跟大家分享一下我对丹麦和瑞典这两个国家的观感。

先从丹麦的哥本哈根说起，对我这种走马观花型的人来说，哥本哈根除了满街的自行车和深入人心的平等思想，还有三样东西让我觉得印象特别深刻。

第一个就是哥本哈根的建筑。到北欧之前，我觉得北欧国家的设计感都特别强，总的来说，北欧的设计走的是简洁、大方路线，而且工业感特别好，比如大家熟知的宜家家居和乐高玩具等，北欧的设计风格很容易一眼就辨识出来。但哥本哈根这座城市的设计感，给我的最大观感却是怪，我觉得这是一座大而无当的城市。哥本哈根非常大，但是城内的人很少，要走老半天才能看到一小堆建筑物，而且这些建筑物都盖得特别怪。

我在哥本哈根游览的时候，经常忍不住问当地人，你们的建筑怎么都修建得这么奇怪啊？当地人对此特别骄傲，他们觉得这是他们的设计风格，而且这些奇怪的建筑也都成了旅游景点。我曾给 *Wallpaper*（《墙纸》）杂志写过一篇文章，里面提到了北京城的建筑，我觉得北京东三环的建筑群，就是世界各大建筑师内心深处的小魔鬼，像"大裤衩"那样的，都设计得非常怪异。哥本哈根也有很多奇怪的建筑，我觉得哥本哈根的建筑，应该是大建筑师们内心释放出的小怪物，单看每一座建筑，觉得还挺有意思，但是整体看去，就总觉得不太协调。总之，哥本哈根给我的第一印象，就是建筑特别奇怪。没去过哥本哈根之前，我总觉得哥本哈根就是一座围绕着小美人鱼雕像而修建的古城，实际上并不是，哥本哈根只有一小块的古城，小美人鱼的雕像也小极了，雕像旁边整天都围绕着无数的亚洲游客在兴致勃勃地拍照。

第二个就是我吃到了迄今为止最好吃的一家餐厅的美食。我是一个非常爱吃的人，不论去世界上任何一个地方，我都要先找找当地最好吃的餐馆。到丹麦之前，我在吃这方面本来没抱着多大的想法，心想着到时候找一家米其林餐厅进去随便吃一吃就好了。因为一提到北欧，我立刻就觉得那里的人肯定不会做饭。通常情况下，越是寒冷的地方，人们做饭就越不好吃，越往热的地方去，人们做饭就越好吃。比如，意大利、西班牙和南法的饭就特别好吃，往北到德国、英国，做饭就越来越不好吃了。但这只是我个人发现的一个普遍规律，还是有一些例外的地方。这次我到了哥本哈根的这家餐馆，立马就被那里的美食惊呆了，他们将食物做得极其精致和细腻，我不知道那算是什么菜系，应该就是一种创新的料理，总之非常好吃。

而且那家餐馆里有 23 道菜，菜色非常丰富。大家要知道，在美国，哪怕是白宫的国宴，一般也只有四道菜，通常情况下，有五道菜的法餐已经是非常高级的了，如果谁吃过七道菜的法餐，那就相当荣耀了。在巴黎，我曾经吃过一次 18 道菜的法餐，这几乎是逢人便要吹嘘一次的经历。而在哥本哈根的这家三星级米其林餐厅里，居然有 23 道菜，我从当天晚上七点一直吃到了凌晨一点，吃得连连咋舌。我们中国人是很会吃的，也吃过很多好东西，很少在吃到什么东西的时候，会惊艳到倒吸一口凉气，忍不住称叹，没想到厨师还能这么想，没想到还能把食材这么烹制。餐厅里的厨房完全是开放式的，客人可以一边吃饭，一边看厨师做饭。厨师时不时还亲自出来上菜，跟食客聊两句，我还跟那位厨师照了一张合影。厨师非常年轻，才 30 多岁，据说他经常给丹麦的皇家做饭。不过北欧国家的王室都很平民化，不像有些国家的皇室那么高高在上。总之，吃完了这顿饭，我非常吃惊，没想到在这么寒冷的国家，还能吃到这么好吃的东西。

丹麦的农业最为重要和发达，丹麦的工业也不错，但如果不是像我这样搞音乐出身的人，可能对丹麦的工业不会有什么印象。全世界最好的音响都是丹麦生产制造的，比如最著名的 B&O 音响。在音乐行业，最好的音响和专业的音乐器材，都是从丹麦进口过来的，美国某位大明星的专用话筒线，上面写着 "handmade in Denmark"（丹麦手工制品），要一千美金一根，里面都是金芯的。在工业方面，丹麦主要就是做这种高附加值的精细手工艺。

第三个需要跟各位读者好好分享一下的，就是哥本哈根给我最大震撼的地方，这个地方叫自由城。到了哥本哈根，你随便找一个当地人问，你们这里最好玩的地方是哪儿？肯定没有人让你去看小美人鱼雕像，通常都是导游带游客去看小美人鱼雕像，当地人首推的地方肯定是自由城。

自由城是个什么样的地方呢？那是一个因为过于自由而产生的地方，它原本是一座兵营，后来兵营要拆迁，结果就冲进来一批嬉皮士，把空置下来的兵营占领了，这帮人不肯搬走，成了钉子户，政府也没办法，只好默认让他们生活在里面，还专门给他们圈了一块居住区。从此以后，这些嬉皮士就在居住区里种上大麻，过上了一种他们自称为共产主义的生活。如果是经常看新闻和关心历史的朋友，应该知道，很多国家都有过类似的实验性的公社，美国也有，但美国的公社是完全自发的，真的是一群怀着乌托邦理想的人，立志于摆脱资本主义的束缚，大家一起劳动，一起分享，一切平等，恨不得一起发电，一起织布，他们自己圈了一块地，最后慢慢地支撑不下去了，也就散了。

我本人对共产主义公社没有什么概念，也不知道所谓的公社到底应该是什么样子。但是我到了自由城之后，最大的感触就是，那里真的是极致的自由，完全没有人去管理和约束的自由。一走进自由城，扑面而来的就是浓浓的大麻味，喜欢抽大麻的人肯定特别高兴，因为在那里你都不用自己抽，光闻味道就已经抽够了。城内不光有成年人和游客，还有很多小孩子，小学生也可以进去参观，反正那里没有任何约束，什么人都可以去，什么人都可以在里面喝酒、抽大麻。

自由城的面积很大，大概有 34 公顷，里面生活着一千多居民，这一千多居民还生下了两百多个孩子，这些孩子从小就在大麻堆里长大，每天都呼吸着充满大麻气味的空气。我本人是不抽大麻的，我不但不抽，还很不喜欢大麻的味道。所以我个人觉得，如果要追求的是这种极致的自由，我还是非常不认同的。而且自由城里所谓的自由，也不是共产主义的一起生产和一起分享，自由城里的人根本不生产，他们顶多就盖盖房子，还盖得乱七八糟的，城内的很多房屋盖得特别吓人，就像恐怖片似的，跟哥本哈根那么漂亮的城市完全不搭。

我一直觉得，平等和自由这两个东西其实是有些矛盾的，如果让我去自由城里过那么自由的生活，我可能受不了。城内也没有什么经济，一开始创立这里的人曾经吹牛，说要自给自足，自己生产，自己发电，摆脱国家的约束。但我进城后打听了一下，发现这里的居民从来都没自己发过电，电都是市政府补贴的。这两年可能是因为大麻经济越来越好，所以他们才开始给市政府交水电费和房租。基本上我不认为这里是一个乌托邦，说直白点，就是一千多个无赖占领了市中心的一块土地，在那里住了下去，并逐渐发展成了一个无赖的聚居地。在非常高尚的、三观很正的北欧式的世界观之下，有这么一个极致自由的所在，也是一道奇特的风景。

另外，"自由城"还有一个很有趣的设计，进城的地方挂着一个牌子，上面写着"你离开了欧盟"，因为"自由城"里的人觉得自己是一个独立的乌托邦小国家，他们甚至还有自己的国旗，出城的地方又有一个小牌子，写着"你又回到了欧盟"。如果是以游客的身份去逛一逛自由城，还是不错的。"自由城"现在是丹麦的第二大旅游景点，各位读者朋友如果有机会去哥本哈根，可以去那里参观一下，感受一下最自由的社会是什么样的。但我个人是肯定不会去第二次了，可能是因为我老了，如果我再年轻一点，我可能就留在那里了，但现在我实在是不能适应那种自由的圣火。

在北欧国家里，丹麦是属于比较自由的，不仅哥本哈根城内有一座可以随便抽大麻的自由城，丹麦还可以随便喝酒。所以丹麦人每次挤对瑞典人的时候都会说，在我们丹麦街头看见的十个酒鬼里，有八个都是从瑞典来的。因为在瑞典和挪威这些国家，禁酒都是非常严重的，只有在丹麦才能随便喝酒。丹麦和瑞典之间就隔着一座桥，而哥本哈根就位于丹麦和瑞典的边境处。

丹麦的首都都市圈特别有意思，所谓的哥本哈根都市圈，还包括了瑞典南部城市马尔默在内，而不完全是丹麦自己的城市。我们在说到"大哥本哈根"的时候，就好像在说"大斯德哥尔摩"，因为斯德哥尔摩本身也不是一座很大的城市，"大斯德哥尔摩"就是指一片城市。丹麦人对此很无奈，他们认为那片地区原来都是丹麦的，是后来被瑞典抢走了。我们去哥本哈根的一家小饭馆里吃当地的烤肉，饭馆一进门的位置就挂着一幅丹麦从前的地图，在那张地图上，整个瑞典南部的一大片土地都是丹麦的，只不过后来瑞典又把海峡另一边的土地划回去了。不管土地归哪个国家所有，城市圈已经融合在了一起，分不开了，于是瑞典人一想喝酒就会跑到丹麦来，喝得烂醉如泥再回瑞典去。

以上就是丹麦在感官上给我的三个最深的印象。

3. 大宗师的摇篮

接下来跟大家分享一下我对瑞典的印象。提到瑞典，就不得不提到其首都斯德哥尔摩，这是一座我非常非常喜欢的城市。

不过每个人的喜好不同，对于喜欢购物的人，可能北欧的城市对他们来说都没什么吸引力，因为北欧的城市都不适合大规模地购物。斯德哥尔摩的商业要比哥本哈根好一点，也有一些大片的商业购物区。我个人是非常喜欢斯德哥尔摩的，我喜欢那种有很多的水、布局纵横交错的城市，比如迈阿密、西雅图和里约，斯德哥尔摩也是如此，城内有很多水道纵横交错。

斯德哥尔摩其实是由好多座岛屿组成的，走在城区里，每隔一段路就能遇到一座桥，老城区就坐落在一座岛屿上。斯德哥尔摩的老城非常美，走在老城里，你会觉得整个世界都是由墙、天、地和瓦组成的，脑海中不由自主地就会浮现出古老的油画、文学和音乐。港口区也非常美，沿着城区内纵横交错的水道，一会儿就能步行到海边，沿途感觉特别优雅和舒适，夏天的斯德哥尔摩俨然是一座避暑胜地，在城内徜徉非常享受，但冬天就不太享受了，又冷又黑。

可能有些人会觉得丹麦更好一点，但在我心中还是瑞典这个国家更加深厚一些。因为我毕竟是一个在竞争激烈的社会环境里成长起来的人，对于工业、历史和文化的数据更为看重，对我来说，一个国家能诞生出很多伟大的文学家、很多伟大的科学家、很多伟大的导演和大文学奖，这是很重要的，所以一到了斯德哥尔摩，我立刻肃然起敬起来。

我到了斯德哥尔摩之后，跟当地人打听的第一件事就是英格玛·伯格曼（1918—2007年，瑞典电影、电视剧、戏剧三栖大导演）住在什么地方，结果当地人很遗憾地告诉我，我找错地方了，英格玛·伯格曼住在法罗群岛。法罗岛和法罗群岛不是一个地方，法罗群岛算是丹麦的属地，但跟格陵兰一样，是高度自治的地方。丹麦的本土就是一块弹丸之地，但如果把它的两块属地——格陵兰和法罗群岛也算上的话，它就是一个特别大的国家了，比德国和乌克兰还大，成了仅次于俄国的欧洲第二大国家。但通常情况下，大家在计算丹麦的领土时，不会把格陵兰算在内，格陵兰虽然在法理上属于丹麦，但它如今已经是自治领了，法罗群岛也是一样。

伟大的导演英格玛·伯格曼住的地方不是法罗岛，法罗群岛离瑞典很远，要乘飞机才能过去，而法罗岛坐船就能抵达。汤唯和她的韩国导演老公就是在法罗岛举办的婚礼，听到这个消息的时候，我心中泛起了一丝欣赏和赞许，立即感觉这对夫妻很有文化，他们没有选择那种俗气的海岛，而是去了法罗岛，因为那里有伟大的导演英格玛·伯格曼。只要是热爱电影的人，没有不喜欢英格玛·伯格曼的，他拍摄的《夏夜的微笑》和《芬妮与亚历山大》等，都是世界电影史上最伟大的电影之一。

在读电影学院的时候，我曾经专门用了两三天的时间，到电影资料馆里把英格玛·伯格曼的所有电影都看了，《第七封印》《假面》《野草莓》

等，每一部都是伟大的电影，令人感动不已。对于英格玛·伯格曼这种级别的导演，我们已经不能用获奖去衡量他了，说他得过几次戛纳，得过几次奥斯卡，这都太俗了，那都是再往下一点级别的导演的衡量标准。英格玛·伯格曼是大宗师级别的导演，是世界电影的奠基人之一，和他位于同一级别的人，不会超过十位。

奥古斯特·斯特林堡（瑞典作家，瑞典现代文学的奠基人，是瑞典的国宝，世界现代戏剧之父。）也住在斯德哥尔摩，我怀着膜拜的心情去了斯特林堡的故居，仔仔细细地看了里面的每一样东西。斯特林堡的故居比陀思妥耶夫斯基的故居小多了，陀思妥耶夫斯基的故居很豪华，是一座很大的公寓。而斯特林堡的公寓非常小，里面仅有一间卧室、一间卫生间、一间小书房和一个小餐厅。在我参观过的所有的作家故居里，面积最大的是海明威的故居，有两栋小楼，一栋是他住的，另一栋是他用来写作的；面积最小的就是斯特林堡的故居。斯特林堡是伟大的戏剧家和文学家，在文学界和戏剧界的地位和英格玛·伯格曼在电影界的地位差不多，也是伟大的大宗师之一。

瑞典这个国家特别神奇，它的地理位置比丹麦还要偏僻，丹麦好歹还挨着欧洲大陆，跟德国、法国和荷兰接壤，而瑞典跟欧洲大陆还有一段距离，这个距离在今天看起来肯定不成问题了，但在古代的时候那片海就像一道鸿沟，瑞典人是远隔在北欧的维京人和海盗。没想到就在这样一个地方，居然诞生了大批的大师，戏剧大师有斯特林堡，音乐大师有 ABBA、ROXETTE（洛克塞特），大导演有英格玛·伯格曼，还有好莱坞大影星嘉宝以及褒曼。褒曼还演过英格玛·伯格曼的电影，她的个子特别高，跟她配戏的男演员比较辛苦，据说在《卡萨布兰卡》里跟褒曼配戏的亨弗莱·鲍嘉全程都得站在箱子上，否则他就没法跟褒曼谈恋爱和接吻。

说到瑞典诞生的大师，以上提到的这几位都还不算是第一名，瑞典最有名的大师的名字对全球人民来说都如雷贯耳，无人不知无人不晓，那就是诺贝尔。全世界有很多发达的科技大国，比如德国，还有美国，而美国的科技之所以发达，其实是因为一大群犹太科学家跑到了美国去，但世界上公认的最伟大的科学奖、文学奖和和平奖，竟然是瑞典颁发的诺贝尔奖。

我觉得诺贝尔奖真的很不简单，连美国这么趾高气扬的国家对之都充满了崇敬之情。美国通常都不承认其他国家规定的事，美国也不怎么交联合国的会费，它不愿意听联合国的领导，它希望联合国能听自己的。对于其他国家规定的事情，各种国际公约，美国基本都不参加，美国始终没有参加国联，联合国海洋公约美国也没签署。但美国承认诺贝尔奖，不仅承认，还非常推崇，每年颁发诺贝尔奖的时候，美国媒体都热烈讨论，如果美国人得了奖，社会各界都会热烈庆祝。赛珍珠（1892—1973 年，美国作家，人权和女权活动家）得诺贝尔奖的时候，其他的美国作家都非常嫉妒和愤怒，认为她不配得奖。

诺贝尔本人也非常神奇，虽说火药是中国人发明的，但真正把它应用于全世界，并发明出现代火药和炸药的人是诺贝尔，他留下的资产如今已成了一笔巨大的财富。当然了，人们认为得诺贝尔奖光荣，绝不是因为诺贝尔奖的奖金高，不是随随便便一个有钱人拿出更高的奖金，就能办出比诺贝尔奖更具权威性的奖项的。一直到今天，诺贝尔奖都是世界上最伟大和光荣的奖项。诺贝尔科学奖是由瑞典的皇家科学院评定的，文学奖是由瑞典的皇家文学院评定的，但诺贝尔和平奖是由挪威议会来评定的。很多人不太理解，和平奖为什么是由挪威这个国家来评断？应该这样说，当诺贝尔奖创立的时候，世界上还没有一个名叫挪威的国家，当时的挪威还是瑞典的一部分，相当于瑞典的一个联邦。

我母亲有幸去参加过一次诺贝尔奖的年会，因为我外公（张维，力学专家，中国科学院和中国工程院两院院士，瑞典皇家工程科学院外籍院士。）是瑞典皇家科学院的院士，我母亲作为陪同人员跟着去参加了一次。我母亲回来之后告诉我，诺贝尔奖的阵势挺吓人的，所有的院士都穿着盛装，带着勋章。到了晚宴的时候，由瑞典的王后亲自陪每一位院士跳舞，当然不是每一位院士都能和王后跳一整支舞，而是院士们排成队，王后依次轮下去，跟每一位院士都转三圈。我外公也有幸跟王后跳了三圈舞，他回来之后特别高兴地对我说，瑞典王后是德国人，德语说得特别好。瑞典王后其实是德国和另外一国的混血，但是她出生在德国，生长在德国，后来她在为奥运服务的时候，认识了当时还是瑞典王子的古斯塔夫，两人相爱并结婚。其实当天是要求每一位院士都带着夫人出席，但我外婆去世得早，我外公就带着我母亲去了。

瑞典有这么多伟大的名人，但如今的瑞典人好像对此并不是特别骄傲。有一天我们在斯德哥尔摩吃饭，问一位当地的年轻人，你觉得瑞典最有名的人是谁？哪一位名人令你们瑞典人民感觉最骄傲？结果对方想了一会儿，回答说是伊布拉希莫维奇。听到这个答案我们都笑了，忍不住提醒对方，你们不为诺贝尔而骄傲吗？对方这才恍然大悟地说，对对对，还有诺贝尔。可见如今瑞典的年轻人是跟着潮流走的，在他们心目中瑞典的骄傲是一位大球星。伊布拉希莫维奇，光听名字就知道这个人其实不是瑞典人了，"莫维奇"这个名字一听就是从巴尔干那边移民来的，但北欧的移民很多，以至于瑞典人觉得伊布拉希莫维奇就是瑞典人。

我的外甥女是在瑞典出生在瑞典长大的，虽然她的血统是纯粹的华人，但她从来不认为自己是华人。我跟我大哥和大嫂吃饭的时候，说到我们中国人在瑞典的事情，我外甥女立刻在一旁纠正说，她不是中国人，她是瑞典人。确实，她除了一副中国人的皮囊，已经没有留下什么中国人的气息了，她不会写中国字，中文也仅能说几句，她说得最好的当然是瑞典语，英语也说得特别棒。

纯种的瑞典人的名字还是很容易分辨出来的，他们的名字后面都有一个"松"作为后缀，其实就是英文的"son"。在欧洲杯的时候，大家发现除了北欧，还有一个国家的球员里"松"很多，那就是冰岛，冰岛球队里所有的球员名字后面清一色都带着一个"松"，以至于很多人跑来跟我开玩笑说，高晓松你怎么不去参加冰岛队啊？你应该是冰岛队的主力前锋，因为你的名字里也有一个"son"。除了北欧国家，英国人也有很多叫"son"的，比如杰克逊（Jackson）。

"松"就是"son"，其实就是"儿子"的意思，北欧最早是一片荒蛮之地，生活着维京人和海盗，等到基督教在那里传开的时候，人们才知道人应该有一个姓氏，在那之前的北欧人是没有姓氏的，只有一个名字，比如叫杰克或彼特。那么，该给自己取个什么姓氏呢？英国人说，我是做什么的我就姓什么吧，我是木匠，我就叫 Carpenter（卡本特），我是铁匠，我就叫 Smith（史密斯）。但如果我什么职业都没有呢？那我是谁的儿子，我的姓氏就叫"某某son"吧，比如我是杰克的儿子，我就叫杰克逊吧，彼特的儿子就叫彼特逊。类似的姓氏德国也有，但是不多，德语里的儿子不是"son"，而是菲茨（Fitz），比如菲茨杰拉德，"菲茨"就是儿子的意思，只不过德国人把"儿子"放到前面了，菲茨杰拉德就是杰拉德的儿子。

我还问了瑞典的年轻人，瓦尔德内尔在瑞典是不是也很有名？对方也如梦初醒地说，对对对，挺有名的。因为在瑞典这样的小国家，运动员得奥林匹克金牌的概率不是很高，他们在冬季奥运会的表现还不错，但夏季奥运会的项目不是他们的强项。瓦尔德内尔曾经得到过奥运会的乒乓球冠军，这个功劳瑞典人民是不会忘记的。瓦尔德内尔也是中国人民的老朋友，中国的乒乓球国手更新换代是很快的，然而不管我们如何更新换代，到了奥运会上和其他国家一对垒，就会发现对手始终是瓦尔德内尔，从蔡振华的时代，我们就跟瓦尔德内尔打，一直到二零零几年，对手还是老瓦。瓦尔德内尔还专程跑到中国来参加我们的职业联赛，非常有意思。

4. 领先的军事工业

瑞典的科技和工业都走在世界前列。

军事工业代表着一个国家工业的最高水平，因为军事工业不是拿来充充样子的，军事工业不是电冰箱，不是电视机，用两天坏了也无妨，军事工业考验的是一个国家的真正实力，包括材料技术、机械和电子等综合而全面的工业和技术能力。

大家都知道，造大炮和做电冰箱用的肯定不是同一种钢。应该这么说，世界上除了五大常任理事国，几乎再也没有哪个国家有像瑞典一样门类齐全的军事工业了。瑞典的军事工业不仅门类齐全，拳头产品也极多，而且还极具创新性。军事迷们可能觉得我们的歼-10看起来有点眼熟，其实全世界的战斗机肩膀上的那对小翅膀，也就是鸭翼，都是从瑞典学来的。其他国家也研制过鸭翼喷气式飞机，比如美国的 XB-70 轰炸机，但是 XB-70 最后没有投入使用，萨伯-37"雷"战斗机是世界上最早投入使用的鸭翼式喷气战斗机。

到目前为止，瑞典的拳头产品——"鹰狮"，还沿袭着瑞典自己的鸭翼战斗机特色。一开始各国都没有采用这种技术，但后来都慢慢学了起来，今天放眼一看，世界各国的三代半战斗机基本上都采用了鸭翼技术，包括法国的"阵风"，还有英国、德国、意大利和西班牙研制的欧洲"台风"战斗机，也使用的是鸭翼加大切角三角翼，而瑞典的"鹰狮"丝毫不落后于法国的"阵风"。

除了发动机采用了美国的机芯，鹰狮的其他部件基本上都是瑞典自主研发的原创产品。法国的"阵风"也使用着美国的机芯；中国刚刚打造出来的最新战斗机，发动机的机芯也来自美国，20世纪80年代中美蜜月期的时候，中国进口了不少CFM 56的民用大涵道比发动机，这款民用发动机是美国通用电气公司和法国斯奈克玛公司联合研制的，大涵道比涡轮风扇发动机通常都是民用的，主要用于像波音这种客机。我所谓的机芯其实就是指核心机，CFM 56的核心机派生出了许多大名鼎鼎的战斗机发动机，比如，F-100和F-110，是用在F-16上的，F-404以及后来的F-414是用在美国F-18战斗机上的，法国的M-88，用于"阵风"的战斗机。瑞典是购买了通用电气的全套技术资料，自己做出了RM-12，用于JAS-39，也就是"鹰狮"战斗机。

中国没有获得全套的技术资料，只是买了发动机，等到中美蜜月期结束，1989年以后，美国不再卖给中国任何这种技术了，所以中国是自己逆向去测绘，这个难度要高得多，最后自己把核心机做出来了，后来当然也用了很多从俄罗斯购买的AL-31F发动机的各种控制技术，再加上咱们自己研发的大量的自主技术，于是我们现在的"太行"发动机也叫涡扇-10，是自主的技术、苏联的技术和美国的技术的结合。"太行"发动机改进到今天，已是比较先进的发动机了。

瑞典虽然使用了美国的机芯，但它的整个发动机都是自己做出来的。提高战斗机的销量，是降低制造成本的最重要因素，瑞典本国对战斗机的需求很小，所以它能自己打造战斗机，是非常不容易的。法国敢于投入大量的资金和人力去打造战斗机，那是因为法国本国对战斗机的需求量大，它自己就能满足战斗机的基本生产量。英国、德国、意大利和西班牙一起打造出一款战斗机，那是因为有四个国家的需求去满足采购量，等到再进行出口的时候，那就已经是出口一架赚一架了。而瑞典是非常小的一个国家，全国一共只有近一千万人口，每年对战斗机的需求量没有几架，但瑞典就是敢于自己研制，因为它对自己打造出的东西有信心，能吸引全世界的国家前来购买。

现在全世界的军舰都越来越奇怪了，外形越来越有电影里未来世界的感觉，也就是所谓的隐形战舰，隐形战舰的机翼不是向外张开的，炮和导弹也不是张扬在外的，它将一切都隐藏在机身内，看起来就像一个幽灵。这种隐形战舰也是瑞典发明的，瑞典最开始生产的隐形战舰叫"维斯比"级护卫舰，是现在最先进的武器之一。

瑞典还发明了在一架大炮里面装一台小发动机，因为大炮最大的问题是，要么就是特别贵的自行火炮，一般国家都买不起，要么就是不能自行的火炮。不能自行的火炮操作起来很麻烦，每到一个地方，都要先把大架打开，支起来，然后瞄准目标打几炮，再麻烦地收起来，整个过程需要许多人一起组装和抬扛，还需要挂在卡车上行走，已经完全跟不上现代战争的节奏。在现代战争中，你最多开上十炮，敌人就完全知道你的炮位在哪里了，所以你开几炮就得转移位置。针对当时的需求，瑞典首先发明了里面装有小发动机的非自行火炮，这种火炮要进行长途移动还是需要挂在卡车上，但短途轰炸的时候，每轰炸几炮之后，它就能自行移动位置。这种火炮一问世就受到各国的青睐，出口到全世界，如今包括印度的主力大炮在内，都是由瑞典的博福斯公司生产的。

由卡车装载的非自行火炮，结合了自行火炮的优点，成本却比自行火炮低很多，是冷战之后的重要军事装备。在这方面，瑞典不是首创，最早使用这种火炮的是法国的"恺撒"车载榴弹炮，但是瑞典的"弓箭手"车载炮是目前最先进的卡车载自行火炮，口径 155 毫米。如今中国研制的车载炮后来居上，我们研制出了各种不同口径和配置的车载自行火炮，也开始在世界上处于领先位置。美国是很少从国外购买武器的，但在"二战"期间，美国的主力高射炮，以及航空母舰和战列舰上一排一排的 40 毫米炮，全部是由瑞典的博福斯公司生产的。中国抗战时期和抗战以后，也从瑞典引进了各种各样的武器。

瑞典还能制造坦克。瑞典的坦克的外形怪到令人匪夷所思，可见瑞典没有抄袭别人的技术，它有自己的设计理念。瑞典最著名的坦克叫"S"坦克，全世界都没有那种外形的坦克，正常的坦克都是下面一个匣子，上面装着一个炮塔，作战的时候炮塔旋转射击。而瑞典的坦克就是一个匣子，从匣子里面伸出一门炮，这门炮采用的也是西方标准的 L7 的 105 毫米口径炮。

为什么要制造这么独特的坦克呢？因为瑞典国内基本上都是高山密林，他们不是在大平原上跟敌人打大坦克战，不需要上千辆坦克进行冲锋，瑞典人需要把坦克埋伏在密林里，所以他们不需要炮塔，因为敌人很容易瞄准炮塔，去掉炮塔之后，坦克的被弹面积大大减小。但是没有炮塔的话，就会产生一个新的问题，没有能够自由旋转的炮塔，该如何瞄准攻击目标呢？因为有履带，炮管可以左右移动，但是高低移动就很难了。为了解决这个问题，瑞典人改进了"S"坦克的履带，正常的履带可以变成一个很奇怪的半梯形，这是因为它的悬挂装置可以突然悬挂，把前边或者后边提起来，这样就可以使炮管高低移动了。

瑞典的汽车工业也排在全世界的前列，虽然现在被中国买下了沃尔沃，但沃尔沃只是瑞典的三大汽车制造厂之一。别看瑞典这个国家这么小，它却有三大汽车公司，美国那么大的国家也才只有三大汽车公司，德国也只有三大汽车公司，法国的汽车公司还不到三家。除了沃尔沃，瑞典还有一家重型卡车公司斯堪尼亚，斯堪尼亚是瑞典的货车及巴士制造厂商之一，产品销往世界 100 多个国家和地区，为全球领先的重型卡车和巴士制造商之一；还有萨伯，萨伯既做汽车也做飞机。

除了门类齐全的武器，瑞典制造的潜艇也堪称世界一流水平，瑞典打造的潜艇已经出口到全世界。

瑞典在世界上第一个发明了不用靠通气管、完全在水下持续航行，在水下发电的潜艇。这项技术如今全世界都已经掌握了，中国也掌握了。瑞典是无核国家，不能使用核动力，所以它不研究这方面的技术。非核动力的常规潜艇能够在水下不依赖水面的空气，自行发电航行的技术，是由瑞典首创的。瑞典用一款名为斯特林的发动机，解决了潜艇在水下自行发电的难题。斯特林发动机的原理，是在 19 世纪初的时候，由一个名为斯特林的工程师发现的，瑞典人最终将这个原理实用化，发明出世界上最早的 AIP 发动机，所谓的 AIP 发动机，就是不依赖空气的发动机，主要应用在潜艇上。AIP 发动机最大的贡献是什么？常规动力潜艇最容易被敌人发现的时候，就是在它的通气管伸上水面的时候。因为常规动力潜艇是要靠柴油机来发电的，先发电给电池，电池再带动电动机运转，电池的供电能力有限，走不了多远就得再次进行发电，发电需要氧气，就得把通气管伸到水面上。防潜艇雷达一旦发现通气管，立即就会消灭整艘潜艇。

我从小就特别喜欢军事，喜欢研究各种新式武器，每次我看到瑞典人制造出来的东西，都觉得目瞪口呆。这样一个人口只有千万的小国，居然能生产出这么多先进的武器。除了硬碰硬的武器，瑞典还有爱立信。中国人应该对爱立信非常熟悉，因为爱立信生产了很多民用电器，比如手机。但大家可能不知道，爱立信生产的军用雷达，也是全世界最先进的雷达之一，丝毫不逊色于美国的雷达。

雷达当然放得越高越好，因为地球有曲率，雷达放到地面上只能看到 12 海里的距离，12 海里之外就因为地球的曲率而看不到了。所以通常都把雷达建在山顶上，建在山顶上也没有放到飞机上好。所以，装载雷达的预警机是一个国家的空军的最最重要的装备之一。以前的预警机就是飞机顶上背着一个大圆盘，圆盘里是一台机械扫描雷达，又大又笨重，只有大飞机才能装得动，十分不方便。

于是瑞典人发明了相控阵雷达，这是目前世界上最先进的雷达，它不用机械扫描，而用电子相位扫描，只要把相位一排一排地排列，它就能自己组成不同的波束扫描。这样一来，飞机上就再也不用背着一个大圆盘了。目前世界上最先进的预警机是"平衡木"预警机，飞机背上背着一个平衡木，一侧一片的雷达列阵，只需要小飞机就足够了，公务机就可以。

预警机是一项非常高精尖的技术，中国一直希望能够借鉴西方的技术或者进口。由于西方武器禁运，所以中国经过了一番努力，决定从以色列进口，以色列政府同意了，并用俄罗斯的伊尔76做了一些实验。然而等到中国要正式进口的时候，美国对以色列施加了很大的压力，最终以色列对美国妥协了，把伊尔76上的电子设备都拆除了。在以色列这里碰了钉子之后，中国就开始自己研制预警机，在运−8的改进型，也就是运−9的螺旋桨运输机上，装载了平衡木。

在自主研发预警机的过程中，我们遇到了很多挫折，最大的一次挫折就是2006年的广德6.3空难，一架实验中的中国平衡木预警机在安徽广德失事了，当时飞机上面一共搭载了40人，除了几名机组人员，其他30多位都是中国的电子专家，所有人都不幸在空难中牺牲了，导致中国预警机的研制工作遭到重大创伤。后来中国通过巴基斯坦进口了瑞典的百眼巨人，也就是装载了"爱立眼"雷达的预警机。巴基斯坦是中国的铁兄弟，所以巴基斯坦进口的武器通常都能跟中国分享一下，包括之前的F−16。从那之后，中国的预警机有了长足的进步和发展，如今中国自主研制的预警机已经出口到了巴基斯坦，据巴基斯坦方面反馈，中国制造的预警机比瑞典的

"爱立眼"雷达预警机更为先进。

瑞典制造出的所有东西，几乎都是瑞典人自己独立研制出来的，每一项都走在世界前列，而不是像日本和韩国一样，跟在后面学习，瑞典有自己完整的体系。瑞典还有世界上最大的家具公司——宜家家居，宜家家居的老板还曾经超越过比尔·盖茨，当过一段时间的世界首富，但很快就下去了，因为瑞典的税实在是太高了。

所以瑞典真的是一个伟大的国家，它诞生出了那么多伟大的大师，也打造出那么强大的工业。最值得钦佩的是，瑞典从来不跳到世界舞台上闹，它没有参加 G8，始终老老实实地当中立国，不跟任何国家拉帮结伙。其他国家如果打仗，瑞典就去卖武器。瑞典卖出的武器确实不少，"二战"期间，瑞典靠卖武器和矿产发了大财。

瑞典的矿产资源是极为丰富的。有一些小国家之所以能发展得特别好，除了先进的制度，所处的地理位置也是极为重要的。瑞典的地理位置特别好，地下还有丰富的矿产资源。人类从很久以前就会炼钢了，但并不是什么样的矿石都能炼钢，只有特别优质的、含铁量特别高的铁矿石才能炼钢。什么地方的铁矿石是全世界最好的呢？就是瑞典的铁矿石。瑞典的木材资源也很丰富，北欧国家的木材资源都很丰富，因为在寒冷的地方，树木的生长需要漫长的时间，长出来的木头质量就特别好。木材优质，造出来的纸就好，所以瑞典的纸业也很发达，大家常见的利乐包装，都是从瑞典进口来的。当然这些都只是地理决定论，并不是一个国家繁荣的主导因素，中东也有很多国家有丰富的资源，但它们也没有变成瑞典这样民主的、平等的、现代的、自由的国家。

总而言之，一提到瑞典，人们脑海中浮现出的词就是高质量、有设计感、有很多原创东西、有风格、高科技等。瑞典人还做出了 Spotify（声破天），拥有 80 亿美元的估值。硅谷有那么多的高科技公司，苹果和亚马逊都推出了音乐播放器，美国本土还有一个名叫潘多拉的播放器，但大多数的美国人还是坚持使用瑞典打造的 Spotify 音乐播放器。

有人开玩笑说，瑞典之所以这么强，是因为这个国家的夜晚太长了，一年中有半年都昼短夜长，因为靠近北极圈，瑞典非常寒冷，漫漫冬夜，大雪封住了门窗，人们待在屋子里没事做，就鼓捣出了大量伟大的杰作，当然这只是一个玩笑而已。

5. 身先士卒的古斯塔夫大帝

丹麦和瑞典为何能取得今天这样的成绩？这是值得我们思考和学习的，我们不妨来简单回溯一下它们的历史，看看它们是如何一路走到今天的。

这两国的历史说起来有点像，它们都曾当过大霸主，都曾纵横四海，但庞大的领土后来都被打得只剩下一点点。

先实现纵横四海的是丹麦，全世界第一面国旗就是丹麦人发明的，号称是在战场上打仗的时候，天空突然金光闪耀，上帝现身扔下了这面旗子，于是全军士气大振，打了胜仗。上帝扔下来的那面旗子就是歪十字的丹麦国旗。当时的丹麦国力强大，拥有比现在的丹麦本土大得多的领土，包括丹麦、德国北部、波兰东部、整个英格兰、苏格兰的一部分、整个挪威、瑞典的南部以及冰岛，冰岛一直到 1944 年都还是丹麦的附属国。大家不妨看一看当时的丹麦地图，北海完全就是丹麦的内海，围绕着北海的一大片土地全部是由维京海盗占领的丹麦。所以，丹麦的国旗也传到了其他的国家，至今北欧国家的国旗都还是不同颜色的歪十字。

丹麦曾经是卡尔玛联盟的大盟主，很像春秋霸主齐桓公，丹麦、挪威、瑞典都隶属于丹麦国王，卡尔玛联盟最昌盛的时候，可以与汉萨同盟匹敌。

汉萨同盟是欧洲大陆的神圣罗马帝国里的一个很强大的同盟，是德意志北部的沿海城市为了保护其贸易利益而结成的商业、政治联盟。汉萨同盟在13世纪逐渐形成，14世纪达到兴盛期，加盟城市最多时高达160多个。1367年，汉萨同盟成立了以吕贝克为首的领导机构，汉堡、科隆和不来梅等大城市的富商和贵族纷纷参加，同盟拥有武器和金库。1370年，汉萨同盟战胜了丹麦，迫使丹麦签订《斯特拉尔松德条约》，垄断了波罗的海地区的贸易，并在西起伦敦，东到诺夫哥罗德地区的沿海建立商站，实力雄厚。汉萨同盟在15世纪开始进入衰落期，1669年，召开最后一次同盟大会的时候，汉萨同盟已经名存实亡了。

丹麦曾经是如此庞大的一个国家，如今却只剩下地图上小小的一块。有一些国家特别喜欢诉说自己曾经的屈辱，如果用屈辱的心情来记录国史，那丹麦简直要屈辱死了。瑞典强大起来之后，就把丹麦打得够呛；随后在改变了欧洲历史、奠定了现代欧洲的30年战争中，丹麦再度被痛击；北方战争的时候，崛起的彼得大帝跟瑞典打，丹麦加入了彼得大帝的联盟，但运气却非常差，瑞典虽然战败了，被彼得大帝夺走了波罗的海的大片土地，但由于丹麦距离瑞典太近了，所以在战争一开始就被瑞典痛击了一顿，导致丹麦很快就战败了，最后分赃的时候，丹麦也没分到多少；到了拿破仑崛起的时候，丹麦加入了拿破仑的阵营，结果又被英国痛击。一次又一次被痛击，导致丹麦的领土越来越小。等到普鲁士崛起的时候，通过三场战争统一了德国，第一场战争就是普丹战争，把丹麦痛击了一顿，将丹麦拥有的大片德国北部土地比如石勒苏益格都抢走了，然后才是普奥战争和普法战争，最终，强大的普鲁士统一了德国；紧接着到了"二战"，丹麦又被德国占领了。

回顾丹麦被痛击和被占领的历史，简直是充满了屈辱。丹麦人自己也进行了反思，为什么他们从维京海盗纵横四海、以北海为内海的强大国家，变成了如今这个样子呢？最后丹麦人得出一个结论——之所以会变成这样，是因为他们信奉了基督教。因为接受了基督教，所以丹麦人渐渐失去了维京海盗的血性，渐渐就越来越不行了。但不管怎么说，丹麦人民一点都没有感觉到耻辱，他们把昔日庞大的丹麦地图挂在小酒馆里，其实也是带着开玩笑的性质。因为丹麦人民现在生活得非常幸福，丹麦是世界上最富足的、最民主的、最平等的、最清廉的国家。如今丹麦人民心中的一点点怨气，都是针对现在的社会，针对右翼上台执政的趋势，针对目前的移民政策。没有一个丹麦人充满愤恨地说，他要恢复丹麦过去的荣光，他要将丹麦变回昔日的大帝国。

一个国家的诞生和成长是非常有意思的事情，不断被痛击、被瓜分，变得越来越小的丹麦，国家却变得越来越富有，越来越民主，越来越平等，越来越先进，越来越走在世界的前列，那些领土庞大的国家反而落在了丹麦的后面。

瑞典曾经也是无比庞大的国家，比丹麦还要大。而且瑞典还有非常著名的国王和女王，丹麦的历史上并没有出过特别有名的国王，最有名的就是哈姆雷特，但哈姆雷特是莎士比亚杜撰出来的人物，不是真实存在的。莎士比亚为什么会把哈姆雷特定位成丹麦的王室呢？可能是因为那时候丹麦很强大，王室内有各种各样的斗争，也有可能是因为莎士比亚不敢写英国王室，只敢写外国王室。总之，大家记住哈姆雷特的身份是丹麦王子了。

除了哈姆雷特这个杜撰的人物，丹麦王室还有过一位和中国有关的王室成员，一位有着中国血统的王妃——文雅丽。文雅丽于1964年出生在香港，她的父亲是出生在上海的中英混血，母亲有着波兰和奥地利的多国血统。1994年，丹麦王子到香港的一家丹麦船务公司实习，认识了文雅丽，两人迅速坠入爱河，并在丹麦举办了婚礼。婚后，文雅丽生下了两位王子，文雅丽的父亲还获得了丹麦女王授予的大十字勋章。

然而在十年之后，文雅丽和丹麦王子离婚了。离婚的原因有各种各样的传闻，我就不去追究那些八卦了，总而言之，两人不和。根据婚前协议，如果两人离婚，文雅丽每年可以获得丹麦王室给予的津贴和生活费，并且可以得到一套由王子提供的全新住房。文雅丽看中了一套价值 200 万美元的豪宅，200 万美元的房子在美国算不上大豪宅，但在丹麦就算豪宅了。可令人唏嘘的是，曾经风光无限的丹麦王室居然无力购买房屋，最后为了筹集费用，王子不得不卖了一座有着 400 年历史的庄园，才给文雅丽买下了这栋豪宅。

瑞典历史上有一位著名的国王和一位著名的女王，这二位是父女关系，父亲是瑞典雄狮古斯塔夫大帝，女儿是克里斯蒂娜。瑞典有很多国王的名字都叫古斯塔夫，但他们的王朝在很长一段时间里的姓氏都是瓦萨，所以叫瓦萨王朝。斯德哥尔摩有一座博物馆，里面陈列着一艘名为"瓦萨号"的大船，"瓦萨号"比较倒霉，出海的第一天就沉没了，一直到好几百年以后才被发现。"瓦萨号"是当时世界上最先进的大军舰之一，上面有几十门大炮，分成好几排，中国人应该对"瓦萨号"很熟悉，因为在鸦片战争的时候来侵略我们的就是这种船，船坚炮利。不过"瓦萨号"没有侵略过中国，它沉没的时候距离鸦片战争的爆发还有 200 多年呢。

17 世纪初，瑞典雄狮古斯塔夫大帝征服了整个波罗的海，用的就是像"瓦萨号"这种大军舰。我在斯德哥尔摩的博物馆里看到了"瓦萨号"，它两边都是火炮，船帆无比先进，上面有各种各样的转向帆，虽然它在海底沉睡了 100 多年，但大部分部件都保存了下来，基本保持了原貌，看起来非常雄伟、壮观。

瓦萨王朝曾经统治了欧洲的很大一部分土地，包括现在的波兰、德国的一部分、现在的爱沙尼亚、立陶宛、拉脱维亚、瑞典、挪威和芬兰等。瓦萨王朝的最主要奠基人，就是瑞典雄狮古斯塔夫大帝，他曾亲率瑞典大军纵横欧洲，甚至兵临维也纳城下。

今天的瑞典有很多领先世界的创新技术，其实早在古斯塔夫大帝统治时期，瑞典人就已经体现出了他们的创新能力。古斯塔夫大帝率领的瑞典军队为什么能够横扫欧洲？原因就是他们在军队上进行了创新。三十年战争的时代，欧洲还处于非常旧的雇佣军时代，只要一打仗，国王就四处找雇佣军，雇佣军就是没落的骑士团，只是雇佣军们已经没有了骑士的精神，变成了烧杀抢掠。到了后期，国王要用雇佣军打仗，得先抵押给雇佣军三座城池，或者把即将占领的土地割给雇佣军一块，因为国王支付不起雇佣军的费用。于是在三十年战争期间，在雇佣军的摧残下，欧洲生灵涂炭，德国大概损失了一半的男性。当时的德国还不是一个国家，但三十年战争的主战场是在德国的土地上，损失的人口有很多都不是因为前线的战争，而是死于雇佣兵的铁蹄。因为国王做了承诺，只要打胜了，就把占领的土地分给雇佣军一部分，如果打败了，就将原有的土地分给雇佣军几座城池，雇佣军都是一些亡命之徒，到处打仗，都是一些有今天没明天的人，他们得到了土地，就不管三七二十一地烧杀抢掠一番。

当时雇佣军作战采用的是方阵式列阵，这是特别传统的古代骑士团作战方法。很多人读历史的时候不够细致，认为法国大革命时代才实行了第一次义务兵制，其实不是，法国大革命应该是第一次全民总动员。而第一次实行义务兵制的是古斯塔夫大帝，因为这个首创，瑞典突然间出现了十几万训练有素的大军。雇佣军的数量其实都是乱报出来的，国王通常是找雇佣军的军头来报数，军头随便报一个数字，比如八万人，国王就得按八万人来付钱，等到军队来了才发现，八万人里只有前面的 3000 人是真正的骑士，拿着大矛，盔甲鲜明，后面跟着的 77000 人别说没有马了，连武器都没有，扛着锄头就来了。所以雇佣军的战斗力极低，临时凑数来的乌合之众，一上战场就全都吓跑了。

而古斯塔夫大帝的瑞典军队是征兵制，义务兵训练有素，还第一次采用了横列阵，第一次使用了火炮作战。古斯塔夫大帝时代是火炮用得最好的时代，而且他们用的不是欧洲那种笨重的火炮，放完一炮之后恨不得要等十分钟才能放第二炮，敌人的骑兵早就冲上来把炮手砍倒了。古斯塔夫大帝的火炮部队实行了很多机动性的作战方式，使用的也是三磅、五磅重的小火炮，随时能够调转炮口的方向，配合着使用火枪的步兵，排成两个横列轮番开枪。

古斯塔夫大帝统治的时代，差不多就是中国的万历三大征时代。万历三大征中的朝鲜之役是跟日本在朝鲜作战，日本人擅用火枪，明朝则擅用火炮——我们读历史最有意思的事，就是将整个世界历史进行横向对比——古斯塔夫大帝既擅用火枪，又擅用火炮，军队又采取了义务征兵制，士兵训练有素，所以能够横扫欧洲，所向披靡。

但古斯塔夫大帝也有弱点，就是他太过于大意了，运气也比较差。那时候的人特别讲究荣誉感和仪式感，皇帝不论去哪里，都要追求一种一眼就能让别人知道自己是皇帝的气势，所以古斯塔夫大帝总是一身戎装，盔甲鲜明，身边打着各种各样的旌旗，生怕别人不知道他就是皇帝。经常打胜仗的皇帝都有一个特点，就是喜欢身先士卒，亚历山大大帝也有这个爱好。结果在一个叫作吕岑的地方，瑞典和神圣罗马帝国的军队两军对阵，正要开始冲锋的时候，突然天降大雾，等雾气散去了，瑞典士兵发现古斯塔夫大帝不见了。原来，古斯塔夫大帝自己冲了出去，不幸在大雾中迷失了方向，单枪匹马地冲进了敌营。敌人发现了古斯塔夫大帝，赶紧把他抓住，剥去了盔甲，拴在马后活活拖死了。

古斯塔夫大帝就这样阵亡了，不过他阵亡后，瑞典的军队依然继续打胜仗，国家也继续运行，因为古斯塔夫大帝统治时期，瑞典建立了非常好的制度。瑞典当时不但有议会，还有行政会。行政会里有大法官、议会的领袖和各级部长，虽然不能跟今天的民主制度相比，但在当时看来，瑞典已经具有了一套很完整的制度。

古斯塔夫大帝出征之前曾经说过，如果他阵亡或者没能回来，就由他的女儿克里斯蒂娜继位，于是等到古斯塔夫大帝的遗体运回斯德哥尔摩之后，年仅六岁的克里斯蒂娜继位，成了瑞典的女王。靠着完善的行政会制度，大法官忠心耿耿地辅佐克里斯蒂娜，一直维持着这个国家的正常运转，直到克里斯蒂娜十八岁亲自执政。

克里斯蒂娜的故事被拍成了一部电影，名叫《瑞典女王》，女主角就是来自瑞典的大电影明星嘉宝。电影里有一个号称是世界表演史上最伟大表演的镜头，就是克里斯蒂娜要离开瑞典的时候，坐在船上凝视远方的特写。当时拍摄这个场景的时候，导演对嘉宝说，你就坐在那里，什么都不要想，也不要有任何表情，嘉宝就这样做了，导演就这样将镜头由远及近地推了上去，最后诞生了世界电影史上最伟大的一个镜头。克里斯蒂娜这位瑞典女王比英国的伊丽莎白女王和血腥玛丽还要传奇，因为在她的手里，瑞典的国力达到了最高峰，而且她还促成了《威斯特伐利亚和约》。

《威斯特伐利亚和约》是欧洲中世纪和近代史的分割点，它在欧洲历史上特别重要。签订条约的一方，即两大战胜国——法国和瑞典，这也是当时世界上最最强盛的两个国家，两国联手打败了整个天主教联盟、神圣罗马帝国和多国联军。签订条约的另一方是统治西班牙、神圣罗马帝国、奥地利帝国的哈布斯堡王室。在克里斯蒂娜统治时期，瑞典的领土空前庞大，以至于俄国完全没有一个出海口，被瑞典压制成了一个内陆国。丹麦曾经将北海变成自己的内海，而此时的瑞典版图大到几乎将波罗的海变成了其内海，导致波罗的海的全部贸易基本都由瑞典控制。

6. 传奇的瑞典女王

在克里斯蒂娜统治的时期，瑞典空前富有，军队空前强大，还掌握了几乎整个波罗的海的贸易，和法国并称为欧洲双雄。当时的法国即将进入太阳王时代，《威斯特伐利亚和约》是在 1648 年签订的，是欧洲历史的断代点，而当时中国这边正值顺治五年，清军已入关，打败了明朝，距离中国的近代史断代点 1840 年还有将近 200 年。

为什么说《威斯特伐利亚和约》是欧洲中世纪的结束呢？因为在中世纪，所有的事情都需要由教皇来见证，包括国王的加冕也需要教皇的见证，签什么条约更需要教皇的见证。唯独《威斯特伐利亚和约》是由所有民族国家一起签订的，教皇只是派人在一旁列席而已。和约签订之后，教皇气愤地发表了宣言，表示坚决不承认这份渎神的、无耻的和约。

但事实上，《威斯特伐利亚和约》是欧洲历史上最伟大的和约。从 1648 年到今天，全世界签订的几乎所有条约和协定，都依据着《威斯特伐利亚和约》的基本精神，这个基本精神就是民族国家原则。在 1648 年签订《威斯特伐利亚和约》之前，世界上还没有民族和国家的概念，只有王权和神权，人们打仗就为了两件事，小仗为王而打，大仗为神而打。人们内心没有民族和国家的概念，也意识不到国家和国家之间需要平等，需要缔结条约，如果有人破坏了平等，破坏了其他国家的独立和完整，那他就是侵略者。在 1648 年之前，人们只要打出国王和神的旗号，那就代表了正义。

而《威斯特伐利亚和约》奠定了一个根本基础——每一个民族国家都是一个独立的主权，跟上帝没有关系，每一个主权之间都是平等的，谁去侵犯别人的主权，谁就是侵略者，就要遭到众国的挞伐。一直到海湾战争为止，全世界依然遵循着这个最基本的国际间的原则。换一个角度来看，正是因为有了《威斯特伐利亚和约》，国与国之间才有了国际的概念。这个概念要比中国、日本以及东亚这边早了200多年，中国和日本是一直到清末才开始有了民族和国家的概念，以前都只有皇权的概念。普天之下莫非王土，没有什么侵略不侵略，因为都是"王"的土地。《威斯特伐利亚和约》还奠定了战俘和外交的概念，在那之前，世界各国也是没有外交概念的，顶多就是一国派出一位公爵或伯爵，到另一国去聊聊天，要是聊得高兴了就住几天，并没有派出外交大使的概念。

签订《威斯特伐利亚和约》的时候，伟大的瑞典女王克里斯蒂娜还非常年轻，只有二十几岁，当时参政会和议会、军队都不同意签订和约，大家都觉得瑞典应该继续进军，占领维也纳，将整个欧洲大陆都置于瑞典的统治之下。但是克里斯蒂娜高瞻远瞩，力排众议，她认为战争不能永远无休止地打下去，不光老百姓受不了，军队也无法承受长达数十年的远征，签订和约势在必行。克里斯蒂娜在瑞典是非常有威望的，她在瑞典的称号不叫女王而叫国王，瑞典跟英国不一样，瑞典没有女王，只有国王。最后在克里斯蒂娜的主张下，签订了《威斯特伐利亚和约》，和约分为两份，一份叫对法合约，一份叫对瑞典合约。

其中的对法合约，令法国的胳膊上一辈子背上了那个"瘤子"，各位读者一定在中学语文课上学过都德的《最后一课》，割让了阿尔萨斯－洛林，普鲁士的军队来了，人们不能继续说法语了。事实上这篇课文写得有点夸张，没有人不让他们说法语，那个地方的人本来就不说法语，而是说德语的，那个地方叫斯特拉斯堡，凡是叫什么"堡"的地方，都是德国的属地。《威斯特伐利亚和约》规定阿尔萨斯－洛林这两块德意志的地区归法国，但在后来的普法战争期间，德国又把这里抢了回去，"一战"又被法国抢了回来，这个地方很复杂，就不多做解释了。总而言之，在克里斯蒂娜在位期间，瑞典签订了划时代的《威斯特伐利亚和约》，奠定了伟大的瑞典帝国。

签完和约几年后，克里斯蒂娜就退位了。身为一个国王，具有雄才大略固然很重要，但颇具传奇色彩的一生，也是极为重要的，所以后人才会为他们著书立说，拍摄传记和电影。关于克里斯蒂娜的退位，《瑞典女王》这部电影里给出的原因是她爱上了一位来自西班牙的使节。电影里说克里斯蒂娜特别喜欢女扮男装，有一天她女扮男装的时候，在路上遇到了这个西班牙使节，两个人就睡到一个房间里了，特别像郭靖和黄蓉的故事，黄蓉女扮男装，郭靖傻乎乎地看不出来，还劝黄蓉喝酒。那位西班牙使节也傻乎乎地对克里斯蒂娜说，咱俩睡一张床吧，于是两人就在一张床上睡了一晚。等到第二天早晨西班牙使节睡醒了，发现克里斯蒂娜正在跳舞。

　　真实的克里斯蒂娜就特别喜爱芭蕾舞，是一个大文艺女青年，喜欢看笛卡尔的书。克里斯蒂娜还专程把笛卡尔邀请到瑞典，结果笛卡尔因为受不了瑞典的寒冷，病死在斯德哥尔摩。电影里将克里斯蒂娜跳舞的场景拍摄得非常美，嘉宝穿着一袭薄纱，翩翩起舞，和西班牙使节坠入了爱河。拍摄这部电影的时候，英国的爱德华八世还没有登基，现实生活中还没有爱江山不爱美人的故事，所以人们在电影里编出了这样的剧情，认为克里斯蒂娜是为了爱情而退位。

　　至于克里斯蒂娜退位的真实原因，历史上记载得有一点点扑朔迷离。克里斯蒂娜最后终老在罗马，天主教记载说，她秘密信奉了天主教，因为瑞典打败了神圣罗马帝国，是新教国家，所以才不得不退位。历史就是这么奇怪，签订了《威斯特伐利亚和约》的新教国家女王，居然会信奉上天主教。有一些人猜测，因为西班牙是天主教国家，而那位使节来自西班牙，所以女王才皈依了天主教。还有人说，克里斯蒂娜不是因为爱情而信奉天主教，而是因为她的语言天赋极高，不但精通拉丁文，还精通法文，她从来没有去过法国，却能和路易十四对答如流，以至于路易十四难以置信地问她，你是在罗浮宫长大的吗？除此之外，克里斯蒂娜还懂意大利语等，可以说，她是一个语言天才，再加上跳舞也好，文笔也好，太过于完美的人可能注定要一生不幸，不管是因为爱情还是因为宗教，她都无法继续留在瑞典了，于是就自己退位了。

退位之后，克里斯蒂娜穿上男装，跃马进入了丹麦，游历世界，到了罗马，然后又去了巴黎，受到了太阳王路易十四的盛情款待。克里斯蒂娜到罗马的时候，受到了盛大的欢迎，几乎所有的枢机主教都前来欢迎。在一些历史记载中，克里斯蒂娜可能确实有一位秘密的情人，正是一位枢机主教，两个人通过鸿雁传情，至今仍有500多封两人之间的书信存于世，在这些书信中，克里斯蒂娜写到了"我爱你"，还提到了由于两个人各自特殊的身份，他们只能保持这样的关系。

克里斯蒂娜的一生颠沛流离，没有结婚也没有生孩子，后来她回过瑞典，因为她退位之后本来把皇位让给了表哥，她表哥去世之后，她试图回到瑞典继续当女王，但时不我与，人们已经不听她的了，大家都知道她生活在罗马，已经信奉了天主教，瑞典人民无法接受他们的国王是个天主教徒。于是克里斯蒂娜灰心丧气地再次离开了瑞典。《瑞典女王》里那个最经典的镜头，就是克里斯蒂娜第二次离开瑞典时的事，因为人们都认为这一次她是永远地离开瑞典了，实际上后来她又回去过。克里斯蒂娜后来过得越来越惨，一开始瑞典皇家每年还会给她一笔供养费，后来也不再给了。

为了维持生计，克里斯蒂娜不得不变卖各种家当，到处借钱，以至于最后需要靠教会和教皇的接济度日。克里斯蒂娜的晚年十分不如意，当彼得大帝、康熙大帝和太阳王如日中天的时候，她郁郁而终在罗马。瑞典女王的故事还是非常传奇的，大家如果有兴趣可以去看看电影《瑞典女王》。

在克里斯蒂娜之后，瑞典就慢慢衰落了。当然衰落的原因不是克里斯蒂娜的离开，而是俄国这边彼得大帝的崛起。彼得大帝为了打败瑞典，用上了各种各样的招数，他先是骗波兰，说要和波兰一起打瑞典，因为瑞典占领了波兰很多土地，也占领了俄国很多土地，导致俄国连出海口都没有了。波兰被蒙蔽了，傻乎乎地率先向瑞典开战了。等到波兰跟瑞典打起来了，彼得大帝却说，俄国暂时还不能参战，需要先和土耳其缔结和约，因为不能两线作战。当时俄国南边是奥斯曼土耳其帝国，北边是强大的瑞典，哪一个都不容小觑。

彼得大帝刚刚执政的时候，瑞典是一个远比俄国强大、富裕、现代、科技的国家。彼得大帝先骗得波兰跟瑞典开战，自己则跑去跟奥斯曼土耳其签订和约，要联合奥斯曼土耳其一起去对抗瑞典，但彼得大帝特别狡猾，他在条约里加了很多苛刻的条款，以至于奥斯曼土耳其拒绝接受，于是彼得大帝就跟波兰说，奥斯曼土耳其不跟我缔结和约，我没法加入战争。最终导致波兰孤军奋战，跟瑞典打到两败俱伤。而彼得大帝的真正目的，就是希望波兰跟瑞典两败俱伤，等到双方都顶不住的时候，彼得大帝再重新调整了条款，跟奥斯曼土耳其缔结了和约，然后俄国再加入战争，在瑞典和波兰都苟延残喘的情况下，俄国坐收渔翁之利。最后，俄国将波兰立陶宛王国瓜分了一大块，又把瑞典最重要的波罗的海东岸瓜分殆尽，这才有了今天的圣彼得堡，最后芬兰也慢慢被俄国夺走，芬兰本来是属于瑞典的，后来变成了沙皇的土地。就这样，俄国越打越大，瑞典越打越小。

欧洲的历史比较怪，一个国家有的时候属于另一个国家，有的时候则是属于某一个王，所以欧洲经常出现共主联盟，一个人可以既是芬兰大公又是俄国沙皇。芬兰后来独立也是因为这个原因，芬兰觉得根据几百年前的和约，自己不是属于俄罗斯，而是属于兼任芬兰大公的沙皇，所以叫共主联盟，但是沙皇后来被列宁同志枪毙了，沙皇既然不存在了，芬兰就应该获得独立。

"二战"的时候，丹麦丧失了冰岛，瑞典在 1905 年失去了挪威，最终变成了今天的北欧版图。虽然丧失了大片的领土，但瑞典的精华都保留下来了。丹麦就没有瑞典那么幸运了，没能保留住精华，丹麦丧失的土地里，有大量德国现在的重要工业区。瑞典比丹麦要幸运，在拿破仑战争之后，再也没有参加过任何一场战争，丹麦在拿破仑战争之后又被卷入了普丹战争、"一战"和"二战"，因为丹麦躲不开，它没有远离欧洲大陆。

在拿破仑战争之后，瑞典由议会和国王一起，达成了一个统一的中立决议，大家都觉得，瑞典已经被打成这么小了，从此以后，这个国家就不要再参加任何战争了，不管战争有多大的利益，都不参加了，瑞典已经没有野心，也没有雄心了，大家就努力把现有的版图维持下去吧。最有意思的是，在拿破仑战争的时候，瑞典国王竟然是拿破仑手下的一员大将。瑞典是一个由参政会和议会到处去请能人来当国王的国家，之所以瑞典和丹麦后来能和平过渡为民主国家，是因为他们的皇权和王权观念本来就没有那么强。到了拿破仑战争的时候，瑞典议会听说拿破仑手下有一个名叫卡尔·约翰的大将，很有才能，于是就前去邀请了。

卡尔·约翰接受了邀请，脱下了大帅的战袍，当上了瑞典的国王，为了表达自己的诚意和对瑞典的热爱，他还把自己的姓氏改成了瑞典王室的姓氏。正是在卡尔·约翰的主持之下，瑞典订立了永不参战的中立法案。卡尔·约翰原本是拿破仑手下的将军，按理说他应该非常喜欢打仗才是，但事实上并非如此，他觉得战争已经打得太多了，而且战争永远是那么血腥残酷。从 1814 年至今，瑞典果真再也没有打过任何一仗，这也是瑞典今天能如此繁荣的重要原因。当然了，在"二战"的时候，瑞典也留下了小小的污点。不知是为了生存还是其他的原因，瑞典比较同情纳粹，还卖给了纳粹不少武器和资源，尤其是铁矿。但瑞典并没有加入纳粹，也没有参战。

回顾完历史，大家觉得丹麦和瑞典这两个小国，究竟是幸运还是不幸呢？它们都曾经拥有那么大的版图，最后又都被打成这么小。我觉得它们是幸运的，因为经历了这一切之后，它们丧失了所有的野心，专心地回头去修身齐家，把自己的小小国家建设得非常好，而且丹麦和瑞典都避免了流血民主。

很多欧洲国家以及美国，为了实现民主，流了大量的血，英国和法国的国王都为此上了断头台，东欧国家的民主就更血腥了，一直到 20 世纪末，很多国家依然在民主的路上艰难跋涉，亚洲也是一样，日本的明治维新和中国走向共和，都经历了大量的流血和牺牲。而丹麦和瑞典很自然地就过渡成了民主国家，它们非常幸运，人民对民主也感觉很自然，没有屈辱感，心态非常平和，平和过渡到平等，平等过渡到平等的最高阶段——不竞争。

7. 什么是平等

什么是平等？我们需要花很长的时间去思考和讨论。

平等的高级阶段是不竞争，而最开始的平等，却是建立在竞争的基础上的，竞争的胜利者赚到了更多的钱，就让他们多交一点税，赚得少一点的人，就少交一点税。欧洲很多国家到现在还处于这个阶段，而且很多国家觉得竞争是件好事，比如英国和法国，它们鼓励竞争，然后向富人多征税。

　　法国最高的税率已经达到了 75%，法国社会党执政的时候，最高的税率曾经高达 85%，以至于杰拉尔·德帕迪约不得不跑到俄罗斯去当演员。英国工党执政的 70 年代，曾经向富人征收过 98% 的税。法国 75% 的高税，后来被法国最高法院裁定为违宪，所以没能执行多长时间，但依然造成了很坏的影响，在整个征税期内，一共才从富人那里征收来了 4.2 亿欧元的税，还不到财政赤字的 0.5%，但却赶跑了 70 多亿欧元，因为在如此高昂的税收环境下，富人被逼无奈，纷纷逃离了法国，比如 LV 的老板贝尔纳·阿尔诺想要加入比利时国籍，德帕迪约跑到了俄罗斯，足球运动员也大量流失。这就是极其异想天开的社会主义想法，导致的结果是非常可怕的。

　　北欧的平等已经发展到了一个新的阶段，叫作：以不竞争来导致基本的平等，然后再用税收做一点点杠杆。这样既能保证国家的税收，又不会造成富人的大量流失。首先要让国民去接受不竞争的社会环境，在丹麦，正常的一个全职工作的人，平均年薪差不多在 30 万克朗左右，而一名高级管理人员的年薪也不过四五十万，收入差距并不是很大。这跟美国形成了鲜明的对比，美国的贫富差距和收入差距是巨大的。在好莱坞当 CEO，一年的年薪有 300 多万美金，卡森伯格的金色降落伞（指企业高管在企业被收购而离职时可以获得的丰厚补偿金）高达 2 亿美金。巨大的收入差距，就导致美国的社会竞争极其激烈，年轻人都拼命地考名校，毕业后拼命地去大公司工作，一生拼命地往上爬。而且在这样的情况下，再采用收税杠杆去试图平衡收入差距，人们的心理肯定就无法平衡了。

　　德帕迪约在放弃法国国籍的时候，特意发表了一个声明，在声明中他悲愤地表示，自己在过去的 45 年时间里，一共上缴了 1.45 亿欧元的税，在 2012 年，他上缴了占自己总收入 85% 的税给国家，如今他之所以选择离开法国，是因为法国把成功、创造、天赋以及任何与众不同的特质，都视作必须接受的惩罚。我觉得德帕迪约的这段话说得特别好，是对法国和欧洲社会主义的尖锐回击，难道一个人有天赋、获得了成功，就应该被惩罚吗？

在北欧，国家先通过缩小收入差距的方式，去除掉了人们心中的竞争意识。人们打心眼里觉得，自己是否努力工作，赚到的钱都是一样的，缴纳的税也是一样的。北欧的征税是不分贫富的，穷人和富人纳的税是一样的。在美国，年收入四万美金以下的人几乎就不用纳税了，收入越高则税率越高，最后高到离谱。北欧的税收起征点很低，纳税是北欧人的平等义务，年轻人上大学拿到的 6000 或者 4000 克朗补贴金，也要纳税，年收入在四万克朗以上就要纳税，最高的税率大约在 50%。

总而言之，北欧的平等是从最根本的收入做起的，种族当然也是平等的，因为移民越来越多，移民和居民在读书、就业和医疗方面也都平等。我在北欧问了很多当地人，你们的平等到底要到什么程度才是尽头？

其实美国现在也有点进入了类似的阶段，美国从前是一个纯竞争的资本主义国家，穷人看不起病是很正常的，想要获得更好的医疗，你就应该更努力地去工作。但美国搞平等的难度要比北欧大得多，因为美国要搞平等的维度太大了。在什么样的维度上搞平等，是非常重要的前提。美国的种族太多了，移民也极多，每个州以及地域上的南北、东西都存在巨大的差异，你要在一个维度上搞平等，就有可能触犯到其他维度的利益。美国现在的种族平等程度，已经快要赶上新加坡了。在新加坡，每一栋楼都只能卖给华人 75%，剩下的部分必须卖给其他种族，比如马来人和印度人，按照人口比例来卖，这种规定对于马来人和印度人是平等的，但对华人是否就不平等了呢?

所以美国现在出现了大量关于平等的诉讼,比如,一位白人姑娘去盖蒂中心应聘当实习生,盖蒂中心拒绝了她,理由是,白人的实习名额满了,我们只剩下有色人种的名额了,所以我们不能要你。白人姑娘就不高兴了,立即起诉了盖蒂中心,说它歧视白人,强制规定了各个种族的实习名额。实际上就是在种族上做到了平等,但在学术和能力的维度上或许还是不平等的。

有一个在哈佛工作的朋友告诉我,现在哈佛的教授名额也要按照种族来分派,在一个学科里,既要有白人的教授,也必须要有有色人种的教授。有的学科里有色人种比较少,为了种族平等,就不得不提拔一个有色人种当教授,但这位有色人种教授可能在学术上根本达不到教授的资格,所以其他教授纷纷抗议,觉得这不符合学术平等的原则。

总之,在美国这样一个有很多维度的国家里,要实现北欧那种平等是极其困难的。其实北欧自己在平等方面也陷入了很多困境,比如他们不能随便提爱国主义,也不能轻易夸女人漂亮。

平等的维度越多,平等就变得越发困难,你会发现,平等渐渐变成了一个我要求你向我平等的理由。当你要充分考虑每一个维度的权利的时候,就会发现很多维度根本就是矛盾的,比如平等和自由就是一对大矛盾,你要跟我平等,那我有没有夸我老婆长得漂亮的自由?我夸我老婆漂亮你就说我物化女性,这还谈何平等?我有没有热爱祖国的自由?我热爱瑞典你就说我搞民族主义,这还谈何平等?我不敢说我有没有种族歧视的自由,但从广泛的意义上来看,种族歧视也是一种自由,但这一项自由如今已经被平等彻底抛弃了,曾经种族歧视被视作是自由的,3K 党还可以公开活动,但今天已经不允许人们种族歧视了,明天的自由门槛会越来越高,接下来很有可能,你说别人是胖子也不可以,你说别人是秃瓢也不可以,那我们还有什么自由可言？我们还怎么去生活？

我在北欧看到了一个很可怕的景象，平等的门槛越来越高，远远高过了美国。在美国，大家可以很光荣地说自己支持 LGBT，但在北欧这儿根本就不值一提，因为北欧人觉得同性恋早就平权了，根本没必要特意拿出来说。但问题也随之出现了，比如美国南部各州就发出了质疑，他们有没有宗教信仰的自由？如果有，他们有没有不让同性恋进教堂的自由？有没有不给同性恋证婚的自由？到底宗教信徒和同性恋谁的自由更大，谁的平等愿望更强烈，谁的门槛更高呢？到底该由谁来裁决这些事？是不是每一次遇到诸如此类的争议，都要大搞全民投票？而可怕的是，全民投票并不等于平等，因为要求平等的往往都是少数派。

这一次美国大选，加州有 17 项公投，已经是历史上最长的一张选票了，我十分不解，连这种事也要公投吗？以至于关于成人电影要不要打马赛克的事，也要公投一次；大麻要不要合法化，也要公投一次。这些事情其实并不涉及全民的利益，很多人都觉得，这些事跟自己的生活没有关系，为了表现自己的平等意识，为了表现自己的觉悟高，就平等地投一投吧。但如果公投的结果伤害到了一部分人的利益呢？在加州公投的结果和在得州公投的结果可能就是不一样的。谁来裁决这些事？是不是该有一个叫作平等法庭的机构来裁决各种关于平等的争端？

最近加州的华人们天天都在抗议和游行，目的就是要争取平等。因为加州的公立大学要开始按人种来规定招生比例了，白人有多少名额，黑人有多少名额等。但华人明显要比其他人种学习好，这就造成不平等了，大量学习好的华人，就因为名额的问题，被名校拒之门外了，而且这个规定的比例里居然没有犹太人，因为美国人觉得犹太人不算是一个人种。所以在一个多维度的国度，平等是太高深太艰难的课题。

8. 高福利与低效率

为什么美国至今都没有全民公投？因为美国立国的人是一群精英，实际上每一个国家都是由精英阶层创立的，而精英们脑中永远紧绷着一根弦，那就是防止"民粹"，防止多数人的暴力。

英国脱欧的事，在其中一个维度上来看，是大家要不要回到小国寡民，去行使自己的民主权利，这个我能理解；在另一个维度上，则是防止"民粹"，这是精英阶层的思考模式，我也能理解，但代议制民主是不是因此就要结束了呢；在第三个维度上，对于改变国体这样的重要大事，是不是要规定投票比例。英国从前相当于欧盟内的一个邦联，现在要变回一个一切独立的、边界封闭的国家，这几乎等于是改变了国体，是非常重大的事情。

英国从前就搞过全民公投，来决定要不要从君主立宪制变成共和国，以及苏格兰要不要分裂出去。这种涉及改变国体层面的公投，我认为要对投票的结果进行慎重的考虑，不能一方比另一方多一票就算胜利，因为这样太容易导致"民粹"，也太容易导致后悔。假如选票的结果是 51：49，事后有 2% 的人后悔了，这件事该怎么办？再搞一次公投吗？那这个国家每天都不用干别的事了，就天天搞公投吧。

所以包括美国在内，很多国家都做出了规定，一般的提案多数人同意就算通过，但如果是涉及修宪这么重大的事情，必须要有三分之二的人同意才可以，甚至有些时候，要第二轮有四分之三的人投同意票，才可以做出重大的修宪决策。至于像改变国体、脱欧、君主制要不要变成共和制、苏格兰要不要独立这么大的事，以我个人对其他国家的观察，以及我身边朋友的基本想法，我认为至少要有三分之二以上的支持票才算可以，因为这样才能有效地避免后悔，以及各种各样的问题，而得到了三分之二的人同意，也能有效地避免民粹的发生。

英国公投的事情给了我们很多的感触，包括在北欧旅行的各种观感，也给了我们很多的感触。北欧走到今天这一步，不光是我们发现了一些问题，他们自己也发现了很多问题，也就是由不竞争导致的弊端。如 Spotify 的总部搬到纽约去了，因为 Spotify 在斯德哥尔摩支撑不下去了，它的对手是苹果、亚马逊和潘多拉等商业巨头，它做不到既抵御强敌，又要招架来自瑞典国内的高税收政策，为了提升自己的竞争力，它不得不将总部搬到了纽约。

Spotify 的问题非常普遍，如果北欧国家的一切都维系着小国寡民，关起门来搞平等，那么一切都好办，但它现在面临的是来自全球的竞争压力。瑞典的工会又十分强大，工会不允许企业搞 KPI（关键绩效指标）制度，我们中国现在到处都在搞 KPI，我们的 HR（人力资源）每天都在鼓励员工要发奋工作，要创造新的价值，要创造公司的文化，加班加点，这在北欧是无法想象的事情，瑞典的 HR 每天的工作就是劝员工多休息，多拿福利，千万别加班，即便这样，瑞典还经常闹罢工。

我在斯德哥尔摩期间，就亲眼看见斯堪的纳维亚航空公司的员工在闹罢工。因为航空公司罢工，两万多旅客滞留在机场。在中国，因为飞机不能准点起飞，经常发生旅客殴打航空公司工作人员的事，如果中国的航空公司敢罢工，中国人非得把机场烧了。结果在瑞典，机场里滞留了两万多人，居然没有任何人抗议和不满，更没有人闹事，大家都很平和地坐在机场里，围着一台小电视机，看欧洲杯的现场转播。我十分不理解，到处问那些旅客："难道你们不着急吗？难道你们不生气吗？"大家的回答都很平静："航空公司有罢工的权利啊，我们有什么可生气的，坐在这儿看球不是挺好的吗？"如今的北欧就是这样一个社会。

今天，不论是在中国还是在美国，都是以效率为第一位的，我们这些习惯了忙忙碌碌快节奏生活的人，看到低效率的事情就会无法忍受，所以我到了丹麦之后经常觉得很生气。我这次去丹麦，一路上的飞机就没有不晚点的，所有的一切都非常慢。好不容易到了丹麦，下了飞机我想租一辆车，结果我这辈子都没花过那么长的时间去租车。

　　在美国租车是非常方便和容易的，在美国，哪怕是再小的机场，都有很近的租车点，就算没有事先预定，也能很快捷地租到一辆车，拿起车钥匙就可以开车走人，还车的时候把钥匙一交就结束了。到丹麦之前，怕租车不方便，我还特意先在网上预定了一辆车，即便如此，下了飞机后我依然等了一个多小时，才等到车。

　　租车点的工作人员动作之慢，简直令人发指，他旁边明明放着一台电脑，但他就是不肯看电脑，而是慢慢腾腾地打了一个又一个电话。我一直在心里暗暗提醒自己，要忍住，要有修养，但我实在忍不住了，我就问他："你这台电脑是干吗的呢？你到电脑里查一下，不就知道有没有车了？为什么要打那么多电话呢？而且我事先都在网上选好车子的型号了。"对方告诉我："不行，我不会看电脑，我得打电话问调度，你等一会儿吧。"我只能强忍着一肚子火又等了十多分钟，我身后也渐渐排起了长队，一大队人就等着工作人员打电话。

　　十几分钟后，工作人员终于给了我回复，说好像找到了一辆车，正在赶往机场的路上，但是这辆车还没到停车场，所以暂时还不能给我下单。我说没事，你先把订单下了吧，我自己去停车场等车。对方居然坚决不同意，说一定要等车辆到了停车场才能下单。没办法，只能继续站在那里等，我身后的人也只能继续等。到了这个时候，排在我身后的人就开始抱怨了，我仔细听了一下，不禁哑然失笑，来排队租车的人显然都是美国人。丹麦人才不会来租车，他们租一辆自行车就骑走了，没有汽车就不能活的都是美国人。

这些美国人开始怨声载道，我也满腹不解地问工作人员，我不是已经在网上订好车了吗？这辆车为什么不在停车场里等着我呢？为什么还需要从外边临时调呢？工作人员告诉我，原本是有一辆从其他城市开来的车，说好了下午两点抵达机场停车场的，而我的飞机是四点抵达，所以就把这辆车预定给我了，没想到对方没有按时来还车，所以不得不临时给我调来一辆。就这样，我又足足等了好几十分钟，调来的车才抵达停车场，工作人员这才给我下了订单。

拿着订单，我去停车场取车，本以为提到车就可以开走了，没想到到了停车场，根本就没有人搭理我，我只能自己去找车。找了好半天，总算找到车了，但我却开不出去，因为前面有一辆车把我的路堵死了。堵住路的应该也是一辆别人刚还回来的车，但是它没停好，也没有人去管它。大家如果在美国、加拿大和澳大利亚租过车，就会知道，那里的租车公司都是流水线作业，停好车的直接往外走，取了车的立马就能开走，效率特别高。我被堵在停车场里，进也不是，出也不是，又不好意思在静谧的北欧国家按喇叭，只能坐在车里干着急。

等了老半天，终于有一个工作人员走了过来，十分不耐烦地指挥我，让我往后退，然后拐弯出去。我十分无奈地对工作人员说，就算我往后退，我也拐不出去，我开了半辈子车了，这肯定是做不到的事情。工作人员特别不高兴，极其不情愿地走了回去，老半天才拿了一把车钥匙出来，把那辆违规停放的车往后倒了两米，勉强让我出去了。

整个租车过程，简直要把我急死，也气死了，一个多小时的时间就这么白白浪费了，万一我要是有什么着急的事情，岂不是全都耽误了？北欧国家的人的时间难道不值钱吗？

但是我在丹麦待了一段时间之后就发现，这里的人的时间好像真的不太值钱。因为这里速度快与不快没什么区别。工会规定了最低工资是每小时

100多克朗，相当于20美金。这在美国是不敢想象的，奥巴马曾经尝试着推出了最低十几美元的时薪制度，全美国的公司和企业都愤怒了，美国人都觉得这是不可理喻的，我们不是一个自由经济和市场经济的国家吗？不论是否积极工作，都能拿到最低的薪水，那企业和公司要如何运营？如果你这么规定，我们就要倒闭，或者搬到中国去！

而丹麦就规定了每小时20美金的最低工资，即便税很高，但只要你工作，就肯定有钱拿，就算你不工作，每个月也能领一万多克朗的失业金，而且可以连续领两年。这样一来，谁还愿意好好工作啊？随随便便糊弄一下就可以了，大不了就失业回家。换作是我，我也不会认真工作，我就是要用一个多小时的时间租出去一辆车，就算我一天只租出去了八辆车，那又有什么关系？我照领工资，我就在那儿慢慢吞吞地打电话，跟人悠闲地聊天。

以至于刚到丹麦的时候，我到处去问当地人，你对这个国家满意吗？你觉得这样下去这个国家还有希望吗？结果当地人都觉得这样的生活挺好的，为什么要跟别人竞争呢？为什么要活得那么累呢？我们这样没有压力的日子很幸福啊。最后我不得不感慨，这个国家对人民的洗脑能力真的太强了。丹麦的隔壁就是竞争无比激烈、每个人都奋勇工作的德国。然而在丹麦政府多年来不遗余力的洗脑之下，老百姓自觉接受了国家给他们灌输的那一套理论，他们觉得德国人活得特别累。

如果其他国家超过了丹麦，或者丹麦政府出现了经济危机，那么洗脑就不会这么成功了。为了保持全民高福利，西班牙政府已经支撑不下去了，从之前的老百姓看病不花钱，变成了如今的六欧元看一次病。如果再撑不下去该怎么办？整个国家宣布破产？希腊政府已经宣布破产了。

政府也没有办法，它不提供高福利，人民就不投票给它。说句心里话，在这方面，瑞典的社会党还是做得比较好的，它始终能控制住国内的福利政策，该削减的时候削减。当然，瑞典的社会党是一个相当大的党，而且长时间执政，所以才能稍微平衡一下这件事。希腊就没有这么好的运气了，国内的几个党派势均力敌，谁能提供更高的福利，老百姓就投谁的票。最后上台的政党，为了兑现自己的竞选承诺，只能去找德国借钱，后来德国不肯借了，希腊政府就只能宣布破产了。

如果继续保持如今的高福利和平等，整个社会就会越来越缺乏竞争意识，那么这个国家接下来该怎么往下走呢？为了维持高福利，只能提高税收。目前全世界的税收排行榜上，前三名的都是北欧国家，它们的税收高到能把美国人吓死。

丹麦的汽车注册税高达180%，也就是说，你在丹麦买一辆10万克朗的车，要交18万克朗的税给国家，等于将汽车的价格翻了两倍。所以很多丹麦人都买不起车，现在丹麦政府考虑要将汽车注册税降到150%，但依然是很高的。新加坡的汽车税也很高，但在英国买车就不用交税，只要缴纳55英镑的注册费就可以了，也就是约500元人民币。瑞典也没有这么高昂的汽车注册税，每辆车缴纳600克朗的费用就可以了，所以在英国和瑞典买车是很便宜的。

除了汽车税，丹麦的燃油税也高得可怕，美国的燃油卖四美金一加仑的时候，丹麦就已经卖到九美金一加仑了，因为每一加仑的燃油里，都要包含五块多美金的税。在丹麦，停车费要每小时好几十克朗，罚金也特别贵。所以50%的丹麦人都骑自行车上下班通勤，63%在丹麦国会里工作的政治家，也骑自行车上下班，有小孩子的丹麦家庭里，有25%没有汽车，而是选择一种类似于倒三轮车的cargobike出行，这种三轮车是自由城里的嬉皮士们发明的，这大概也是他们为这个国家做出的唯一真正的贡献。

丹麦的汽车税实在是太不合理了，尤其是像特斯拉这种电动汽车，它其实是很环保的，但也要缴纳高昂的税。在丹麦这样的国家里，要改变一项法规是需要极其漫长的时间的。民主国家通常都有效率低的问题。丹麦当地人在开玩笑的时候跟我说，汽车降税这件事，政府已经讨论了十年了，估计是没指望了，十年来，丹麦最大的一个变化就是跟动物做爱不合法了。丹麦和瑞典这两年出台了一项新法律——禁止兽交。

　　一直以来，北欧人接受的教育是，欧洲占用了世界上太多的资源，所以欧洲人们对这个世界也负有更大的责任，他们要纳税环保，帮助穷人，收容难民等。宗教的力量在北欧是很弱的，但平等现在仿佛变成了北欧的新宗教，人们从小就生活在平等的环境里，像接受宗教一样被灌输平等的思想，并对此深信不疑。当然了，这两年有关平等的信仰，也出现了一点反弹，因为陆续出现了各种各样的移民问题和高福利导致的社会问题，所以像丹麦人民党这种右翼的民粹党，如今已经成为丹麦议会里的第二大党了。社会民主党还是丹麦的第一大党，但人民党已经拥有了 37 个席位，比社会民主党仅少 10 个席位。包括欧洲的其他国家，右翼党都比从前获得了更多的席位，照这样的发展态势，欧洲未来有可能会慢慢地向右转变。

　　有关丹麦和瑞典这两个北欧最重要的国家，就跟大家分享到这里了，其实北欧还有冰岛、挪威和芬兰，这些国家也非常有意思，以后有机会再跟大家分享。

五、文明与暴力的共同体

1. 伟大的圣地

现在在我的身后，正高高飘扬着一面白底蓝色的大卫之星旗帜，没错，这是以色列的国旗，我现在正在全世界独一无二的国家——以色列。

我之前在自己的其他作品里，讲了很多有关犹太人的故事：好莱坞大导演斯皮尔伯格，Facebook（脸书）的创始人扎克伯格，大作家卡夫卡、茨威格，大明星伍迪·艾伦、鲍勃·迪伦，爱因斯坦，弗洛伊德等；在《晓松奇谈·人文卷》的《胜利的阴影下》里，我也专门记录了"二战"后的犹太人的血泪史。

但以上这些，我主要关注的都是人，而很少将重心放在以色列这个国家上。所以这一次，我本人亲自踏上了以色列的领土，就重点聊一聊以色列这个国家，尤其是它的现在和未来。

来到以色列，我的第一个独一无二的感受，就是极其浓厚的宗教、历史和文化气氛。当然，宗教气氛浓厚的国家也有很多，比如各种各样的伊斯兰国家，但伊斯兰国家的宗教氛围，都只是一种宗教的气氛，而以色列可不仅仅只有一种宗教。除了佛教，全世界最主要的几种宗教的圣地，几乎都在以色列的耶路撒冷，所以耶路撒冷又被称为"三教圣地"。

以色列是犹太教的圣地，这是毫无争议的事，否则犹太人民也不会拼了这么多年，一定要回到这个应许之地。犹太人最早从埃及来，但是埃及没有留下什么犹太教的圣地，只是《圣经》里写过他们是怎么走出埃及，到了这里的。因为犹太教的《圣经》跟我们中国的《山海经》不一样，《山海经》讲的都是各种神仙，各种不可思议的大鹏九万里等，犹太教的《圣经》不是这样的一本神仙书，虽然里面也写了很多神迹，但是大多数内容都是真实的。关于犹太教的《圣经》的真实性，我们可以从杰里科、海法等地出土的各种文物和古迹中得到证实。另外，埃及的远古记载和出土的文物等，也从另一个侧面证明了犹太教《圣经》里写的许多东西是真的。所以，犹太教《圣经》不光是一本神仙书，它还是一本真正的历史书。

所以犹太人民千辛万苦也要回到以色列，因为这里是犹太教的圣地。当然了，巴勒斯坦里面也有很多犹太教的圣地，但我现在关注的是以色列这个国家，为了方便起见，我这次就统一把这一片地区都叫作以色列吧，因为在地图上，巴勒斯坦是包含在以色列里面的，总而言之，这一大片地区里面有大量的犹太教的圣地。我现在所在位置的斜对面，就是耶路撒冷的古城，里面就有大量的犹太教圣地。

基督教的圣地也在这里，大家都知道"圣诞"，"圣诞"的"圣"就是耶稣基督，他就诞生在这里，具体的位置是巴勒斯坦的伯利恒。耶稣的整个生平，经历的所有故事，都发生在这片土地上，比如在加利利湖旁边讲经传道，以及在这周围的城市间旅行等，而且这座古城里面还有耶稣的墓，还有耶稣从十字架上下来等典故，都是在这里，古城里面现在还有一块大石头，是当年耶稣殉教了以后，从十字架上被请下来就躺在那块石头上，所以你现在进去看，就能看到很多基督教徒，尤其是天主教徒，都跪在大石头旁虔诚地亲吻，用水不断清洗这块石头。

伊斯兰教的圣地也在以色列。大家都知道，伊斯兰教的第一大圣地是麦加，第二大圣地是麦地那，然后第三大圣地就是以色列的耶路撒冷。阿克萨就在耶路撒冷古城里，在耶路撒冷大家会看到一个大顶的清真寺，但不是那个金顶的，是没有金的那个顶，第二大顶的就是阿克萨的清真寺，之前我讲到过，阿克萨的清真寺就是圣殿骑士团保卫的地方，原来的圣殿就在那里，后来穆斯林来了，就把那里改成了大清真寺，如今成了伊斯兰教的第三大圣寺。

《古兰经》里写过一个很有意思的小故事，有一天晚上，穆罕默德突然骑上了一匹有翅膀的马，在天上飞了起来，飞着飞着，他就飞到了阿克萨这个地方，就在这个时候，穆罕默德升天了，他见到了真主（这里要补充一句，其实伊斯兰教的大量教义都来自犹太教，穆罕默德的老师们就都是犹太人），穆罕默德虔诚地请求真主赐予自己光荣的使命，于是真主对他说，那你就每天祈祷50次吧。接到了使命，穆罕默德就高高兴兴地返回阿克萨了，结果他在半路上遇到了犹太教的大圣人——摩西，两个人攀谈了起来，摩西问穆罕默德，你跟真主聊什么了？穆罕默德如实回答了摩西，结果摩西感叹道，哎呀，你这使命比我繁重多了，我们犹太人每天只需要祈祷三次就可以了。听完摩西的话，穆罕默德也觉得一天祈祷50次确实有点多，于是又回去找真主，最后真主说，那你们就每天祈祷五次吧。穆罕默德这才高高兴兴地带着使命返回阿克萨。由此可见，阿克萨作为伊斯兰教的第三大圣地是相当有根据的，因为这是穆罕默德升天见真主的地方。

以上这些，我都用了特别世俗和诙谐的方式写出来，但事实上在我内心，是尊重所有宗教的，虽然我本人不信仰任何宗教，但我对世界上的任何一个民族和任何一种宗教，都怀着深深的敬意，绝对没有任何歧视和偏见。我认为，任何一个能赢得那么多人信服的东西，肯定都有着它的价值和道理，值得我们去学习和揣摩。

正因为这块土地上有这么多宗教的圣地，所以自然也就爆发了各种冲突和矛盾，不光是三大宗教，其他一些宗教，比如东正教，也要来朝拜他们的圣地，东正教也在这里统治了很多年，至今还留下了很多拜占庭帝国的东西，其他还有一些人们几乎没听说过的宗教，比如我经常提到的一个名叫巴哈伊的小宗教，它的圣地也在以色列。

巴哈伊是一个很有意思的教派，它在好莱坞特别流行，尤其是好莱坞的上层人士，他们可能觉得自己不应该跟大众信奉一样的东西，觉得自己应该更另类一点，更宽容一点，所以他们都选择了巴哈伊。巴哈伊教的核心内容还是比较缥缈的，大致的意思就是，就在那个地方，有那么一个人，他可能是上帝，可能是真主，也有可能是释迦牟尼，反正是谁都不重要，总之他看着我们，主宰着我们，督促着我们要行善，要如何如何……当然了，更详细和深刻的东西我也不太了解，因为我本人并不信教，只是有几次有幸参加好莱坞的活动和派对时，听他们谈起了这个宗教。信奉巴哈伊的教徒里也有很多中国的名人，比如潘石屹、张鑫和程琳等，方大同的父母就信奉巴哈伊，所以才给他起名"大同"，因为"大同"就是巴哈伊信仰的宗旨。

我以前一直以为美国没有巴哈伊的教堂，直到有一次我去芝加哥，有人无意中告诉我，在西北大学里有一座巴哈伊教堂，我当时还很纳闷，因为我以为巴哈伊的教徒都是在私人家里聚会，因为那也是好莱坞的聚会风气。于是我就怀着好奇的心情去参观了这座教堂，外观看起来有点像清真寺和犹太教堂，还挺大气磅礴的。巴哈伊跟犹太教、伊斯兰教一样，没有一个可以立在那里的偶像，也不能画出一些圣人和雕刻出雕塑来供人膜拜。在以色列境内，雕塑也是非常少的，因为犹太教不要偶像，伊斯兰教也不要，所以很多古希腊时代的雕塑，也都被砍了头、抹了鼻子，用来表示人们不要一个确切的偶像。甚至在卡塔尔举办世界杯的时候，要建造一座踢足球的雕像，也遭到了当地穆斯林的抗议，因为他们不能容许有一个人类的雕塑在眼皮子底下，最后这座雕像被搬走了。

　　所以，巴哈伊的教堂跟犹太教堂和清真寺很像，里面几乎没有什么东西，人进去了完全不知道该向哪里朝拜。这次我来到以色列，在海法见到了这座巨型的巴哈伊圣地，简直令我叹为观止，一整面山都被打造为圣地，一共有19层，上面9层，下面9层，每一层都无比巨大，中间还有一层最为辉煌敞亮的空间，这是巴哈伊教的创始人被埋葬的地方，这位创始人是伊朗人，所以这座圣地也是巴哈伊信仰的圣地、中心。我到了这里，才发现这里有着严格的进入制度——信仰犹太教的人不能进，穆斯林也不能进，里面都是来自世界各地的信奉巴哈伊信仰的志愿者。

　　这些志愿者给我讲了很多有关巴哈伊的事情，比如巴哈伊的教堂确实非常稀少，美国只有一座，那就是我去过的坐落在西北大学里的那座，除此之外，还有几座，分别坐落在新德里和悉尼等地。

　　我还问了圣地为什么是19层，志愿者告诉我这和他们的历法有关。作为一门宗教，必须要有一整套的体系，比如基督教是以耶稣诞生那年作为公元元年的。每一个宗教都希望有自己的体系和历法，希望有属于自己的仪式感，佛教、伊斯兰教、东正教和犹太教都有自己的历法。东正教的历法就比天主教晚13天，所以我们现在所谓的"十月革命"，其实确切的发生时间是11月7日，而在东正教的历法里那是十月。所以全世界不同的宗教都在不同的日子过新年。巴哈伊信仰虽然创立的时间不长，但也创制了一套属于自己的历法，它的历法是一年有19个月，每个月有19天。我偷偷算了一下，觉得还挺有意思，19乘19等于361，这基本上就是一年的365天，至于那多出来的4天，当然也有一些其他的办法处理。

现在全世界信奉巴哈伊的人越来越多了，于是我又向志愿者提了一个问题，为什么你们的教堂不多造几座呢？志愿者的回答也非常有趣，他说，我们巴哈伊是一个清廉的宗教，不像天主教那样，建造辉煌奢华的大教堂，然后向信徒兜售赎罪券，我们巴哈伊不搞这些，我们吸取以前宗教的教训，不横征暴敛，也不掠夺教徒，甚至我们也没有教皇，我们是一个平等、民主、自由的宗教。我们的选拔靠的是民主选举，所有的教徒在各个国家组成选举委员会，教徒自愿把钱交给委员会，不强迫任何人捐款，然后选举委员会再选举上级委员会，全球有一个大概十人的总委员会，每征集到足够的款项，才建造一座教堂，绝不搞强制，所以我们的教堂数量很少。听到这里，我突然觉得潘石屹先生应该出资在中国建造一座巴哈伊教堂，当然这只是一句玩笑话。

总体而言，以色列虽然是众多宗教的圣地，但它的气氛却是非常自由和平等的。可能有人会误以为以色列是一个政教合一的国家，奉犹太教为国教，其他宗教饱受制约，事实并不是这样。我走在以色列的街道上，感觉到的是一派和谐，每当伊斯兰教祈祷的时间到了，就能听到特别大的声音，就跟在迪拜差不多，到处都跟着清真寺一起唱起歌来，而且这歌声还挺好听的，当整个古城沐浴在歌声中时，你甚至会有一种错觉，觉得这是一个伊斯兰国家，其他宗教的教徒对此也没有什么抗议的情绪，在这里，各个宗教都是宽容的。

包括耶路撒冷古城，你进城门一看，这边四分之一是犹太区，那边四分之一是穆斯林区，还有四分之一是基督教区，那边居然还有四分之一是亚美尼亚区，有大量的亚美尼亚人生活在那里，他们是信奉基督教的。由此可见即便在以色列的首都，犹太教也只占了四分之一。每当到了该祈祷的时候，不同宗教的人就各行其是，彼此距离几十米远，基督徒在那里跪着祈祷，亲吻耶稣最后殉教时躺的那块大石头；在不远处就是哭墙，能看到各种戴着大帽子、小帽子、黑帽子、白帽子的犹太教徒，在那里虔诚地祈祷、亲吻哭墙；伊斯兰教徒也做着属于自己的祈祷，彼此之间互不干扰，整个画面特别和谐，也特别有意思。我在其他国家从来没见过这么多宗教如此密集地融合在一起，大家彼此间相安无事，你做你的祈祷，我亲我的石头或哭墙。

这也是以色列这个国家令我感到最震撼的一点，各种各样的宗教都能在这里找到自己的圣地，找到自己的家园，找到自己最初的根源。所以，来以色列旅游的人，基本上都是各个宗教的信徒，他们都怀着膜拜和虔诚的心，踏上这片神圣的土地。

2. 古代世界文明的中心

从我个人来讲，比起宗教，更吸引我的还是一个国家的历史。

虽然以色列这个国家最大的特色就是它的宗教，但由于我本人不信奉任何宗教，所以我真的不敢妄加评断。我平时很喜欢跟人辩论一些问题，但我绝对不敢跟各种教徒辩论，包括我们中国人从小耳濡目染的佛教，我自认为对佛教了解得还算不少，但我也不敢跟佛教徒去辩论佛法，因为信仰和在一旁看，是截然不同的两回事。就像一个人爱一个女人，爱得那么深刻，你只是在一旁站着看，你就没资格去评价这个女人值不值得爱，因为你没爱过她，你没跟她在一起过，所以你不能那么深刻地了解她，你顶多只能评价一下这个女人的外表，她的头发，她的皮肤等，这都是极其粗浅的了解，而爱是无法被评论，无法被辩论的。

很多喜欢我的朋友经常会说，高晓松你什么都懂，博学多才，其实我并不是什么都懂，我不懂的事太多了，只不过我现在在这儿写文章，也没人来采访我，没人向我提问，所以我当然都挑自己懂的事说，就显得我好像什么都懂一样，其实不是。宗教就是我的一个盲点。我平时顶多只是看一看、听一听宗教故事，略了解一些皮毛，而且听的宗教故事越多，我就觉得宗教实在是太复杂、太庞大的一个知识和认知系统了，远远超出我的理解能力，我小时候多次尝试读《圣经》，都没能读出什么结果。

成年后我去了美国，到了好莱坞工作，我所接触到的每一个好莱坞制片人都跟我说，你要想融入和了解好莱坞的文化，要想真正懂得美国人民喜欢看什么样的电影，你必须要深刻理解两种东西：第一个就是《圣经》，第二个就是美国的中学语文课本。

首先，美国是一个全民读《圣经》的国家，虽然不是所有的美国人都信教，他们成年后有选择是否信奉宗教的自由，但是所有的美国人都是从小喊着"God bless the USA"（上帝保佑美国）长大的，每一任美国总统就职的时候，都得把手放在《圣经》上进行就职宣誓，所以即便不信教的美国人，也会对《圣经》有着特殊的感情。在好莱坞，最重要的故事就是圣经故事，编剧们经常就是把《圣经》里的人，披上现代人的衣服，把《圣经》里的故事（《七宗罪》《十诫》等）改编成现代故事，从而打造成了适合当代观众口味的电影。所以，你不读几遍《圣经》，就根本无法在好莱坞工作，更拍不出美国人民喜闻乐见的影片。

为此，我翻来覆去地读了好多遍《圣经》，可惜收效甚微。因为我无法像一个虔诚的教徒一样，每天去吟诵《圣经》，认真地思考里面的内容和道理，我只能肤浅地了解一些皮毛，时间长了就几乎忘光了。除了《圣经》，我也读了《古兰经》，结果都一样，我每次都只是读一读里面故事性比较强的部分，更深层的东西就体会不到了，尤其是里面的各种各样的复杂关系，如父子关系、亲戚关系等。

我自己这么喜欢艺术，我到世界各地去旅行，只要去艺术博物馆、绘画博物馆这些地方，我都只看鲁本斯以后的画，尤其是看印象派以后的画，因为那是我能看懂的部分，我喜欢看画里的人，以及画家在画里倾注的人性与情感。再往前的就全都是宗教题材画作了，我实在看不懂。在那些宗教题材的画作里表达的故事，是旧约的故事还是新约的故事，我完全搞不清。

虽然我不敢说自己对《圣经》有多了解，但第二样东西——美国的中学语文课本，我还是读得非常有兴致的，通过读一个国家的中学语文课本，你能十分清楚地体会到这个国家的这一代人是接受了何种教育长大的，他们倡导的世界观、人生观和价值观又是什么。

所以，我在谈一个国家的时候，都会尽量避免谈到宗教，因为这不是我擅长的领域。只是今天我来到了以色列，在这个国家，你无论如何都无法回避宗教，所以在这章的开篇，我也不能免俗地提到了宗教，为了扬长避短，我只是浅尝辄止地描述了一下我在以色列所感受到的宗教气氛，其他更深刻的东西，我就不多提了。

接下来，还是进入我本人最感兴趣的话题——历史吧。

以色列这个国家的历史绝对不逊色于它的宗教。以色列的历史真是太厉害了，要不是以色列离中国比较远，我估计咱们那些拿着洛阳铲到处盗墓的人，肯定早就跑到以色列来了。在中国，不管在河南还是陕西，盗墓者不论怎么铲，铲出来的无非就是中原文明留下的东西，商朝、周朝、汉朝……都是同一种文化，除非去敦煌，能铲出一些粟特语或者回纥语的文明留下的东西。

在以色列的土地上，你拿着洛阳铲一铲，肯定能铲出一层又一层的古迹和文物，因为这个地方的历史之恢宏，之广大，之复杂，之多元，是任何其他国家都不能比的。你在这里几乎能找到世界上所有历史和文明的痕迹，因为以色列的位置太好了，刚好在欧亚非三块大陆的交界点，所以从欧亚非三块大陆上兴起的各个王朝，都来以色列进行过统治。以色列自己也在这里统治过好几百年的时间，还分成了好多个小王国，后来国家被灭了，被其他的民族统治来统治去，再后来罗马人来了，杀了耶稣，之后又被拜占庭统治，这些都是从西边来的统治者，接下来东边的统治者又纷至沓来——从东边的撒马尔罕来的花剌子模人，然后是蒙古人、突厥人、奥斯曼土耳其帝国统治的时间比较长。

虽然这么说起来以色列好像有点倒霉，被各种各样的人统治过，但从历史的多样性和丰富性的角度来看，这也是一件好事，所以今天的以色列才是那么多宗教的圣地，是诞生了无数圣人的地方。如今，你拿着一把洛阳铲到以色列来，先看到的是奥斯曼土耳其的建筑，然后往下铲，能铲到拜占庭的东西，再往下铲，说不定又能铲到什么时代留下的东西。以色列的城市特别有趣，它的地下有一层又一层的文明，我猜想可能是当年的拆迁技术比较差，或者是没有一个专门的城市管理和规划部门，它所有的建筑都拆不了，不像我们中国，一旦改朝换代了，过去的东西全都一把火烧了，反正中国古代的房子都是木头造的，一烧就没了，所以中国的古迹和文物的保存特别困难，有意思的是，中国古代的陵墓都保存得非常好，因为陵墓都是石头建的，在中国人的传统观念里，我活着只是一辈子，但死了之后却要很久，所以我们把大量的人力物力财力都投到修建恢宏的陵墓上，各种墓地、墓道、墓门，所有的这一切都是用石头打造的。

而西方刚好跟中国相反，他们用石头造活人住的建筑，用木头造死后的棺椁，所以就算西方频繁地改朝换代，那么多石头建的坚固的大房子，也没法一把火烧了，更难于拆掉。所以西方人干脆就直接把房顶拆了，在旧朝旧代的建筑上继续往上盖。如今大家看耶路撒冷的老城，这高大的城墙就是分层的，每一个朝代都把过去的老城墙再加高一点，城墙最下边的石头是最古老的，是罗马时代的石头，甚至还有更早时代的那种带着窟窿的岩石，再往上是拜占庭时代的石头，再往上是奥斯曼土耳其时代的石头。若是你想研究以色列的历史，那渠道实在太多了，光是看它的城墙就能得到很多信息。你可以想象，如果曾有八个民族统治过中国，它们都修了一段长城，那如今我们的长城里就蕴含着各个民族、各个宗教、各个文明的踪迹，可惜我们的长城就是自己建的，它的外观和风格都很统一。

在以色列，所有的文明都交融在一起，你在地面上看到的可能是一种文明，但你往地下一走，有可能就是截然不同的另一个文明的建筑，甚至变成另外一个宗教、另外一个民族的东西。比如在阿卡古城，你往地下一走，突然就发现了医院骑士团留下的建筑，一座无比辉煌的地下城，可见当年的医院骑士团也并不穷，只是没有圣殿骑士团有钱。这座城市在当年最辉煌的时候可不是地下城，它是修在地上的，是因为后来奥斯曼来了，就把它填埋了，成了一座隐藏在地下的散发着古老和神秘气息的地下城。

可以这么说，在以色列，你可以找到欧亚非三块大陆上大多文明的痕迹：东到撒马尔罕、蒙古，西到西班牙、罗马，南到埃及、北非沿岸，几千年来，各种各样的民族都在这里留下了自己的足迹，好像只差中国人没来过了。

这个也很值得一提，我们中国不是一个外向型的民族，我们自古以来就自诩是天朝上国，固守在自己的土地上，认为我们的土地就是世界的中心，其他的地方都是蛮夷之地，不值得一去。如今我们想一想，世界的中心到底在哪儿呢？当然从某种角度来看，中国确实也是中心，但是只是中华文化圈的中心。

只有来到以色列，看到了耶路撒冷古城，深刻地感受到了这里的宗教、文化和历史等，你才会对世界的中心这个概念有更深的体会。我可以毫不客气地说，古代世界文明的中心就在这里。

整个以色列给人的感觉，是特别朴素但又不土气的很美好的地方，这是我个人非常喜欢的。因为特别奢华的东西，我觉得有点腻，而土得掉渣的地方，我也有点受不了，以色列刚好处于这两者中间。

　　以色列是个发达国家，它的人均 GDP 超过三万美元，在世界上都是处于前几十名的发达国家。但是在这里，你看不到那么多暴发户式的高楼大厦，也看不到什么名牌和豪车，在这一点上，以色列跟迪拜能形成最鲜明的对比。

　　在迪拜，警车都有可能是好几百万元人民币一辆的意大利跑车兰博基尼，到处都纸醉金迷，每个人都背着昂贵的名牌包包，穆斯林妇女穿的大黑袍子里面拎着的都是 Hermès（爱马仕）和 Gucci（古驰）的包包。你再到以色列来一看，几乎看不到什么奢华的东西，就算到了最好的富人区，顶多也就能看见几辆奔驰和奥迪，全身上下穿着名牌的那种人更是少见。以色列是一个非常朴素的国家，这主要是因为犹太这个民族本身就很朴素，美国的犹太人也都普遍非常朴素，在美国目前较有名的犹太人是扎克伯格，大家在各种新闻和视频里都看见过他，他每次出场都穿着非常简单朴素的衣服。当年扎克伯格来我们的清华大学做演讲，大家看他的穿着还以为他就是一个普通的留学生呢。扎克伯格真的非常有钱，但他挣的钱 99% 都捐出去了，几乎是裸捐，一直保持着犹太人的朴素传统。

　　犹太人的朴素，也是有着很深厚的历史渊源的。最主要的原因是，他们几乎世世代代都在别人的土地上生活，没有自己的国家，没有自己的土地，随时都要准备搬家，准备流亡，时间长了，这个民族自然就缺少了一种主人翁的感觉，即便他们后来终于有了自己的国家，有了自己的土地，但那种根深蒂固的朴素的传统还是保留了下来。说到这个，就不得不提到犹太人为什么特别会赚钱。其实也就是因为他们千百年来养成的精打细算的习惯，他们赚到了钱不会去买房子、买车、享受生活，因为他们连自己的国家都没有，明天就有可能流离失所，他们根本不敢贪图享乐，只能把赚来的钱拿去继续做生意，继续赚钱。

正因为有如此多的历史和民族原因，如今的以色列这个国家给我的感觉非常好，非常朴素，但是又非常有文化。以色列的教育水平也是非常高的，其大学毕业率在全球排名靠前，这是一个非常有文化、国民受过很好的教育、多民族的朴素的国家。

各位读者朋友以后如果来以色列旅游，一定要好好感受一下这里浓厚而丰富的历史和文化氛围。

3. 扫雷草和死海

除了夏天，以色列的气候都令人感觉非常舒服。

以色列有一点地中海式气候，夏天非常炎热，但是冬天有很多的降水。我来到以色列这么多天，每天都会下一会儿雨，然后每天都能看到彩虹。

一个每天都能看到彩虹的地方，真不愧是圣地。

总之，以色列的秋天、冬天和春天，气候都非常好，冬天也不是特别冷，顶多在最北部的戈兰高地（属于叙利亚，现被以色列占领）地区会冷一点，但也不是特别冷，用不着穿大棉袄。

以色列的南北很狭长，最南边抵达了红海，中间隔了一大片沙漠，所以最主要的领土就是从戈兰高地到死海的中间这一块。

南边的沙漠太遥远了，我还没去过，我去了北边的戈兰高地，感慨良多。

戈兰高地是一个饱经战乱的地方，一个打了无数次仗的地方，一个埋葬了双方无数战士的地方。我们中国有一个成语叫"铸剑为犁"，就是指战争结束后，老百姓把刀剑都熔化掉，做成耕田用的犁。在戈兰高地，这里的人民是把战争年代废弃的那些坦克、装甲车和战车等，做成了各种各样的雕像，但不是那种一看就令人感受到流血、死亡和仇恨的阴郁的雕像，而是做成了各种很幽默的雕塑，比如一只非常可爱的猪，一只萌萌的恐龙……反正你看到那雕塑，绝对联想不到战争，然而我还是从中感觉到了一份沉重，因为我知道这份可爱和幽默之后，隐藏的是多少流血牺牲，多少眼泪悲伤，多少流离失所。

熟悉战争史的朋友都知道，戈兰高地是一块战争频发的土地，每次中东战争都会在这里大战一场，以至于现在，这里的泥土下还埋着数不清的地雷，当地的居民根本不敢在尚未探测的雷区附近种地，因为实在太危险了。我当时站在戈兰高地朝叙利亚的方向看去，就清楚地看见了一座荒废的城镇，那里不久前被 ISIS 占领了，现在已经荒废掉了。以色列这边虽然没有被荒废，也不再作为战区了，但老百姓无法在雷区耕种，他们靠什么维持生活呢？我特意问了这里的老百姓靠什么生活，得到的答案令我特别吃惊，他们居然给自己开拓出了一项特别先进且时髦的工作——做字幕。生活在戈兰高地雷区附近的居民，他们平时就是以给各大电视台和视频网络做字幕的方式，顽强地生存了下来。

每当看到这些生活在战区的人民，我都会觉得特别感动。其实我也特别希望广大的军迷朋友都有机会到战场和战区来看一看，因为军迷们总是特别渴望战争，因为战争能充分促进科技的发展，产生各种新式坦克、飞机、大炮，诞生各种英雄，然而这些都只是战争的一小部分，如果军迷朋友们都能亲眼看一看战区人民生活的环境，几十万颗地雷埋在村子周围，设身处地地想一想战争给平民带来的创伤，也许就对战争没什么憧憬了。

在戈兰高地，为了能够填饱肚子，很多老百姓不得不冒着生命危险，用自己的身体去蹚地雷，他们难道不知道这很危险吗？当然知道，可是他们没办法，他们要吃饭，要种地，为了蹚地雷，很多人被炸断了胳膊、炸断了腿，装上假肢继续在来之不易的土地上耕种。

提到地雷，我就不得不提以色列的一个神奇的发明。

首先要说，以色列的高新技术是做得非常好的，从工业到农业、科技、国防，各方面都非常强大。

其实在美国，高科技和国防工业做得最好的，大多数也都是犹太人：扎克伯格就是犹太人，但是他的孩子就不是犹太人了，因为扎克伯格娶了一个姓陈的华裔姑娘，犹太人虽然继承父亲的姓氏，但宗教认同要从母，这样一来，扎克伯格的孩子虽然还姓扎克伯格，但已经不是犹太人了；美国的原子弹的总负责人——奥本海默，也是犹太人；美国的火箭和飞机的奠基人之一，我外婆的同门读博士的师兄，也是钱学森先生的博士导师——冯·卡门，也是犹太人。所以犹太人不光经商赚钱厉害，在科技方面也非常厉害。

犹太人在农业方面居然也很强，大家可以想想，犹太人几千年来到处流亡，欧洲的大部分国家都不给犹太人土地，他们只能做做小生意，做做手工业。所以犹太人在很长的历史时期里都是被人瞧不起的，因为不管是在欧洲还是在中国，都是轻商的，商人没有社会地位，中国的商人不能参加科举，欧洲人也瞧不起犹太人，因为欧洲人认为只有拥有土地的才是正经人，做小生意和小工业的都是没有地位的流动人口。即便是千百年来没有自己的土地，没有在土地上耕耘的经验，犹太人一旦有了自己的国家，他们立刻就靠着聪明和勤劳，发展出了强大的农业技术。如今以色列的农业技术是全世界最好的。我们中国也进口了很多以色列的滴灌技术，因为中国也有很多沙漠和半沙漠的土地，跟以色列的自然环境很像。以色列居然在那么贫瘠的荒漠、丘陵等特别恶劣的自然条件下，做到了粮食自给自足，而且还能出口，简直是世界农业的奇迹。

说了这么多，终于要说到以色列的神奇发明了——扫雷草。其实这种草的学名不叫扫雷草①，它的学名我不知道，翻译成中文我都不太认识，所以我就自己给它取了个简单明了的名字——扫雷草。我不知道以色列人是用什么生物科技方法培育出这种草的，反正你把这种草种在地上，如果地下埋着地雷，这草就会变成红色，地下是安全的，这草就不是红色的。只要在地雷区大量种植这种草，就能准确地判断地下是否藏着地雷，当地的老百姓也就不用悲壮地去用自己的身体蹚地雷了。其实这听起来还是挺伤感的，红色的植物海洋，像是诉说着无数人的鲜血就流淌在那里。我觉得我们国家应该把扫雷草大量引到中越边境去，因为那里至今还有几十万颗地雷埋在地下，威胁着中越双方百姓的生命。

除了战争气息给我带来的震撼，戈兰高地给我留下的第二印象就是那里的酒特别好喝。以色列的酒是非常著名的，只不过在中国的名声没有那么大，因为我们国家现在正处于经济爆发期，老百姓都非常有钱了，要喝就喝世界上最好的酒，中国人首先想到的国家肯定是法国，法国最贵的酒是拉菲，中国人经常豪迈地大手一挥说："来五瓶拉菲！"然后划着拳就把五瓶拉菲给喝了。其实以色列的酒是非常好喝的，戈兰高地是以色列最重要的葡萄酒产区，因为这里海拔落差很大，从海拔几百米到海拔两千米，可以种植不同品种的葡萄，懂葡萄酒的人都知道，葡萄在不同的种植高度下所产生的甜度是不一样的，然后以色列人把这些不同品种的葡萄放在一起混合酿制，做出来的葡萄酒味道非常好，我现在不敢多饮酒，只能浅尝辄止，觉得非常不错。

另外，整个戈兰高地的公路沿线，气候真是舒服极了，大家都感觉心情舒畅。我尤其喜欢沿途的那些海港，比如特拉维夫和海法等，每天都会

---

① 拟南芥（Arabidopsis thaliana），又名鼠耳芥、阿拉伯芥、阿拉伯草。

下一点雨，下完雨就会出太阳，坐在海边，看着彩虹，真是美极了。

以色列还有两座非常美丽的湖。其中最重要的一座就是加利利湖。喜欢军事的人都对加利利湖不陌生，因为最后一次大的中东战争，在以色列这边的口号就是"为了加利利的和平"。加利利湖是以色列的命脉所在，这座湖不光在宗教上有各种各样的意义，是一处圣地，更有价值的是它是以色列最重要的淡水来源。

以色列是一个极度缺水的国家，其实不光是以色列，整个中东地区的国家都缺水。沙特阿拉伯因为非常有钱，所以曾经想要尝试在南极炸出两块大冰山，用船拖到海湾去，以此来获得可饮用的淡水。这么兴师动众所花的费用，也比直接做海水淡化要便宜。在以色列，淡水非常昂贵，一瓶水要十几块钱人民币。但是以色列在节能方面做得非常好，大家都知道，发电厂在峰值的时候用电是很难控制的，但不是峰值的时候，确实会浪费掉很多电。电和水不一样，用不完的水可以存下来以后继续用，但电用不完就纯粹是浪费了，所以以色列在非用电峰值的时候，就把剩下来的电用来做海水淡化，这个做法是非常明智的。

它的主要淡水来源就是加利利湖。所以大家就不难理解，为什么除了耶路撒冷古城，以色列拼死也要保住加利利湖。一个民族要生存不能光靠宗教，你还得喝水吃饭。原本按照联合国的划分，加利利湖只有一部分是属于以色列的，上游部分的水源地是属于别人的，也就是说，整个加利利湖的水源掌握在别人手里，所以以色列不计代价，拼了命也要把加利利湖夺回来，最终以色列胜利了，如今加利利湖全都属于以色列。加利利湖湖畔的风光非常美好，就算没有那些宗教故事的点缀，也是一个令人心旷神怡的地方。

除了加利利湖，另外还有一座湖——死海（Dead Sea），虽然名字叫"海"，但其实是一座湖，这可能也是绝大多数中国人最了解的一个以色列的地方，因为我们的课本上就详细地描绘了死海，在死海里，人可以躺在海面上看报纸，所以很多中国人觉得去死海旅游一定要带一张报纸，如果不躺在死海上面看一次报纸，那就算白来了。我到了死海也非常有兴趣，跳到水里之后，果然身体就漂起来了，可惜我忘记带报纸了，真是非常遗憾。

曾经，死海的海拔位于海平面下300多米，因为死海水位越来越下降，现在应该已经下降到400多米了，最近五年死海已经达到了每年下降一米的程度。所以大家现在看到的死海，也是比从前小了很多的死海，即便如此，一眼望去依然是烟波浩渺，比我想象中要大得多。当然了，主要是我之前把死海想象得太小了，因为我们的课本里解释过，死海之所以能让人漂起来，是因为它的含盐量特别高，我想很多人应该都跟我有同样的猜想，既然是一座含盐量超级高的"海"，那这"海"的面积估计也不大，要不然哪儿来那么多的盐呢？结果等我真的到了死海，着实吓了一跳，那绝对是超级大的一个湖，南北长达70多公里，用肉眼是根本看不到尽头的。

另外，如果你要漂浮在死海里看报纸的话，最好事先准备一副眼镜，我就事先准备不充分，没戴眼镜就跳进了海里，结果海水溅到了眼睛里，真是疼死我了。因为死海的含盐量真的是相当高，浓度已经相当于我们做化学实验用的饱和溶液。也正因为如此，死海的海水千万不能直接饮用，这一口下去对身体的伤害是足以致命的，身上有伤口也绝对不能下去，不然你恐怕要亲自体验一下"在伤口上撒盐"的痛苦了。因为死海的海拔比较低，所以来这里的最佳旅游时间是春、秋和冬，夏天不推荐大家来死海，因为夏天这里实在是太热了，最高气温可达50摄氏度，跟咱们新疆的吐鲁番差不多了，刚好吐鲁番也位于海拔一百多米以下。

除了漂在死海里看报纸，死海本身也是一个值得去的地方，死海泥是以色列最珍贵的自然资源之一。

以色列最重要的两种资源，一种是神给的精神资源，另外一种资源就是优秀的犹太人。除此之外，以色列没有什么自然资源。中东的地下蕴藏了丰富的石油，唯独以色列没有，别说油了，连水都没有，煤和铁也完全没有，钻石有一点点，但是也无法和南非比拟。唯独值得拿出来说一说的，就是死海里的死海泥了。以至于你在以色列出境的时候，如果随身携带了死海泥，必须要在出境报告里清晰地写明，否则就不让你出境。

我本人也亲自尝试了一下死海泥，糊了自己一身，一开始觉得特别别扭，只好躺在原地不动，躺了半小时后，我把身上的泥洗掉，顿时整个人都有一种刚拔完罐的感觉，神清气爽，舒服极了。当地人不懂拔罐是什么，但是他们知道中国的针灸和中医，现在经常有以色列的拉比（老师或者智者的象征）去中国学习中医。他们为什么会对中医感兴趣呢？因为他们从《圣经》中看到，很久以前的以色列是有属于自己的犹太医学的，后来因为整个民族流离失所，犹太医学也就失传了，但据说有一些犹太医术漂洋过海传到中国去了，所以拉比就纷纷去中国寻找这些医术，结果他们发现中国的中医里面，有很多跟传说中的犹太医术很相似的内容，比如针灸的穴位等。

他们还举了一个例子，犹太人的祈祷分很多种，传统的犹太人在祈祷的时候，要在脑门儿上顶一个东西，有点像我们中国汉朝时戴在头上的发饰，犹太人顶在头上的是四个小盒子，里面有一些经文，表明他们是允许同时有多种思想的，同时手上也要绑上复杂的皮带子，据以色列的犹太拉比研究，他们绑手的位置，和中医针灸的穴位很像。

可见犹太人跟中国人还是有着千丝万缕的联系的。犹太《圣经》里就曾写道，犹太伟大的亚伯拉罕一共有八个孩子，其中有六个去了中国。虽然我也没考证他们是从哪儿听说了中国（希伯来语中的"东方之地"就是指中国）的，因为在写犹太《圣经》的时候，世界上还没有一个真正的中国。目前为止，能得到出土文物证明的中国历史，最早只到商朝，商朝之前的夏朝没有出土文物证据，只能通过《史记》等文献记载得知，更早期的河姆渡人、北京人有出土文物，但那实在是太久远了，那时候中国还没有形成一个社会组织，更谈不上一个国家。犹太的历史要比中国久远得多，目前已经出土的确凿的文物，涵盖了从埃及到当今以色列的每一个历史时期，最早可达四千多年前。

所以，我问了相关的历史学家，按照粗略的推算，当年亚伯拉罕的六个孩子去中国的时候，中国处于什么时期，得到的结论是，那应该是中国的三皇五帝时代，那个时候还没有"中国"这个称呼，所以我对于中医起源的问题，并不是太赞同以色列人单方面的说法。

4. 犹太人和阿拉伯人的真实关系

在耶路撒冷古城的城墙上，大家可以看到很多子弹留下的弹孔，那都是千百年来统治过以色列的民族留下的。

以色列从来不对古迹进行翻新，所有的一切都保持着原本的样子，历史上发生的每一次事件留下的痕迹，都原封不动地保留着，向后代展示着历史的原貌。正是有了无数人的牺牲，才有了今天的以色列。如果把古迹翻新了，就相当于抹去了历史，抹去了犹太人千百年来颠沛流离的记忆。这些痕迹是这个国家和民族的精神象征，应该永远留存，警醒着后世子孙。

我们中国是十分支持第三世界以及革命的，所以在我们的地理课本里，是将特拉维夫定为以色列的首都的。而耶路撒冷是三教圣地，各方势力对这里的争夺太厉害了，最后联合国说你们别争了，干脆由联合国来托管耶路撒冷吧，以色列人民当然不愿意，最后还是通过战争，夺回了耶路撒冷，并将这里定为以色列的首都，这是以色列人民为之奋斗的、为之流血的、来之不易的土地。

这和德国的情况很像。德国只要统一了，首都就必须定在柏林，如果德国的首都不是柏林，德国人民会觉得这根本不是德国。德国分裂的时候是没有办法，不得不将西德的首都定为波恩，只要东西稍微统一起来，马上就把首都迁回柏林了，也不管柏林当时原本属于东德的部分有多落后，就因为柏林是日耳曼民族的象征，就算落后，德国人民也可以建设它，总之德国的首都只能是柏林。

以色列的犹太人也一定要把首都建在耶路撒冷。但特拉维夫其实是一座年轻人更加喜欢的城市，我也特别喜欢特拉维夫。耶路撒冷虽然美，虽然神圣，但这座老城（旧城）只有一平方公里的面积，随便走一走就到头了，顶多每天进城祈祷一下，你要天天窝在这么小的一个地方，那肯定不行。你要是想在以色列生活的话，最好还是去现代化的特拉维夫。

耶路撒冷很像我们中国的北京，是一个政治的、宗教的、文化的、历史的中心，人们到了北京，总会怀着朝圣一般的心情去看一看紫禁城、长城和颐和园等，在那些地方凭吊和感受一下泱泱中华的历史和文明；而特拉维夫更像我们的上海，是一座特别现代化的城市，当然特拉维夫也有文化和历史，也有雅法古城，毕竟以色列这个国家也没多大，到处都是历史和古迹，我们的上海虽然没有那么悠久的历史，但是上海充满了各种青春洋溢的年轻人，有各种漂亮的建筑，丰富多彩的现代化都市生活，总之，在特拉维夫，你可以充分享受现代化生活。

大家别看以色列有这么多种宗教，是一个宗教气氛极其浓厚的国家，其实这里的思想还是比较开明的，尤其是对同性恋的态度十分宽容，比美国南部还宽容。在美国的南部，比如得克萨斯州，如果你是一个同性恋，还是会有人骂你两句。在以色列，虽然在耶路撒冷还是能感受到比较保守的宗教气氛，但如果是同性恋，就可以放心大胆地到特拉维夫去，那里有多元的思想，新潮的年轻人，美轮美奂的艺术品，各种现代化和高科技的东西等。

我到了特拉维夫，就觉得非常舒服自在，但这种舒服和我在美国的感觉不一样，以色列的任何一个地方都和美国不一样，因为美国最大的特点就是没有历史，美国的一切都很新，每个地方都差不多，你在美国的街上到处能看到麦当劳。以色列给我的感觉更像欧洲，有古老的城区，有大量的历史，也不缺乏现代化，有特别多的风情酒吧区，这在美国可是很少见的，因为美国人的房子特别大，大家都喜欢在自己的家里聚会。特拉维夫有特别漂亮的饭馆和酒吧，让我在里面流连忘返，这里真的是一个值得生活的地方，这里有一代又一代的移民建起来的 Bauhaus（一种建筑风格）的建筑，从古老的到现代的都包含其中。

从特拉维夫开车去耶路撒冷，大约只有 40 分钟的车程，两座城市离得很近。但这一路上我却有一种非常奇特的感觉，觉得自己就像哈利·波特在国王十字车站坐上了开往魔法学院的列车一样，当他在伦敦上车的时候，四周的场景还充满了现代化，就像特拉维夫，一到了耶路撒冷就顿时像是到了霍格沃茨，因为人人都戴上了大礼帽，穿上了黑衣服，男人都留着大胡子，特别有一种进入了魔法世界的错觉。

在吃这方面，耶路撒冷和特拉维夫这两个地方就差不多了。中国人到了以色列可能会觉得有点痛苦，因为在这个拥有 800 万人口的国家，一共只有八家中国人开的中餐馆。如果你去商场里面，看见牌子上写着"点心"你就进去吃，那你可就亏大了，那就是一帮犹太人或者阿拉伯人做出来的仿造的中国点心，每一个饺子都大得令人发指，而且特别贵，一个饺子卖五个当地货币，相当于人民币十块钱，最重要的是以我们中国人的口味来评价，确实不太好吃。

以色列的中餐之所以不好吃，主要是因为这里的华人特别少，华人想要移民到以色列来，是非常困难的。因为犹太人历经了几千年的颠沛流离，终于在以色列建立了国家，他们不太希望其他民族的人大量地来这里定居，而是希望犹太人能在这里占主导。但不管怎么说，在耶路撒冷和特拉维夫这两座城市里，各自还是有一两家做得比较好吃的中餐馆的，但数量实在是太少了，你也不能一天三顿都在一家饭馆里吃，那也太腻了，而且开中餐馆的老板也普遍表示，他们在以色列开餐馆确实很难，以色列这个国家的食品管理太严格了，虽然是为了安全，但各种各样的食材供应都非常紧缺。

虽然中餐馆很少，但总体来说，以色列的饭做得还是挺好吃的。我以前曾讲过，凡是民族融合的地区，做出来的饭菜普遍都挺好吃的。比如，香港做出来的饭就比广州的好吃，因为香港不光做粤菜，还融合了西方饮食里的很多方法，把西餐和粤菜做了大量的改良和融合；洛杉矶的食物好吃，也是因为在洛杉矶有大量来自中国各个省市的华人：香港人、台湾人、上海人、北京人等，大家在洛杉矶融合在了一起。中国台湾的食物好吃也是同样的道理，因为在台湾小小的土地上，有来自各个省份的大陆人，各个省的菜系融合在了一起。

以色列毫无疑问是一个多民族的国家，这里有犹太人，有阿拉伯人，有贝都因人等，各个民族的人生活在一起，渐渐地就将彼此的饮食文化也融合在了一起，形成了一种取众家精华于一身的饮食文化。

我在中国确实没有吃过以色列的食物，甚至在美国也没去过以色列人开的餐馆。最主要的原因是在美国人的印象里，犹太人就是专门负责拿诺贝尔奖的，就是专门负责赚大钱、研发高科技的，犹太人不爱享受，他们最大的爱好就是努力工作，而且犹太人确实聪明，确实勤奋，他们赚到的钱和取得的成绩，也完全掩盖了他们的饮食文化特色。殊不知，犹太人的食物也挺好吃的。

当然了，犹太人的食物和阿拉伯人的食物是很接近的，因为这两个民族已经在同一片土地上生活了很多很多年，虽然有一部分犹太人离开了中东上千年，但还是有一部分犹太人一直生活在这里。

如今，很多人认为犹太人和阿拉伯人是世仇，仿佛从千百年前这两个民族就杠上了，和对方势不两立。事实并非完全如此，把犹太人从他们自己的土地上赶走的并不是阿拉伯人，更不是突厥人，这件事我必须要一而再、再而三地重申——是罗马人把犹太人赶出了自己的故土，因为犹太人不愿意放弃自己的宗教信仰。

在犹太人从这里被赶到全世界去的时候，这个世界上还没有伊斯兰教，还没有穆斯林，穆罕默德还没有出生，还没有人知道他就是真主派来的使者。

到了公元500多年，穆罕默德才出生，创立了伊斯兰教。穆罕默德的老师们基本都是犹太人，所以伊斯兰教里从来没有说过犹太人是坏人，而且《古兰经》里还讲过，穆罕默德本人就骑着飞马来到了以色列的阿克萨这个地方，在这里升天见到了真主。犹太人和阿拉伯人之间的仇恨是在犹太人被赶出自己的土地很久以后才产生的。

事实上，在奥斯曼帝国时期，全世界最不歧视犹太人的国家之一就是奥斯曼土耳其，犹太人在奥斯曼土耳其生活得很好，而且很多犹太人还当了官，他们在奥斯曼土耳其的很多城市当上了总会计师、总工程师，甚至在朝廷里频繁露脸，奥斯曼土耳其人对犹太人没有偏见，犹太人本身也很聪明，大家在一起健康地融合，生活得非常和谐，所以才会有很多犹太人始终生活在中东。

犹太人被赶出了自己的土地之后，主要就分流成了两部分，一部分是中东的犹太人，另一部分是欧洲的犹太人，当然美国也有犹太人，但是美国的犹太人基本上一直就生活在美国了，后来回到以色列建国的主力还是中东和欧洲的犹太人，以及部分美国犹太人、非洲犹太人和亚洲犹太人。

当然很多国家对犹太人都是非常不友好的，甚至疯狂迫害犹太人，但绝对不是奥斯曼土耳其人，更不是阿拉伯人，也不是英国人，犹太人在这些地方都没有受到多少迫害，生活得不错。如果犹太人在奥斯曼土耳其遭到迫害，那德国后来迫害犹太人的时候，犹太人也就不会大批地从德国逃往土耳其了。

犹太人在西班牙受到了很严重的迫害。就在哥伦布出海的那一年，西班牙开始大规模地迫害和屠杀犹太人。俄国也多次对犹太人进行屠杀，哥萨克也迫害犹太人。犹太人在这些国家受到了迫害，就纷纷逃到了奥斯曼土耳其，因为只有在这里他们才能过上不错的生活。后来英国人来了，把奥斯曼土耳其打跑了，在英国人殖民期间，英国人对犹太人也很好。后来在犹太人要建国的时候，曾经摆出一副要跟英国人拼命的架势，还控诉英国人曾经鞭打过犹太人等，当然，英国人确实也杀过犹太人，那是因为犹太人刺杀了英国军官，所以绞死了几个犹太人，但英国人的确没有大规模地屠杀和迫害过犹太人。

英国人对犹太人的态度其实是相当不错的，因为犹太人在英国也占有重要的地位，我们耳熟能详的罗斯柴尔德家族，这个号称掌握着英国经济命脉的家族就是犹太裔。犹太人在英国当过各种各样的大臣，在英国拥有很高的社会地位。不光是英国，犹太人还当过法国总理，战后的法国有两任总理都是犹太人。

几千年来，犹太人和阿拉伯人在一起生活得很好，大家用一样的文字，说一样的语言，阿拉伯语在两个民族之间是完全通用的，犹太人只有在祈祷的时候，才使用他们犹太《圣经》里的希伯来语。但希伯来语和我们的汉语还不太一样，汉语经过几千年的传承，虽然说口音和语法都有点改变了，但在日常和官方用语中都一直流通，而希伯来语中间很多年只用于祈祷了，即便在祈祷中的希伯来语，也已经非常抽象化了，就像我们佛教中常用的"阿弥陀佛""唵嘛呢叭咪吽"，虽然每天都念叨着这几句话，但是很多人说不清它们的意思。

现实生活中，犹太人在哪个国家生活，就说哪个国家的语言。所以整个中东的犹太人都说阿拉伯语，用阿拉伯语写字和上学。生活在德国的犹太人就说德语，在俄国生活的犹太人就说俄语，在法国生活的犹太人就说法语，几百年来都是如此。

一直到了1860年，奥斯曼土耳其快要不行了，大英帝国崛起了。有一部分犹太人才渐渐有了一些意识，开始思考我们是不是应该回家了。尤其是在欧洲遭到残酷迫害的那些犹太人，想要回到自己的家园的渴望更加强烈。于是欧洲和中东的犹太人纷纷出钱，回到以色列来种树，因为奥斯曼土耳其出台了一个政策，谁在这块土地上种树，这块土地就归谁所有。我觉得这个政策挺好，中国应该也效仿这个政策，这样一来，沙尘暴估计很快就没有了，因为大家纷纷自掏腰包去种树，树多了，沙尘也就无处横行了。

于是，大批的犹太人渐渐回到了自己的土地上，最终在以色列重新建立了自己的国家。

5. 犹太民族的语言

上一节写到，大批的犹太人从欧洲和中东回到以色列来种树，大家千百年来都生活在不同的地方，操着不同的语言，现在终于团聚在一起了，问题却也来了，其中最大的问题就是——语言不通。你说德语，我说阿拉伯语，他说俄语，虽然我们都是犹太人，祈祷时也都说希伯来语，但日常生活中还是无法沟通，只能靠用手比画，这样一个民族该怎么继续发展，继续往前走呢？

实际上，生活在欧洲的犹太人是有一种自己的语言的，尤其是中欧和西欧的犹太人，他们使用的语言叫 Yiddish，也就是意第绪语。但是意第绪语只有欧洲的犹太人会说，生活在俄国的犹太人就完全不懂，中东的犹太人也不会说，所以把意第绪语当作统一语言的操作难度还是很大的。

到底用什么语言来作为统一的语言呢？首先，不管是生活在世界上哪一个国家的犹太人，他们都非常虔诚地信仰自己的宗教，信奉自己的上帝，维护犹太教的《圣经》。所以，最后大家讨论来讨论去，干脆决定还是用我们犹太人自己的最古老的希伯来语吧。但是在犹太人几千年的颠沛流离中，希伯来语早已在日常生活中失传了，只能在它的基础上重新发明出一种新的语言。这就好像我们中国今天突然把《诗经》拿出来，说从此以后大家都要按照这上面的语法来说话，这不太现实，只能把古老的语法进行一番现代化的改良。如今我们看到和听到的希伯来文，里面有 90% 的词汇是从《圣经》里来的，还有少部分词是从阿拉伯语和其他语言中引进的。

其实我们中国也从日本引进了很多词汇，虽然我们古老的汉语几千年来都没有中断过，但在近百年来的现代化过程中，我们确实从日本学习和借鉴了不少词汇，比如"中华民族"这个词。很多熟悉一点历史的朋友可能要跟我叫板，说"中华民族"这个词是梁启超发明的。其实不是梁启超发明的，而是梁启超第一个从日语里引进过来的。诸如"民族""政治""民主""法律"，这些词都是日本人在翻译西方现代化著作的时候发明的。日本文字里也有很多的汉字，当时我们国家在日本留学和流亡的人也很多，这些人在阅读这些日本人翻译的著作时，就大量地将这些词汇引进到了中文里。

比如"经济"这个词，也是从日文翻译著作里引进的。很多朋友问过我，戊戌变法失败之后，梁启超去了哪里？他就是逃到日本去了，他的儿子梁思成就是在日本出生的，并且是在日本度过的童年。于是梁启超在日本流亡期间，就发现日本人翻译出了一个很好的词，叫"民族"。在这之前，我们中国人的观念里根本就没有"民族"这个概念，古代也很少有典籍把"民"和"族"这两个字放在一起使用，就算放在一起，也不是我们现在熟知的"民族"的意思。经过一番思考，梁启超觉得这个词太有意义了，甚至可以改变中国，所以他就直接把这个词引进了自己的著作里。但梁启超还是挺有版权观念的，他在自己的著作的前言里明确地写了，因为十年来大量阅读日本人翻译的著作，在里面经常看到"民族"这个词，觉得非常受启发，所以才想到了"中华民族"这个词。也就是说，"中华民族"这个词是大约在 1901 或 1902 年的时候，梁启超受日语中"民族"这个词的启发而创造出来的。

总之，犹太人把希伯来语进行了现代化的改良后，大家就开始一起学习这种新语言。这件事真的太神奇了，一个失传了千年的语言，一群来自世界各地的犹太人，大家居然真的很快就都学会了。当然也有可能是他们几千年来一直坚持不懈地背诵《圣经》，对于希伯来语的古文并不陌生，学起来也驾轻就熟。总之，有了统一的语言之后，犹太民族的凝聚力也越来越强了。

民族凝聚力增强了，就吸引了更多的犹太人回到自己的土地上，犹太民族的力量不断壮大，导致这种情况发生的原因有很多，欧洲的排犹是一个重要原因，随之各种各样巧合的事情也都发生了，其中最重大的事就是战争来了，"一战"开始了。但实际上在"一战"的时候，全世界也没有多少犹太人想要建立自己的国家，虽然犹太复国主义从 19 世纪末就开始了，但怀有这种想法的人一直不是很多，只有少数人在暗中谋划着这件事。

"犹太复国"在最初谋划的时候，胜算其实很小，原因显而易见，犹太人都在全世界各地生活了很多年，对于哪里是自己的国家这件事已经很模糊了。我给大家举几个例子，"一战"爆发后，生活在俄国的犹太人就觉得，我既然生活在俄国，我就是俄国人，应该参加俄国军队，为俄国而战；生活在德国的犹太人就参加德国军队，为德国而战。总之，在当时的大环境下，别说犹太人了，到处都闹得一塌糊涂。被马克思和恩格斯团结起来的工人阶级，在"一战"爆发后全都吵架解散了，因为大家本来都自诩为社会主义者，为了革命而团结在一起，反对帝国主义和资产阶级，结果突然一打仗，大家顿时觉得比起那些主义，我还是更爱自己的国家，我还是回到自己的祖国去参军打仗，保卫祖国吧。

　　"一战"是一场大家都对本民族空前认同的战争。当然，列宁也说过，"一战"是一场帝国主义战争。但即便是帝国主义战争，参加者也是一个一个的国家，一个一个的民族，一按国家和民族来划分，之前好不容易团结起来的社会主义集团立刻就分裂了，因为大家都来自不同的国家和民族，要回到各自不同的阵营去参战，先为民族而战，再为了社会主义而战，这个顺序大家都排得很清楚。

　　犹太人也是如此，大部分犹太人觉得，我虽然是犹太人，但是我在现在这个国家生活了很多年了，这里已经就是我的祖国了，我得为了保卫我的祖国而战。于是大批的犹太人为了不同的国家而上了前线。仅在俄国的军队中，就有十万犹太人壮烈牺牲。奥匈帝国军队里的犹太人特别多，甚至很多生活在奥匈帝国的著名大作家，都亲自上了前线，如茨威格、卡夫卡等——最后也有一万多犹太人为奥匈帝国牺牲。德国的犹太人也为了德国去战斗，牺牲了一万两千多人。还有法国的犹太人，意大利的犹太人……总之，各个国家的犹太人都为了自己认同的祖国去英勇参战了。

　　以上这些数据都是铁证，说明当时大多数的犹太人并没有什么复国的想法，他们就把自己生活的国家当作祖国，而且他们也都长时期地使用当地的语言，也不说希伯来语，他们都接受这个国家里有很多的宗教，我们信奉的宗教只是众多宗教中的一个，这个国家有很多的民族，亚美尼亚人是一支民族，高加索人是一支民族，我们犹太人也是其中一支，当战争爆发时，我们所有的民族都要为了这个国家去战斗。总之，"一战"以前，真正认同犹太复国这件事的人还是比较少的。

真正的转机诞生于战争中。战争虽然是残酷的，但也确实带来了很多机会。"一战"期间，英国人为了鼓励犹太人帮自己去前线打仗，主动给犹太人发枪，还发表了著名的 Balfour Declaration（《贝尔福宣言》），这个宣言用十分含蓄的说法，传达出了一个重要的讯息：只要犹太人肯为英国而战，战后英国就支持犹太人在巴勒斯坦那里建立自己的国家。英国当然是非常狡猾了，如果我是英国，我肯定也会做出这样的承诺，因为当时巴勒斯坦还属于奥斯曼土耳其，反正又不是英国自己的土地。总之英国这个老牌帝国主义国家在外交手腕上是非常老谋深算的。

但这个宣言还是大大振奋了犹太人。无数的犹太人心中突然燃起了一点火苗，大家直到这个时候才猛然意识到，我们可以有一个完全属于犹太人自己的国家。这个消息就在精英阶层迅速传开了。最让犹太人感到有希望的是，英国会支持他们，英国是世界上最强大的国家之一，有了英国的支持，建立犹太人自己的国家的可能性就非常大了。

当然了，政治家是政治家，精英阶层是精英阶层，他们的想法其实并不能代表普通的平民老百姓，很多普通的犹太人还是认为，我们已经十代人，甚至二十代人都生活在现在的国家，突然让我背井离乡，去遥远的巴勒斯坦复国，这太不现实了吧？但是，任何一件伟大的事情，都是从最开始微弱的火苗一点点燃烧成燎原之势的。毛主席就说过，星星之火可以燎原。我们中国也是一样，一开始没有多少老百姓支持革命，因为大家只是想一日三餐好好过日子而已，但是革命者不断带来新的思想和新的希望，不断鼓励大家，到了最后，那些本来根本不懂革命也不想革命的农民，也干脆把锄头一扔，跟着大家一起去搞革命了。

第一批的犹太复国者其实都是精英阶层，他们开始在全世界积极奔走，募捐。这些犹太精英其实就跟革命者很像，他们"左"倾，他们有社会主义思想，甚至有共产主义思想，最重要的是他们有社会主义和共产主义的热情，他们将生活在全世界的犹太人都慢慢地鼓励起来，团结起来，有钱的出钱，有力的出力，他们积极地游说有钱的犹太人回去买地，让没有钱的犹太人回去生活，种植农作物。

我这次来以色列请的导游是一位漂亮的以色列姑娘，她的爷爷之前就是生活在叙利亚的犹太人，而且她们家在叙利亚生活了好几代人，可见阿拉伯人确实对犹太人挺好的，阿拉伯人从来没有把犹太人关到集中营去，也没有屠杀过他们，而且这位导游的爷爷在叙利亚还是非常有钱的犹太富商。当年，犹太复国组织找到她爷爷，游说他回去买一块土地。她爷爷欣然答应了，反正大家都是为了犹太民族。这就像我们当年的南洋华侨，孙中山跑到南洋去，说中国要革命了，大家出点钱资助吧，南洋华侨就纷纷慷慨解囊，美国华侨和洪门也慷慨解囊，支援祖国的革命，非常感人。世界各地的犹太人都纷纷被鼓动起来。有钱的出钱买地，没钱的回去出力，大家都回来了，共同生活，共同经营，共同学习希伯来语，共同祈祷，共同追求社会主义事业。

所以在以色列刚刚开始独立的前30年里，就相当于一个半社会主义国家，因为在以色列建国的这些国父，比如本－古里安等人，他们基本上都是社会主义者，有共产主义思想。

紧接着就爆发了"二战"，"二战"期间对犹太人的迫害真是太残酷了。这里我要插一点题外话，大家常说纳粹迫害犹太人，屠杀犹太人，但那其实只是德国的纳粹，只有德国曾经这样灭绝人性地对待犹太人，德国曾经还是欧洲对待犹太人最好的国家之一，结果希特勒上台以后，屠杀了600万犹太人。但是"二战"中间还发生了一件小事，意大利居然顶住了希特勒的压力，匈牙利顶住了希特勒的压力，保加利亚顶住了希特勒的压力，这些国家都是希特勒的小跟班，是跟着希特勒混的仆从国，希特勒下令让他们把国内的犹太人都交出来，关到奥斯维辛集中营去，结果墨索里尼不同意，他说我们国家不能做这种事情，所以意大利并没有把犹太人交给希特勒，直到意大利投降以后，1943年，德军占领了意大利，才把意大利的犹太人运往集中营，这些犹太人最后也没有全部被屠杀，很多人生存了下来。像匈牙利和保加利亚这么小的国家，为什么也能顶住希特勒的压力呢？这是因为有大量的犹太人在匈牙利，在保加利亚，在捷克，在波兰，他们几乎就是这些国家的一个主要的少数民族，是这个国家文化的重要组成部分，是不能忽视的社会力量。直到1944年，匈牙利发生政变，纳粹占领了匈牙利，才开始把匈牙利的犹太人往集中营送，但这个时候实际上已经有很多犹太人获救了。

"一战"以后，犹太人逐渐回到了以色列，发展到几十万人口。结果"二战"期间，全世界有几百万犹太人被屠杀，悲惨的犹太人受到了全世界的同情，这些对犹太人来说既是灾难，也是转机，最终，他们建立了如今的以色列这个国家。

以色列的整个建国过程，我个人是非常感动的，因为确实太不容易了。犹太这个民族不像我们中华民族，也不像大和民族和大韩民族，千百年来都生活在同一块土地上。犹太人几千年来流离失所，分散在世界各地，只是因为那一份久远的记忆，以及久远的信仰，最终靠着一点点火苗，点燃了复国的火焰，分离了千年的人们不约而同地选择回到以色列。

犹太人回到以色列，每个人都带回了一点属于自己的不同的东西。比如大家现在看到的以色列的国旗——大卫之星，这可不是从《圣经》里来的,《圣经》里从来没有提到过什么大卫之星,只有大卫王,大卫王的雕像也在这里。19世纪生活在布拉格的犹太人,根据大卫王的故事,发明出了大卫之星,他们回到以色列的时候就把大卫之星带了回来,最后犹太复国的时候,就选择了这个当作国旗。有很多生活在英国的犹太人,他们在英国的军队里服过役,他们回来出任以色列国防军事部门的职务,另外一些人为以色列带回了科学,带回了文化等。

但在所有犹太人带回和创造出的东西里,我觉得最神奇的还是现代希伯来语。犹太人常说,我们跟中华民族一样,拥有悠久的文化和历史。但犹太民族跟中华民族最不一样的地方就是,我们中华民族的语言文化从来没有中断过,几千年来,我们有汉赋、唐诗、宋词、元曲以及明朝的小说,一直到曹雪芹的《红楼梦》,中国的文学达到了最高峰。我们的整个汉语言文化就是这样一步一步发展过来的,如今你要研究中国的文学,能清楚地看到发展的脉络。

但希伯来语的发展就太模糊了,自从犹太人被赶出自己的家园,希伯来语就断开了长达几千年的时间,这几千年里,没有人于日常生活中再说希伯来语,更没人用希伯来语写作,即便那些著名的犹太作家,也都不用希伯来语写作,卡夫卡用德语写作,茨威格用德语写作,生活在各国的犹太人都用各国的语言去书写,希伯来语最终只退化成一种古老而抽象的祈祷语言。

结果犹太复国之后,人们重新使用改良过的希伯来语,就在一百多年的时间里,以色列就诞生了用希伯来语写作的作家,而且居然还得了诺贝尔文学奖[1]!

---

① 萨缪尔·约瑟夫·阿格农(Agnon, Shmuel Yosef)以色列作家。生于奥地利,后移居耶路撒冷。最早用犹太德语写作,后改用希伯来语。作品大多写欧洲犹太人生活,如小说集《婚礼的华盖》《夜间来客》等。后期写以色列人生活,强调犹太民族传统,如《昨天和前天》等。1966年获诺贝尔文学奖。

发明一种语言其实并不是特别困难的事，越南人以前用汉语，后来法国人替他们发明了用法语字母拼写的越南语。但是一种新的语言要成熟到成为一种伟大的文学语言，而且用它写出的文学作品还要获得诺贝尔文学奖，那真是一件太了不起的事情了。犹太人真的是太了不起了，非常值得敬佩。

6. 传统与开明的碰撞

大量的犹太人从世界各地回到以色列后，大家分别带回了很多好东西，然后一起努力，共同建立属于犹太人自己的国家。

然而，任何事情都是这样，有好的一面，就会有坏的一面，来自不同国家的犹太人带回了大量先进的思想和文化，也带回了很多不好的东西。人类社会正是如此，没有任何一个国家里的人全都是天使，那么多天使从世界各地归来，组成了一个天使之国以色列，那是不可能的事情。重新聚合起来的犹太人相互之间也有歧视。

德国来的犹太人的名字大多数是什么伯格，或者什么威尔茨，他们受过很好的教育，毕业于非常好的大学，比如哥廷根大学。德国的犹太人里也出了很多了不起的天才，比如爱因斯坦和马克思，所以从德国回来的犹太人天然有一种高人一等的感觉，觉得自己永远高高在上。

东欧来的犹太人，尤其是俄国革命前后来的大量犹太人，波兰的犹太人基本没什么文化，但他们好歹也算来自欧洲，就算德国的犹太人更有钱，但大家聚在一起，还是能说几句意第绪语，还能聊聊欧洲的基本文化史。

中东的犹太人就更没文化了，他们几百年来生活在中东，说着阿拉伯语，吃着阿拉伯饭，用阿拉伯语书写，跟欧洲的犹太人简直是没有任何共同语言，连吃都吃不到一起，德国来的犹太人吃香肠，中东的犹太人吃烤肉。双方实在是分离得太久了，其实连长相都不太一样了。现在的犹太人确实已经没有什么固定的长相了，因为他们已经分别在不同的国家生活和融合了太久，就像世代生活在美国的华裔，他们其实跟中国人长得也不太像了。

因为从外表上无法辨别一个人是不是犹太人，所以就需要一个强大的认证机构来认证一个人的犹太血统。以色列规定，只要你是犹太人，就天然拥有以色列的国籍。但这个血统认证实在是太麻烦了，最后认证出来，连埃塞俄比亚的一支黑人族群都有犹太血统，其实那些黑人已经不能称之为犹太血统了，顶多就是有一点犹太人的基因。但不管你的血统是不是足够纯正，只要你还信仰犹太教，那就承认你的犹太人身份，就算你不信仰犹太教，只要你妈妈是犹太人，并且你妈妈是信奉犹太教的，也承认你的犹太人身份。

总之，这样一群血统不完全相同，长得也不完全一样，文化背景天壤之别，饮食习惯截然不同，千百年来都生活在不同地方的犹太人，要重新融合并生活在同一块土地上，各种矛盾肯定会纷至沓来。其中最不同的，就是彼此连信仰的东西都不同，你信犹太教，他信基督教，这还不要紧，除了宗教还有各种主义呢。

大家想一想，以色列建国的时候是 1948 年，那时候全世界正处于冷战时期，这儿的人民信奉共产主义、社会主义，那儿的人民信奉资本主义，还有人信奉帝国主义，怀着各种主义的人凑在一起生活，那根本融合不在一起啊。

信仰社会主义的犹太人回到以色列，就组织起自己的社会主义和共产主义公社（Kibbutz），犹太人组建的公社简直比苏联还要共产主义，公社和信仰资本主义的人当然是水火不容，但还有更夸张的——疯狂喜爱斯大林的犹太人。以色列建国之后的第五年，斯大林去世了，居然有很多犹太人哭得如丧考妣，因为这些犹太人长期生活在苏联，早已把苏联当成了自己的祖国，即便回到了以色列，心里还是崇敬斯大林的。

斯大林虽然没有疯狂屠杀过犹太人，但他对犹太人其实也不好，甚至还迫害过犹太人。当然了，斯大林迫害过各种少数民族，比如生活在海参崴的华人，一九二几年的时候，海参崴还有30%的华人，结果这些人全都遭到了屠杀。现在去海参崴旅游，还能看到斯大林时代的万人坑，那么多的华人全都被屠杀了，还有很多华人被斯大林流放到西伯利亚做苦工。斯大林还迫害过鞑靼人。

可即便如此，在斯大林去世的时候，还是有很多在苏联生活过的犹太人为之哭泣。

以色列的第一任女总理梅厄夫人，就是美国的犹太人，在美国生活的人信奉的自然也都是美国的那一套东西，跟欧洲和中东的犹太人差别就更大了。

美国以前的白人总统们对以色列都表现出无限的支持，但奥巴马上台后，美国对以色列就没有以前那么好了，虽然奥巴马是黑人，但他的主张实际上就相当于一个"白左"，他信仰的也都是民主党的那一套东西，觉得犹太人在以色列建立定居点这件事不好，以至于现在整个美国对以色列都有一点点意见。

就在我来以色列的这段时间，以色列的现任总统鲁文·里夫林到美国进行访问，在布鲁金斯学会发表演讲——布鲁金斯学会是美国著名的智库之一，也是华盛顿学术界的主流思想库之一——鲁文·里夫林在演讲上特意挂了一张大图，诚恳地对美国的智库们说，以色列不像你们想象中那样，我们不是像从前的南非那样的种族隔离的国家，不是只允许白人在里面生存，其他的种族都不让来，我们以色列是一个民族融合的国家。

虽然以色列没有一部成文的宪法明确地写出了这些东西，但是以色列是世界上唯一的一个由联合国投票建立的国家。1947 年 11 月，联合国大会表决了《1947 年联合国分治方案》，将巴勒斯坦地区分为两个国家，犹太人和阿拉伯人分别拥有大约 55% 和 45% 的领土，耶路撒冷被置于联合国的托管之下。这样的事情以前从来没有过，以后也不会有。除了以色列，其他国家都是自己建国，然后等着联合国来承认。

所以以色列自建国开始，全世界理所当然地认为它就是一个犹太国，联合国这么做的目的就是给犹太人找一个家园。但是到了今天，过去了快70 年，社会也在前进，世界也在进步，大家已经开始慢慢地忘记犹太人受过的苦难了，更何况犹太人靠着自己的努力和智慧，越来越强大了，科技也发达，经济也富足，已经不再是大屠杀时代的犹太人了。以至于现在开始有一种苗头，人们觉得犹太人开始反过来欺负阿拉伯人了，各种对犹太人不满的声音频频出现。

针对这些情况，鲁文·里夫林说，我们的国家以色列并不存在一个主流的民族，我们是由四个民族组成的多民族的国家，这四个民族分别是：开明的犹太人，传统的犹太人，犹太复国主义者和阿拉伯人。这里说的阿拉伯人不是指巴勒斯坦人，而是在以色列境内的，拿以色列护照的，拥有以色列国籍的，有以色列的投票权的阿拉伯人。

大家可能会觉得鲁文·里夫林的分类挺好笑的，他说的前三个民族不都是犹太人吗？其实不是，我觉得这个分类还是很有道理的，因为这三种犹太人真的是非常不一样。而且鲁文·里夫林到美国来公开发表这四个民族的分类，也是很聪明的举动，因为美国确实是太依赖生活在美国的犹太人了，以色列也非常依赖美国，一定要让美国理解他们。

如今，在以色列的 800 万人口里，犹太人占的比例很大，以色列的人口里将近 75%（外交部网络"以色列国家概况"）都是犹太人。实际上在以色列刚刚建国的时候，阿拉伯人还是很多的，当然在阿拉伯的犹太人也很多，我刚才提到过，自古以来阿拉伯人就没怎么迫害过犹太人，犹太人当然也没有能力迫害阿拉伯人。之所以现在以色列的阿拉伯人变少了，主要是在第一次中东战争之后，双方说是逃难也好，流亡也好，交换人口也好，总之就像希腊跟土耳其当年交换本民族人口一样，中东的阿拉伯人大量地来到以色列，以色列的阿拉伯人也大量地逃走，最终双方的人口比例就变成现在这样了。

鲁文·里夫林非常聪明地告诉美国人，我们以色列是由四个民族组成的邦联（Confederation），邦联是一个美国人特别能接受的词。

接下来我再详细地给大家解释一下，鲁文·里夫林为什么可以将犹太人分成三种。最大的原因就是，这三种犹太人确实很不一样，你走在街上就能看出来，传统的犹太人和开明的、世俗的犹太人的区别。

世俗的、开明的犹太人就跟美国的犹太人差不多，美国当然也有一些传统的犹太人，但是大多数的美国犹太人都是世俗开明的，比如大导演斯皮尔伯格，大导演、左派知识分子伍迪·艾伦，你从来没见过他们戴着犹太人的那种小帽子，从行为和外表也完全看不出他们是犹太人。而且美国的犹太人已经很少信教了。以色列的开明犹太人也有很多不信教的，但是他们都有犹太血统，也热爱以色列这个国家。开明的犹太人就算依然信教，也只是安息日的时候戴上小帽子，去教堂里做一下祈祷，除此之外就和不信教的人没什么区别了。

但传统的犹太人，你绝对一眼就能看出来，这一点我在洛杉矶深有体会。洛杉矶有两个地方有传统的犹太人，其中一个传统犹太人聚居的地方叫"恩西诺"（Encino），另一个是一条名叫"费尔法克斯"（Fairfax）的街，在安息日也就是礼拜六的时候，你如果去这两个地方，就能看到大街上都是戴着大帽子的犹太人，大帽子摘下来里面还有个小帽子，以此表达教徒内心的谦虚，因为这代表了人不是最大的存在，人之上还有天，还有神。

除了大帽子套着小帽子，他们还得穿着黑色长衣服，尤其是两鬓还得留着两撮卷卷的头发，我以前一直不明白这两撮卷卷的头发是什么意思，我也不敢问，因为在美国直接问传统的犹太人这种问题，十分不礼貌。后来我来到以色列，遇到一些开明的犹太人，他们就不介意，坦诚地给我做出解释：传统的犹太人认为两鬓的头发是属于上帝的，十分神圣，不能剪掉，于是两鬓的头发就一直留着，到了一定长度就卷成卷，胡子也是一样，不能剪。每当到了安息日，传统的犹太人就戴上小帽子套大帽子，穿上黑衣服，卷着鬓角，特别虔诚地去哭墙前亲吻，祈祷。到了赎罪日的时候，他们还得按照传统，忍受着饥饿，25小时不能吃饭。

赎罪日是新年之后的第十天，这一天是犹太人一年中最庄严、最神圣的日子。对传统的犹太教徒而言，这一天还是个禁食日，他们在这一天里完全不吃、不喝、不工作，集体去犹太会堂里祈祷，反思他们在过去一年中所犯下的或可能犯下的罪过。传统的犹太人的男生到了13岁，女生到了12岁，就要开始过赎罪日了。这就跟道教里的辟谷有点类似，意在提醒人们不能总是满足于口腹之欲，只有完全清空自己的身体，才能让心灵平静下来，反省自己。一般情况下，人饿到下午四点之后，基本上饿得过劲儿了，就能够清空杂念，让思想空明，就可以想很多事情了，在身体承受苦难的时候，让大脑充分运转，反思自己的过去，谴责自己的罪恶等。

熟悉历史的朋友都知道，1973年的第四次中东战争，阿拉伯人就利用了犹太人的赎罪日，进攻了以色列。但其实1967年以色列突袭阿拉伯的时候，也恰恰是利用了阿拉伯人的斋月。斋月也和赎罪日一样，要信徒饿着肚子，斋日是白天不能吃饭。因为阿拉伯人都饿着肚子呢，所以1967年的突袭，以色列胜利了。今天的以色列边境，基本上还都是1967年战争之后的边境。

阿拉伯人后来是效法以色列，利用赎罪日来袭击，但是阿拉伯人失算了，因为以色列的国太小，人太少，所以没办法保持大的常备军，常备军大概只有十几万人，但以色列有一个特别强大的应变能力，它能在48小时之内立即动员出60万大军。短时间内动员60万大军当然是非常困难的，如果是在普通的日子，犹太人有的在工厂做工，有的在办公室当秘书，有的在农田里耕作，有的在公路上开车，根本没法一下子把这些人都集中起来。可在赎罪日这天，情况就完全不一样了，赎罪日传统的犹太教徒和世俗的以色列犹太人全都不上班，全都聚集在教堂里祈祷，大街上空无一人。

结果，就在赎罪日这天，阿拉伯人突然从各个方向进攻以色列，埃及从南边进攻，叙利亚从北边进攻，当战争的枪声响起的时候，刚好所有的犹太人都集合在教堂里呢，拉比一声令下，所有犹太人马上从教堂出发，穿上军装，拿起武器，冲上前线，浴血杀敌。这种不可思议的反应速度，让阿拉伯人完全措手不及，结果最后阿拉伯人的进攻失败了。

犹太教的周末是星期五和星期六，很多以色列人跟美国人做生意很痛苦。因为星期六是安息日，以色列人全都放假，美国人想找以色列人做生意，根本找不到人，等到星期天，美国人放假了，以色列人上班了。美国的基督徒星期天必须放假，星期天相当于基督徒的安息日，因为那是耶稣升天的日子。所以美国人跟犹太人做生意很麻烦。

传统犹太人真的是非常恪守规矩的，他们的婚姻、生老病死，全都由拉比说了算，拉比就相当于传统犹太人的法律。以色列要求所有的犹太人都必须参军，因为这个国家四周强敌环伺，周围有20多个阿拉伯国家对它虎视眈眈。虽然现在大家的关系要比过去和平得多了，但以色列依然规定，不论男女公民，到了18岁就必须参军。

我在以色列遇到的所有 18 岁以上的犹太人，不论男女，全部都是参过军的。但是我不认识那种特别传统的犹太人。传统的犹太人是可以不去参军的。

传统的犹太人可以不参军的一个最重要的原因，是历史原因。当初以色列建国时的这些国父，比如本－古里安等人，他们都是开明的犹太人，而且他们基本都是社会主义者，他们为了实现自己的复国理想，为了团结更多的犹太人，扩大犹太人的力量，把这个国家凝聚起来，做出了一个妥协的决定，承诺只要传统的犹太人支持复国，他们将来就可以不参军。就这样，国父们争取到了传统犹太人的支持。他们要开各种政治协商会议，要团结所有民主党派，要拉拢各个阶层的知识分子，要把全国人民都团结在一起，这就不得不做出大量的妥协和让步。

第二个原因来自宗教。传统的犹太人，他们在宗教方面的清规戒律实在是太多了，光是他们不能吃的东西就数不胜数，或者干脆说，他们能吃的东西就屈指可数，绝大多数食物他们都不能吃。传统的犹太人只能吃《圣经》里规定的食物。而且这个《圣经》指的是旧约，犹太教认为新约不是《圣经》。旧约里明文规定，只有能够转世为人的动物，教徒们才能吃，而且关于如何吃，也定了大量繁文缛节。所以，传统犹太人如果参军，就不能跟其他人一起吃，非常麻烦。

第三个原因，传统的犹太人不能跟女人在一起。在以色列，不论男女都得当兵，全世界都没有哪一个国家有以色列这么多的女兵。所以，军队里有这么多女兵，传统的犹太人就不同意了。

总之，因为种种历史因素，再加上传统犹太人的规矩实在太多了，再加上他们每天都要定时祈祷，不能做长时间的军事训练，安息日还要休息，所以，他们可以免于参军，但估计他们自己也知道这样不太好，所以他们是这样解释自己不参军的行为的，他们说我们虽然没有参军，但是我们在后方祈祷你们在前线打胜仗，祈祷你们得到神的帮助，这比我们亲自上战场的贡献更大。现在因为以色列出台了很多的法律，要求全体犹太人都必须参军，所以传统犹太人又想出新的应对办法，比如他们如果在神学院上学，在研习宗教，那么这期间就可以不服兵役，为了避免兵役，很多传统犹太人就不停地延长自己在神学院的学时，一直延到自己过了服役期，那就彻底不用服役了。

通过以上的内容，大家可以清楚地看出，开明的犹太人和传统的犹太人之间，有多么大的差距，将他们分成两个不同的民族并不为过。

7. 犹太复国主义者

接着说一说以色列的第三个民族——犹太复国主义者（Zionist）。

很多人可能不明白了，要问我，犹太人早在 1948 年不就已经复国了吗？怎么现在还有复国主义者呢？这里我就要特别解释一下了，犹太复国主义者不是怀着当年建国时那种复国思想的人，而是一些思想相当激进的犹太人，他们坚持认为我们这个国家复得还不够，如今的以色列还不是我们的《圣经》上写的应许之地，还有很多领土没有还给我们，比如现在的巴勒斯坦那些地方，都应该是我们的，更多的地方也应该是我们的。

其实现在的犹太复国主义者应该叫国家主义者了（Nationalist）。估计有些读者朋友对国家主义者这个词并不陌生，因为纳粹的意思就是国家主义。只要这种国家主义一崛起，狂热的民族主义者就会出现。每个国家都有那种狂热的、极端的人喊着类似"犯强汉者，虽远必诛"的口号。

中国也有这种极端的民族主义者，在互联网上就有很多持有这样激进言论的人。但是我们中国的这些人，只会在互联网上匿名骂人，骂你是汉奸，骂他是卖国贼，骂别人都是"王八蛋"，但真的敢撸起衣袖真刀真枪去跟人干仗的还真没几个。但犹太复国主义者可不一样，他们要是觉得谁不好，是真的会去开打的。

犹太复国主义者又分成两种，这两种复国主义者都挺有意思。第一种是传统的犹太复国主义者，他们信奉宗教，每天拿着《圣经》，说我们以色列这个应许之地应该比现在大得多，我们不要住在现在的以色列这里，我们要回到应该属于我们的那块土地上。说完这些，他们就真的直接搬到巴勒斯坦去了。在所谓的敌我分界线（Green line）之外，以色列政府给这些人修建了定居点。我们看国际新闻的时候，经常会播报哪个定居点又骚乱了，又闹事了，谁谁又向定居点发射火箭弹了等。这些传统的犹太复国主义者不怕巴勒斯坦人，他们是真正的、勇敢的、激进的、爱国的民族主义者，跟我们国内那些只在互联网上蒙着脸叫嚣的人截然不同。

这些以色列人就跟巴勒斯坦人住在一起，坚持巴勒斯坦也是他们应许之地的一部分，坚毅地在一个个定居点的土地上种树。之前我提到过了，种树这件事，是从奥斯曼土耳其时代就开始的传统，他们觉得，只要我在这块土地种上树了，这块土地就是我的了。以色列政府对他们是支持的，还协助他们修建定居点。由于这些犹太复国主义者的努力，现在巴勒斯坦的领土上画出了一条很长的走廊，原来是从特拉维夫到耶路撒冷，耶路撒冷南北都是巴勒斯坦的领土，结果现在越扩越宽。

关于巴勒斯坦，这里还要补充两句，巴勒斯坦实际上跟以色列是犬牙交错的两个地方。巴勒斯坦这块土地本身也非常复杂，不是我们想象中那么简单，不是这里有块土地叫以色列，旁边有块土地叫巴勒斯坦，也不是国中国，整体归巴勒斯坦管理。这一大块土地实际上是把整个巴勒斯坦地区分成了 ABC 三块，执行三种管理模式。

A 区就是由巴勒斯坦自己管理，你是法塔赫管理也好，哈马斯管理也好，以色列当然希望不是哈马斯管理，因为他比较激进；B 区是混合的，有犹太定居点，也有巴勒斯坦人，由两边政府共同管理；C 区也既有巴勒斯坦人，也有犹太人，但是由以色列政府管理。

总之这里的地区划分非常复杂，我们在这里开车，可以看到两种不同的车牌，以色列的车牌是黄色的，巴勒斯坦的车牌是绿色的，有时候我们开着开着，就看见周围有很多绿色的车牌，这就说明我们到了 B 区，进 B 区很容易，但要去 A 区就比较复杂了。

除了生活在定居点的爱国者，犹太复国主义者还有另外一种，这种人更有意思。他们是一群社会主义者、爱国主义者、国家主义者，国家主义通常跟社会主义是联系在一起的。这些人很早就来到以色列了，恨不得建国以前他们就在这里了。我之前提过，建国以前，世界各地有钱的犹太人纷纷回来买地，这些社会主义者就回来建立了人民公社，那绝对是真正的人民公社，英文叫 Kibbutz。

我们这次来以色列，专门去访问了一个 Kibbutz，真是让我感慨良多。因为我们都是从社会主义国家来的人，从小深受社会主义和共产主义的教育，所以我们内心对这一套东西有自己的了解，也有自己的衡量尺度。

我到了 Kibbutz，第一个感觉就是这里实现的实际上是共产主义的一个层面，人人都平等，每个人住的房子都一样，所有人都一起去工作，一起用双手建设这块土地。这个 Kibbutz 就在死海边上，本来全都是荒山野岭和大石头，这些人亲手把大石头清掉，就像我们的"愚公移山"的故事，所有人都怀着人定胜天的信念，清掉大石头，建设梯田，种粮食，种蔬菜，盖起一座座的房屋，后来又共同开发旅游业。

这里每年选举一次委员会来管理社区事务，无论你是管理者，还是一个普普通通的工人，大家全都一样。每个人的房子一模一样，全都是两室一厅，如果要买车，那大家全都一模一样，教育也一模一样，都是共产主义式的教育，孩子们很小的时候由父母照顾，到了上学年龄就全都送到学校，离开父母，集中在一起学习他们的那一套知识。年青一代去城里上大学，由 Kibbutz 出钱。每一个人都充满了自豪感，觉得我们是一个共产主义的社会，生活在我们 Kibbutz 的人全都是最纯净、最幸福的。

但我还是有一定的怀疑精神的，对于这种表面上看起来完美的存在，我总会本能地去提出质疑。我跟这个 Kibbutz 里的一个管理者聊了很久，一开始对方当然充满了自豪感，但是聊得久了，很多问题也就渐渐地暴露出来了。他们都相信自己属于以色列的上等阶层，是以色列的精英，因为他们这些人不断实现了以色列的各种理想，本－古里安就是这样一位社会主义者。

Kibbutz 里的人很看不起城里的人。跟我聊天的这位老太太，她是从美国回来的犹太人，操着一口加州的口音，她在美国的时候就住在贝弗利山，那是洛杉矶最有钱的富人区，但犹太建国后，她为了祖国，毫不犹豫地离开了美国，回到了以色列，在这里带领大家开山种地，自己则无怨无悔地过着清苦的生活，后来她嫁给了一个也门犹太人。也门的犹太人在整个犹太人群体中大概是最被看不起的，因为他们肤色黑，文化水平也不高。就是这样一位老太太，她非常自豪地对我说，那些生活在城里的人，他们每天必须工作到晚上七八点才能回家照顾孩子，再看看我们生活在 Kibbutz 里的人，我们工作到下午四点就可以下班回家照顾孩子了。

听到这样的话，我立刻就警觉了起来，问她，为什么城里人要工作到晚上七八点，你们只要工作到四点就可以了？难道你们不需要努力工作吗？那你们的物质生活靠什么来保证呢？她得意地回答我，我们不需要那么努力，你看我们 Kibbutz 的位置多好啊，我们就在死海边，占尽了资源优势。于是我顺势问她，也就是说，原来你们 Kibbutz 不是因为共产主义制度而优越，而是因为占据的地理位置更优越喽？听到我这么有侵略性的问题，老太太倒也没生气，反而理所当然地回答道，对呀，我们 Kibbutz 占的都是好地方。于是我就不知道该再说些什么了，因为这样听来，Kibbutz 所谓的共产主义理想，就跟我们中国人那种保尔·柯察金式的共产主义理想大相径庭了。

就因为你们 Kibbutz 就是社会主义的，是光荣的复国主义者，要把最好的土地都给你们居住，海外有钱的犹太人捐钱把地买下来，你们就可以在这里享受优渥的生活，每天只要工作到下午四点。我又问了这位犹太老太太，万一你们需要做更多的劳动，比如社区的经费不够了，那该怎么办呢？她非常自信地告诉我，Kibbutz 是绝对不会发生这样的事情的。

后来我自己打听了一下，Kibbutz 之所以不会缺钱，是因为政府给了他们很多的补贴，而且，就算需要劳动力，也有很多泰国来的工人替他们工作。说到这儿，有点判断力的读者应该都听出不对劲了，雇用泰工替他们工作，这可就不是共产主义了，这几乎就和罗马时代、希腊时代差不多了，有一些人享受着民主和平等，拥有投票权，但还有很多奴隶生活在这里，这绝对不是共产主义理想。

我特意问了老太太，泰国工人能不能加入你们 Kibbutz，跟你们同工同酬，住一样的房子？她回答，那当然不行了，只有我们 Kibbutz 里面的人才有这样的待遇，他们只是雇工，我们雇用他们，付钱让他们替我们工作。这基本上就跟罗马、希腊一样了，只不过让奴隶们工作不用给钱而已。

我后来又打听到更夸张的事，不光泰国工人被雇来工作，也门的犹太人也曾经被雇来工作过，Kibbutz 里面的人实现着共产主义，享受着平等的生活，但同样是犹太人的那些也门犹太人，就没有资格享受这样的待遇，他们只能十几个人挤在一个屋子里，干着最苦最累的活，拿着微薄的薪水，到最后连干活的资格都不给他们了，Kibbutz 把那些也门犹太人都遣送回去了，因为 Kibbutz 觉得那些也门犹太人不像 Kibbutz 里的人这么聪明。

总之，随着我跟这位老太太聊天越来越深入，我内心也越来越警觉起来，我问她，你们这里的孩子接受的是什么样的教育？她回答，我们的孩子接受的是最美好的教育，大公无私的教育，共产主义的教育。她还反问了我一个问题：你告诉我，这个世界还有没有第二个地方，那里的孩子像我们 Kibbutz 的孩子一样，不会被电视污染，不会被互联网骚扰？我们没有电视，没有互联网，没有任何污染视听的东西，我们的孩子都集中在一起读书，我们这里也没有人偷窃，没有人犯罪，路不拾遗，连法院都没有。

结果，我马上就回答了她的问题，我说朝鲜就是这样一个地方啊，那里的人民没有互联网，不用看电视，也没有恐怖分子威胁他们，没有小偷，也没有犯罪。听我这么一说，老太太一下子傻眼了，激动地驳斥我。可惜她驳斥了半天，也没有说出什么像样的理由。

聊到最后，老太太还是很感慨地跟我说了一些心里话，她说 Kibbutz 把孩子们送出去读书后，孩子们的确发生了很大的变化，包括老太太自己也明显感受到无力，她一共生育了八个孩子，结果八个孩子出去读书后，没有一个回到 Kibbutz。如今的 Kibbutz，人口已经从 2000 多户缩减到只剩下 200 户了。Kibbutz 的年轻人，宁愿在城市里工作到晚上七八点，也不愿意回到每天只工作到下午四点就可以下班的 Kibbutz。

我也问了很多认识那些从 Kibbutz 里出来的人的朋友，有些军队里的人就有来自 Kibbutz 的战友，也有些人有来自 Kibbutz 的同学，大家普遍反映，从 Kibbutz 出来的人都有一个很大的问题，他们从小接受的都是那种完全封闭式的教育，对外面的世界知之甚少，他们从小就不看电视，也不上网，一旦离开了 Kibbutz，当他们想要跟外界进行交流的时候，就会有很多的障碍。

　　大家可以试想一下，一个从小生活在朝鲜的人，高中毕业后来到了上海。朝鲜人原本对自己的祖国是充满了骄傲的，因为他们觉得朝鲜是全世界最好的国家，没有人剥削人的制度，没有压迫，每个人都平等，而繁华的现代化大都市上海所带来的一切，将彻底颠覆他们既定的世界观，他们会意识到自己从小受到的教育是多么封闭，发现自己自以为是的想法是多么狭隘，总之，Kibbutz 的孩子们一旦到了外面的世界，就很少有想要回去的了。

　　我问这位犹太老太太，孩子们大量地离开 Kibbutz，这就说明 Kibbutz 的制度并没有那么大的优越性对吗？她很不甘心地承认，Kibbutz 的制度在战争年代确实具有不可替代的优越性，其实在困难时期，共产主义的理想在世界上很多地方都实现了，但是当一个国家发展起来了，经济变得更好了，就需要更加符合国情的制度了，而不是一味地盲目地搞平均化。

　　现在，Kibbutz 也都进行了改革，有一些让房子都归个人所有了，但是地依然还属于 Kibbutz，而且另外一些 Kibbutz，地也平均分给大家了，你可以卖，如果你想要卖掉自己的地，需要 Kibbutz 委员会去考察买家，最后由投票的方式来决定是否同意由这个买家来购买房屋。其实这就跟美国的民主制度差不多了。

　　美国就是这样，每个城市由自己的人民来做主。尤其在富人区，如果你想把自己的房子卖掉，是要经过社区的投票的，比如曾经洛杉矶的小城圣玛利诺（San Marino）的房子是不能卖给华人的，因为当地的白人投票拒绝让华人进来。Kibbutz 一开始确实是共产主义的，后来又变成了中国式的社会主义，现在又开始倾向于美国式的民主投票了。可见建立起一个制度不难，要坚持贯彻下去真的不容易。

　　在 Kibbutz 的这次讨论，给我带来了很深的感触。定居点里的那些奋斗着的人民和 Kibbutz 里的人民，都是犹太复国主义者，但是现在他们都有点失落。Kibbutz 在慢慢走向衰落，那些定居点也一样，我们开车经过耶路撒冷的时候，看到很多定居点种植的树都已经被砍掉了，那么珍贵的树木为什么要砍掉呢？因为美国人实在受不了阿以之间斗来斗去，所以就让以色列冻结了定居点，作为回报，美国每年拨给以色列 30 多亿美元的军事援助，美国一年一共就给全世界 50 多亿美元的军事援助，其中有 30 多亿美元给了以色列，还有十几亿美元给了埃及。以色列没办法，就撤销了一些定居点，树木也都砍掉了。

但不管怎么样，我还是要说，在以色列最艰苦、最困难的年代，社会主义、共产主义的理想和制度还是起到了功不可没的作用，这一点是毋庸置疑的。

8. 以色列的未来

介绍了这么多有关以色列的事情，我不禁觉得非常感动。犹太这个民族真的很了不起，他们分离了千百年，连长相都不一样了，使用着不同的文字，说着不同的语言，吃着不同的饭，有着不同的文化，仅仅是为了一个最初的理想，他们就能重新团结起来，再次回到这个国家，拧成一股绳。社会主义者、资本主义者、帝国主义者、传统的宗教分子，所有的犹太人都能为了重新凝聚成一个国家而极尽所能地消除彼此间的隔阂，只是保留一点个人的生活习惯而已。

这不由得让我想到了我们中国人。其实我们两岸的中国人才分开了几十年，至今我们的文化也几乎一模一样，只是繁体字和简体字的区别就让我们在网上相互骂得一塌糊涂。大家仔细想一想，我们两岸的中国人到底有什么深仇大恨啊？我们只是各自信仰着不同的主义而已，根本上升不到水火不容的地步。以色列的犹太人，从共产主义到极端主义，各种主义都有，人家为什么就能重新走到一起呢？

在关于以色列的这个主题的最后，我想谈一谈以色列这个国家的未来。

我认识很多犹太的大知识分子、成功人士以及明星，每每跟他们交流的时候，谈到以色列的未来，明显感觉到犹太人是忧心忡忡的。我觉得犹太人对国家的未来没有信心，最大的一个原因应该来自犹太教，犹太教是不传教的，这一点跟佛教很不一样，佛教就是在全世界大规模地传教，从一开始那么少的人，变成现在有五亿多信徒，伊斯兰教就更庞大了，有15亿人信奉伊斯兰教。

我问过一个犹太精英知识分子，伊斯兰教明明是从犹太教里派生出来的，比犹太教晚了那么多年，但伊斯兰教现如今有15亿信徒，犹太教自诩全世界最伟大的古老宗教，为什么只有1500万信徒呢？犹太教的信徒只有伊斯兰教的1%。对方回答我，那是因为我们犹太教珍惜质量，我们不盲目地追求数量，如果大规模地传教，势必会有怀着各种各样目的的人来加入我们，那就会令我们的宗教不纯净。

我对这个回答很不满意，于是又问对方，如果你觉得你信仰的犹太教那么伟大，你为什么不愿意把它分享给更多的人呢？如果你觉得这个宗教无比美好，能救赎你，那你为什么不愿意让它去救赎更多人呢？对方又换了一个角度回答我说，因为我们犹太教的教徒不愿意打仗，我们不想为了传教而发起战争。

结果我再次反问他，佛教从来没有因为传教而发起战争啊，佛教也是一个向往和平的宗教，它积极传教，去保佑更多的人，能度更多的人抵达彼岸，让更多的人得到心灵的平静。犹太教为什么不学习佛教的传教方式呢？

听完我的这个问题，这位犹太的大知识分子沉默了，他想了半天，最后跟我说了一句特别真心的话，他说："我觉得非常惭愧。"但是他也做出了解释，虽然惭愧，然而他们没有办法。犹太人千百年来被人欺负，他们连葬礼都没有固定的仪式，因为到处都不是他们的故乡，他们也无法回到自己的故乡，只能随时准备搬家。千百年来，犹太人仅仅为了保护自己，就已经耗掉了所有的元气，哪里还有能力去普度别人？所以他们不愿意去跟别人解释自己的宗教，也没人给他们机会去传教，去宣传自己，他们能保护好自己就已经很不错了。

所以，尽管今天以色列已经是世界上最发达的国家之一，但犹太教这种不传教的传统却保留了下来。传统的犹太人比较看不起其他民族，因为他们觉得自己才是上帝的选民（chosen people 即被上帝选中的人），其他民族想加入他们，要接受严格的考验。你现在要想加入以色列国籍，成为一名犹太人，那是相当困难的，其中最简单的办法就是跟犹太人结婚，但跟犹太人结婚其实也不容易。

一个人若想皈依犹太教，要花上很多年的时间，要学习大量的知识，要通过大量的考试，接受大量的考察。我觉得这个规矩不太合理，一个不信教的人，应该是加入了你这个宗教之后，才慢慢得到了改变，宗教应该平等地欢迎所有人，让任何一个人都有机会在这个宗教里得到改变，变成一个更好的人，而不是你必须先把自己变得足够好，才能加入我们。可是，人家要是真的已经就是一个那么完美的人了，又何必非要加入你这个宗教呢？宗教的目的不就是把坏人变好吗？

很多犹太人自己也认识到这样不好，很多美国的犹太人就不愿意说自己是犹太人，尤其是不愿意承认自己信仰犹太教，因为他们自己都感觉惭愧。在美国，只有在纽约和洛杉矶这样的大都会，你可以直接问一个人："你是犹太人吗？"但如果你在美国的其他城市这么问，就像在问人家：

"你是不是同性恋？"

在美国人的观念里，犹太人的形象已经固化了，一个美国人如果被人误认为是犹太人，那绝对不是一件令他开心的事。包括犹太的精英知识分子在内，犹太人自己都知道，犹太人现在在世界上是不被人喜欢的，最奇怪的是这个民族好像还养成了一种习惯，他们就愿意不被人喜欢，他们就是这样一个民族，世世代代都习惯了被人讨厌。现在我们犹太人终于有了自己的国家，我们就想安安静静地生活在自己的土地上，其他民族的人，你们能不能别来打扰我们？

可问题是，犹太人的出生率太低了。因为犹太人的教育水平高，所以出生率自然就低，人口越来越下降，又不吸收别的人进来。我在以色列常去的一家中餐馆，老板是一位香港人，他很不容易，破除了重重困难，获得了以色列的国籍。但他是怎么拿到以色列国籍的呢？他就是通过法律的方式，坚持不懈地状告以色列政府。他说他在以色列开了 17 年餐馆，奋斗了 17 年，也状告了以色列政府 17 年，才终于换来了国籍。

和犹太人不同，阿拉伯人是拼命地生孩子，贝都因人的生育率也极高。贝都因人就生活在以色列的土地上，他们也不用交税，不用服兵役，但他们就像吉卜赛人，只不过流落在中东。吉卜赛人流落到世界各个国家，被取了不同的名字，有的地方管他们叫吉卜赛人，有的地方管他们叫茨冈人，有的地方管他们叫罗姆人，法国人管他们叫波西米亚人。

我曾经问过一位犹太的知识分子，吉卜赛人也千百年来流落在世界各地，为什么他们没有像犹太人一样，最后团结起来建立一个国家？犹太知识分子跟我说，因为吉卜赛人没有对人类做出过贡献。他这个回答对吉卜赛人是一种歧视，犹太人说吉卜赛人没有自己的哲学，可我觉得吉卜赛人的算命也算是一种哲学，只是没有犹太人的哲学那么高深而已。

但不管怎么说，吉卜赛人确实没有出过那么多了不起的精英，而犹太人里出过 202 名诺贝尔奖获得者，犹太人有爱因斯坦，有马克思，有弗洛伊德，确实是一个精英云集的伟大民族。可惜正是因为他们过于伟大，所以导致了自大，他们坚信自己是上帝唯一选中的民族，比其他民族都高尚。结果现在这支上帝唯一的选民，过于保守，不欢迎其他民族加入自己，自己的出生率又极低。

除此之外，从全世界回到以色列的犹太移民也开始呈现了负增长的态势。自从苏联解体，回来了将近 100 万的苏联犹太人之外，就再也没有犹太人大规模移民回到以色列了。反而有大批的以色列年轻人移民去了美国。美国也有犹太社区，而且那里更为开明，能生活得更舒服，年轻人偶尔抽抽大麻也是合法的（美国的个别州），同性恋也可以合法结婚。

长此以往，这个国家的未来该怎么办？很多犹太的知识分子也在担忧这个问题，犹太人本身就是一个爱思辨的民族，是一个非常容易焦虑的民族。正是因为他们总是有不安全感，所以才能成为世界上最聪明的民族，出了那么多伟大的科学家、思想家和哲学家。

以色列人还有一种想法很有意思，那就是他们不担心 ISIS。每当有人问犹太人，如果 ISIS 来打以色列怎么办？因为按理说恐怖分子最恨的应该就是以色列。犹太人对此相当淡定，他们认为，现在的 ISIS 不是那种极端的宗教主义者，他们只是打着极端宗教的招牌而已。

以前我不理解 ISIS，就觉得这些人怎么跟谁都开战？逮谁杀谁，连中国人都杀？他们是不是疯了？一个组织，不是应该团结一部分力量，联合去打击另一部分力量吗？这才是有政治头脑的组织。这帮人每天到底都在想什么，做什么呢？

实际上，ISIS 每天都在做一件事，那就是让全世界的那些心存不满的人、心里有极端想法的人，都到我这儿来，你来了我就给你发一把枪，然后你想干什么都可以，你想娶这个女人当老婆可以，你想炸掉那座大佛像也可以。每一个国家都有很多生活得不如意的人，再发达的国家都有贫困阶层。所以，如今的 ISIS 就是一个极端分子的乌托邦，它不单单对以色列有威胁，对全世界都有威胁。所以对于 ISIS，以色列并不是特别担心。

以色列这个国家的未来，犹太民族的未来，不需要我们去杞人忧天，因为犹太民族为全世界贡献了最多的思想家，最多的哲学家，有这些伟大的犹太前辈在这里，犹太民族一定会想出自己的未来。我猜会越来越开明，越来越开放。

我猜以色列的犹太人未来会和美国的犹太人一样，当然以色列本身也是一个自由的、民主的国家，每个人都可以表达自己的意见，都可以有选票。在未来，他们也可以让自己更加多地融入这个世界。

而且大量的阿拉伯国家，现在也已经跟以色列和解了，比如埃及、约旦等，大家原本跟以色列就没有多大的仇恨，从 1948 年开始才有了一点仇恨，之前的好几千年，两个民族相处得非常好。

阿拉伯国家现在也不太靠石油为生了，而是靠过去积累下来的财富去投资，我猜以后对石油的依赖肯定会越来越小。当你卖石油的时候，石油是一种武器，你可以决定卖给谁，不卖给谁，谁支持以色列你就可以不卖给他，阿拉伯国家当年就用这种手段对付过美国和欧洲。但未来，当阿拉伯国家渐渐不再依赖石油，而是变成了以投资为主，那最大的目的就只有一个，那就是钱，就是利润，因为没有任何一个人和国家，投资的目的不是赚钱。这样一来，阿拉伯国家就会融入世界大家庭，融进全球一体化的经济圈里。

经济上越来越融合，民族肯定会越来越融合。至于犹太教和伊斯兰教，这两个宗教根本就没有什么对立和冲突，穆罕默德的老师就都是犹太人，两个宗教里的大量故事也都是重合的，大量的犹太教里的先知和神在伊斯兰教的《古兰经》里也有，发音都差不多，只是拼写不太一样，比如这里叫亚伯拉罕，那里叫易卜拉欣，其实就是同一个人。大家在一起相处了上千年，双方没有什么不可调和的矛盾。

总之，我觉得在未来，以色列还是可以再次成为一支引领人类前进的重要力量。

有关以色列，我要分享给大家的内容就是以上这些，欢迎大家来到这个美丽的、朴素的、和平的、智慧的国家。

六、揭秘国际纵队

1. 冲上前线的左翼知识分子们

今天要跟大家分享的主题是——战士，加拿大的战士。

移民到美国的人肯定都是横枪跃马、什么都不怕的战士，他们去美国的目的就是要实现美国梦。但移民去加拿大的人，肯定不是要实现美国梦的那种人，所以加拿大这个国家的民风没有那么彪悍，战士也没有那么多。

但是，就算民风没有那么彪悍的地方，也诞生过不少的战士，温哥华市市长罗品信在跟我聊天的时候说，"一战"和"二战"的时候，有很多加拿大的战士在前线拿着刺刀直接冲锋，美国人都不敢做这样的事，美国人只会远远地扔炸弹和开大炮。这么说来，加拿大的战士有点像我们的八路军，美国人放大炮，加拿大人拉大栓，属于这种类型的英雄，但真正的战斗英雄其实不是很多。

蒙特利尔出了一位全中国人民都非常熟悉，加拿大人反而没那么熟悉的加拿大战士，这位战士的名字叫白求恩。我们阿里音乐现如今的集团总裁的花名也叫白求恩，我们的这位总裁也是一位加拿大人，他曾经也是一位战士——获得过奥运会的皮划艇冠军，退役之后自己努力打拼，成了投行大鳄，如今加入阿里集团，成了总裁。在阿里，每个人都有个花名，我们对这位总裁说，你是从加拿大来的战士，那你的花名就叫白求恩吧，一个最耳熟能详的名字。

真正的白求恩医生不是出生在蒙特利尔，他是在多伦多读的大学，后来到了蒙特利尔，在蒙特利尔著名的麦吉尔大学教书和行医。在行医的过程中，白求恩亲眼看见资本主义的各种丑恶。这种说法放到今天有点像开玩笑，今天很多人在开玩笑的时候会说，你们快把我送到资本主义国家去吧，让我去体会那里的丑恶吧！实际上，今天的资本主义和白求恩所处时代的资本主义是完全不一样的。在"一战"和"二战"之间的那些年，是知识分子大爆发的年代，《午夜巴黎》讲的就是知识分子梦想回到"一战"和"二战"之间的那个伟大时代，因为那个时候，知识分子是这个世界上最最重要的领袖，军人们要退居其次。军人们已经在"一战"中使用了各种高科技的武器，他们用铁丝网、机枪、大炮、飞机和毒气，杀死了那么多人，整个人类都处在非常迷茫的时期，这时候，知识分子们挺身而出，诞生了大批的思想家和艺术家。

"一战"和"二战"之间的那些年的知识分子有一个共同点，那就是几乎都是左派，左派就是反对资本主义的。当时的资本主义呈现出的嘴脸就是贪婪、丑恶、战争、死亡，"一战"后出现了大萧条和大失业，工人阶级除了锁链，已经没有什么可以失去的了。那个时候的所有知识分子都会说这样一句话：我不知道社会主义是什么样，但是我知道资本主义是什么样的了。

白求恩医生也是一位知识分子，也受到了左派思潮的影响，成了一名社会主义者，并加入了加拿大共产党。在加入加拿大共产党之后，白求恩就渐渐无法在蒙特利尔的医院里待下去了。因为那个年代的加拿大也不是今天的加拿大，今天的加拿大有全民医保，有全民免费医疗，而那个年代，资本主义还没有经历洗礼，加拿大还处于殖民地时期，看病是很贵的，穷人根本看不起病。身为社会主义者的白求恩就免费给老百姓看病，结果导致医院的老板不乐意了，老板觉得，你白求恩可以是社会主义者，你也可以是加拿大共产党，但是，你不能在我的医院里不收钱看病，你可以自己去开一家医院，免费给老百姓治病。白求恩的医术是非常高的，他本人是各种皇家医学会的会员，但就是因为他搞了社会主义的这一套，所以他无法继续兼容于资本主义，最后无法继续留在医院，便离开医院去搞革命了。

去哪里搞革命呢？当时的左派知识分子要搞革命，都会到一个地方去，那就是西班牙，去参加国际纵队。早在1931年的时候，曾经统治了辉煌的西班牙大帝国的西班牙国王就被打跑了。靠着民主选举，大家投票，先投出了一个社会党政府，社会党执政了一阵子之后，整个国家混乱得不得了，不论流血不流血，所有的革命之后都会经历一段时间的混乱，比如要搞国有化，就涉及是否要没收资本家的企业，是否要没收地主的土地，该如何推行社会主义政策。社会党总体来说还是比较温和的，他们是逐步来做这些事的。

但左派的人们等不了，激进的共产党人觉得，应该用更强有力的方式去推行社会主义，于是左派里面也出现了很多混乱。1936年，在第一轮大选中，由左派组成的联合阵线，选票稍微领先于右派的资产阶级党，按照当时的选举法，应该进行第二轮投票，因为领先优势没有那么大，但左翼联盟等不及了，第一轮略微领先之后，就直接宣布组阁当选了。当时的左翼联盟远远没有社会党那么温和，上台之后就开始实行大量的"红色恐怖"政策。我觉得左翼政府这么做是非常不明智的，打资本家没问题，因为穷苦的工人毕竟占社会的大多数，资本家永远都是少数，你们把资本家杀掉都可以。然而西班牙的左翼政府上台之后，推行了一个极其不明智的政策，那就是消灭宗教，他们烧教堂、烧修道院、杀主教、杀牧师、杀修女，这可要比杀资本家和杀地主严重多了。整个南欧都是非常保守的，天主教的势力也是非常强大的。

当年，苏联是把所有的宗教全都消灭了，所以苏联的社会主义才持续了很多年。波兰的社会主义就很不稳定，因为波兰的天主教势力很强大，还出了一个保罗二世教皇，最后波兰的社会主义就被宗教支持的团结工会颠覆了。当时只要搞社会主义，榜样只有一个，那就是苏联，西班牙左翼政府的做法就完全是仿效苏联，因为他们来自第三国际，也就是共产国际，但左翼联盟里还有来自第二国际的社会党，第二国际就是恩格斯的第二国际社会党，今天在欧洲执政的所有社会党和社会民主党，都是恩格斯第二国际的苗裔。

当时，西班牙的社会党就觉得，不要实行"红色恐怖"政策，我们要用温和的方式推行社会主义，第三国际就坚定地认为，必须要采取强有力的暴力手段。除此之外，左翼联盟里还有第四国际，也就是由托洛茨基组织的工人党。共产国际和托洛茨基已经是水火不相容的关系了，双方开始只是吵架，后来也演变得越来越血腥。最血腥的就是屠杀宗教人士，这将西班牙的整个社会全部撕裂了。这场浩劫里，一共屠杀了11名大主教、16000多名牧师和修女。这场血腥的屠杀造成了非常严重的后果，本来军队都已经听命于民选政府了，包括佛朗哥本人和其他将军，他们都觉得既然你是合法的民选政府，那你说干什么我们就干什么。

佛朗哥当时是加那利群岛的总督，共和政府调他到马德里任职，佛朗哥本来都准备上飞机去就任了，结果听说政府执行了这么血腥的屠杀政策，佛朗哥立即就不同意了，因为大家都是笃信上帝的，西班牙本身就是一个信奉天主教的国家，左翼政府如此屠杀宗教人士，军队首先就不答应了。除了屠杀宗教人士，左翼政府也杀了很多地主，分了很多田地，军队里的将军们很多都是地主的后代，他们本身就是地主，但是他们发动不起来叛乱，因为农民们不会跟着去打仗。农民们已经分得了地主的田地，不会再跟着地主去打仗。总之，将军们原本就对左翼政府积累了很多不满了，随后发生的屠杀宗教人士事件，刚好给了佛朗哥等人发动叛乱的借口，将军们宣扬左翼政府要毁灭西班牙这个信仰上帝的民族，这样一来，农民阶级就被发动起来了。

所以西班牙内战的爆发，主要原因就是左翼政府对宗教采取的极端政策。除此之外，在"红色恐怖"气氛下，左翼政府还派人去把右翼的议员也杀害了，右翼议员也是合法当选的议员，左翼有 50% 的选票，右翼也有超过 40% 的选票，在议会里也有超过 40% 的席位，大家都是合法当选的，你凭什么刺杀人家？这样一来，左翼政府的合法性也就受到了质疑。最终，在一名重量级的右派议员被杀害的六天后，整个西班牙，由西班牙的殖民地开始，发动了强大的武装反抗。在合法政府这边，这些反抗力量被视作叛军，而对方打出的旗号是——为了上帝而战。西班牙虽然重要，民选政府虽然重要，但上帝始终是最重要的，为了捍卫上帝，为了捍卫我们的国家，武装叛乱爆发了。

一开始，还只是陆军的小规模叛乱，因为陆军士兵的文化层次都比较低，凡是念过点书的人都是左派，所以海军都还是支持共和政府的。叛乱一开始，海军先把西班牙的海岸都封锁了，叛军主要集中在摩洛哥和加那利群岛那样的海外领地，无法靠近西班牙本土。但就在这个时候，墨索里尼出现了，紧接着希特勒也出现了，他们两个觉得这是一个大好机会，他们正想要教训共产党呢，现在在共产党第二个胜利的国家西班牙出现了叛乱，我们要支持，于是墨索里尼和希特勒帮忙将叛军运到了西班牙本土。这个阶段，还是应该管佛朗哥的军队叫叛军的，因为他们到了西班牙之后，对所有左派的工会和农会，也进行了疯狂的屠杀，每到一座城市都要杀掉上万人，犯下了很多反人类的罪行。因为所谓的"主义"二字，一个国家内部已经变成了水火不相容的局面，左翼内部也发生了内斗，共产党把社会党人和工人党人都抓了起来，投入了监狱，还有大批的左翼人士是被自己的同志——西班牙共产党抓起来的，共产党在监狱里屠杀了上万名社会党人。

在西班牙国内，双方都杀红了眼。而对全世界来说，只要墨索里尼出了兵，这件事的性质就截然不同了。佛朗哥原来可以说自己是天主教的军队，但现在不是了，现在他成了法西斯的军队。于是全世界所有的左翼知识分子团结起来，一齐发出了怒吼，包括爱因斯坦和其他科学家。这种怒吼可不只是喊喊就完了，跟现在网络上的"键盘侠"们截然不同，这些人怒吼完了就要真的奔赴战场了。最后一共有 3.5 万名来自世界各地的左翼人士，组成了国际纵队，奔赴了西班牙战场。这 3.5 万人里其实不都是共产党，也有社会党，甚至还有很多无政府主义者，今天大家可能觉得无政府主义者就是乌托邦，是不切实际的，是可笑的，但在当时，无政府主义是有很大市场的。

总之不管是什么党派，大家都是左翼的进步人士，3.5 万人冲向了西班牙，高唱着《国际歌》，高呼着同一个口号——No Pasarán（不许法西斯通过）Pasarán 就是 Pass（通过）的意思。而另一边的法西斯军队则高呼着——前进西班牙。前进西班牙，这是在西班牙大航海时代就确立的口号，当时西班牙正处在最辉煌的时代，冲向全世界的所有西班牙舰船上，都挂着"前进西班牙"的标语。

左翼进步人士在西班牙浴血奋战，其中大部分都是左翼的知识分子，比如来自全世界的医生，白求恩就是其中的一员。除了白求恩，3.5万人中还有很多大名鼎鼎的人物，比如海明威。海明威英勇无畏地冲上了前线，于是才有了日后伟大的《丧钟为谁而鸣》，还有拉美的伟大诗人聂鲁达，还有法国的大作家加缪。加缪是一个非常有献身精神的革命者，西班牙有难的时候，他就跑到西班牙去参加国际纵队，国际纵队失败之后，他自己的祖国被纳粹占领了，于是在"二战"期间，加缪又跟玛格丽特·杜拉斯这些大作家一起，参加了法国地下抵抗组织，参加了游击队，而且还担任了一支游击队的领导者。

在赶赴西班牙的国际纵队里，最著名的一位知识分子，要数毕加索了。各位读者如果有机会去西班牙的话，一定要去看一看毕加索的名画——《格尔尼卡》。我小时候学画画，在书上看到过《格尔尼卡》这幅画，当时并没有觉得这幅画很大，等我长大后有机会亲自去现场看，顿觉这幅壁画真是太巨大了。这幅巨型的画作描绘的正是纳粹德国的空军轰炸平民区的场景，那也是人类历史上第一次大规模轰炸平民区。在"二战"之前，德国和意大利在西班牙试验了很多新式武器，其中就包括用轰炸机对平民居住的城市进行毁灭性的轰炸，格尔尼卡就是在那个时候被炸平的，所以毕加索悲愤地画了这幅巨大的壁画，来抨击纳粹的反人类罪行。

很多人不太理解毕加索的画，觉得他画出来的东西看起来都很扭曲、很奇怪，人的眼珠子都长到身体外面去了。但如果大家了解一下毕加索所处的时代，就知道他亲眼看到的那些纳粹的暴行，给他的内心带来了多大的震撼和愤怒，整个世界在毕加索眼中就是扭曲的，就是破碎的，所以他画出来的东西就是那样的。毕加索一生有很多个时期，并不是每一个时期的画作都那么扭曲，毕加索也画出过很多正常的画。毕加索后来到了法国，终生没有再回自己的祖国，因为他痛恨佛朗哥的独裁政权，痛恨法西斯。

还有著名的伟大作家乔治·奥威尔，但是按照我们对左派知识分子的定义，他应该是背叛了革命的人。奥威尔后来写的作品，比如《动物庄园》和《一九八四》等，明显都是在讽刺社会主义，批驳社会主义，明显是在揭露社会主义的专制和政权的虚伪。但在参加国际纵队的时候，奥威尔还是怀着满腔的革命热情的，他和大家一样，拿起枪冲上前线，去跟法西斯殊死搏斗。奥威尔后来之所以会转变，是因为他在前线目睹了左翼联盟内部的血腥清洗。在1936年和1937年，正是苏联大清洗的最高潮，五位元帅被杀了三位，几乎所有的军长都被杀害，师长被杀了一半多。共产党听命于共产国际，而共产国际执行的就是这一套红色恐怖政策，既然内部还有托派和工人党，那就要进行疯狂的血腥清洗，这些暴行令奥威尔的思想产生了巨大的转变，他重新反思了自己的革命理想，于是回去之后才写出了那些抨击社会主义的伟大著作。各位读者有空的话可以看看乔治·奥威尔写的书，他都是用寓言式的小说体，去讽刺专制和虚伪的信仰与理想，非常有意思。

还有一个名叫罗伯特·卡帕的人，中国人民对他也非常有感情，他是一位世界闻名的摄影大师，他不仅去了西班牙前线，拍摄了好多照片，记录了非常多有关西班牙内战的历史画面，后来他也来到了中国，如今保留下来的大量中国抗战时期的珍贵照片，都是卡帕同志拍摄的。

2. 白求恩医生

左派怀有的崇高革命理想，在我看来是没有问题的，这也是人类的伟大之处，这说明人类曾经是满怀理想的，人类没有那么苟且。

今天的人们可能没有那么崇高的理想了，如今大家全都奉行精致的利己主义，每当我给现在的年轻人讲国际纵队的历史，他们都不太相信，觉得那些大知识分子绝对不可能做出那样的事，去参加国际纵队有钱可赚吗？参加完了就能买房子了吗？买多少钱一平方米的房子啊？以至于我写了一首名叫《生活不止眼前的苟且》的歌，居然有好多人骂我，他们觉得只有好好经营眼前的苟且，才能赚钱，才能买房，连房子都买不起还去什么远方，写什么诗歌？

而在国际纵队那个年代，人们真的是满怀着崇高的理想的，大家不在意金钱，更不在意房子，大家为了理想去纵横四海，一万名国际纵队的战士血洒西班牙。

左派有很多可爱之处，比如他们充满热情，他们充满理想，他们充满了献身精神，但左派也有不少缺点，左派最大的缺点就是藐视一切传统，藐视上帝，藐视家庭伦理等，所以左派通常都比右派更为开放。通常情况下，右派都是非常保守的。

白求恩同志其实在西方没有那么有名，但因为他在中国十分有名，所以他的故事也被拍成了电影。中、法和加拿大曾经合拍过一部电影，名叫《白求恩——一个英雄的成长》，我觉得这是关于白求恩的电影中最好的一个版本，因为电影里面出现了很多采访，采访了很多认识白求恩的人，非常具有真实性。电影中提到，白求恩同志在西班牙国际纵队的战场上做出了重大的贡献，移动血库就是白求恩同志发明的。那个时代的战地输血是非常困难的，需要献血的人和被输血的人用一根管子连在一起，才能完成输血，也就是说伤员必须要退到很后面的地方，献血的人则要来到前线的地方。在瞬息万变的战场上，这样的输血是非常危险的，效率也非常低下，所以重伤员的死亡率极高。白求恩同志到了西班牙之后，针对战地输血困难的情况，首创了冷冻血库，事先在马德里等大城市里，召集市民前来献血，然后将献好的血冷藏保存在卡车上，统一运到前线去，这个发明对战场救护起到了重大的作用。

大名鼎鼎的弗吉尼亚·伍尔芙的外甥——朱利安·贝尔，也受到革命热情的感召，先后到过中国和西班牙，顺序跟白求恩刚好相反。朱利安是剑桥大学毕业的高才生，1935 年的时候，弗吉尼亚·伍尔芙鼓励朱利安到中国去，因为她觉得中国将要发生影响世界的大事，于是朱利安来到了中国，被聘为武汉大学的英语文学教授。朱利安到了武汉大学之后，就疯狂地爱上了当时文学院的院长——陈西滢的妻子——凌叔华。记得在之前的《晓松奇谈》里，我曾经给大家分享过林徽因和凌叔华为了徐志摩争风吃醋的故事。徐志摩飞机失事之后，他的日记和一些机密文件都保存在凌叔华的手里，林徽因很想看，但凌叔华就是不给她看。

凌叔华也是一位才貌双全的大名女，跟林徽因、陆小曼和冰心等人都有着错综复杂的关系，在和陈西滢结婚后，凌叔华跟徐志摩依然保持着非常密切的往来，以至于徐志摩一生中最重要的东西——日记和机密文件，都不在妻子陆小曼手里，也不在红颜知己林徽因手里，而是全都给了凌叔华。最后连胡适都出面游说凌叔华，恳请她将徐志摩的书信给林徽因看看，林徽因其实就是想看看徐志摩是怎么写他们两个在剑桥谈恋爱的事，但凌叔华至死都没给任何人看这些东西。

朱利安到了武汉大学，不但公开追求凌叔华，给陈西滢戴绿帽子，而且特别吃徐志摩的醋，朱利安曾经看过徐志摩写的英文信，给予的评价是——徐志摩的英文不过尔尔。以现在的水准来看，徐志摩的英文水平或许不够好，但在当时那个年代，他的英文就算不错了，而且徐志摩在剑桥只是游学，跟林徽因这些从小就读于最好的那些教会小学和中学的名门之后不同，林徽因这些人的英文都是极好的。

总之朱利安和凌叔华坠入了爱河，具体细节我们不多赘述，反正是爱得天雷勾动地火，最后居然被陈西滢捉奸了，导致朱利安不得不从武汉大学辞职，1937年的时候回到了英国。随后朱利安奔赴西班牙内战的前线，当救护车的司机，结果敌人的飞机炸中了他开的救护车，飞溅的弹片切入了他的胸腔，他最终重伤身亡。朱利安牺牲的时候还不到30岁，武汉大学还专门为他举行了追悼会，被朱利安戴过绿帽子的陈西滢还出席了追悼会，并坐在第一排。左派的革命者，确实充满了激情和冲动。

到了1938年，国际纵队失败了，共和政府内的大清洗也结束了，其他的左派被抓的抓、杀的杀，最后只剩下共产党了。共产党在苏联的支持下，在左派联盟里一党独大。苏联最后干了一件非常不地道的事，当时苏联一见法西斯和叛军要打过来了，就对共和政府说，你们的黄金放在国库里太不安全了，还是搬到莫斯科来比较保险。于是苏联给了共和政府一些枪支和破铜烂铁，就把西班牙从大航海时代积攒下来的全部家底，全都从马德里的中央银行搬运到了莫斯科。

结果，黄金运到了莫斯科，苏联立刻就变脸了，因为英法等国跟希特勒达成了各种各样的协定，斯大林非常不悦，决定抛弃西班牙，斯大林还因此说了一句话——西班牙人休想看到他们的黄金，就像他们看不见自己的耳朵一样。最终导致西班牙没有了武器，也没有了支援，连黄金都没有了。

后来在东欧的社会主义国家里，唯一没倒霉的就是南斯拉夫，因为铁托同志也参加了国际纵队，他在前线亲眼看到了苏联的所作所为，心里非常清楚共产国际是靠不住的，最后南斯拉夫走上了一条特别独立的社会主义国家道路。

总之，没有了苏联的支持，钱也没了，仗也就打不下去了。于是共和政府要求国际纵队全部离开西班牙，因为德意法西斯不光给叛军武器和飞机，还直接出兵到了西班牙，共和政府实在没办法了，就想跟叛军和法西斯共同达成一个协议——一切外国军队撤出西班牙，让西班牙人民自己决定西班牙的未来。法西斯是从来不跟任何人讲交情的，法西斯说，达成协议可以，你得让国际纵队那些人先撤出去。为了能让法西斯的军队撤出西班牙，于是他们就把国际纵队的几万人全部轰出了西班牙，结果德意法西斯还是没有撤退。

2013 年我去西班牙，见到了一位西班牙的共产主义战士，我见他的时候，他已经 102 岁了。当年他参加国际纵队的时候，还是非常年轻的战士，后来因此而坐牢，在佛朗哥时期受到残酷的迫害，但现在生活得还不错。老先生现在住在政府补贴的廉价房里，西班牙的廉价房不是我们想象中那种破旧的廉租房，而是很不错的独立小公寓。但是相对不错的生活，并没有改变老先生年轻时的梦想，至今他依然痛恨资产阶级政府，依然是一位忠诚的共产主义战士。

我本人是一个崇尚自由主义的人，自己没有什么明确的政治观点，但是我对所有献身于自己理想的人都是非常敬佩的。这位西班牙老战士在跟我聊天的时候一直特别激动，回忆起当年保卫马德里的往事时，老先生忍不住站了起来，高唱《国际歌》，我在旁边看着他激情澎湃的样子，觉得非常感动。已经过去了这么多年了，如今的西班牙也已经不是当年的西班牙了，佛朗哥的独裁政府也没有了，西班牙今天已经变成了一个民主的、自由的国家，但这一切对老战士来说是不够的，因为这不是共产主义者的理想。老先生说，今天的西班牙依然是他所痛恨的政权，他觉得共产主义一定会比现在好。

国际纵队最后撤退到法国以后，战士们都被圈进了集中营。其实签订慕尼黑协定的目的，就是划分势力范围，苏台德地区归了德国，只要能让德国去打共产党就好。英法虽然保持中立，但它们是绝对不会去支持西班牙的共和政府的。后来经过了很多艰难而英勇的营救，很多国际纵队的战士都被解救出来了，他们当中有相当一部分人又奔赴了中国的战争前线，这个非常令我感动，这说明这些人是真正有革命理想的，他们没能在西班牙战场上牺牲和献身，就不能停止为理想而献身的行为。

从纳粹的集中营被解救出来之后，很多国际纵队的战士抱着地球仪找，看看全世界哪里还有革命，结果他们看到了中国，于是大批的国际纵队战士来到了中国。白求恩同志是最早来到中国的，因为他在国际纵队里犯了点错误，所以没能坚持到最后。除了白求恩，来到中国的国际医生还有很多，有印度的、印度尼西亚的、波兰的、捷克的、奥地利的、瑞士的和法国的，这些国际医生都到了延安。当然还有很多不是医生的战士，他们都自愿投入伟大的革命事业中，其中还包括三位中国人。

国际纵队里一共有三万五千名伟大的国际主义战士，他们来自 54 个国家，我在这 54 个国家里看来看去，居然看到了中国，但是国际纵队里究竟有多少中国战士，这些人如今在哪里？很长的时间里，都没有人去关心这件事。相比中国的战士，人们更关心海明威、聂鲁达和乔治·奥威尔。

后来有两位中国的科学工作者——邹宁远和倪慧如，对此做了很深入的调查和研究，我很感谢这两位工作者，他们为历史做出了巨大的贡献，他们后来写出了《当世界年轻的时候：参加西班牙内战的中国人》这本书，在书中，他们一共找到了 12 位参加国际纵队的中国战士的确切身份。我说的 12 位这个数字以及接下来讲述的故事，主要的依据就是这本书。但在巴黎出版的华文报纸《救国时报》中，1939 年里有一篇通讯显示，从世界各地赶去西班牙的华人数量，可能达到了三位数，但这三位数的华人不光是参加国际纵队的，还有参加国际义勇军和共和军的，一共有百余人。这是非常有可能的，因为西班牙本地也是生活着很多华人的。

按照邹宁远和倪慧如的统计，12 位身份确定的华人从世界各地，为了共同的共产主义理想冲上了西班牙前线。这 12 个人里，只有一个是从中国去西班牙的，他的名字叫陈阿根，这个名字一听就知道是老上海附近的人。陈阿根原本在上海组织工会，是一名左翼的工人，后来遭到通缉，就跳到一艘法国的船上逃亡到欧洲了。在这艘船上，陈阿根认识了一位越南厨子——越南当时是法国的殖民地，所以法国船上的服务人员基本都是越南人——这位越南厨子非常激动地给陈阿根讲述了西班牙的革命，以及国际纵队从世界各地奔赴西班牙的壮举，陈阿根热血沸腾，于是就去了西班牙，参加了国际纵队。

总之没有参加任何组织，陈阿根就自己摸索着去了西班牙，一开始他还没有顺利找到国际纵队，而是先参加了西班牙当地的一个矿工民兵组织，英勇作战，还负了伤，伤好了之后继续战斗，最后终于参加了国际纵队，并跟着国际纵队退到了法国，被关进纳粹的集中营了，一直到一九四几年才被释放出来。

这就是陈阿根，唯一的一个从中国出发，去西班牙参加了国际纵队的中国人。

3. 国际纵队里的中国战士

在国际纵队的中国战士中，有三位极英勇的，这三位最后还回到中国，参加了抗战。

三位之中有一位名叫林济时。林济时其实是他的化名，他的真名叫谢唯进。林济时是一个比较典型的跟中国共产党有关的人，国际纵队里其他的 11 位中国战士，其实都跟中国共产党没有太大的关系，他们要么是从美国来的，要么是从法国来的，都是在国外生活了很多年的华人，加入的也是当地的共产党组织，最后去了西班牙。真正加入中国共产党的，大概就只有林济时一人。

林济时手里还有一台莱卡相机，那是当时非常高级的相机。林济时当时去法国勤工俭学，遇到了著名的中国留学生领袖 John Knight，也就是周恩来。两个人畅谈了革命理想，非常投缘，临别的时候，John Knight 送给林济时了一台莱卡相机。这件事也说明 John Knight 同志的经济状况非常好，其他中国留学生都是很贫穷的，比如邓小平、陈毅和聂荣臻同志，大家都要靠勤工俭学才能生活，John Knight 却挺有钱，他不仅能买得起莱卡相机，还能把它当作礼物送给别人。用 John Knight 送的莱卡相机，林济时记录了很多西班牙内战时的珍贵历史照片。林济时后来还去了伟大的哥廷根大学读书，当时的哥廷根学派堪称执世界学术牛耳，我外婆就是哥廷根大学的博士。

从哥廷根大学毕业之后，林济时加入了共产党，据说还见过朱德，并在朱德回国之后，接替朱德成为德国共产党组织的领导，最后激愤昂扬地冲上了国际纵队的前线。林济时在国际纵队期间，表现得非常英勇，还和一位美丽的医学女博士安娜坠入了爱河，两人在革命期间爱得很浓烈。国际纵队撤退到法国之后，林济时被关进了集中营，等他被营救出来之后，和安娜在巴黎结了婚，婚后二人历经千辛万苦，辗转回到了中国，到了延安，参加了中国的革命。

林济时被关在集中营里的时候，还组织了一个林济时小组，集结了所有在集中营里的中国战士，并留下了一张珍贵的合影。合影的背景上挂着一面锦旗，锦旗上写着中文"国际纵队中国支队""中西人民联合起来，打倒人类公敌——法西斯蒂""朱德、周恩来和彭德怀同赠"。当时，国际纵队是非常有名的，包括在延安的人都听说了国际纵队的事迹，毛主席在延安专门给国际纵队写了一封公开信，赞扬国际纵队为了理想而奋斗的精神，另外由朱德、周恩来和彭德怀共同署名，制作了这面锦旗，委托一位海员，历经千辛万苦，将锦旗送到法国的集中营里。收到锦旗后，林济时就组织了 12 名国际纵队里的华人，拍下了这张照片。林济时小组的人在锦旗前边合影，就算是中国支队吧，其实组不成支队，因为只有 12 个人（其中还有外国人面孔）。

林济时担任过国际纵队的反坦克部队的政委，同时还兼任西班牙共和国民军第 35 师重炮队的指挥部副官。被营救出集中营后，林济时和安娜在巴黎举行了婚礼，婚后他们立即从马赛登船，经过苏伊士运河，到达越南的西贡（现胡志明市），然后从西贡坐火车到昆明，最后抵达重庆。当林济时辗转回到祖国的时候，距离他离开中国已经相隔了 21 年。回国后，林济时在重庆从事了几年地下工作，在解放战争时期他重返战场，担任了第四野战军特种兵团政治部副主任，随着四野部队从平津一路南下，最后打到了江南，是一位忠诚的共产党员。

1955 年的时候，林济时获得了一级解放勋章。只有在解放战争中立下过重要功勋的人，才能获得一级解放勋章。之后林济时在空军工程部工作，一直到 1963 年。他的夫人安娜曾经担任过国务院卫生部顾问，1958 年的时候，安娜陪同儿子到苏联读书，之后由于苏联和中国闹掰了，安娜再也无法返回中国了。从此之后，中苏两国之间再也没有了沟通和交流，安娜和林济时也失去了联系。林济时和安娜的长子后来在俄罗斯国家杜马任职，当过高官，前些年才病逝。林济时未能与妻儿再团聚，他也终生没有再娶，也没有其他的孩子。

在生命的最后阶段，林济时将所有的精力都倾注在一大箱有关西班牙内战的资料上，这些资料他从西班牙战场带到了法国集中营，又漂洋过海艰难地带回中国。林济时的晚年隐居在四川的乡下，侥幸躲过了历次运动的摧残，在晚年身患癌症之后，他依然在医院里整理着那些西班牙内战的资料，因为那是他一生中最辉煌、最美好的记忆。可惜，一直到去世那天，林济时还背负着国际特务的身份，只因为他有一位在苏联的妻子以及在苏联读书的儿子。20 世纪 80 年代的时候，安娜曾经带着两个儿子回到中国，但那个时候林济时已经去世多年了。

在 12 位中国国际纵队战士中，还有两位山东老乡——张瑞书和刘景田。早在"一战"的时候，中国曾经对外宣战过，但并没有派军去参战，而是送了几十万的中国劳工去欧洲前线挖战壕。战后，这些劳工基本上都回国了，也有少数没有回国，就留在了法国当地。这些劳工主要都是来自河北和山东一带的人，这两位山东老乡就是这样留在了法国，在法国某著名汽车厂当工人，本来生活得挺好。法国当时充满了左派的气息，其实整个欧洲都是特别激进的，"二战"之后，如果没有马歇尔计划强行地压制着，全欧洲都有可能变成社会主义国家。这两位山东老乡，在法国深刻地感受到了欧洲反对资本主义腐朽、反对资本主义经济大萧条的左派革命思想，虽然两个人都没读过什么书，但也对此感同身受，最后两个人一商量，干脆不再当工人了，去搞革命吧。于是，两个人扔下工具，跑到了西班牙，参加了国际纵队。

这两位山东老乡是 1917 年被送到法国当劳工的，等到 1937 年参加国际纵队，他们俩已经40多岁了，但这两位一点都不服老，内心充满了革命的热情，坚持要上前线。但最后也没有让他们两个上前线，而是让他们在后方服务，比如救护、背伤员、送补给等，但是两个人也表现得非常英勇。国际纵队里的人是轮流休假的，这两位山东老乡坚决不休假，每天都要勤奋地为革命献身。直到有一天，他们两个人的领导说，你们两个休假吧，去一趟马德里。于是山东老乡就去了马德里，结果这次休假是有预谋的，因为张瑞书登上了西班牙革命政府的杂志（*Estampa*）封面，标题大概就是国际纵队里一名来自中国的国际主义战士。

山东老乡在马德里度假期间，一走到大街上，就有很多人热情地围过来，冲他唱歌和跳舞，对他表示感谢。因为大城市里的人民基本上都是左派，而叛军和法西斯军队则主要是由农民组成，因为农民阶级是最信仰宗教的，当政府杀牧师和修女的时候，农民的愤慨情绪是最强烈的。而在马德里和巴塞罗那这些大城市里的人民，都是坚定地支持着共和政府的，所以最后马德里血战到底，巴塞罗那也打了很久。

在国际纵队失败后，两位山东老乡也进了法国的集中营，被营救出来之后也历经了千辛万苦，回到了延安，那时候他们的岁数已经很大了，无法再上前线参加抗日了，但两人在延安也积极为革命服务，成了劳模。

以上介绍的这三位华人，都成功地回到了中国，继续参加了中国的革命，但在这12位华人里，有一些人最后牺牲在了西班牙的前线，有些人则不知所终。但无论如何，今天我们能找到这12位华人的确切身份，让更多人知道他们的经历，还是非常令人欣慰的。我觉得这些华人非常给中国人争气，他们的存在，让我看到即便在那样的时刻，我们中国人的心中也是有诗和远方的，我们也有愿意为了理想而献身的人，我们也有伟大的战士。

一直到今天，马德里人民依然对国际纵队充满了热爱。1996年是国际纵队成立的60周年，马德里举办了一场盛大的纪念活动，在他们最大的体育场里，数万名马德里人民全体起立，向着几百个还活着的、坐着轮椅被推进来的国际纵队老战士致敬，这些老战士曾经为西班牙人民浴血奋战，几万名观众一同向他们高呼那句著名的口号No Pasarán（不许法西斯通过）。马德里人民对国际纵队的热爱非常令人感动。

　　国际纵队的战士们是怎么去的西班牙呢？这个过程其实也非常值得分享。共产国际当然是积极地向全世界有革命理想的人发出号召了，当时，斯大林一看世界上的第二个社会主义国家出现了，这绝对是大好的机会，于是共产国际就开始在全世界范围内招军队，这是一方面原因。另一方面原因是法西斯确实残暴，引起世界人民的愤慨。再加上左翼思潮是当时世界上最进步的思潮，所以前去共产国际和各国共产党招募点报名的人非常多。

　　报名的要求其实是很低的，不要求你是共产党员，你只要支持左翼思潮，有"左"倾的思想，最重要的是你能打仗，就可以报名参战了。所以招募到了很多"一战"的老兵，因为那个时代正好是资本主义最没落的时候，从1929年开始的经济大崩溃和大萧条，导致了大量的失业工人和失地农民出现，大家反正也活不下去了，不如参加革命，到前线去参战，也许能开创一个新世界。总之在报名阶段，来了各种各样的人，其中鱼龙混杂，不乏并不具备左翼革命思想的人。

　　但最后真正到了前线的，就都是真正怀着革命理想的人了。因为这些人都是先自费到了巴黎的，没有人出钱送他们去，他们完全是自掏腰包，这样一来，很多妄图靠着参战混口饭吃的人就立马被淘汰出局了。大家到了巴黎后，由英国共产党负责组织，再将大家辗转送到西班牙。一开始的时候，英国和法国还没有实行绥靖政策，是可以直接坐火车到西班牙的，战士们乘坐火车就能直接去参加革命了。但后来，英法实行了中立政策。所谓的中立政策，实际上就是不支持共产党政府，但他们不肯公开承认这一点。德意法西斯是直接派军队、飞机、大炮和坦克去了西班牙，而英法则保持中立，不允许共产国际从巴黎用火车运送国际纵队到西班牙去。所以战士们只能自费先到巴黎，然后由英法的共产党组织，秘密地把大家运送到比利牛斯山，也就是西班牙和法国之间天然的国界，再趁着月黑风高，大家背着枪，背着弹药，徒步穿过比利牛斯山，进入西班牙，整个旅程是非常艰难和危险的。

除了以上这些算是有组织前去西班牙的，还有很多人，他们也充满了革命思想，充满了理想主义，或者是乌托邦主义，甚至是无政府主义，他们没有找到组织，或者他们所在的国家根本就没有招募处，他们完全不知道该去哪里报名，也不知道大部队在哪里，但他们还是坚持要参战，他们自己背上行囊出发，直接去了西班牙。比如上文提到的来自中国的陈阿根同志，就是自己坐船去的。

有一个非常有意思的现象，那就是在国际纵队的三万多名战士里，占据最多数的居然是来自德国和意大利的战士。当时德国和意大利已经完全法西斯化了，国内的左翼青年和共产党遭到了残酷的镇压，德国共产党主席恩斯特·台尔曼都被关在纳粹的监狱里，所以这两个国家的左翼革命青年非常痛恨纳粹，革命的机会一来，大家立即就成群结队地跑到了西班牙。最后在战场上，西班牙的佛朗哥军队里有大量的德意法西斯军队，国际纵队这边也有大量的德意左翼青年，双方本是相同的国籍，只因为信仰不同的理想和主义，就在西班牙的战场上正面交锋了。

还有一个现象，那就是国际纵队里的战士们来自不同的国家，大家的语言是不相通的。针对这种情况，国际纵队又将战士们分成了六七个纵队，这些纵队基本上就是按语言来划分的，这样打起仗来，大家比较便于沟通。然后，来自不同国家的人都给自己的纵队起了一个特别光荣的名字：说法语的青年组成的纵队叫作巴黎公社纵队，巴黎公社打响了革命的第一枪，非常光荣；说德语的人组成的纵队名叫台尔曼纵队，台尔曼就是德国共产党的主席；说意大利语的青年组成的纵队叫加里波第纵队，加里波第是一八六几年意大利独立战争时的伟大革命家；来自南欧的战士组成的纵队叫作季米特洛夫纵队，季米特洛夫是保加利亚共产党的领袖，还是当时共产国际的总书记，虽然他只是一个傀儡书记，凡事都得听苏共的，但苏共觉得需要让大家认为共产国际是属于大家的，所以让季米特洛夫同志担任了总书记；说英语的人很多，来自美国、加拿大、英国、澳大利亚等50多个国家，他们组成的纵队叫亚伯拉罕·林肯纵队，也就是美国的林肯总统的名字，我不知道他们为什么不拿英国的那些革命家的名字当队名，而偏偏选择了林肯，总而言之听起来也是非常响亮的。

当时，在佛朗哥的军队里，有一些高级将领是支持左翼共和政府的，他们都被枪毙了。在北非摩洛哥叛乱的时候，第一件事就是把六位支持共和政府的高级将领直接枪毙了。海军是共和政府的，而陆军的大部分主力军队都在佛朗哥手里。共和政府的陆军大部分都来自左翼的激进工人，战斗经验不足。而国际纵队里有大量的"一战"老兵，战斗经验和战斗素质都非常高。国际纵队开进西班牙后的第一战就是保卫马德里，这一战的名气非常大，连我们的革命圣地延安，都打出了保卫马德里的口号。国际纵队在马德里击败了叛军，保住了马德里，马德里人民欢欣鼓舞，热烈欢迎来自全世界的理想主义战士。

有关国际纵队的撤离，表面上是由国联来调停，让外国军队全部撤出西班牙，包括国际纵队和德意法西斯的军队。但法西斯是根本不会撤军的，所以一开始国际纵队也不肯撤军。后来斯大林亲自下达了命令，国际纵队才不得不撤出了西班牙。斯大林之所以亲自下令，是因为他已经决定抛弃西班牙了，因为当时签订了慕尼黑协定，英法绥靖了德国，承诺只要法西斯军队去攻打苏联，就把苏台德地区让出去。苏联立刻感受到了巨大的压力，一直以来，苏联最大的政策就是让纳粹西进，跟英法去打，让资本主义世界自相残杀。而英法的外交政策则是祸水东引，让纳粹去跟共产党和苏联打。

所以慕尼黑协定一经签订，张伯伦就回到伦敦说，他带回了一代人的和平。英法是和平了，但这就意味着苏联的和平没了。于是苏联立即改变了政策，第一时间抛弃了西班牙。抛弃西班牙对苏联有两大好处：一是让大家觉得共产主义不是那么大的威胁；二是如果西班牙被佛朗哥占领了，西班牙就变成了佛朗哥政府，也就跟着纳粹走了，因为如果没有纳粹的飞机、坦克和军队支持，佛朗哥是绝对赢不了的。西班牙在法国的南边，意大利和德国在法国的东边，如果这三国围住了法国，苏联不就得逞了吗？再加上之前提到的，西班牙国库里的黄金已经全部运到了莫斯科，所以斯大林毫不犹豫地抛弃了西班牙，下令国际纵队撤退。

共产国际实际上是完全听命于苏共的，所以国际纵队全面撤出了西班牙，苏联的全部援助也终止了。失去了这两个援助，西班牙的共和政府很快就撑不住了。1938 年年底国际纵队撤出，1939 年马德里和巴塞罗那就被叛军占领了，共和政府也彻底失败了。所以，国际纵队的结局跟当时的世界局势是有着密不可分的关系的。

4. 从国际纵队到丝绸之路

不管在整个过程中夹杂着多少见不得人的事，但当时这三万多名满怀着理想、奔赴西班牙前线的战士，我认为他们是毫无争议的人类之光，他们的壮举是非常值得敬佩的。不论在任何时候，只要你愿意为了理想而献出自己的生命，而不是为了一些苟且和狭隘的事，我觉得都是光荣的，值得敬佩的。

提到国际纵队，我又想到了中亚和著名的丝绸之路。中亚地区曾经有那么辉煌灿烂的历史和文化，还有那么多珍贵的古迹和文物，其中好多文物都是通过当年的丝绸之路传过去的，我们的历史，他们的历史，东方的历史，西方的历史，罗马的历史，拜占庭的历史，都尘封在这片土地上。

欧洲曾经被南北隔绝了那么久，南边有罗马、北非的迦太基和希腊这一系列的文明，而北边什么都没有。其实最主要的原因就是被阿尔卑斯山挡住了，一座山脉的阻隔，就使得南北两边的文明相差甚远。

丝绸之路实际上是世界上有史以来最难走的一条路，全世界最大的几条山脉，喜马拉雅山脉、喀喇昆仑山脉、兴都库什山脉等，全都横亘在丝绸之路上。所以我从小看地图上的丝绸之路时，心中就有疑惑，走这样的一条路进行贸易，那这贸易的效率岂不是太低了？

还有中国人很喜欢的马可·波罗同志，如今很多人都认为马可·波罗根本没来过中国，就算他真的来过，按照他自己说的从威尼斯出发的话，也至少要三年时间才能抵达中国。如果要进行贸易的话，随身要背很多东西，人一共能背多少东西？光是三年的粮食一个人都背不动，要是再赶上几口牲畜，牲畜还要吃东西，三年的时间，要翻越那么多的高山，穿过那么多的沙漠，人吃马喂之后，到了中国还能剩下多少东西是能卖的？

我经常琢磨一件事，是谁给这条路取名为"丝绸之路"的呢？后来我知道了，取名的人叫李希霍芬，是一个德国人。这位李希霍芬不是那位著名的"一战"空军英雄，但也是一位男爵，我猜这两位李希霍芬有亲戚关系。这位地质学家李希霍芬来中国考察，考察期间发现了一些丝绸，他感到特别高兴，就把这条路命名为丝绸之路。这件事一传十，十传百，渐渐大家都听说了这里有一条丝绸之路。不知道的人都以为，这是一条从长安直达罗马的康庄大道，大道上永远都有川流不息的驼队和马队，人们在这里不停地做贸易，甚至东西方的交流都是从这里开始的。

　　实际上，如果你亲自走一遍这条路，就知道这种猜测是完全不成立的。20世纪90年代，有十名探险队员和22名专家，重走了马可·波罗之路，还拍成了一部纪录片。有一万名马可·波罗的支持者看了这部纪录片，然后有65%的人投票表示，马可·波罗不可能走这条路到中国，在半年时间内，即便用现代交通工具，也走不完这条路。

　　后来出土的大量物品也给了很明确的证明，这里进行的贸易较少。在丝绸之路沿线出土的文书是非常齐全的。对考古学家、历史学家、语言学家和比较语言学家来说，丝绸之路上的中国到中亚这一段是非常好的一条路，因为它位于中亚的沙漠地带，气候十分干燥，在这样的环境下，挖出来的古物，保存得都非常完好，而且盗墓贼也很少跑到沙漠去挖坟，盗墓贼的主要活动地点都在河南那边，所以发明的盗墓铲才叫"洛阳铲"，真正跑到丝绸之路上去盗墓的人极少。所以丝绸之路上的古物都保存得极好，以至于能出土上百具保存得栩栩如生的干尸，出土的馄饨和饺子和今天的形状一模一样，连里面的馅都清晰可见，是韭菜猪肉馅的，唐朝的时候穆斯林还没有大量过来，那地方的百姓还不信仰伊斯兰教，那地方信什么教的都有，是非常合谐的。

　　丝绸之路沿线的居民，有从高加索来的，有从印度来的，还有从中亚来的粟特人，身高达到一米八几的人特别多，远比中国人要高大。出土的文书中也包含多种语言，光是消失的语言就有很多种，比如粟特语。梵文的文书也有很多，但最多的还是中文文书。之所以能保存下来那么多完整的文书，除了气候干燥，还有一个重要的原因，那就是那个地方的纸比较贵，写完了文书的纸不能丢掉，还要当废纸卖，废纸在当时是非常有用的，因为当时有一个墓葬传统，就是用纸来做冥衣和冥鞋，然后穿在逝者的身上，还有各种陪葬的器具，都是用废纸折成的。

所以考古学家一打开当时的墓穴，简直高兴死了，因为不光尸体保存完好，死者的冥服和陪葬器具上也都写着字，甚至有些墓里还有剪裁室，剩下的纸张都完好无损地堆在那里，大家把这些纸片拼在一起，发现这都是当时的官方档案、民间书信和账本等，这对于研究当时的历史是极其珍贵而真实的资料，远比被篡改过的历史书要珍贵得多。写历史的人总是坚称要秉笔直书，因为天天都有人让他们修改，要求他们要为政治服务。每个朝代留下来的历史都经过了大量的篡改，所以中国正式的历史书里，秽史太多了。而在丝绸之路沿线的墓地里，发现了大量当时人写的账本、欠条，甚至是法院写的判决书，这些东西没有经过任何篡改，是非常宝贵的真实历史资料。

丝绸之路上出土的纸张上记载了很多非常有意思的东西，而且都记录得非常详尽。有一张纸上记录着，有一个人死了，他弟弟替他去申诉，说有一个汉人曾经管我哥哥借过钱，也就是几十匹丝绸，但是他没有还，现在我哥哥因为赶着驼队出去做生意，不幸死在沙漠里了，我要继承他的遗产，包括他的债务。最后法官判决道，你哥哥的财产和债务都归你了，你去管那个人讨要他欠你哥哥的几十匹丝绸吧。

还有一次，一个粟特人跑到汉朝官员那里去申诉，说他带来的骆驼卖便宜了，汉人给他的价钱是黄骆驼的价钱，但他带来的是白骆驼，而且他有过所，所谓的"过所"，就是当时的护照或通行证，粟特人认为自己持有过所，身份又是使节，他应该一路上都白吃白喝，可一路上所有的商家和店铺都收了他的钱。最后汉朝官员驳回了粟特人的申诉，因为汉朝官员觉得汉人没有亏待粟特人。通过这个记录，可以看出因为当时粟特人支持匈奴，所以和汉人之间的关系比较复杂。

而这些文字记录体现出的一个最重要的信息，就是没有大规模商队的记载。凡是达到上千匹骆驼、上百头牲畜和上千人的队伍，全部是使团。关于使团的记载是非常详尽的，汉朝时有一个军营叫悬泉，在那里发现了几万个汉简，也就是竹简，上面详细记载了每一个去往长安和洛阳的西域使团，包括他们有多少人，消耗了多少食材，可见当时反贪污的力度是很强的。

总之，将所有出土文书的记载综合起来分析，可以得出这样一个结论，在所谓的丝绸之路上，所有有记载的贸易绝大多数行程都在一两百里以内，超过500里的贸易已经是凤毛麟角了。

想证明罗马跟中国通过丝绸之路进行过贸易，最起码要有两个证据：第一，丝绸之路上有罗马钱币；第二，罗马有中国的丝绸。必须要符合这两个条件，才能说明两国曾通过丝绸之路做过贸易。事实上，西域只发现了极少的罗马金币，有一个美国历史学家声称，西域发现的罗马钱币里，只有一枚是真的，其他都是假的，我不知道他有没有经过严格的考证。在丝绸之路上发现的欧洲钱币，大多数都是仿拜占庭的金币，真正的拜占庭金币也是极少极少的，可能就是某一个使团带来的，或者是纪念品，总之非常少。在丝绸之路上发现的最多的钱币是从萨珊王朝来的，萨珊王朝就是今天的伊朗，这说明从伊朗来的商队还是有一些的。还有从阿富汗来的，最主要的是从撒马尔罕来的，因为撒马尔罕离我们很近。元朝时，撒马尔罕曾经是中亚的重镇。

而在罗马那边，包括东罗马，也就是拜占庭，出土的丝绸也很少是中国的。根据西方的考古学家声称，其实只有一匹丝绸能被证明是从中国来的，其他的丝绸全都是拜占庭人仿制的，但这种说法我也不知道是否严谨。丝绸这种东西，中国的制造技术肯定是最好的，中国是先煮了之后再缫丝，所以丝线特别长，织出来的东西也漂亮。印度其实也有丝绸，但印度的工艺没有这么高，他们是用野生的蚕结出来的丝直接织布，这种技术后来慢慢地传到了拜占庭。

丝绸之路不仅难走，而且特别长，从撒马尔罕到长安就有 3600 公里，也就是 7000 里地，沿途基本上没有发现什么真正的遗迹，只不过是有一个名叫李希霍芬的德国人来走了一趟，发现了一些丝绸，一时兴起他就把这条路命名为丝绸之路了。在马可·波罗所处的时代，丝绸之路上就更没有贸易了。马可·波罗说他亲眼看到泉州刺桐城是如何繁荣，包括海上贸易也非常繁荣。而实际上从所有已出土的证据上来看，海上贸易永远是最主要的贸易，陆地贸易除了短距离的贸易，就没有什么真正的贸易了。张骞去了西域，发现了蜀布，也就是四川的布，大家就说那是贸易了，其实只不过是张骞看到了一块蜀布而已，不能理解为大规模的贸易。张骞去西域是为了联络大月氏一起打匈奴，汉朝在西域有一些行政机构，到唐朝有了安西四镇。

向西还有一些国家，对中国的国防有很重要的作用，因为如果这些国家跟着汉朝，匈奴就比较倒霉，如果他们跟着匈奴，汉朝就比较倒霉。汉朝从丝绸之路上获得了很多信息，因为使团都是从那里经过的，留下了很多文字资料，其实所谓的西域三十六国，很多国家只是一片绿洲而已，比如楼兰和高昌，但汉朝也封这些小国的君主为王。所谓的贸易，其实也都是使团贸易，或者根本就不能称之为贸易，只是外交而已，使团给汉朝进贡了几匹汗血宝马或大宛名马，汉朝又赏赐给使团一些东西，最后使团回去的时候再夹带一点私货，基本上就是这样。

西边的国家里也有很大的国家，比如大秦，大秦就是罗马。但一直到今天，有关大秦使者来中国的记录只有寥寥几次，而且他们还都是从海路来的。我在翻看大秦使者来中国的史料时，严重怀疑这位使者是个骗子。在当时那个年代，想要当一个骗子太容易了，因为没有世界地图，也没有资讯。那位使者说自己是从大秦国来的，给中国皇帝进贡了几根象牙和犀牛角。但罗马并不产象牙和犀牛角，这两种东西应该产自东南亚。很多历史学家分析，这名所谓的使者十之八九不是来自大秦，他估计是顺着海路从东南亚来的，目的不过是骗一些赏赐而已。

一个国家对外面世界的了解，无外乎就是文化、宗教、军事、国防和外交几项，在宗教上的交流确实不少，传来了不少宗教，包括景教，也就是基督教。但后来人们经过仔细的研究，发现当时的景教并不是从罗马传过来的，而是从叙利亚传过来的，基督教最开始是从耶路撒冷兴起的，距离叙利亚比较近。除了景教，还从大食一带传来了祆教，祆教就是拜火教，或者摩尼教。摩尼教在唐代传入中国，被称为明教，看过金庸武侠小说的读者应该对这个宗教并不陌生。

丝绸之路最繁盛的时代，就是从汉唐一直到五代，所以敦煌石窟到五代之后几乎就停止了，因为在那之前，那是一个文化交融、民族融合的地区，对任何宗教都十分宽容，汉唐时期在长安也有很多祆教和景教的庙宇。但后来伊斯兰教来了，从西边开始，一路灭了波斯，到了撒马尔罕。在伊斯兰教的长期统治之下，整个地区的文化和宗教等各方面交流都停了下来。再加上后来有了阿拉伯人的航海技术，人们就更不需要这条难走的陆路了。从大航海时代开始，大家就全部从海上走了。所以在五代之后，这条路上就肯定没有什么贸易了，其实在那之前的贸易也不是很多。

有关国际纵队和丝绸之路，就跟大家分享到这里。

七、答读者问

2016，说说心里话

各位《晓松奇谈》的读者朋友们大家好，不知不觉又是一年结束，每年到了年底的时候，我都想跟大家分享一些过去一年中的感想，或是汇报一下过去一年的一点点小成绩。

在过去的一年，我的生活有了很大的改变，先是做了一件小事——其实也不算是小事——另外还做了一件大事，但也不知道将来能不能真的做大。现在就来跟大家汇报一下，我去年做的这一大一小两件事。

一件小事，就是我跟朋友一起开了一间杂书馆。这是我从小的重要梦想之一，虽然这不是什么家国大事，也不是什么世界大事，更不是纵横四海、改造世界的事，但是身为一个读书人，我从小的梦想之一就是开一间书馆，跟所有志同道合的书友分享好书。

我没想到这么快就能把这件事做起来，或许是机缘巧合，刚好有一位大藏书家朋友，大方地献出了他的百万册藏书，这些藏书中有大量我自己非常喜欢的，于是大家一拍即合，立即就把这件事做起来了。

目前杂书馆只有两栋小楼，藏书百万册，数量及规模和清华图书馆比不了，但是我觉得它的意义和一座大学的图书馆是截然不同的，和国家级别的图书馆更不一样。因为那些大型的图书馆追求的目标是大而全，而我们追求的目标是小而精。我们杂书馆内收藏的书籍，很多是大图书馆看不上的，或是大图书馆里很少见的，比如民间的鼓词、宝卷、杂字以及教材。而大图书馆里收藏的，主要是官修的二十四史等，我们的收藏则以民间历史为主。

官修的历史其实有很多并不真实的记录，而且官修历史的读者也不是老百姓。老百姓是通过什么来知道历史的呢？正是通过这些民间的宝卷、鼓词和评书，是这些即便连不识字的人也能听懂的东西。除了历史，杂书馆里也收藏了大量的时事文献，比如明清和民国时代的新闻和报纸，通过这些东西，大家可以了解到意识形态是如何传播的。总而言之，杂书馆里收藏了很多的民间古籍和史料，想要了解真实的民间历史的朋友，可以来杂书馆看看。

更多的宣传和广告我就不多赘述，为了庆祝杂书馆的开业，我亲自写了一篇序言。"杂书馆"这三个字是我起的，我不敢说它是一家多么高大上的图书馆，因为它收藏的东西确实很杂，而且各种犄角旮旯里的东西都有。而"杂书馆"这三个字的题字，我邀请了我的好朋友，台湾大作家、大学者张大春来题写，张大春同时也是一位大书法家，台湾的知识分子保留了中国传统知识分子的很多重要品质，就是琴棋书画样样精通，而在中国大陆，如今的知识分子已经渐渐地异化了，很多人琴棋书画一样都不会，但是也能当知识分子，甚至很多人只是会写写微博，也能被称为公共知识分子。但台湾的知识分子还是保留了口袋里永远揣着章印的习惯，每当知识分子们聚会的时候，春夜宴桃李之际，都会一起写写字、盖个章。我将我写的这篇序言，跟各位读者分享一下：

杂书馆序
——馆长高晓松撰
乙未十月，止于大雪，
客机折戟埃及，平民溅血巴黎。
天地不仁，举世惶惶。
居庙堂者全无庙算，
处江湖者粪土江山。
或曰大限将至，争诵末世遗文。
同月，于京郊，于天之角，
大藏家献书百万，
变藏经楼为图书馆。
请余为首任馆长。
余年少时，自诩文青翘楚、浪子班头。
读书破万卷惟阅后即焚，
云游数十国而居无定所。
卖琴棋书画媚众，
弄雕虫小技营生。
及至不惑，识大藏家，
乃知浮华浪掷如当下，
仍有大隐于市，
不坠青云之志。
观其藏，洋洋数十万民间之

宝卷、杂志、鼓书、杂字、书信、教材；

浩浩数百年华夏之

信仰、民生、娱乐、改良、革命、沉沦。

于官修机器人正史之外，

别有一番呼吸与血肉。

历史于此不再顾影自怜，

反生出一派悲天悯人。

于是与大藏家议，

将此书馆命名为：杂书馆。

馆长曰：以史为鉴，无非再添几分偏见；

以梦为马，最终去了别家后院。

不如大雪之后，清茗一杯，杂志两卷，

闻见时光掠过土地与生民，

不绝如缕。

  这是这几年来，我自己感觉最为得意的一篇小文，也是我身为一名知识分子，所能具有的一点基本的素质。一篇小小的序言，我虽然没有能力写成《滕王阁序》，但还是能写出一点心得和感悟的。

  杂书馆自从 2015 年 10 月 27 日开馆到现在，已经迎接了一万多名书友的到来。我们选择了在冬天开馆，还是北京有史以来最寒冷、雾霾最严重、最可怕的一个冬天，书馆的位置也不是在市中心。但每天依然会接到大量的预约，大部分时候都能达到当天的最大预约人数。我们的接待上限是周末每天 500 人，平时每天也有一两百人。从决定创办书馆开始，我们就没打算制造出人流如织的效果，因为书馆里有大量的古籍和善本，为了保护这些珍贵的书籍，我们规定了单日的人数限制。

我感觉很欣慰，到目前为止，我们给一万多名书友提供了冬天里的一抹阳光、书香和温暖，杂书馆内的一切都是免费的，但是要来参观和读书，需要提前在网上预约，只有预约成功的书友才能进入，否则会导致人多到超过我们的接待能力。书馆内除了珍贵的藏书，还有免费的茶、咖啡和小橘子。

令我感动的是，一万多名书友光顾之后，我们馆内所藏的所有明清、民国的古籍和善本，没有一本被损坏，书友们都非常珍惜馆内的藏书，也非常珍惜我们大家一起努力提供的这方小小的角落。还有一件令我感到高兴的事情是，我在网上看到，有书友居然在杂书馆内遇到了自己的一生挚爱。两位有情人能不能挚爱一生，这个谁也不能保证，但能在杂书馆这样的地方相遇，我觉得是非常美好的，总比在海天盛宴相遇好，总比在夜店里相遇好，总比在网上使用各种各样的工具认识要好，起码两个人有一些共同的追求。

更让我感动的是，杂书馆开馆数月，全国各地都出现了很多愿意跟我共襄盛举的人，也包括一些著名的富豪，他们纷纷找到我，提出让我将杂书馆做大，他们愿意捐出几亩地，愿意捐出更好的房子，让我把杂书馆开到全国各地去。大家的好意令我十分感慨，就如我在杂书馆的开馆序言里写的那样，就在浮华浪志如当下，在海天盛宴占据头条的今天，小小的一座杂书馆居然受到这么多人的关注，这令我感觉这个社会和这个时代还是有着很多美好的。

不过做公益这件事，我们要一步一步慢慢来，不能冒进，如果操之过急，就会造成很多负面的问题。我很感谢大家的好意，我们会仔细地选择，然后在一些条件都具备的时候，再将杂书馆开到北京以外的地方去。这不是空话，因为我们都不是小孩子，我们会一点一点地逐步推进这件事。

感谢大家，这就是我今年做成的一件小事。

今年我个人做的一件大事，就是我加入了阿里。如今在全世界提到阿里，大家的第一反应可能已经不再是《阿里巴巴和四十大盗》那个童话了，而是一个巨型的商业帝国。正式加入阿里集团之后，我又进一步发现，这不但是一个巨型的商业帝国，还是一个巨型的有理想、有追求的组织。

原本我和大多数人一样，觉得阿里就是一个很强大的公司，非常有钱，但加入其中之后，我发现公司里的员工们每天在谈论和交流的，并非都是钱。尤其是这次我们的组织部年会，所有的高管云集一堂，在这么盛大的场面里，我发现没有人谈论生意，也没有人谈论阿里创下的那些神话般的数字，大家都在谈理想。

在今年的组织部年会上，马云正式要求大家，从此以后不要再管他叫马总了，而要叫马老师，因为我们所有人要一起做的事情，已经超越了经营一家仅仅以牟利为目的的公司，我们还有更大的改造世界的梦想。我本人也深受感动。

我们这一代人，从小到大受到的都是理想主义教育，在很长一段时间里，我老感觉自己生不逢时，事实上不光是我一个人有这种感觉，每一代知识分子都觉得自己生错了时代，都觉得上一代的知识分子赶上了最好的时代，觉得春秋的知识分子生活在最好的时代，只要自己没能取得什么成就，就会怀有一种满腹经纶却报国无门的郁闷心理。

但加入阿里这个组织之后——我不想管阿里叫一家公司——我顿时有了一种全新的感受，其实好的时代不是你等来的，而是要靠你自己去创造的。我非常有幸，加入了这样一个具有开拓精神的管理层，所有人齐心协力想的事情就是能够纵横四海，不仅仅要改造这个国家，还要改造整个世界，希望这个世界再也没有难做的生意，希望这个世界上的每一个人都能找到自己最基本的营生，希望更多的人得到就业的机会，希望更多的人在这个新的环境和新的世界里有所改变，变得更好。我非常欣慰，自己选择加入了这样的一个组织，在这里，我个人的思想和能力也得到了很大的提高。

在今年组织部年会上，我个人做了一个小小的发言，我很想将自己的发言内容分享给各位读者，但很遗憾，因为这个发言牵涉太多商业机密和组织机密，此处不得不省略掉 3581 个字。

好，以上就是我今年做的一大一小两件事，已经跟各位读者汇报完毕了。

除了我个人，在过去的一年，我们这个国家和民族，还有整个世界，也都发生了很多事情，在《晓松奇谈》里，我跟大家分享了很多有关台湾、中东、穆斯林和欧洲难民的事，如今很多的事情就在不幸或有幸地慢慢发生。这也让我感觉到做《晓松奇谈》是一件非常幸福和欣慰的事情，我和大家不光是在故纸堆里翻一些陈年旧事，还对如今和未来的世界有了一些思考和领悟。

汇报和感慨完毕，最后要隆重地给大家拜年，我们中国人经常说"要等到猴年马月才能实现梦想"，今年刚好是猴年（农历丙申年），也有马月，希望所有《晓松奇谈》的观众和读者都能实现自己的梦想，祝各位新年快乐，心想事成。

1. 有好几个人问了我同一个问题，应该先买房还是先买车？

我觉得这根本就不是一个问题啊，当然是先买车了。因为买房的钱跟买车的钱，根本不是一个级别。在北京，两平方米房子的钱就能买一辆车了。我姑且不谈什么"眼前的苟且和诗与远方"，我觉得最基本的一个生活逻辑就是先买便宜的，然后再去买贵的。

但这件事对我来说不是一个问题，如果是我个人的话，即使有钱我也不会去买房子，我宁可买好几辆车，到处去走走看看。但这只是我个人的想法，我也并不推广我的这种个人想法。只是在一个货币贬值、通货膨胀的时代，难道大家真的想要一平方米一平方米地攒房子钱，然后天天乘坐拥挤的地铁去上班，直到最后买上了房子，然后再去买车吗？

所以，当然应该是先买车。

2. 有一位网友问我是不是该拿驾照了？拿到驾照以后想开一辆什么车？

看来这位网友很关心我，我很感动。五年的时间真是白驹过隙，一晃就过去了。本来我觉得遥遥无期，不知道这辈子在国内还能不能开车。实际上在今年（2016 年）的 5 月 10 日，我已经可以去考驾照了。谢谢这位网友的热心提醒，不然我自己都忘了，近期我可能会去考一次驾照，希望能顺利通过。

至于重新拿到驾照之后要开什么车，这个我得好好想一想，看看有没有什么厂商愿意提供给我一辆 Dream Car（梦想之车）。

3. 有不止一个网友问我，为什么清末到民初的时候，大家都喜欢到日本去留学？

鲁迅是留日的，鲁迅的兄弟也留日。很多革命家都曾经留日，比如李大钊、秋瑾，还有汪精卫和蒋介石。为什么大家都跑到日本去留学呢？有一种可能是，经历了明治维新之后，日本突然间就摘掉了贫困落后的帽子，走向了世界强国的行列，国人去日本，是想去学习日本的经验。我相信有一些人是怀着这个目的去日本的，他们想要学习一下，日本是怎么维新的，是怎么从一个比中国还要落后和贫困的国家，突然一跃间就成了世界强国，还打败了中国和俄国的。

但事实上，大家去日本留学的一个最重要的原因，是去日本留学便宜。一直到今天，人们在准备出国留学或移民的时候，也会先算算账。很多人拼了命地学习德语和法语，要去欧洲留学，因为去欧洲留学便宜，欧洲的大学都不要钱。但如果要去说英语的国家留学，那大学的学费就很贵了，而且说英语的国家也不一样，比如英国，虽然大学的学费很贵，但学制很短，三年本科加一年硕士，四年就能学成归来了。如果去美国那就麻烦了，四年本科，硕士两三年，就算你拼命努力也要一年才能读完硕士。不管怎么比较，去日本留学都是最便宜的。

少部分怀有理想的战士是为了革命去日本留学的，因为革命党的总部在日本。但大多数人去日本留学就是因为便宜。清末民初的时候，有成千上万的人去日本留学。首先，那时候从中国去日本是不需要签证的，当时日本对中国的政策还行，只要买一张船票，就可以坐船东渡去日本了。革命者只要在中国被通缉了，就立刻上船去日本，船票也特别便宜，只要几两银子。不过几两银子的船票是最低等的船舱，有钱人要乘坐豪华的头等舱，带上仆人，也就几十两银子，比去欧美要便宜多了。

在日本留学的学费更是便宜极了，日本最好的私立大学——早稻田大学，当时的学费是一年十几两银子。十几两银子对一个普通的中国底层家庭来说，还是无力承担的，但是对一个中产家庭来说，还是能付得起的，比如一个小富农、一位农村的私塾先生，或者一个上海的记者。日本当时的生活水平跟欧美也是有着巨大差距的，日本官方在节衣缩食地造军舰，因此日本普通人的生活和消费水平也比较低。同时期留学欧美的花销跟去日本压根儿就不是一个量级的。当时官派留学欧美，每个省都有各自的补助标准，富裕一点的省能给每一个去欧美留学的学生一年补助两千两银子，穷一点的省一年也能补助几百两，那些拿到几百两银子的学生纷纷抱怨，表示自己在欧美根本活不下去。后来清政府统一规定，全体官派到欧美的留学生，每人每月补助 100 两银子。

由此就能看到巨大的差距，去欧美的官派留学生每个月都能得到 100 两银子的补助，日本最好的早稻田大学高等预科一年的学费才 17 两银子，就算把一年的生活费都算在里面，一年有几十两银子足矣。当然了，去欧美的留学生必须得考上官派名额，才能享受政府的补助，否则这一年 1200 两银子的基本开销就得自己支付。当时一块银元差不多值 7 钱银子，我外婆就是自费到德国留学的，靠的是她的舅舅，北京四大名医之一的施今墨资助了她 2000 大洋，差不多就相当于 1200 两银子。

去欧美留学，一年的学费就要 200 多两银子，光这一项就已经比日本贵了十几倍，除此之外还有生活费和住宿费，都是非常昂贵的。所以去欧美留学的都是大户人家的孩子，像梁思成和林徽因这种出身的人才能去欧美留学，徐志摩家几乎是浙江省首富，所以他也能去欧美留学。官派留学生也是非常难考的，其中一个重要的门槛就是，你得懂一门西文才行，这对很多普通人家的学子来说，就已经是难于上青天了。总之，去欧美留学的人非常非常少。

最初，从国外留学归来的人，回国考一次试，就可以被授予举人的头衔，如果是考得特别出色的，还能得到进士的头衔。我看了看相关的记载，发现清末接受授衔的这些留学生，基本上都是从日本留学归来的。第一个原因是去欧美留学的人特别少，第二个原因就是大多数去了欧美的人就不会回来了，就算想回来，也因为学制极长的原因，不能轻易回来。去日本留学就很容易回来，比如蒋介石，他去了日本没多久就回来从事革命事业了。鲁迅先生在仙台学医，其实也没学多久就回来了。

日本当时有大量专门为中国人设立的学校，比如振武学堂，很多人根本就不会日语，但是也可以去日本留学，因为他们到了日本就直接进了专门的预科学校，日本甚至还有专门为中国的女生设计的预科学校，因为中国后来的官派留学生里也开始有女性了，自费留学的人里也开始有了女生。是选择去日本留学，还是去欧美留学，其实是对留学生进行的一种分化，小户人家的孩子基本上都选择留日，比如鲁迅先生就是小户人家的孩子；而大户人家的孩子，大教授、大官和大商人的孩子，都选择去欧美留学。

这样的分化也在那个时代的中国形成了一些小小的歧视：因为德国的教育水平是最高的，所以像蔡元培这些留德归来的人，回国就是正教授；其次才是留英和留美的；然后是留欧洲其他国家的。这些留学欧美的人，组成了一个直到今天依然是很高级别的群团组织，叫作欧美同学会，我也是其中的成员之一。前两天我还收到这个组织发来的通知，说我们欧美同学会作为群团组织，已经直归了中共中央办公厅管理，由统战部代管。看到这个通知，我心说没想到这个组织现在已经有了这么高的级别。在当年，这就是一大帮学者组织起来的同学会，但在当时的中国也是非常厉害的了，总部就位于长安街边的金水河畔，南河沿大街的一个大院子里。

欧美同学会当年有一个规定，那就是留日和留苏的学生不能参加，这其实就是一项歧视条款。但在当时，这个条款也是有充足理由的，大家想想看，当时留日也能算留学吗？大多数人不过是跑到日本专门为中国人设立的学校里混了两年，一无所获地就跑了回来，所以留日的不能算留学。留苏的也不能算留学，因为苏联有孙逸仙大学，是共产国际专门为中国人创办的大学，学校里面主要就教学生怎么闹革命。但是也有少部分留苏的人被连累了，苏联也是有一些比较好的大学的，比如伏龙芝军事学院等。但欧美同学会不管，凡是留日和留苏的学生，一律不许加入。但是留学捷克的学生可以加入欧美同学会，因为东欧确实有一些比较好的大学，比如捷克和波兰的大学。

日本的留学生学成回到中国后，除了在军事领域，比如士官系发展之外，在其他领域能成才的人非常少。虽然出了很多留日归来的大人物，但这主要是因为留日的人的基数太大了，这么多人留日，总有几个最后能出人头地。所以去日本留学虽然便宜，但也是一分钱一分货的。

而去欧美留学归来的人，回国之后都是大教授，钱钟书先生在《围城》里就写过类似的歧视段落，有一个人总是自豪地跟别人说，兄弟我在英国的时候如何如何，以示自己和留日的人是不同的。

4. 黑人在奥运会上得到了那么多金牌，为什么主要都是田径项目以及一些旱鸭子项目？黑人的运动素质那么好，为什么一到了水上项目就体现不出来了呢？

这个问题我很愿意回答，因为我自己也琢磨过这件事。在美国，我们发现黑人在各种运动项目上的成绩都非常好，篮球运动员基本上都是黑人，橄榄球运动员里也有很多黑人，跑步、跳远和跨栏也都是黑人运动员，所以我们的刘翔是非常牛的，在田径项目中，连白人都很难战胜黑人，更别提黄种人了。

白人、黑人和黄种人的人种确实是不一样的，大家各自擅长的东西也不一样。我还专门问过一些专业人士，为什么黑人超强的力量和爆发力一到水里就不管用了呢？我得到了两个答案，我觉得都挺有道理的，刚好跟各位读者分享一下。首先，黑人的力量、爆发力和弹跳力为什么特别强？因为他们的肌肉和骨骼的密度都大，所以他们的力量就更强，但是这种肌肉和骨骼一到水里，就很容易往下沉，所以他们在水中不占便宜。其次，黑人的身体极富曲线感，他们的臀部和胸部都非常突翘，这种身材在水里受到的阻力更大。黄健翔曾跟我说过，黑人的尾椎骨比正常人多一截，所以他们的屁股比其他人种都要翘，奔跑的时候很有用。但黄健翔老师的说法我没有求证过。因为身材更为突翘，所以跳水的水花也会更大。总之，黑人运动员一旦进入水里，肌肉和骨骼的优势就都没有了，而在陆地上，他们的力量、爆发力和弹跳力都是其他人种不能比的。

由此我还想到了另一个问题，为什么美国的黑人以及加勒比和牙买加的黑人，他们的短跑都特别厉害？大家可以看一下世界短跑比赛，前几名几乎都是北美的黑人，刘易斯不但短跑厉害，跳远也厉害。但一到长跑项目，美国的黑人就不行了。在长跑项目上，好像非洲的黑人更厉害，比如马拉松比赛，包揽前三名的几乎都是来自非洲的黑人运动员，一万米的长距离赛跑，也都是非洲运动员更强，这是为什么呢？

大家不妨想想看，在长跑项目中得冠军的那些非洲黑人运动员，他们都是来自非洲哪些国家？无非就是肯尼亚和埃塞俄比亚。在世界地图上，这些国家都在印度洋这边，是东非国家；西非的黑人虽然很少有得过奥运田径比赛的金牌的，但美洲的黑人都是从哪儿来的？当年贩运黑奴是非常猖獗的，如果是从东非抓来的黑奴，绝不可能在印度洋这边上船，再绕过好望角去美洲贩卖，因为路途太遥远了，黑奴在路上就死光了，仅仅是穿过大西洋的黑奴贸易，黑奴在半途中的死亡率也是非常高的。航海上做不到，走陆路就更做不到了，因为东非和西非之间有大山、大峡谷和大瀑布，地势非常险要，东非和西非之间有天然的地理分隔线，所以两边的黑人在人种上其实就不太一样。

被贩卖到美洲的几乎都是西非的黑人，所以不论是美国的黑人，还是加勒比的黑人，都是在奴隶贸易时期，被从西非贩卖过去的西非黑人的后代。西非黑人和东非黑人是有着很大的不同的，双方首先在长相上就不太一样。东非的黑人又高又瘦，美国前任总统奥巴马就是典型的东非黑人的长相，虽然他混过一次血，但他爸爸就是肯尼亚人。奥巴马绝对跑不了短跑，因为他的身形是瘦长条的。而西非的黑人全都肌肉壮硕，一个个恨不得都横着长，全身都是发达的肌肉。

我问过一些研究体育科学的人，他们说人体的肌肉纤维是有区别的，短纤维和长纤维的比例是不一样的。短纤维比例大的人，爆发力强，擅长短跑；长纤维比例大的人耐力强，擅长长跑。不过我没有仔细从科学的角度去研究过这个问题，就不多说了。

总而言之，美国以及美洲的这些黑人运动员，他们之所以能取得这么棒的田径成绩，主要是因为他们具有西非黑人的基因，以长跑见长的黑人则具有东非黑人的基因。

5. 有一个名叫 Pisces 小贤的网友问了一个特别有意思的问题，为什么同处波罗的海沿岸的爱沙尼亚、拉脱维亚和立陶宛三国，发展的情况不如北欧的其他诸国呢？是因为宗教派别不同、制度不同，还是仅仅因为距离稍远了一点？这样的话，您所说的地理决定论就改变了？

不久前，有另外一名网友在网上问我，1918 年 12 月到底发生了什么？我言简意赅地回答了六个字——革命，流感，完蛋。后来就有很多人问我，这六个字是什么意思。今天我仔细思考了一下，意识到我在回答这个问题时太匆忙了，没有意识到这名网友指的是中国的 1918 年 12 月，而我回答的实际上是 1918 年世界上最重要的三件事。

所以今天，我将这两个问题放在一起，统一做一次回答。因为 1918 年 12 月世界上发生的这三件事，刚好跟小贤网友提到的三个国家都有很大的关系。

"一战"结束有三个主要原因，第一个原因就是美国的参战，协约国变得强大。但美国虽然参战了，俄国却崩溃了。对德国来说，本来是与英法俄三大国两线作战，现在西线多了一个美国，但东线少了一个敌人，而且列宁还割让了大片的土地给德国。所以等于是从两线作战变成了一线作战，德国还是能打的，虽然最后是必输的，因为美国的参战带来了各种各样的战略资源，但德国也不至于那么快就崩溃。然而美国才参战没多久，德国就骤然崩盘了。

　　德国之所以迅速崩盘，主要有两大原因，其中之一就是流感。死于流感的人太多了，比死在战场上的人还多，1918 年的流感也是人类历史上最最可怕的一次流感。对于这次流感的源头是哪里，各国莫衷一是，甚至连名称都不尽相同。很长一段时间里，欧洲人都认为这次流感来自中国，因为当时中国参战，派出了 20 多万中国劳工去前线挖战壕，欧洲人觉得流感病毒肯定是中国劳工带来的。但后来经过科学研究证实，流感并不是中国劳工带去的。不管源头是哪里，大量的人死于这场流感，从前线到后方，导致双方都完全崩溃，根本无法继续作战了。

　　第二个原因就是革命。战争和革命有点相辅相成的关系。战争永远伴随着流血和牺牲，"一战"是人类历史最为残酷的战争，大家可以回顾一下各国在"一战"中战死的人数，都比"二战"要多得多。"二战"还可以打着反抗法西斯恶魔的旗帜，但"一战"哪里有恶魔？"一战"就是各国的皇帝互相打，大家都没有把对方当作恶魔，甚至大家还都有血缘关系，英皇、德皇和俄皇，大家都是维多利亚女王的孙子、外孙子或外孙女婿。所以战争的起因本身就是比较虚的，再加上战争的血腥和残酷，持续的时间又那么长，各国的经济都崩溃了，又来了可怕的大流感，各国人民再也无法忍受了，纷纷起来闹革命，一时间爆发了大规模的革命。

　　首先开始闹革命的就是俄国人，因为俄国死的人最多，俄国的革命最终取得了成功。各国也纷纷爆发了革命，德国的水兵们在舰队里起义，枪毙了军官，枪毙了舰长，直接升起红旗，组织水兵工人委员会，随后是各大城市纷纷响应，从维也纳到柏林到慕尼黑，革命的火种迅速在欧洲蔓延。因此，欧洲社会的主要矛盾就彻底改变了，战争退居其后，扑灭革命变成了最重要的事。

其他的事情都不重要了，先把革命扑灭，然后把流感治好，这样一来，"一战"就戛然而止了。"一战"的结束非常突然，不像"二战"那样，先攻克了柏林，然后希特勒自杀，德国才战败，或者美国在日本扔下了原子弹，日本才投降。"一战"就是各国在流感和革命的双重压力之下，一同崩溃了，谁也无力再去打仗了。

三大帝国之一的沙俄帝国崩盘了，沙皇也被毙了；紧接着，德意志帝国也崩盘了，被革命摧毁了。国内一崩溃，前线就要赶紧投降，把军队调回国内，镇压共产党和工人的革命组织，以及革命的士兵们。随后各国就爆发了一系列的内战，打得一塌糊涂，苏俄是白匪军跟红军打，德国、奥地利、法国也是一样，每一个地方都大建街垒，到处都插满了红旗。那个时代的世界，差一点就要全部升起红旗了，革命的烈火熊熊燃烧，星星之火可以燎原。

这革命的烈火又分成了两种：一种是工人阶级的革命，工人阶级和贫苦人民再也不愿意给皇帝当炮灰了，大家纷纷揭竿而起；另一种是弱小民族的民族革命，第三个大帝国（奥匈帝国）也崩溃了之后，民族革命更加汹涌，奥匈帝国内部有十几种语言和数十个民族，还有各种不同的宗教信仰，各个民族纷纷掀起了民族独立的大革命。

于是欧洲这边的同盟国全都崩溃了，只剩下协约国了，协约国要扑灭工人的革命，整个世界非常混乱。有关这些事情，我本来想要单独开辟一个系列，来详细地跟各位读者做分享，这个系列的名字就叫"1919 年手工制造世界",所谓的"手工制造世界"指的就是在巴黎和会上,英法美三国在地图上进行了一番讨论,共同决定了哪个国家可以独立,边境是如何,民族是如何,最终把今天世界的格局确立了下来。

"二战"对世界格局的改变不是特别大,但"一战"是彻底改变了欧洲的地图。"一战"之前,欧洲一共也没有几个国家,只有很大的一个奥匈帝国,很大的一个德国,以及很大的一个俄国,等等。没有波兰这个国家,也没有捷克斯洛伐克,没有南斯拉夫,更没有波罗的海沿岸的三个小国——爱沙尼亚、拉脱维亚和立陶宛。这些国家都是在"一战"后的大崩溃中,每一个民族坚决要求自己民族自决和民族独立,通过革命的方式成立了政府。

最终,沿着波罗的海诞生了一片国家。波兰应该叫复国,以后我一定要专门为波兰这个国家开辟一个专题,因为这个国家太伟大了,孕育出了那么多伟大的大师。波兰上一次被灭国是一七九几年的事,在被灭了一百多年之后,它又复国了。波兰的复国,导致旁边的几个国家也纷纷独立了,立陶宛也可以称为复国,立陶宛和波兰曾经是一个很大的联合大公国,后来被奥匈帝国、德国和俄国瓜分了。波兰一独立,立陶宛也就独立了。原本环波罗的海的一大片土地都是瑞典的,其中就包括了爱沙尼亚、拉脱维亚。

爱沙尼亚和拉脱维亚不能叫作复国,因为它们从来也没有独立过。在瑞典无比强大的时候,这两个国家都属于瑞典。后来瑞典在北方战争中被打败,俄国将爱沙尼亚和拉脱维亚拿走了,成了俄国重要的出海口,也是俄国重要的军港。现在这两个原本并不独立的国家也独立了,列宁当时已经顾不上这些了,因为他签订了布列斯特条约,将乌克兰和白俄罗斯以西的部分土地都割让给德国了,于是爱沙尼亚和拉脱维亚的人民非常高兴,俄国把他们割让给了德国,现在德国又战败了,所有的协议也都作废了,大家自然而然地就纷纷独立了，于是波罗的海就有了立陶宛、爱沙尼亚和拉脱维亚三个小国。

这三个小国之所以没有北欧的其他国家那么发达，其实主要还是归于地理决定论。不光是自然地理，还有地缘政治。同样都是波罗的海沿岸，都可以打鱼。那些国家背后没有强敌，比如瑞典和挪威，背后是北冰洋，易守难攻。而三小国位于四战之地，东边是俄罗斯，西边是德国，南边是波兰，北边是瑞典。在这样强敌环伺的处境下，这三个小国的地缘政治条件就比北欧其他国家差多了，只要四方的任何一个国家野心膨胀，首先就会先瞄准这三个小国。

三小国就相当于前线国家，任何时候两边打仗都会把它们三个夹在中间。爱沙尼亚、拉脱维亚和立陶宛沿着波罗的海，拥有大量优秀的港口和军港，任何国家想要占领波罗的海，首先就要把这三个小国灭了，不论是德国进攻俄国，还是俄国进攻德国，都要经过三小国。

所以三小国非常倒霉，特别像中国的河南。在中国的历史上，河南好像特别惨。河南是中华文明的发源地，但也是倒霉的四战之地，就是不论中国如何打仗，都要经过河南。南方北伐要经过河南，北方南征也必然要经过河南，东边和西边作战，河南也跑不掉，因为它就在正中间。而且河南又没有天险守护，不像关中还有潼关，河南完全是一马平川。爱沙尼亚、拉脱维亚和立陶宛就特别像河南，也无险可守，所以三小国就在各种各样的动荡和战乱中，度过了它们的大部分历史。最后在欧洲最倒霉、最崩溃的时候，它们三个终于独立起来了。

获得了独立之后，三小国的发展其实是不错的。因为三小国的人口素质还是很高的，另外它们的滨海和港口各方面也都很有优势。但不管三小国发展得多么不错，战争的因缘也不是它们三小国能控制和决定的，十几年后，到了1929年，西方资本主义大崩溃，三小国再次受到影响，原本它们都是民主国家，后来就纷纷变成独裁统治了。当经济危机降临的时候，各国都找不到出路，走投无路的境地下，人民只能求助于一位英明的独裁者，让他带领国家走出困境。其实独裁统治对三小国来说并不是什么大事，因为独裁期间三小国的经济还是发展得不错的，甚至比民主时期发展得更快速一点。

但随后倒霉的命运就又降临了，德国和苏联这两个大帝国开始琢磨如何瓜分欧洲，最后双方签订了《苏德互不侵犯条约》，将波兰一分为二。波兰的一部分归了苏联，但中间却夹着爱沙尼亚、拉脱维亚和立陶宛。苏联怎么能忍受自己占领了波兰东半部之后，肚子里还塞着三个小国呢？而且三小国里的爱沙尼亚又跟列宁格勒非常近。苏联后来进攻了芬兰，也是因为芬兰在北边距离列宁格勒很近。

芬兰人民英勇抵抗了苏联，整师整师地歼灭苏联红军，但最终芬兰还是失败了，因为苏联的军队人数比芬兰的人口都多。战败之后，芬兰将卡累利阿地峡割让给了苏联。三小国也根本没办法跟苏联抗衡，苏联向三小国表示，我没有想要颠覆你们的政权，但是我要打仗，就需要军事基地，你们说该怎么办？三小国没办法，只能让苏联在自己的土地上建立军事基地。

于是苏联的红军进驻了三小国，进驻了之后，苏联又说，你们三国的政府总是给我们的军事基地搞破坏，我要共产党政府上台。收到苏联发来的通牒后，三小国走投无路，只能向德国求助，希望德国能提供保护。德国也不能明说，我都跟苏联谈好了，没有办法保护你们。实际上苏德的分赃协议里不但包括了瓜分波兰，还划分了双方的势力范围，苏联多分一块波兰给德国，换取立陶宛归苏联。

因为苏德之间已经划分好了势力范围，三小国没办法，只能让共产党政府上台。新政府一上台，立即进行了全民公投，让三小国加入了苏联。

那个时候的全民公投，实际上就是由苏联全权操控的，苏联说最后的结果是百分之多少，就是百分之多少，所以最后的结果，三国都以90%以上的高投票率加入了苏联。所以在"二战"爆发以后，苏德开战之前，爱沙尼亚、拉脱维亚和立陶宛三国就变成了苏联的第13个、第14个和第15个加盟共和国。一直到今天，莫斯科的那些著名的大建筑上，都有16面旗、16个馆和16个厅。

成为苏联的加盟共和国之后，三小国的命运就更加悲惨了，因为战争马上就要爆发了。苏联在三小国统治的一年多时间里，把三小国属于地主的土地和资本家的工厂全部收归国有，然后分田地，打土豪，三小国的人民都已经被搞崩溃了。而且苏联还特别擅长搞肃反，苏联的计划都特别凶狠，比如把海参崴的华人全部杀光，将朝鲜人赶到中亚去。苏联对付少数民族永远有一套极端的专制政策，就是把80%的人全都赶到人烟稀少的苦寒之地去，然后把俄罗斯人填进来。当时苏联已经将三小国的数十万人迁徙到了中亚和西伯利亚，对此三小国毫无办法，因为它们已经通过"公投"加入了苏联，只要苏联一声令下，三国的人民就得提起行李，被驱逐到苦寒之地。

战争爆发之后，德军势如破竹般向前推进。当德军到来的时候，三小国人民欢欣鼓舞，感觉就像解放军来了，还有很多三小国的人民加入了德军，就像芬兰一样，因为他们要收回被苏联抢走的土地。结果过了一段时间，大家就冷静下来了，发现德军也不比苏联好多少，甚至纳粹更为残暴。于是三小国就想要再次恢复独立，结果纳粹不同意。纳粹认为现在是战争期间，你们要跟我一起作战，不能恢复独立。其实这件事德国做得很不明智，可能是因为当时的德国太自信了，它觉得攻打苏联根本就是小菜一碟。德国将三小国和白俄罗斯合在一起，变成了德国的一个总督区。

三小国人民这才恍然大悟，原来德国也是强盗。苏军向前进的时候，最先发现的集中营和灭绝营，其实不在波兰境内，而在维尔纽斯。维尔纽斯当时是波兰和立陶宛存在争议的一个地方，现在是立陶宛的首都，在那里就发现了很多纳粹的灭绝营，德国人在那里大肆杀害犹太人，还强制三小国的人民去德国做劳工，因为德国人都上前线打仗去了，国内几乎快没劳动力了。德国人还是比较信任三小国的人民的，因为这些人跟苏联人不是一种人。爱沙尼亚语和芬兰语很接近，拉脱维亚语和立陶宛语则都是波罗的语族，跟苏联那边截然不同。而且三小国的人民都信奉天主教和路德宗新教，路德宗新教就是德国的宗教。

为了不被强征去德国做苦工，三小国人民又组织起反德的游击队，争取民族独立。总之苏联人没能搞定三小国，德国人也没能搞定三小国。最后苏联又打赢回来了，德国赶紧让三小国独立，不但支持三小国独立，还把维尔纽斯也还了回来，让其从波兰的土地变成了立陶宛的首都。三小国一开始有大量的人民加入德军，爱沙尼亚一共只有几十万的人口，有十几万人加入了德军，替德国去前线作战，还有五六万人加入了德国的党卫军。

德国一直在极力宣传一个观念，虽然我对你们不是太好，但我们之间还能沟通，我还支持你们独立，一旦苏联人来了，你们面临的就是亡国灭种的危机，你们的人民都要被驱逐到西伯利亚去。总之三小国的处境真的是太悲惨了，两边都是居心叵测的豺狼虎豹，最后它们只能两害相权取其轻，德国好歹还支持它们独立，万一苏联人来了它们就彻底不能活了，所以还是帮助德国跟苏联战斗吧。但这也没什么用，因为连德国都不是势如破竹的苏联的对手，更别说这三个小国了。

1944 年有"十次打击"，每一次都是世界级的、陆军史上规模空前的大战役，其中有三场战役都跟波罗的海沿岸有关。最后苏联来了，红旗飘进来了。三小国去找英美求助，英美也没办法，红军已经连奥地利都进入了。三小国成了没人管的孤儿，只能再一次屈辱地被归入苏联，成了苏联的加盟共和国。

好在三小国的整体人口素质及各方面的能力都比较强，所以在苏联的众多加盟共和国里，它们一直是最富有的三个国家。爱沙尼亚人具有不少北欧人的素质，因为爱沙尼亚位于最北边，高科技做得非常棒，早在苏联时代就是科技中心，现在也有很多高科技产业，大家耳熟能详的Skype，就是爱沙尼亚独立之后制作的。20世纪80年代的时候，爱沙尼亚的人均GDP比苏联的其他地区要高一倍。

在独立之后，三小国更是迅速发展，其实这三个国家已经发展得很不错了，只是跟瑞典、丹麦和挪威没法比。瑞典、丹麦和挪威已经是全世界最富有的国家了，人均GDP达到四五万美金以上。爱沙尼亚的人均GDP也已经将近两万美金了，基本上已经跟中国台湾和韩国的水平差不多了，并不贫穷，其实波兰也不穷。

只是我们这里听多了关于东欧剧变的宣传，大家都觉得在东欧剧变之后，东欧人民都穷得只能去要饭了。但事实上，当年的东欧剧变是给东欧人民带来了巨大的利益的，不光是自由和民主，更重要的是经济利益，如今的东德跟当年完全不同了，波兰在欧盟的经济排名也名列前茅，英国脱欧之后，波兰的排名又前进了一位，已经位于欧盟的第六位了，可见波兰这个国家发展得非常不错。所以大家不要过于迷信所谓的宣传，其实在东欧剧变之后，东欧人民生活得挺幸福，也挺高兴，包括俄罗斯人民，也比苏联时代生活得更好了。大家如果有机会，不妨去问问俄罗斯人是否怀念苏联时代，连普京都说，想回到苏联时代的人是没有脑子的人。现在俄罗斯人生活得挺好，大家都有房子住，也有汽车开，要比苏联时代自由很多。

对三小国来说，即便生活得没有苏联时代好，它们也要摆脱苏联，因为它们和俄罗斯是不同的民族，信奉的也是不同的宗教。宗教这件事在亚洲不是很重要，亚洲人民更注重民族，而在欧洲，宗教就是民族，宗教就是欧洲人最重要的标签。你们苏联人是信仰东正教的，你们的教堂上都长着一堆"洋葱"，我们三小国信奉的是天主教和新教，跟西边是一样的，我们怎么能跟一群信奉东正教的东斯拉夫人为伍呢？

所以三小国人民一直奋勇抵抗苏联，爱沙尼亚游击队从 1944 年苏军开进爱沙尼亚，就开始英勇地抵抗，一直到 1978 年，还发现了最后一名战士，这名战士坚决不向苏联投降，最后投河自尽了，这名战士死去的时候已经 60 多岁了。大家可以想想看，苏联是一个多么擅长清洗的国家，苏联有那么多的秘密警察，而爱沙尼亚只是那么小的一个国家，它的游击队居然就在森林里，跟强大的苏联坚持战斗了 30 多年，可见这些国家的人民对苏联有多仇恨。

包括三小国在内，苏联对周边的国家确实也都犯下了罄竹难书的罪行。以至于三小国独立以后，实行了许多报复式的清洗苏联的举措，我觉得有些举措做得有点过头了，比如拉脱维亚，当它属于苏联的时候，相当于苏联的一个自治区，或者苏联的一个省，所以就有很多人移民过来，比如驻军在此的人，复员后就留在了当地。而拉脱维亚在国籍法里规定，1944 年以后来到拉脱维亚的人不能获得拉脱维亚的国籍，凡是参加过苏联共产党的人也不可以获得拉脱维亚的国籍，很多人都已经在当地生活了几十年了，一下子就成了没有国籍的人，这不是要强迫他们回苏联吗？还有很多人在"二战"期间参加过苏军，因为当时拉脱维亚属于苏联，苏联来征兵也是很正常的。但是这些原因通通都不管，只要你是 1944 年以后来到拉脱维亚的，或者参加过苏军，你就不能获得拉脱维亚的国籍。可见拉脱维亚人民对苏联有多恨。

后来俄罗斯搞了一个独联体，跟原来苏联加盟共和国表示，虽然现在我们分成了很多个国家，但我们曾经是一个国家，也都通行卢布，还都说俄语，我们还是组成一个独联体吧，这样大家的经济起码不会崩溃。大多数国家都响应了苏联的号召，加入了独联体，唯有三小国没有加入。俄罗斯也不敢强迫三小国加入，因为俄国很清楚三小国有多恨自己。

三小国坚定地要加入北约，为了加入北约，三小国不惜任何代价，北约让它们做什么它们都愿意，因为它们的宗旨就是要防备右边的俄罗斯。北约提出要来三小国建军事基地，三小国同意了；北约要求三小国出兵去阿富汗，三小国也同意了；北约要求三小国去伊拉克，三小国还是毫不犹豫地同意了。最终，三小国如愿以偿地加入了北约，现在成了北约的前线，直接面对着独联体国家白俄罗斯和乌克兰。

但历史是很复杂的，不是说斩断就能轻易斩断的。今天大家如果有机会去三小国，就会发现那里依然是通行俄语的，30 岁以上的人几乎都能说一口流利的俄语。年轻人也能听得懂俄语，但是他们若是跟你说话，就会坚持使用英语，因为那里的人觉得他们已经加入了北约，还加入了欧盟，是申根国家，去哪里都不需要签证，已经属于西方了。然而就算经历了各种各样的清洗，依然有很多俄罗斯人生活在三小国。这就是历史遗留下来的东西，不是靠着几个政令或是一部国籍法就能轻易改变的。

这就是夹在两个巨大的、不同文化的集团中间的三个小国家的故事，它们曾经十分悲惨，但我估计未来不会再有悲惨的事情发生了。俄罗斯在吞并了克里米亚之后，现在又在东乌克兰搞事，我不相信最终俄罗斯还能把西乌克兰也吞并了，再次兵临三小国城下，这几乎是永远都不会再发生的事情了。

三小国现在都发展得不错，是很好的"小国寡民"，而且国内都拥有大量的旅游胜地，各位读者有机会的话不妨去玩一玩。

6. 不止一个人问过我，你们北京人说话带着那么多本地的、土极了的词，这些词你会写吗？还有人问，为什么觉得读北京作家写出来的东西都

那么费劲呢？比如王朔的作品。还有很多用北京话写成的小说，里面有好多字大家都不认识，就算是认识，也发不出正确的读音。

这个问题比较有趣，干脆我就跟大家分享一些北京话里土掉渣的词吧，主要分享一下它们的读音和含义。

首先我要说明，有些老北京话的发音我也不会，我经常在各种场合给大家表演说北京话，结果遭到了很多真正的老北京人的斥责，他们说我说得不标准，一听就不是标准的老北京话。没错，我们这些在海淀长大的北京人，跟真正的老北京人还是有区别的，但是一些常用的字和词，我们还是会的，下面就开始非常有趣的分享：

搋（chuai 一声：用手揉，压，使得掺入物均匀地分布其中），这是我小时候经常使用的一个字，比如"搋面"，就是用手使劲地揉面，搋的力度要比揉大得多。北京南城有一些小流氓，要跟人打架之前会说"我要搋你"，就是我要揍你的意思。还有厕所堵了的时候，大家会拿一个木头棒带皮头的工具吸两下，那个东西叫"皮搋子"。这个字非常常用，但却非常生僻。

敹（liao 二声：缝缀），这个字我完全不认识，但是我会说。北京很多地方的人经常用这个字，比如"敹几针"，意思就是随便缝几针。

扽（den 四声：拉，使伸直或平整），北京人管往上拉小东西的动作叫作扽，但如果是拉比较大的东西，就不能用扽了，得用拉或者拽，扽是一个轻松而不费力的动作，比如：你给我扽张纸来。这个字是提手旁放一个屯，属于右边表音，左边表意。

皴（cun 一声：皮肤因受冻或受风而干裂），这个字我很小就认识，在北京话里，冬天因为天气冷或风大而皮肤干裂，就叫皴。我小时候脚脖子上永远都是皴着的，红彤彤的特别硬，上面还有一些开裂的小血道，晚上用水泡的时候特别疼。虽然我现在的身高有 178 厘米，但我上小学的时候个子非常矮，当时我的同桌是一个特别高的姑娘，到了冬天，每天上课起立的时候，我一抬头就能看见她脖子底下全都是皴着的。但"皴"字除了当作北京土话，还有一个非常高雅的含义。我小时候之所以认识这个字，是因为学国画，在国画里，专门有一种名叫皴的画法，在国画里画山的时候，要将毛笔用力一捻，捻成八爪鱼的形状，然后倒着在画上画出山的嶙峋感，这种画法就叫皴。

瘆（shen 四声：使人害怕，可怕），北京人很喜欢说"瘆得慌"，瘆得慌不是指经过思考才感到害怕，而是不用思考就觉得害怕。

馃（guo 三声：一种油炸的面食），现在我在街头看见煎饼摊上写的都是"煎饼果子"，其实正确的写法应该是"煎饼馃子"。我个人觉得简化字有一些不合理的地方，比如"后"和"後"就是两个截然不同的字，一个是皇后的后，一个是"後"边的"後"，但居然合并简化成了一个字。但是这个"馃"却没被简化，当时可能被漏掉了，或者搞简化字的那些人特别爱吃煎饼，这个字其实没什么意义，早就应该简化成"果"。

捯饬（dao 二声 chi 轻声：收拾，化妆），这两个字很难写，但这个词其实不仅北京人用，整个中国北方地区的人民都用这个词。所谓的捯饬捯饬，就是指很粗浅地化妆打扮一下。其实北京话永远是比普通汉语的意思多了一个程度的表示，捯饬虽然是化妆的意思，但仅是很粗浅的化妆。

拃（zha 三声：张开大拇指和中指或小指量长度，也做量词用），北京人特别喜欢用"一拃""两拃"来表示长度，连我妈这样的大建筑师也有这个习惯。虽然是建筑师，但也不能随身都带着尺子，所以我妈很擅长使用几个身体工具，一个就是自己的身开，也就是两条手臂平伸的长度，然后就是她一拃的长度。我跟我妈出去旅行的时候，每当看到一座有意思的建筑，我妈都会先伸开双臂，去衡量建筑的长度，细小的部分就用手去按拃量，19 公分就是她的一拃。其实很多国家和很多朝代，都有类似的计量单位，英语里的英尺就是 foot（脚），其实就是最初那位国王一只脚的长度。

趿（ta 一声：趿拉，穿鞋只套上脚尖的部分），北京话经常形容一个人穿鞋叫"趿拉着鞋"，就是形容很随意地把鞋子套在脚尖上，脚跟都在外边露着。

尥（liao 四声：骡马等跳起来用后腿踢，又指小孩子淘气），我们从小形容一个小孩子不听话的时候，就说他尥蹶子，就像骡子和驴一样，不高兴了就用后腿乱踢。

潲（shao 四声：雨点被风吹得斜洒），这个字虽然是北京话，但其实跟英文也很像。英文管小雨和洗澡时花洒里喷出的水都叫 shower，大雨才叫 rain，英文里有很多形容雨的词。而北京话把斜着洒进来的小雨叫作潲雨，比如说：车窗开了一个小缝，潲进来一点雨。

剌（la 二声：割开，划开），在正经的汉语里，这个字通常用来表示地名，比如花剌子模。但在北京话里，这个字是一个动词，指被锋利的器物割开了一道口子。

薅（hao 一声：去掉，拔掉），就是把东西用力一把揪下来，但它要比揪更为严重，是大大地抓下一大把，比如两个女人打架，用力地抓了一大把对方的头发，这个动作就叫薅头发，也就是使劲地抓了一大把的意思。

熥（teng 一声：把凉了的熟食放在锅中用蒸汽加热或烤热），熥和蒸是有区别的，蒸是一件特别正经的事，比如把一条生的鱼蒸熟，把一块生的面蒸成馒头。而熥是指将已经加工完成的食物重新加热，比如说一个馒头凉了，我们把它再放回锅里熥一下，有点相当于今天说的把食物放进微波炉里转一下。

憷（chu 四声：害怕或畏缩），我憷你，就是我怕你的意思，但是憷的意思要比害怕更严重，或是更轻微，反正憷和怕是有一点区别的，要看具体的语境。

齁（hou 一声：吃太甜或太咸的东西，使得喉咙不舒服），这个字在说的时候一定要加儿化音。我实在想不出该怎么解释这个字的意思，应该说是喝了饱和溶液后的感受。不管是甜的还是咸的，总之是特别浓的，让人吃完了嗓子里特别难受。

总是跟大家分享一些深奥又沉重的话题，今天很难得分享一些有趣的北京小土话，希望各位外地的读者有机会来北京的时候，不要被唬住，不要憷，不要觉得瘆得慌，这些土话恰恰是北京人可爱的地方。

7. 有一个名叫遥湘辉映的网友（我估计这个网友是湖南人）说，高老师，请您谈一谈海参崴的问题，我不在乎领土的问题，只想知道曾经生活在那里的那么多的华人的命运最后如何了，据说在当地发现了华人的万人坑。

有关海参崴的问题，如今领土其实已经不是问题了，因为中俄之间已经有了明确的边界划分，而且当年中苏建交的时候，中国方面也已经承认清末时割让出去的150平方公里，还有外蒙古那边割让出的领土以及外兴安岭和乌苏里江以东的大片领土。

关于海参崴的领土问题，我再补充一点，那就是在"二战"结束的时候，当时的国民政府还不知道雅尔塔会议，雅尔塔会议其实是背着中国政府召开的。在雅尔塔会议上，三大国相互交易，在谈到远东的安排时，美国为了自己少死些人，就对苏联说，你只要出兵去打日本，远东的主要利益就归你。不过罗斯福还补充了一点，那就是必须得到中国的同意，当然这也就是罗斯福随口一说，因为美国永远有一种卫道士般的责任感，事实上根本没人去征求中国的意见，中国什么都不知道。

海参崴这个地方对苏联十分重要，对如今的俄罗斯也同样重要，因为俄罗斯没有好的军港，所以它做梦都想要得到旅顺和大连，因为那是不冻港。海参崴不是不冻港，冬天是会结冰的，釜山港也是好港口，但是被美国人占领了。朝鲜战争结束后，中国军队从朝鲜撤出，苏联找不到合适的理由，也只能从旅顺和大连撤出了。撤出的时候，苏联还将移交给中国的武器、装备和工事折算成10亿左右的人民币，让中国花钱接走，以示苏联帮中国建设了旅顺和大连的军事设施。总之，海参崴虽然不是一座理想的不冻港，但总比没有强，如果没有海参崴，苏联就没有出海口了。

苏联横贯东西的西伯利亚大铁路，最后是要在海参崴出海的，那是苏联最重要的东方大港口，所以苏联是绝对不可能同意让海参崴回归中国的。国民政府天真地试图收复海参崴，苏联根本懒得跟中国谈这件事，斯大林甚至直言不讳地对国民政府说，你要是有实力，你就把海参崴收走，但现在你没有那个实力，你还得求我帮你打日本，还得求我不去支持共产党，你有什么资格跟我谈收复海参崴？包括外蒙事宜在内，苏联都不屑跟国民政府谈。

有关外蒙古问题，苏联提议，干脆让外蒙古搞公投，让它独立，因为这刚好顺应了战后的民族趋势。国民政府居然还试图抗争，蒋经国公开表示，如果外蒙古搞公投，那乌克兰和白俄罗斯是不是也要搞公投？但国民政府所做的一切都是徒劳的，那是一个靠实力说话的世界，国民政府喊得再大声，斯大林也懒得搭理，最后，中国当然是没能要回海参崴了。生活在海参崴的华人和朝鲜人，都比较悲惨。

海参崴被割让的时候，还不是一座大城市，那个时候中国也没觉得海参崴有多重要，因为我们有旅顺和大连，图们江的出海口也是我们的，我们有很多好的港口。在"二战"结束的时候，国民政府这一方的《中苏协议》里，还有图们江出海口也是中国的，但是中国会给苏联以自由通航和免税港的待遇，但最后这些条款也都被苏联无视了。当年清朝则更是没将海参崴当作心腹之地，甚至也不太重视台湾和香港，他们认为台湾遍地瘴气，香港就是一座无人的破岛，包括库页岛在内的其他那些割让的地方，也都没什么居民，虽然中国曾经在那里设立过各种行政地区，但那些行政地区比羁縻的统治更疏远。相比之下，海参崴已经不算疏远了。

当时的海参崴，虽然还没有发展成后来的繁华大城市，也没有什么重要的战略意义，但里面还是生活着不少华人的，只是清政府自知打不过苏联，索性就将其割让了。沙俄对华人就很差，曾经做出过江东六十四屯大屠杀等血腥事件。说句心里话，俄罗斯这个民族是比较凶狠的，他们不光对华人很差，对朝鲜人也很差，对中亚的其他少数民族，以及境内的其他少数民族都很差。很奇怪的是，斯大林本人就是一个少数民族，他其实并不是俄罗斯人，而是格鲁吉亚人，但不知道为什么，这位格鲁吉亚老兄上台之后，对待少数民族的政策非常残暴，对待宗教的态度也十分凶狠。斯大林一句话，就把不同民族和宗教的人全部从故土迁出，流放到苦寒之地。

在严酷的苏联时代，悲惨的不止华人，包括苏联人民自身都很倒霉，华人只不过是其中比较倒霉的一个少数群体。沙俄时代，海参崴聚集了越来越多的躲避战乱的人，华人还不是其中最多的，最多的是朝鲜人。朝鲜被日本占领和殖民的时候，苏联的十月革命还没有发生，大批的朝鲜人不愿意当亡国奴，逃了出来，有很多朝鲜人逃到了中国的东北，也有很多逃到了海参崴。所以在沙俄末期，海参崴有将近20万的朝鲜人，根据最后被杀害和被流放的统计数字，我估计当时生活在海参崴的华人估计有几万人，反倒是俄罗斯人比较少，因为沙俄时代本来就没有多少俄罗斯人愿意到海参崴这么苦寒的地方来生活。

后来苏联革命了，14国干涉苏联，美国、中国和日本都在远东登了陆，西方就更不用说了。苏联先是打内战，白俄和赤俄打得一塌糊涂，在苏联内战期间，就有大批的华人流落了，这些华人是"一战"时被派到欧洲挖战壕的劳工。一战的时候，中国也参战了，加入了协约国的一方，还专门训练了一支参战军，也就是后来的皖系军阀。但协约国没让中国派军，而是让中国派了一些劳工去挖战壕，收尸体。最后，西方国家在前线牺牲挡枪子，中国劳工在后面挖战壕，背尸体，中国先后派了20多万劳工去欧洲，这些劳工主要都集中在法国和比利时的战场。

有一部电影叫《精武风云·陈真》，开篇就是身为劳工的甄子丹在欧洲战场上挖战壕的画面，所以这部电影一开始就吸引了我，因为在中国的影视作品里，很少表现这些中国劳工在欧洲的生活，其实这段历史拍出来还是挺有意思的，在《精武风云·陈真》里，甄子丹还代表劳工们进行各种抗议。等到"一战"结束后，这些华人劳工的下场是很悲惨的，原本说好了战后就安排他们回国，事实上根本就没有人管他们，因为当时中国政府正忙着打内战，西方的大老爷们更不会大发善心买二十几万张船票送他们回国，更别提感谢他们辛苦挖战壕和背尸体了。

所以这些华人劳工只能自己万里跋涉，穿过整个欧洲，一路向着乌拉尔和西伯利亚而来，简直就是土尔扈特部东归传，这些劳工历经艰辛返回祖国，结果走到苏联的时候，正赶上苏联打内战。1919年到1920年，正是红军和白匪打得最激烈的时候，一起从欧洲往东方走的还有捷克军团，捷克军团原本是同盟国一方的，投降了之后，尚没有足够经验的苏维埃跟捷克军团说，我们远东的苏维埃红军没有武器，你们就带着武器来远东吧，到了远东之后，你们把武器交给我们，然后再上船回国。结果捷克军团走到这里，看到白匪军和红军打得不亦乐乎，索性就带着武器加入了白匪军。于是这一路上，华人劳工悲惨无比，被杀者有，颠沛流离者有，被抓去当民夫者有，最后到了西伯利亚，正好幸运地赶上北洋政府出兵而来，保护了这些华侨。

清末的时候曾经保护过一次华侨，北洋政府也曾保护过一次华侨，后来就没有了。清末的时候，墨西哥屠杀华侨，刚好我们北洋水师全军覆灭之后，从欧洲订的军舰要回国，清政府说，回国之前先到墨西哥外海去示示威吧，如果他们敢继续对华人不利，我们的军舰就跟他们拼了。虽然我们跟船坚炮利的欧洲不能比，但跟墨西哥还是可以比一比的，我们的军舰在墨西哥外海耀武扬威了一番，墨西哥政府顿时就不敢再迫害华人了。这一次，北洋政府也是顺路为之，当时北洋政府出兵到西伯利亚，保护了从欧洲长途跋涉归来以及在当地做苦工、修铁路、伐木的华人，算是给中国争了脸面。

但到了苏联时代，就没人再保护华人了，因为苏联时代中国发生了一系列的事情。首先是蒋介石叛变革命，1927年4月12日，国民党在上海屠杀共产党人，这件事有着错综复杂的原因，按照国民党的正史记载，他们之所以这么做，是因为共产党搞恐怖活动，政府军只是镇压而已，不管原因是什么，国民党叛变了革命，四一二反革命政变爆发，这在苏联形成了非常大的反弹。蒋经国当时在莫斯科的中山大学读书，十几岁的他慷慨激昂地痛骂自己的父亲，还公然宣布跟蒋介石断绝父子关系。但断绝了父子关系也没有用，蒋经国最后也被苏联流放了。当时在莫斯科的中山大学读书的华人，以及当时在共产国际的代表，除了王明和康生等少数人，大多数人的下场都比较惨。

苏联随即开始在远东迫害华人，他们的理由是蒋介石的政府在屠杀共产党人，变成了白色政府，所以苏联也对中国人越来越不友好了，事实上苏联人本来就瞧不起华人。紧接着到了1929年，又发生了中东路事件，张学良闲着没事干，满腔的爱国热血突然膨胀，跑去跟苏联挑衅，最后被苏联全歼了两个旅。这下苏联更反弹了，1927年屠杀共产党的事还没算清呢，现在张学良又跑到中东路来闹事。所以，苏联就对境内的华人采取了更加残暴的惩罚措施，大量的华人被流放，被驱逐。1931年，九一八事变爆发，中国东北和蒙东变成了伪满洲国。伪满洲国和日本是一伙的，这样一来苏联就更不高兴了。

当时去苏联讨生活的华人，很大一部分都来自东三省，一夜之间，他们全都变成了伪满洲国国籍的人，在苏联人眼中，这些华人几乎成了眼中钉、肉中刺，形同日本人的间谍。苏联在国防上最大的一个担忧就是两线作战，它绝对不能同时对战德国和日本，于是苏联在远东地区大肆清洗"日本间谍"，开始了大肃反和大清洗，气氛紧张得不行，甚至苏联人觉得长着东方面孔的人就是日本间谍，长着欧洲面孔的就是德国间谍。从远东地区开始，残酷的大清洗愈演愈烈，最后几乎把生活在海参崴的华人和朝鲜人清洗得一个都不剩了。

当时从海参崴被流放出去的大概有二十几万人，其中有十七八万是朝鲜人，一万多华人，这些人都被直接流放到中亚的大沙漠去了。今天大家如果有机会去哈萨克斯坦，就会发现那里生活着好多东亚洲面孔的人，甚至街上还有很多韩国小店，这些亚洲人就都是当时从海参崴被流放过去的。除了被流放，被杀害的人也不计其数，以至于具体的被害人数至今连俄罗斯人自己都算不清楚了。

苏联已经解体了这么多年，大量的机密档案都公开了，大家研究了很多年，依然没能算清到底有多少人在大清洗中被杀害，有说被杀害的人有两千万，也有说几百万人的，有些人是真的被枪毙了，还有些人被流放到了古拉格集中营，最后死在古拉格的人无法计算，因为连尸体都找不到，只能叫失踪。大批的中共党员在肃反期间失踪，很多中共前期相当重要的领导人，他们参加了共产国际，去了莫斯科，结果到了大肃反的时候，这些人为了能够自己活下去，相互告密，相互揭发，最后王明和康生那一拨人告密成功，因为他们直接告到了斯大林那里，说另一拨人是间谍，是叛徒，结果另一拨人全部惨遭杀害。到了新中国建国以后，有人提议，能不能将这些在苏联大肃反中被杀害的共产党人追认为烈士，于是这些人的遗属一个一个地去找苏联政府，让苏联政府颁发给他们一纸平反书，但那也就是一纸文书而已，到最后也没人知道，那些人都是怎么死的，又死在了哪里。

别说是华人，苏联人自己也在大肃反中死了成千上万。在大肃反中，苏联的五位元帅被杀了三个，包括图哈切夫斯基元帅和布柳赫尔。布柳赫尔就是北伐时代帮助过中国的苏联总军事顾问。苏联 15 名集团军司令，有 13 名被斯大林杀害，85 名军长被处决了 57 名，还杀了 4 万名军官。苏联连自己人都不放过，就别说对其他民族了。2009 年的时候，俄罗斯因为日后要在海参崴主办亚太经合组织会议，想搞点面子工程，修修公路，结果在挖地基的时候，挖出了一座万人坑。所谓的万人坑，当然并没有真的达到一万人，但也有几百具遗骸。在这些遗骸的身上，戴有珍珠镯子和簪子等有华人特色的物品，显然这些都是华人。后来经过仔细调查，发现这座万人坑所在地，当年正是一条唐人街，甚至坑里还有很多唐人街饭馆的餐具。最后得出的较为确定的考证结果是，根据坑内的种种铁证，这就是 1937 年苏联在搞大肃反的时候，直接屠杀了一整条唐人街上的华人，最后将所有的遗骸和物品掩埋在这里。

如今的俄罗斯已经不是苏联，他们承认了这是苏联共产党犯下的罪行。因此，我们才开始关心起流落海外的那些华人的命运。在所有流落海外的华人中，流落到苏联的华人的命运是最悲惨的，还不如流落到日本的华人。流落到日本的华人，凡是能活下来的，都比流落到苏联的生活得好。一直到今天，华人在俄罗斯依然是地位极低的，被人看不起的，不管是沙俄时代、苏联时代还是今天的俄罗斯时代。今天由于中国的崛起，华人的地位稍微有了一点点提高，但在俄国人内心深处，还是瞧不起华人的。

有关海参崴的华人的命运，我就回答到这里。我觉得我们不能忘记那些流落到海外的同胞，其实他们也不能算是流落到海外，因为那个地方原本是属于中国的，那些华人祖祖辈辈都生活在那里，只是后来被清政府割让了。今天，真正原生的海参崴华人已经灭绝了，但今天海参崴依然生活着很多的华人，他们都是改革开放以后过去的。

8. 有一位名叫旗号凯的网友问，有关这次的国庆大阅兵（庆祝抗战胜利 70 周年大阅兵），同时还配套了一个特赦的政令。我们这一代的年轻人没有经历过特赦这种事，能不能给我们分享一下和特赦有关的事？

特赦，是中国自古以来就有的一个传统。任何一个盛世朝代，但凡遇到值得举国同庆的好事，比如皇帝登基、设立太子等，就会大赦天下，像贞观之治的时候，皇帝觉得天下太平，龙心大悦，也可以来一次特赦。所谓特赦，其实就是一个国家自信的表现，觉得当前的社会是稳定的，这个国家是昂扬向上的，可以采取特赦的方式来彰显国威。

新中国也曾多次特赦过，包括几次对日本战犯的特赦，七次对内战中的犯人，以及对刑事罪犯的特赦。首先简单跟大家分享一下新中国对日本战犯的特赦。这个特赦大概是从 1956 年开始的。其实真正的日本战犯，早在解放前就已经在东京审判、南京审判上审完了，那些杀人如麻、恶贯满盈的战犯早在 1949 年之前就被处决了，那么新中国特赦的日本战犯又是从何而来的呢？起源是苏联曾打到过中国的东北，俘虏了几十万的日本关东军，运送到西伯利亚去做苦工，等到中苏建交之后，苏联"好心"地对中国表示，我手里有几十万日本人，从中甄别出约一千名日本战犯，交给你们处理吧。谁也不知道苏联是如何从几十万关东军里甄别出战犯的，总之苏联交给了新中国约一千名"日本战犯"。新中国将这些"战犯"关进了抚顺战犯管理所，其实这些人大多数都是普通的小兵。于是到了 1956 年，新中国启动了特赦，将这些人陆续送回了日本。

这些人中有一小部分选择留在了中国，大部分都分批被遣送回了日本。这些人回到日本后的下场并不太好，因为日本人觉得他们都被共产党洗脑了，所以每天都有日本的警察跟在这些人身后，导致他们连工作都很难找到，即便回到自己的祖国，也还是受了很多的苦。这些人中有极少一部分组成了一个组织，积极地为中日友好而奔走呼号，大多数人甚至连这段历史都不愿意回顾，回到日本后就选择隐姓埋名了。

以上是被特赦的日本战犯。接下来就是内战期间，我们俘虏的大量国民党高级将领和中级军官。对这些人的特赦是从建国十周年，也就是1959 年开始的。那时候的中国已经完全恢复了自信，台湾反攻大陆已经是不可能的事了，所以这些内战的战犯即便放了出去，也不可能掀起什么风浪了。于是在 1959 年国庆的时候，既有大阅兵，又有十大建筑落成献礼，《红色娘子军》等电影献礼，同时配套了特赦的政令，不光赦免了一批国民党的高级军官，还特赦了一批刑事罪犯，所谓的刑事罪犯，当然不包括杀人犯和强奸犯，而是那些刑期短于五年的、放出去也对社会没什么危害的人。

第一次被特赦的国民党高级军官，都不是一般的高级军官，而是很高级的将领，包括杜聿明和宋希濂，这都是国民党黄埔系的重要高级将领，还包括伪满洲国的皇帝溥仪，一共有 30 多名战犯，这些人都是在狱中表现得比较好的。而杜聿明的表现其实并不好，他在狱中是非常死硬的，甚至早在他被俘的时候，就准备直接自杀，多次在监狱里用砖头砸自己的脑袋，他觉得自己是蒋系黄埔系最中坚的核心将领，必须得表明自己的立场和态度。第一批被特赦的国民党高级将领后来受到的待遇都不错，基本上全都当上了全国政协委员，很多都在全国政协的文史资料室里，参与编写了《文史资料选编》。

我小的时候，家里有很多不能公开出版的《文史资料选编》，其中很多内容都是由这第一批被特赦的国民党高级将领撰写的，还有起义将领和亲历者们写的回忆录，包括杜聿明写的关于辽沈战役和淮海战役的回忆录。从 1959 年到 1966 年，一共特赦了六批国民党将领，然后就开始了"文化大革命"，特赦也戛然而止了。前面被特赦的六批人，都是改造态度比较好的，而且主要都是高级将领，包括王耀武、伪蒙的领导者德王，以及伪蒙的总司令李守信，还有伪满洲国的领导人。

剩在狱中的都是些死硬派，这些人强硬到连悔过书都不肯写，只能继续关着了。前面被特赦出来的六批人，出来之后的待遇都还算不错，高级将领基本都当上了全国政协委员，其他人也回到了各自的省份去当政协委员，不工作的时候就写写回忆录，参观参观新中国的大好河山和大好建设，做一点统战工作。

第七次特赦发生在 1975 年，那时候毛主席已经病得很严重了。在召开第四届全国人大之前，毛主席突然想起了特赦这件事，就问身边的人，当年内战时关在监狱里的国民党那边的人，还有多少？因为时隔多年，在场的人基本上都想不起来具体的数字了，最后是当时的公安部长华国锋马上去查了一下，然后才向毛主席做了汇报，当时狱中还关着两百多名极度死硬、决不肯写悔过书的国民党将领和军官。毛主席当时躺在病榻上，亲自做了一个长篇的批示，要求将这两百多人全都放掉，因为毛主席觉得不用再对这些人进行改造了，建国都已经这么多年了，人家不肯改造就不改造吧，大家就不要强求了，还他们自由吧，这些人被放出去之后，愿意怎么生活就怎么生活，愿意去台湾的，我们就出路费送他们去台湾，愿意回老家的，我们就出路费送他们回老家，想要去美国的，我们也出路费送他们去美国，总而言之，这些人想去哪里都可以。

毛主席的这次批示非常宽宏大量，体现出了他对曾经的国共合作还是非常有感情的，而且大家都是中国人，这和对待日本战犯完全不是一回事。总之毛主席的意思就是，我们和国民党之间的恩怨，就到此了结了吧。最后这一批被释放的人员里面，还是有一些国民党的高级将领的，其中最高级的将领就是黄维，黄维是十二兵团的司令，也是黄埔军校一期的毕业生，还是淮海战役的重要指挥官，他属于极端的死硬派，被关在狱中那么多年，始终不肯说一句话，但他也没闲着，居然在监狱里孜孜不倦地研究起永动机来了。黄维当然知道他这辈子也研究不出永动机，他不过是拿这件事来消磨时间。还有黄埔军校第四期毕业的文强，文强是毛主席的表弟，跟林彪是同学，从黄埔军校毕业后，文强不但带兵打过仗，后来还当了军统的高级大特工。还有周养浩等人，除了黄维是军队的高级指挥官，其他人大部分都来自军统，也就是特务，这些人特别死硬。

特赦之后，让这些人自己选择接下来的去留。有十几个人决定要去台湾，大陆说到做到，尽管当时我们也不富裕，还是给了这十几个人每人大约 2000 元港币的外汇，把他们送到了香港，让国民党方面派人来香港接收。不巧的是，这时候台湾那边刚好赶上蒋介石去世，所有人都忙着操办蒋介石的葬礼，根本没人来搭理这十几个人。这十几个人在香港的签证期只有一个星期，没人来接他们去台湾，他们就只能住在酒店里，不停地续签签证，结果居然在香港待了一百多天，才迟迟等来台湾方面的消息，而且这个消息有如晴天霹雳——台湾当局禁止他们进入台湾。

台湾当局觉得，这十几个人肯定都是被共产党洗脑了的，他们去台湾是要搞颠覆活动。其实这十几个人之所以选择去台湾，是因为他们的亲人都在台湾，而且他们在香港也都联系上了台湾的亲人，甚至有些人的家属已经从台湾到香港来迎接了，没想到台湾当局居然不接收这些人。这件事也在国际上造成了不小的轰动，大批国际媒体聚集到香港，纷纷对这件事进行了报道，大家都觉得在这件事上，共产党赢了，因为共产党不仅愿意将人送到台湾，出了路费，还帮这些人不停续签在香港的签证，而国民党就显得太狭隘了。后来，因为台湾方面始终不肯放行，其中的一个人悲愤地在香港上吊自杀了，这件事又成了很大的国际新闻，台湾方面也很被动，不得不派出了特工人员，前来对这十几个人进行甄别，甄别来甄别去，还是没能让他们进入台湾。

最后，包括周养浩在内的三个人决定去美国，因为他们在美国也有亲属，中国大陆方面是毫无条件地表示支持，把他们送到了美国；还有几个人表示愿意留在香港；还有三个人表示，愿意回到中国大陆。我们当然也热烈欢迎他们，这三个人回到大陆后，分别去各省当了政协委员。这就是1975年的第七次特赦，距今正好42年。

之后的40多年，中国大陆再没有过特赦，因为我们已经没有什么政治犯了，战争罪犯也没有，监狱里关的都是刑事犯。一直到今天，终于又有了一次特赦。

这次特赦其实是盛世的一个重要标志，中国自古以来的特赦传统就是彰显盛世，西方也有类似的特赦传统，而且还明确地写在法律里。美国的总统和州长都有特赦权，特赦的范围包括了死刑犯。美国是一个非常独特的国家。包括中国在内的其他国家，特赦刑事犯仅仅是针对罪行较轻的犯人，至于那些五年以上刑期的重刑犯，是肯定不能特赦的，只有美国可以特赦死刑犯。

美国最著名的一次特赦政令，来自福特总统。福特上台当上美国总统后，下令特赦了两位重要的大人物。其中之一就是尼克松总统，因为水门事件，尼克松狼狈下台，福特是没有经过选举就上台的总统，如果福特不特赦尼克松，尼克松就成了罪犯，要追究法律责任、锒铛入狱的；紧接着，福特又特赦了一个全美国都没有想到的大人物——一百年多前美国南北战争时期的南军总司令罗伯特·李将军。其实罗伯特·李将军在南北战争结束后就应该得到特赦，当时的北军司令格兰特接受南方投降的时候，也非常尊重罗伯特·李，因为罗伯特·李是西点军校的校长，在全美国人民的心目中都有着崇高的地位。最重要的是，罗伯特·李还带头写了悔过书，本来很多南军将领是不愿意写悔过书的，当时美国国会的意思是先大赦南军中下级的所有士兵，因为我们都是同胞，但是南军最高级别的指挥官，必须要写悔过书才能得到特赦。南军最高级别的指挥官就是罗伯特·李，为了国家能够团结，为了美国能够继续向前，罗伯特·李率先写了悔过书，在他的影响下，南军的其他高级指挥官也都写了悔过书。

一直到今天，罗伯特·李将军的雕塑还摆放在美国国会大厦里，和乔治·华盛顿一起骄傲地站立在那里。遗憾的是，罗伯特·李写完了悔过书后，交给了北军司令格兰特，格兰特又将这份悔过书交给了国务卿，但这位国务卿是一个死硬的要惩罚南方的极端分子，当时虽然大部分的高级政治家觉得应该南北和解，但北方还是有很多人坚决要严惩南方。于是，这位国务卿没有将罗伯特·李的悔过书交给国会，而是当成礼物送给了一个朋友，还调笑地对朋友说，这是罗伯特·李写的悔过书，是不是很珍贵？送给你当礼物玩吧。最终，因为国会没有收到悔过书，罗伯特·李就没有被赦免，他的后半生一直没有美国的公民权，这件事一拖就是一百多年，直到福特上台当了总统，先特赦了尼克松，又特赦了罗伯特·李。

有关特赦的问题，就回答到这里。

9. 网友木子孤星问我，美国电影是不是跟中国电影一样，也有大量的配音演员去给大明星配音，就像周星驰和周润发有专用配音演员一样。

我要先纠正一下，美国电影和好莱坞电影还是有区别的，美国有很多低成本电影，纽约这些地方的小电影公司，经常粗制滥造出一些乱七八糟的烂片，我估计这位网友想问的是好莱坞电影，因为好莱坞电影是世界电影，好莱坞的电影导演也来自世界各地，有英国导演、墨西哥导演和俄罗斯导演等，全世界的人都来建设好莱坞。

好莱坞有没有配音演员呢？应该说，在技术尚且不够成熟的年代，好莱坞是有配音演员的。最初的时候，电影设备和技术还不成熟，摄影机在录制影像的同时，还会发出嗡嗡的声音，只要一开机，机器的声音、胶片的声音和现场乱七八糟的声音就通通混在一起，根本做不到静音，尤其是发电机的声音，简直是噪声，又不能不发电，因为现场有十几万瓦的灯泡用来打光。在那样的条件下，现场收音是绝对做不到的，只能后期配音，但大部分时候，都由演员自己来给自己配音。

到电影技术已经如此成熟的今天，好莱坞为了保证电影的质量，基本上是采用同期音，但后期会让演员自己再配一配音，然后再挑选出最佳的效果。有一些戏是配不了音的，比如现场比较激动的、特别动感情的戏，后期配音是比较困难的，但如果是专业素质比较高的演员，再困难的戏他们也能配，就像动画片一样，动画片里的人物经常在天上飞，在海里游，真人绝对做不出这样的动作，但是配出来的音的效果也十分逼真。然而不管怎么说，好莱坞现在基本上是尽量争取用同期音，但后期也会适当地去补一部分的配音。

很多电影节都有明确的规定，如果一部电影采用的不是同期音，或同期音占据不到一定的比例，是不能参加的。这个规定就是为了防止那些电视剧式的粗制滥造的电影混入电影节。基本上好莱坞电影为了达到艺术上的完美效果，会让演员自己给自己配音，不会使用配音演员。但任何事都不是绝对的，也曾出现过因为大明星太繁忙，实在抽不出时间去配音，最后只能找配音演员来配的情况。或者是有些大明星的口音实在是有问题——并不是所有的好莱坞演员都能流利地说出各种各样的口音，其中就包括著名的加州前任州长施瓦辛格先生，施瓦辛格无论如何都说不出美式英语，更说不出英国口音，他说出来的英语永远都是德国口音，这也没有办法，他毕竟是一个动作明星，要求他在语言上也做到那么完美，实在是有些强人所难。即便如此，施瓦辛格的电影大部分使用的也是他自己的声音，只是偶尔使用配音演员。

还有一些外国演员，英文说得实在不好，也使用了配音演员。比如大家都很熟悉的电影《卧虎藏龙》，这部电影的配音也很有意思，只有章子怡一个人使用了配音演员，周润发和杨紫琼的声音都是他们自己的，所以我们在看《卧虎藏龙》的时候，会感觉章子怡的英文是说得最好的，其实不是章子怡的英文说得好，而是给她配音的演员说得好，周润发的英文说得也不错，但跟好莱坞专业的演员自然是不能比的，杨紫琼的英文说得更好一点，她也出演过《007》系列电影，但她还是带着一点马来西亚口音，所以听她说英文的时候，稍微有一点出戏。

　　总之，好莱坞电影尽量不使用配音演员。好莱坞演员的一个基本素质，就是能说各种各样口音的英文，不像我们这边的香港演员，说不好普通话，不得不使用配音。除了像施瓦辛格这样的少数动作明星，其他好莱坞演员的语言能力都非常强，绝大部分好莱坞演员演古装戏的时候就说英音，演现代戏的时候就说美国口音，演英国戏说英国口音，甚至还能说英国的地方方言。有一部好莱坞电影叫《偷拐抢骗》，这部电影太好看了。主演是布拉德·皮特，大家就算不看电影的剧情，光听布拉德·皮特在电影里的口音，就能活活被乐死。这部电影的导演是麦当娜的前夫盖·里奇。盖·里奇是好莱坞的大导演，很多美国大明星都愿意去演他的戏，所以电影里有好几位大明星，他们的口音都特别奇怪。布拉德·皮特在电影里出场一张口，我就忍不住乐出来了，他说的是伦敦特别底层老百姓的俚语，一开始我都没听懂，还以为是威尔士或者什么地方的口音，后来仔细听了半天，才发现是伦敦街头的小痞子用的那种口音，由此可见好莱坞演员有多敬业。

　　在《阿甘正传》里，汤姆·汉克斯和罗宾·莱特讲的，也是地道的亚拉巴马口音，说得惟妙惟肖。其实这还不算最神奇的人，身为一个美国人，你在生活中总是能接触到美国各地的人，所以你要说点美国南方口音，也不算特别困难。这就像中国人，在日常生活中也接触过河南人，接触过陕西人，东北人就干脆不用接触了，各大晚会上的东北话小品大家都耳熟能详，所以要模仿几句各个省份的人的口音，还是不难的。最神奇的是英文原版的《飘》，主演费雯·丽是一位地道的英国人，她来到美国演戏，不仅说美国口音的英语，而且说的还是典型的美国南方的乔治亚口音。

好莱坞演员的语言能力真是太棒了，当然主要是因为好莱坞竞争激烈，其实也有语言能力不强的演员，这些人自然就被好莱坞淘汰了。能够在好莱坞竞争上岗、脱颖而出的这些演员，都能流利地说各种口音的英语，不论是新西兰口音、澳大利亚口音还是加拿大口音，全都没问题，美国各个州的口音更是手到擒来。在任何一个行业，人才都是最重要的，全世界最优秀的人都来好莱坞发展，所以好莱坞汇集的是全世界最顶尖的演员。好莱坞的演员不光在口音上敬业，更能为了一部戏而让自己的身体变胖或变瘦，这在中国是无法想象的。

在中国，你找一个小鲜肉演员来演戏，跟他说，我们这部戏里要求你从年轻一直演到年老，等你演到老年阶段的时候，能胖十斤吗？小鲜肉打死都不会同意的，他会说，他的粉丝不会同意他变胖的，他的粉丝就喜欢他现在这个样子，而且他还会威胁你，他的粉丝掏钱买电影票，就是为了看他帅气的模样，你让他胖十斤是不合理的，如果你再试图跟他说，这是为了艺术，小鲜肉估计就罢演了，因为他拍戏不是为了艺术，而是为了服务他的粉丝，只要他保持帅气的模样，粉丝就会高兴，粉丝就喜欢他，总之，你绝不能让小鲜肉演员为了电影而变丑。

而在好莱坞，不管多大的明星，都有着为艺术牺牲的精神和觉悟。我们还拿汤姆·汉克斯来举例，他在《费城故事》里演了一个艾滋病人。如果只是在开机前瘦20斤，这个还稍微容易点，但在这部戏里，他饰演的角色并不是上来就生病了，一开始这个角色是没有病的，是一位正常的律师，后来才得了艾滋病，最后变成了一个有如骷髅般的形象，也就是说，汤姆·汉克斯需要一边演戏，一边持续不断地减肥，最后活活把自己搞成一个骷髅人。这样的敬业精神，是任何化妆技术都无法达到的。前一阵子我看见在微博上，好多网友拿我跟小李子比，说小李子现在堕落得跟高晓松的外形差不多了，小李子当年拍《泰坦尼克号》的时候多瘦多帅啊，现在居然胖成这样。好莱坞的颁奖季马上就要开始了，大家可以看看小李子今年（2015 年）的新戏《荒野猎人》，看了这部戏大家就明白了，小李子不是因为放弃自我、贪吃才胖成这样的，他是为了这部戏才让自己增肥的，这样的敬业精神，是值得我们中国的演员去学习的。

好莱坞的演员之所以这么敬业，主要有两个原因，一是好莱坞的人才多，二是好莱坞演员接戏量少。后者也非常重要，好莱坞演员钻研一部戏平均需要一年半的时间，为了这一部戏，他有一年半的时间去准备，去学习，去练语言，去增肥和减肥。如果有这么长的钻研和准备时间，其实中国演员也能做到好莱坞演员的敬业程度。中国也是有敬业的演员的，但他们要看是跟着谁去敬业，如果是李安大导演的戏，每一个演员都愿意为艺术牺牲，为艺术钻研。在《色·戒》里，李安就能让梁朝伟说出一口标准的上海普通话。因为是李安大导演，所以演员们都愿意付出时间和精力，表现出十足的敬业精神，但如果是一个虾兵蟹将的导演，大明星们就没这种耐心了，因为他们同时还有别的事情要去做。

当年四大天王最火的时候，每个人都至少同时拍三部戏，甚至同时拍四五部戏都很正常。这样一来，你就不可能为了一部戏而变胖或变瘦，因为你在这里胖了，到另一部戏里就连不上戏了。而在好莱坞，因为竞争和准备时间充分，演员们对每一部戏都非常认真，不拍戏的时候，人家就一心一意地钻研戏，也不用去唱歌，也不用去走穴，更不用去商演。我们华语娱乐圈确实还没有好莱坞完善，首先我们这里的人才实在是少，尤其是在刚开始的时候，主要还是以港台为娱乐中心，所有的明星都是三栖四栖，又得会唱歌，又得会演戏，外形还得靓丽。香港娱乐业最发达的时候，基本上只要是能张开嘴唱歌、不是哑巴的艺人都能出专辑，甚至是一年出好几张专辑，只要是能瞪眼睛的艺人就都可以演戏。

　　所以，香港在没有音乐学院，也没有电影学院的情况下，训练出了大量既能唱歌又能演戏的多栖明星。但是副作用也很大，就是这些明星虽然什么都会，但每一项技能都比较粗糙，而且当娱乐中心开始向中国内地转移的时候，这些香港明星在语言上的缺陷也纷纷暴露了出来，为了让大陆观众能看香港电影，更能对这些大明星记忆深刻，香港的大明星们只能每个人都去单独找一位普通话配音演员，每个人都有一位御用的配音演员。我经常忍不住想，这样一来，这位普通话配音演员不就可以讹上这个香港大明星了吗？万一有一天这个配音演员撂挑子了，不愿意再给这个香港大明星配音了，观众会不会无法接受其他人的配音？

　　好在现阶段，配音的情况已经开始有所好转了，首先是由于戏的规模变大了，演员们也渐渐能练习自己说普通话。我看到有很多的香港演员，都已经能说流利的普通话了，说得特别好的也有几个，比如任达华，他甚至可以说一口流利的北京话，堪称语言小天才。但台湾演员的语言问题还是比较严重的，台湾人虽然说的也是"国语"，但跟普通话总是差了一个音（我们比他们多一个轻声），导致他们说出的"国语"听起来永远感觉十分别扭。也有少数台湾演员的普通话说得不错，但大多数台湾演员的普通话都没法听，而且他们也都在中国大陆轧戏，非常忙，根本没有时间去修正自己的口音。连英国演员都能说出美国乔治亚州的口音，台湾演员如果认真练习，也是完全可以说出流利的普通话的。

　　之前港台娱乐圈的地位太高了，中国大陆能把港台演员请来，就已经非常不容易了，根本没人敢让他们修正口音。别说修正口音了，当年港台演员愿意来大陆演一个配角，恨不得都能享受比主角更高的待遇。刘晓庆跟我讲过，当年李翰祥来大陆拍《火烧圆明园》和《垂帘听政》两部大戏，刘晓庆出演女一号，但她的待遇比港台的配角演员还差，首先在片酬上就差了一大截，刘晓庆的片酬连港台配角的零头都不到。更夸张的是，剧组居然连睡觉的房间都不给刘晓庆安排，也就是说，刘晓庆虽然是女一号，但她在剧组里没有睡觉的地方。她每天拍完戏都要自己走特别远的路，乘坐公共汽车回家睡觉。因为刘晓庆是女一号，戏份特别多，这样两头跑实在吃不消，所以她最后在剧组里蹭了一间房，和演她的小丫鬟的香港演员一起睡，小丫鬟睡在床上，大女一号刘晓庆睡地上。到了开饭的时候，所有港台的演员和工作人员单独吃比较好的盒饭，大陆的人则蹲在路边吃比较差的盒饭。在当年这样的情况下，没有人能要求港台演员修正口音。

当然了，少数的大陆大导演还是可以对港台演员有要求的，比如陈凯歌大导演，在拍摄《霸王别姬》的时候，陈凯歌要求张国荣修正口音，张国荣也非常努力地练了，而且张国荣也比较有天分，最后练成了一口还算不错的普通话，可惜最后张国荣的角色还是用了配音。因为在《霸王别姬》里，张国荣演的是一位京剧旦角，就算是普通话说得再好的人，要演京剧戏，要说一口地道的京剧念白，都不是一朝一夕能做到的。京剧舞台是台上一分钟，台下十年功，是要从童子功练起的。我这辈子都没见过哪个人，30岁开始学京剧，短短的时间内就能上台说唱得有板有眼的。所谓的"板"和"眼"，就是京剧里说话的那个腔调。最后是邀请了杨立新来给张国荣配的音，杨立新后来也成了著名演员。但《霸王别姬》这部戏最后没有给杨立新署名，因为陈凯歌要带着这部戏去戛纳参奖，杨立新是当了无名英雄。

还有另外一个从配音演员转型成演员的大影帝，那就是张涵予。张涵予在拍戏之前，配音配了很多年，等到他开始正式出道演戏的时候，年纪都已经很大了。所以张涵予早在拍戏之前，就已经是配音圈里的大腕级的人物了。张涵予的外形还是很不错的，但说句心里话，就算是外形不怎么好看的人，只要台词功力够强，演技基本上就已经有了七成。台词是演员素质里最重要的一部分，电影里通常还有特写和其他东西，所以台词的比重相对要少一点，但在戏剧舞台上，台词的重要性可以占据整部戏的九成。因为戏剧的观众看不清演员的特写，他们主要是看演员的肢体语言以及听台词。在戏剧学院，台词是非常重要的一门课。

我自己导演的京剧戏《大武生》，最后也不得不使用了后期配音。虽然演员们都已经非常努力了，但京剧戏的台词实在是太难了。没有办法，演武生、花旦和刀马旦，那个说话的腔调和劲兴，跟普通的台词完全不同，就算是练也练不出来。在这部电影里，吴尊的声音其实是黄磊配的，不光吴尊说话的声音是黄磊，连吴尊的打戏的声音，都是黄磊。黄磊是我的好哥们儿，帮了我这么大的忙，也没收什么钱。我的另外一个好哥们儿徐峥，也义务在《大武生》里帮魔术师刘谦配了音。刘谦在电影里饰演一个上海租界的工部局的警察局长。这样的人物，就算是说普通话，肯定也要说一口上海腔的普通话，但刘谦是台湾人，还是一个魔术师，他甚至都不是专业的演员，我不可能要求人家说出一口地道的上海腔普通话，然后我就想到了徐峥同志。徐峥是上海人，他来给刘谦配音正好。还有女主角大S，大S在台湾是学过京剧的，即便这样，她的口音还是不行，很容易就能听出台湾腔，也得请人来配音。

我由衷地希望，随着我们的电影产业越来越大，戏的成本越来越高，所有的演员都能拿出足够的敬业精神，好好向好莱坞学习。我们暂时不要求我们的演员能说出多么流利的英文对白，至少在说中文对白的时候，能够做到所有人都能说出一口流利的普通话，我觉得这是不难做到的，而且现在的趋势也是非常好的。我们可以看到，越来越多的港台演员，能够说出越来越标准的普通话，但这种好趋势目前只限于电影业，电视剧方面还是差得很远。这也没有办法，电影和电视剧的制作成本相差太大，没有利益作为驱动，就很难有长足的进步。

在美国，电视剧和电影的制作流程是差不多的，因为美国演员的片酬太高了，在这么高的片酬下，电影和电视剧的制作规模渐渐趋向一致化。像《纸牌屋》这种级别的电视剧，其实已经跟拍电影没什么区别了，只不过电视剧拍摄的时间更长一点而已。但在中国，电视剧的制作规格跟电影差太远了。我们的电影局还出台过一个特别有意思的规定，要求所有的电影每天都只能拍 12 个半的镜头，当年的规定还是挺死板的。现在的电影每天最多也就能拍 20 个镜头，所谓的 20 个镜头，顶多也就两场戏吧。电视剧则不是按镜头算的。而是按页数算的，电视剧每天要拍几十页纸，已经数不清有多少镜头了。这种制作精良度上的差别，由此就可见一斑了。

电影的台词也没有电视剧那么密集，电影是大银幕，不可能只是让两个演员在镜头前说相声，所以电影的台词相对较少。但电视剧不一样，电视剧主要就是靠台词。因为电视剧的银幕小，不可能用大量的镜头去抒情，更没有什么大规模的特技镜头，就算是打戏，也没有电影那么多，于是电视剧每天拍几十场戏，基本上就是以台词为主。这么大量的台词，有些大腕级别的演员就背不过来了，其实背得好不好主要是敬不敬业的问题。

我本人也监制过电视剧，也听说过行业里的很多不正之风。但这也是没有办法的事，中国的电视剧行业，大腕演员愿意来演电视剧就已经很好了，根本不敢再对他们要求太多，比如背台词。而且好多电视剧的制作周期非常紧张，要一边拍一边写剧本，还要同时修改剧本。我监制过一部名为《醋溜族》的电视剧，是由朱德庸的漫画改编的，电视剧拍摄的同时，剧组里就有四五个编剧跟着，电视剧一边拍，这四五个编剧就一边修改剧本。因为剧本是由四五个编剧一起写的，所以剧本拿上来经常让我看得十分头晕，其中一个编剧在前面一集里已经把一个角色写死了，但另一个编剧在后面的剧情里居然又让这个死人出现了。连剧情都出现了这么大的漏洞，台词就更没办法追求完美了，甚至等到电视剧拍摄完毕了，还面临着要回头修改台词的麻烦，这就不得不采用后期配音了。

好在现在的配音技术已经很成熟了，配音演员不用苦苦地跟着演员保持口型一致了。现在可以采用数字化的方式，让画面和配音的口型更搭配。可是这样一来，一些演员就被惯得越来越懒惰了。当然很多演员还是会非常认真地自己背台词，自己好好表演的。但在如今的很多电视剧里，请来的大腕的档期非常紧，可能同时要拍好几部戏，根本没时间、也不愿意去背台词，所以他们干脆就不背台词，拍戏的时候，他们就对着镜头数阿拉伯数字，那场戏里他有多少个台词，他就念多少个阿拉伯数字，只要在念数字的时候配合一点适当的表情就可以了。所以我们就经常能看到，两个炙手可热的演员，在片场面对面，声情并茂地念阿拉伯数字，他说一二三四五六七，她说七六五四三二一，最后完全靠配音。

就算是念阿拉伯数字，还得是有正脸的戏，有一些戏，其中一位演员不用露正脸，只以背影亮相，这种时候，这演员就连阿拉伯数字都不念了，顶多动两下肩膀，还有更不敬业的，居然还冲着另一个露正脸的演员坏笑，影响对方的情绪，就因为这样，还发生过两个演员在片场打起来的事。总之，中国电视剧的制作规模和水平都亟待提高，其实这也不单纯是演员的职业素养问题，也跟整体的播放机制有很大的关系。中国的电视剧是日播两集，每天就要播放两集，这就导致制作周期非常紧张，而且集数很多，经常有一拍就80多集的电视剧。而美国的电视剧基本都是周播剧，每周才播放一集，单集时长比较长的美剧，一季有13集左右，单集时间短的美剧也就22集左右，制作周期非常宽裕，演员们有充足的时间来精雕细琢自己的台词和表演。

其实现在日播两集已经算不错了，早年广电总局还没规定只能播两集的时候，还有电视台每天播四五集的。电视台拼命地播，剧组也只能拼了命地加速去拍，一部剧有80多集，拍摄周期只有个把月，哪有时间去琢磨台词和表演，能完成任务就不错了，所以拍出来的电视剧的水平也只能是现在这样了。中国的电视剧行业面临调整，不仅仅是要求演员们更敬业，这只是整个大行业里的一部分，包括我们的生产环境，播出环境，以及我们的体制，都要向好莱坞好好学习。

任何一个行业都是这样，要想进步和发展，就必须每一个环节都进步。演员们提高自己的职业素养，导演们也进步，编剧们也进步，体制也不断地完善，这样才是一个良性的发展。目前在我看来，整个行业还是不断地朝着好的方向发展的，从业人员的素质比过去提高了很多。尤其是现在华语的电影和电视剧中心都集中到了北京，大陆与香港和台湾的融合越来越紧密了。但好像澳门的参与感一直都很弱。以前每次我们导演开会的时候，永远都只有两位澳门的导演参加，十几年过去了，其他地方的导演换了一批又一批，但澳门依然还是只有这两位导演。大陆、香港和台湾的影视剧行业的发展是日新月异的，也是此消彼长的，台湾曾靠着琼瑶剧独占鳌头，香港曾经更是仅次于好莱坞的大娱乐中心，现在中国大陆异军突起，成了华语娱乐圈的领头者。

刘晓庆后来十分感慨地跟我说，当年李翰祥给了她几千块钱，就让她拍了两部电影，而且连睡觉的地方都不给她，现在双方的处境完全反过来了，是我们中国大陆的电影公司雇用李翰祥来当导演，让他来给我们拍戏，拍完戏刘晓庆给了李翰祥一个大红包，李翰祥非常感激，他的太太也非常感激，当年香港导演和演员那种居高临下的气势都没有了，真是此一时彼一时啊。不仅是影视行业，音乐行业也是一样，港台高高在上、极度歧视大陆从业人员的局面已经完全结束了，现在大家都十分平等，希望未来不要反过来，不要有一天轮到大陆去歧视港台，因为任何一个行业还是要靠手艺和实力说话的，不管是来自哪里的人，只要手艺好，能做出好作品，都应该受到应有的尊重，应该多赚钱，手艺不好的人，即便来自好莱坞，也别想到中国来骗钱。

目前中国的娱乐界，从业人员基本实现了平等，但经常会有一些好莱坞的虾兵蟹将跑到中国来，吹嘘自己在好莱坞是多么了不起的人物，想到中国来圈一笔钱。在这里，我要提醒各位同行，一定要提高警惕。在现在这个互联网经济的时代，要想不受骗还是不难的。在没有互联网的时代，随便来了一个人，自称曾经在好莱坞拍过什么戏，谁也无法考证他说的话是真还是假，但现在不一样了，现在有一个名叫 IMDb 的 App，全世界所有影视剧的信息都储存在里面，如果有人跟你吹嘘他曾经拍过什么戏，你可以先把那部戏的名字输入 App，看一下那部戏的名单里有没有他。在任何领域都一样，每个人都喜欢把自己说高两级，比如执行制片，通常喜欢自称为制片人，这倒也勉强说得过去，但制片助理要是也自称为制片人，那就太夸张了，大家一定要学会甄别。

好莱坞真人电影的配音就是这样。动画片肯定都是后期配音了。好莱坞动画片的配音和我们中国也不一样。好莱坞演员的素质非常好，所以它们的动画片可以做到配音先行，就是先由配音演员照着剧本将台词都说了，然后再由技术人员照着已有的台词去画图。好莱坞动画片的导演，并不是动画师的导演，而是配音导演。好莱坞动画片的配音，决定了整部动画片的基调，整部动画片的速度、节奏和气氛，全部是由配音导演奠定的。当一部动画片的配音演员开始配音工作的时候，还没有动画片的存在，只有角色的造型图。配音演员看一眼自己要配的造型图，再由导演来介绍一下角色的性格，就开始录音了。

一部动画片最先应该有的是什么？这是一个很重要的问题。动画师在画一部动画片的时候，他们的依据是什么？肯定不能是他们脑中的电影节奏，因为动画师不是表演大师，他们搞不清楚一句台词应该快着说，还是慢着说。对一部动画片来说，先有声音是最重要的，配音导演最大的本事，就是他能指挥一群大腕级的配音演员，在只有角色造型图的情况下，将一部动画片的声音淋漓尽致地录制出来。录制完成之后，再交给动画师，根据声音去画动画。好莱坞的动画片基本上就是按照这样的流程制作出来的，而我们中国的动画片目前是完全反过来的，先根据导演的口头描述，一点一点地画出动画草图，然后交给演员去配音，演员在配音过程中，可能又觉得哪里不合理，于是再让动画师去改，一遍又一遍，耗费了大量的资源和时间。然而这还只是前期的准备工作，等到动画完全上了色，打好了光，剪接也完成了，才正式去配音。以至于我们经常耗费了大量的时间，但效果却没有好莱坞的好。所以我们整个的制作流程和工艺都需要进行改进。

在好莱坞，梦工厂和迪士尼如今都已经有了同步配音的技术，就是动画片里人物的口型，可以配合着配音演员的口型来自由变化。

我们中国目前的电影票房涨得非常厉害，但我们的整个影视剧的生产流程、创作流程和人才储备，离好莱坞都还有很大的差距。其中最重要的一环就是人才储备，当人才储备不够的时候，不管我们强行带来什么样的生产流程，什么样的创作流程，都是没用的。另外，我们的影视行业也没有成熟的公会。这些都是需要所有从业人员一同努力的。

总之，我们距离好莱坞还有一段不算大也不算小的差距。